Das Glück zwischen den Dünen

JULIA ROGASCH

Das Glück zwischen den Dünen

Ein Sylt-Roman

Bibliografische Information der Deutschen Nationalbibliothek:
Die Deutsche Nationalbibliothek verzeichnet diese Publikation
in der Deutschen Nationalbibliografie; detaillierte bibliografische
Daten sind im Internet über https://portal.dnb.de/ abrufbar.

E-Book-Ausgabe
© Ullstein Buchverlage GmbH, Berlin 2020

© 2021 Julia Rogasch
Umschlagdesign: Zero-media.net, München
Bildmotiv: FinePic®, München
Satz, Herstellung und Verlag:
BoD – Books on Demand, Norderstedt

ISBN: 978-3-7534-3122-2

1. Kapitel

»Und hier haben wir die Marshmallow-Herzen und dazu die Bonbons mit Ihren Initialen.« Stolz breitete sie die pastellfarbenen Tüten mit Süßigkeiten darin vor mir aus. »Die personalisierten Candy-Tüten im Vintage-Look lege ich auf jedem Teller aus. Dazu ein Kärtchen mit einem Wunsch an das Brautpaar, welcher gemeinsam mit den weißen Tauben gen Himmel flattern wird.« Die Hochzeitsplanerin Madita von Leveste strahlte wie ein Honigkuchenpferd, während sie mir mit vor Begeisterung piepsiger Stimme ihre Ideen für unseren großen Tag präsentierte. Philip hatte recht behalten, dass sie sich selbst übertraf in ihrem Engagement, diesen Tag für uns zum schönsten in unserem Leben zu machen.

Ich griff nach einem der Tütchen, in dem kleine Kostbarkeiten wie personalisierte Schokoladentafeln und Hochzeitsmandeln zusammengestellt waren. »Wunderschön«, staunte ich gedehnt. Glücklicherweise bemerkte Frau von Leveste nicht, wie gespielt meine Begeisterung war. Zu sehr war sie darin vertieft, ihre Ideen zu präsentieren.

Philip saß ebenso im Café, jedoch an einem anderen Tisch. Er hatte parallel einen Termin mit dem Pianisten, der am weißen Flügel für die passende Musik sorgen sollte. Wir trafen uns in Philips Lieblingscafé. Es lag ganz in der Nähe seines Büros. Philip war in der Immobilienbranche tätig. Sein Unternehmen lief derzeit recht erfolgreich, und er hatte sich weit über Hamburg hinaus einen Namen gemacht. Auch seine Geschäftsfreunde würden Teil unserer Hochzeitsgesellschaft sein.

Philip malte sich unsere Hochzeitsfeier bereits in schillernden

Farben aus. Sie war von sanfter Klaviermusik untermalt und mit den zufriedenen Gesichtern unserer Gäste garniert. Alle, die auf unserer Gästeliste standen, hatten Rang und Namen in Hamburg. Es würde ein sommerlicher Tag Ende August sein, und die Sonne würde über den weiten Feldern rund um den Gutshof herum mit dem Lächeln der feinen Ladys um die Wette strahlen. Die historischen Gebäude von Marienlund geschmückt, als würde mindestens das britische Prinzenpaar heiraten. Überall auf dem gepflegten Rasen der Parkanlage um das Haus standen Stühle und Tische, die mit weißen Hussen verziert waren. Von einer eigens aufgebauten Tanzfläche klang Musik, untermalt von angeregtem Stimmengewirr aus Gesprächen, in denen man über das leichte Leben, die Wirtschaft oder Politik lamentierte. Ich schwebte in einem Traum aus Seide und Perlen über das Parkett. Mein gut aussehender Ehemann im feinen Zwirn hielt mich im Arm, und ab diesem Tag wurde aus Sophie Mohn Sophie von Hohentau.

Ich seufzte bei dieser Vorstellung und kam mir vor, als gehörte ich nicht in dieses Bild.

Ich würde bald im alten Gutshaus Marienlund meinem Mann das Jawort geben. Meine Eltern und Philip konnten sich kaum einen prachtvolleren Start in unsere Ehe vorstellen als eine Feier auf dem Gut von Philips Eltern. Wir würden die Tradition fortführen, nach der schon Philips Eltern und deren Eltern sich dort vermählt hatten. Perfekter konnte es kaum laufen in Philips Augen und aller anderen Menschen um mich herum. Ich wartete demnach jeden Tag darauf, dass auch bei mir die Euphorie einsetzte. Es war nach außen hin alles so perfekt mit mir und Philip. Manchmal machte ich mir selbst zum Vorwurf, dass ich nicht mit derselben Begeisterung an die Planung heranging wie mein Ehemann in spe. Aber es war leider nicht das pure Glücksgefühl, mit dem ich an meine Hochzeit dachte. Vor allem die Location für diesen Tag bereitete mir Bauchweh. Der Ort, an den ich zu meiner Hochzeit zurückkommen würde, war der, an dem ich mit meiner besten Freundin Nele die unbeschwerteste Zeit meines Lebens verbrachte. Bis zu dem Tag, an dem der schreckliche Unfall geschah und mir das Schicksal meine Freundin für immer nahm. Sie fehlte mir so oft, und gerade jetzt, wo wir über Trauzeugen nachdachten, fiel mir stärker denn je auf, dass ich nie wieder einem Menschen begegnet war, der ihre Lücke füllen konnte. Wobei ich mir sicher war, Nele hätte niemals gutheißen können, dass ich Philip heiratete. Sie hatte nie verstanden, was ich an ihm fand. Als Nele noch lebte, war es nur eine Schwärmerei meinerseits für den attraktiven Sohn der Gutshofbesitzerfamilie von Hohentau. Wir wurden erst nach Neles Tod ein Paar. Oft ging mir durch den Kopf, dass Nele ihre alte Freundin Sophie sicher in mir nicht mehr wiedererkennen könnte, würde sie mir heute gegenüberstehen. So viel hatte sich verändert seit ihrem Tod. Und ich war längst nicht mehr dieselbe. Die Menschen, die in dieser Zeit und bis heute für mich da waren, waren Philip und seine Clique. Wir unternahmen Reisen, gingen essen, ins Kino oder besuchten verschiedene Ausstellungen. In der Zeit nach Neles Tod halfen sie und unsere Unternehmungen mir, mit dem Verlust meiner Freundin umzugehen. Zumindest lenkten sie mich ab, sobald ich nachdenklich wurde. Das hatte in den letzten vier Jahren, die seitdem vergangen waren, gut funktioniert. Je näher nun unsere Hochzeit rückte, desto mehr begann ich jedoch zu grübeln.

In letzter Zeit hatte meine Tante Änne manchmal Andeutungen gemacht, dass sie spürte, was in mir vorging.

»Liebes, eine Verlobung ist keine Einbahnstraße«, hatte sie dann mit ihrer so angenehm rauchigen Stimme gesagt. Meinen irritierten Blick hatte sie mit einem Schmunzeln quittiert, das auch ohne Worte so viel aussagte. »Ich sehe eine wunderschöne Braut und die tollste und intelligenteste Frau von Hohentau, die es je gegeben hat. Aber ich möchte auch, dass sie die glücklichste sein wird.« Ihre Worte hallten in meinem Kopf nach, während ich vage die Fiepsstimme der Hochzeitsplanerin wahrnahm.

Ich seufzte, denn genau in diesem Moment kam meine Trauzeugin herein, Philips Schwester Alexia.

»Lexi, grüß dich! Setz dich doch – wir werfen grad einen ersten Blick auf die Gastgeschenke und die Deko.« Ich rang mir ein Lächeln ab, in der Hoffnung, dass auch sie nicht bemerkte, dass meine Gedanken ganz woanders waren als bei der Hochzeitsfeier. Aber für ihr Feingefühl war Alexia nicht gerade bekannt.

»Sophie, nein, wie süß!« Alexias Tonfall war nun so hoch, dass ich fürchtete, das Proseccoglas, das vor ihr stand, würde in tausend Teile zerspringen.

»Mir gefällt das alles auch ganz gut«, sagte ich.

»Es *gefällt dir alles ganz gut*?« Empört stemmte Alexia die Hände in die Hüften. »Ein bisschen mehr Begeisterung bitte! Es ist ein Traum!« Verzückt drehte sie ein Tütchen in ihren Händen, als handelte es sich um den Heiligen Gral, als Philip zu uns an den Tisch kam. »Lexi, schön, dass du da bist. Danke noch mal für deinen Tipp! Der Kontakt zu dem Pianisten – grandios! Wir haben alles besprochen. Sogar eine LED-Fotoshow auf dem Flügel wird mit eingebaut. Wir werden Bilder zeigen von unserer Seychellenreise und den Malediven. Ich bin mir sicher, das wird einen Supereffekt haben.«

»Wow! Das ist so großartig«, freute sich Alexia. Ich lächelte schief.

Sosehr ich mich eigentlich auf diesen Tag freuen sollte, war ich heute dieser ganzen Euphorie mit all den Ohs und Ahs müde. Mir war eher danach, die Seele baumeln zu lassen und mal wieder richtig durchzuatmen. Es gab noch einen Punkt auf der To-do-Liste, den ich prima damit verbinden konnte.

»Bei euch ist die Gestaltung unseres großen Tages in den besten Händen«, schmeichelte ich dem begeisterten Planer-Dreamteam. »Wäre es in Ordnung, wenn ich den Part mit dem Gutshof übernehme? Ich würde gerne hinfahren und mir vorab noch mal alles anschauen. Der Termin mit den Pächtern steht ja, aber ich denke, es wird niemand was dagegen haben, wenn ich vorher schon einmal einen kleinen Spaziergang mache, oder?«

»Wenn du meinst. Es wird kein Problem sein, dass du dich

umschaust. Ich wollte gleich noch mal ins Büro. Lexi, wirst du alles Weitere mit Frau von Leveste klären?«, fragte Philip seine Schwester.

Die beiden Frauen, die auch privat befreundet waren, ließen sich das nicht zweimal sagen und steckten gleich die Köpfe zusammen, nicht ohne ein weiteres Glas Prosecco zu ordern. Ich stand auf, drückte meinem Freund einen Kuss auf die Wange und verabschiedete mich.

Als ich in mein Auto gestiegen war, rief ich meine Tante Änne an, um sie zu fragen, ob sie Lust habe, mitzukommen auf den Gutshof. Während ich mich im Spiegel anschaute, massierte ich meine Wangen. Mir war, als wären sie vollkommen verkrampft vom vielen Grinsen. Mir ging durch den Kopf, dass das sicher nicht so gewirkt hätte, wenn mein Lachen echt gewesen wäre.

»Aber selbstverständlich, Kleines! Eine Reise in die Vergangenheit – das ist genau nach meinem Geschmack. Und Marienlund habe ich immer geliebt«, freute sich Änne. Änne hatte uns manchmal in den Urlaub auf den Gutshof gebracht, wenn meine Eltern keine Zeit hatten, Nele und mich dorthin zu fahren. Wir liebten diese Fahrten. Änne war ein Mensch, der so viel zu erzählen hatte und so liebenswert skurril war, dass es eine Freude war, mit ihr Zeit zu verbringen. Sie machte aus jeder Autofahrt ein Event. Sei es der Zwischenstopp bei einem ihrer unzähligen Bekannten oder ein spontaner Abstecher zum See, in den wir kurzerhand sprangen, bevor es weiterging in Richtung Ziel. Sie selbst hatte keine Kinder, sodass ich wie ein Tochterersatz war für sie. Sie war es auch, die akzeptiert hatte, dass ich niemals wieder auf ein Pferd gestiegen war, seit der furchtbare Reitunfall meine Freundin Nele aus dem Leben gerissen hatte.

Während meine Eltern bedauerten, dass meine Karriere als erfolgreiche Springreiterin ein jähes Ende nahm, noch bevor sie wirklich begonnen hatte, fuhr Änne mit mir zu den Pferden und setzte sich neben mich ins Gras. Wir saßen manchmal stundenlang so da und schauten den Tieren zu, wie sie friedlich auf der Weide standen. Änne erkannte, dass die Pferde mir noch immer etwas bedeuteten. Aber auch wenn mir die Gesellschaft der edlen Tiere guttat, unvorstellbar war für mich der Gedanke, jemals wieder zu reiten. Die Bilder des Unfalls geisterten damals durch meinen Kopf wie unliebsame Verwandte, die zu einem gehörten und immer wieder aufkreuzten, ohne dass man es verhindern konnte. Sie jagten mich in meinen Albträumen, und wenn ich irgendwo Reitern auf ihren Pferden begegnete, krampfte sich mein Herz zusammen.

Aber Philip und seinen Freunden war es gelungen, mein Augenmerk auf andere Dinge im Leben zu richten und mich abzulenken von den traurigen Bildern.

Auf dem Weg zu Änne dachte ich daran, dass dieser Ort den sprichwörtlich schönsten Tag in meinem Leben trüben würde, war es doch der Gutshof, auf dem Nele und ich so viele unbeschwerte Stunden verbracht hatten. Bis hier das bisher schlimmste Ereignis meines Lebens stattfinden sollte und die schönen Erinnerungen daran zerschlug. Wenn ich ehrlich war, war für mich an diesem Ort kein Platz für Glück. Aber der Hof gehörte Philips Familie. Seit Jahren wurde ein Teil des Hofes für derlei Events genutzt, und schon lange bevor wir entschieden zu heiraten, stand für Philip und seine Familie fest, dass dies der optimale Ort sein würde, ein rauschendes Fest zu gestalten, sollte es so weit sein. So wie es seit Generationen schon zelebriert und nie infrage gestellt wurde.

Weil ich wusste, wie wichtig das Philips Familie war, sah ich keinen Weg, der daran vorbeiführte. Vielleicht würde es mir helfen, nach Marienlund erstmalig seit Neles Unfall zurückzukehren, noch bevor hier die Feier stattfinden würde.

Änne winkte schon von Weitem und war auch ohne ihr Winken wie immer kaum zu übersehen. Ihre roten Haare hatte sie unter einem überdimensionalen Hut zu bändigen versucht, was ihr mehr schlecht als recht gelungen war. Die Lippen waren knallrot geschminkt. Auf den Augenlidern trug sie lilafarbenen Lidschatten. Sie sah aus wie ein exotischer Vogel in ihrem Kleid aus orangefarbenem Stoff.

Auf hochhackigen Schuhen tippelte sie zur Beifahrerseite und ließ sich schwungvoll auf den Sitz fallen. Mit ihr waberte ein Duft von Jasmin in mein Auto, der mich benebelte. Ich versuchte, mir nichts anmerken zu lassen, sondern öffnete nur das Fenster einen Spaltbreit.

»Auf geht's!« Änne strahlte und schien sich zu freuen auf unseren kleinen Ausflug.

»Geht's dir denn gut, Liebes?« Änne sah mich von der Seite an, und ich spürte, dass ihr Blick skeptisch war.

»Alles okay.« Konzentriert schaute ich auf die Straße, um das Zögerliche in meiner Antwort zu überspielen.

»Auch wenn wir jetzt nach Marienlund fahren?«

Ich schluckte. »Es war ja meine Idee«, antwortete ich knapp, wusste aber, worauf sie hinauswollte.

»Dort eure Hochzeit zu feiern, war aber nicht deine Idee, hab ich recht?« Fragend schaute sie mich an. Ich nickte und presste angestrengt die Lippen aufeinander.

»Nele lauert sicher hinter jeder Ecke«, brachte Änne auf den Punkt, was auch mir längst schon durch den Kopf ging.

»Du hast recht, Änne. Die Sorge habe ich natürlich auch. Aber Philip möchte unbedingt da feiern.« Ich hob die Schultern.

»Na dann.« Änne war, wie Nele auch, kein Fan von Philip. Ihr gefiel seine Art nicht. Außerdem war er ihr gegenüber bisher wenig freundlich aufgetreten, weil auch seine Sympathie für den Paradiesvogel unserer Familie sich in Grenzen hielt, sodass diese Abneigung auf Gegenseitigkeit beruhte.

»Es ist ja wichtig, dass der Herr des Hauses zufrieden ist mit der Location. Wen stört es da schon, wenn die Braut am schönsten Tag ihres Lebens leise ins Kissen weint.«

»Änne!« Entrüstet schüttelte ich den Kopf.
»Ich sag ja nur, wie's ist.« Änne verschränkte beleidigt die Arme.
»Dafür bist du bekannt«, stellte ich versöhnlich lächelnd fest.

2. Kapitel

Eingebettet in die malerische Landschaft der hügeligen Umgebung, lag am Ende einer Allee das Gut Marienlund.
Wir fuhren die von alten Eichen gesäumte Straße entlang, die direkt auf den Gutshof zuführte. Mit jedem Baum, den wir passierten, zog sich das Band um mein Herz fester zusammen. Jede Erinnerung an diesen Weg schmerzte, und schon nach wenigen Metern musste ich Änne recht geben, dass es keine gute Entscheidung war, hier zu feiern. Je näher wir dem Haupthaus kamen, desto mehr kleinere Häuser, die früher als Wohnhäuser für die Angestellten gedient hatten, säumten den Weg. Heute waren die gelb gestrichenen Gebäude liebevoll restauriert und in einem bemerkenswert gepflegten Zustand. Ein Hotel war rund um den Gutshof herum entstanden. Hier würden bald die Hochzeitsgäste wohnen.
Hatten wir uns eben noch locker unterhalten, verstummte ich mehr und mehr.
Änne legte beruhigend ihre Hand auf meine, und ich lächelte dankbar.
»Schön, dass du mitgekommen bist, Änne.«
»Aber selbstverständlich! Ich lass doch meinen Schatz nicht allein.«

Nach einem großen Tor fuhren wir durch den weitläufigen Park über einen weißen Kiesweg auf das Haupthaus zu. Die Reifen des Autos knirschten. Das Geräusch klang wie aus einer Filmszene, in der ein Gutsherr auf seinem Anwesen in Cornwall vorfährt.
Das Gutshaus lag mit seinem geschwungenen dunklen Walm-

dach prachtvoll inmitten der alten Stallungen. Der beigefarbene Ton des verputzten Backsteingebäudes harmonierte mit den Fensterrahmen in hellem Weiß. Eine kreisrund angelegte Auffahrt, die von Buchsbäumen gesäumt war, führte direkt zum Haupteingang.

Als wir vorfuhren, kam ein weiteres Auto, ein dunkelgrüner Kombi, aus Richtung eines der Nebengebäude und verließ das Grundstück. Wir sahen den Wagen nur noch im Rückspiegel.

Ich stellte mein Auto ab, stieg aus und öffnete Änne die Tür der Beifahrerseite.

»Es hat sich kaum verändert. Imposant wie eh und je«, staunte Änne. »Warum habe ich bloß nie einen reichen Gutsbesitzer kennengelernt?« Änne seufzte. »Wahrscheinlich weil's die nicht in nett gibt«, stellte sie mit einem spitzen Unterton fest, und ich schloss kopfschüttelnd die Tür hinter meiner Tante.

»Marienlund hat in der Tat nichts von seinem Charme verloren«, stimmte ich ihr zu und kommentierte dabei ihre unterschwellige Spitze gegenüber meinem Verlobten bewusst nicht.

Änne war nie verheiratet gewesen. Sie sagte oft scherzhaft, dass der Mann, der es mit ihr ertragen konnte, wohl noch geboren werden müsste. Sie hatte sich damit arrangiert, obwohl sie insgeheim immer von einer Hochzeit träumte, wie sie mir einmal anvertraut hatte. Lange Jahre waren Pferde neben ihrem Unternehmen für Kosmetik ihr Lebensinhalt. Die Gesundheit ließ es jedoch nicht zu, dass sie weiterhin ritt. Ich erinnerte mich aber gut daran, dass auch sie sich damals noch manchmal in den Sattel geschwungen hatte, wenn sie uns hier auf den Hof gebracht hatte.

»Fehlt dir das Reiten eigentlich gar nicht?«, fragte Änne mich in diesem Moment, als könnte sie meine Gedanken lesen.

Ich überlegte, was ich antworten sollte. Das Reiten fehlte mir. Was ich aber noch viel mehr vermisste, waren die Momente mit Nele, die ich beim Reiten erlebt hatte.

»Viel mehr fehlt mir Nele«, gab ich zu.

»Das glaube ich dir. Aber du wirst niemals ganz ohne sie sein.«

Änne lächelte, sie klopfte sich in Höhe ihres Herzens auf die Brust, und ihr Blick ging in die Ferne.

»Was dieser Junge wohl macht, mit dem ihr da immer unterwegs wart. Hast du eigentlich jemals wieder etwas von ihm gehört?«

»Leider nicht, nein.« Ich schüttelte den Kopf.

Auf Marienlund immer dabei gewesen war auch Klemens. Er war der Sohn des Gutshofpächters, und gleich in unserem ersten Urlaub hatten wir uns angefreundet. Die Zeit, in der wir Marienlund zu dritt unsicher machten, würde ich nie vergessen und immer tief in meinem Herzen tragen. Auch wenn ich sie heute am liebsten verdrängte und darin verschloss. Ich hatte in den Monaten nach Neles Tod oft darüber nachgedacht, warum Klemens nicht mehr versucht hatte, Kontakt zu mir aufzunehmen. Irgendwann hatte ich es aber einfach akzeptiert. Nele hatte mir, kurz bevor sie starb, anvertraut, dass sie unsterblich in Klemens verliebt sei, sich aber nicht traute, ihm das zu sagen. Wir schmiedeten Pläne, wie Klemens und Nele zusammenkommen könnten, und kicherten so manche Nacht über kleine Gesten und Hinweise, die der Angebetete jedoch komplett überging und nicht wahrzunehmen schien.

Philip und seine Clique hatten wir während der Urlaube auf Marienlund ebenso kennengelernt. Sie machten dort in einem der Gästehäuser auch in der Zeit Urlaub, in der Nele und ich zuletzt gemeinsam da waren. Wir liefen uns oft über den Weg. Ein Paar wurden wir jedoch erst nach Neles Tod.

Ich erinnerte mich, dass ich Klemens bei Neles Beerdigung zuletzt gesehen hatte. Er stand ganz allein am Eingang der Kirche. Ich war mit Philip da. Als ich mich kurz von Philip verabschiedet hatte, um nach der Trauerfeier Ausschau nach Klemens zu halten, hatte ich ihn nicht mehr gefunden. Auf meine Nachrichten reagierte er nicht. Kurze Zeit nach dem Unfall ging das Gerücht herum, er habe etwas mit dem Tod von Nele zu tun. Verdächtig war in den Augen der Leute aus Philips Clique, dass Klemens seitdem untergetaucht war. Man sagte, man habe ihn gesehen, als das Unglück geschah. Aufgeklärt wurde der Unfallhergang aber nie. Weil ich bei dem Unfall kurzzeitig das Bewusstsein verlor und damit auch die Erinnerung an Details verschwammen, konnte ich selbst im Nachhinein nicht sagen, wie genau der Unfall geschehen war. Ich hatte jedoch nicht daran geglaubt, dass Klemens damit in Verbindung stand, war unser Freund doch immer so bedacht im Umgang mit Pferden. Seine Rufnummer war irgendwann nicht mehr erreichbar, und als ich seine Eltern, die Pächter des Gutshauses, ansprach, sagten diese nur, ihr Sohn sei aus beruflichen Gründen weggezogen. Er brauche Abstand von Marienlund und Zeit, diese schlimmen Ereignisse zu verarbeiten. Er wünsche keinen Kontakt und habe ein neues Leben begonnen, fernab von hier.

Das verstand ich, schließlich ging es mir selbst genauso. Ich hoffte noch einige Zeit, unsere Wege würden sich irgendwann noch einmal kreuzen. Aber leider sahen wir uns dann nie wieder, und mein Leben mit Philip hatte mich die vielen Erinnerungen an Klemens und die Zeit mit ihm und Nele in den Hintergrund drängen lassen.

»War er nicht der Sohn der Pächter?« Änne ließ nicht locker.

»Ja. Sie haben mir damals erzählt, er sei von hier weggezogen, kurz nach Neles Tod. Mehr weiß ich aber nicht.«

»Von hier wegzugehen, ist ein großer Schritt. Hoffentlich hat er das nie bereut.« Änne zwinkerte.

Ich zuckte die Schultern. »Wer weiß das schon. Ich finde es auch traumhaft schön hier. Ich wäre hier nicht weggegangen, glaube ich.«

»Na ja, mit Familie von Hohentau als Verpächter. Vielleicht überdenkt man das dann doch noch mal und wandert sicherheitshalber gleich nach Afrika aus. Da kann der Abstand kaum groß genug sein«, frotzelte Änne.

»Du lässt aber auch kein gutes Haar an Philips Familie.« Mit strengem Blick sah ich meine Tante an.

»Du weißt, wirklich getäuscht hat mich meine Menschenkenntnis nur selten. Und manche Enttäuschung blieb mir auch erspart.«

Mit diesen Worten tippelte sie die geschwungene Treppe zur Eingangstür hinauf.

Ich hätte am liebsten entgegnet, dass man das leicht behaupten konnte, wenn man sich im Leben, so wie Änne, nie fest an einen Menschen gebunden hatte. Dass man da nicht enttäuscht wurde, lag auf der Hand. Ich sagte aber weiter nichts dazu.

Mein Herz schlug aufgeregt, als wir zur Klingel traten. Auf dem Schild stand ein Name, der mir nichts sagte. Nach kurzem Warten öffnete eine hübsche Frau. Ihre blonden Haare hatte sie gekonnt hochgesteckt, die hellblaue Bluse steckte in einer braunen Reithose. Ich schätzte die Frau auf Ende dreißig. Sie war rund zehn Jahre älter als ich.

»Herzlich willkommen auf Marienlund! Mein Name ist Tine von Pagenau. Entschuldigen Sie mein Outfit, aber ich komme gerade aus dem Stall.« Ihr Lächeln entblößte eine Reihe perfekter Zähne, und ihre blauen Augen strahlten um die Wette mit dem hellblauen Himmel.

»Oh, kein Problem. Entschuldigen Sie bitte diesen Überfall. Wir möchten gar nicht lange stören. Mein Name ist Sophie Mohn, und wir würden nur gerne einen Blick auf das Gelände werfen, bevor wir in die konkretere Planung gehen. Mein Verlobter Philip von Hohentau und ich planen, in acht Wochen hier zu heiraten. Wir wollten nur Bescheid sagen, dass wir hier in der nächsten Stunde ein wenig um die Häuser streichen. Nicht, dass Sie sich wundern.« Ich lächelte.

»Dann sind Sie die Braut?« Ihre Augen strahlten noch ein wenig mehr, was ich vorher gar nicht für möglich gehalten hätte.

»Ja, die bin ich.«

Tine von Pagenau machte eine einladende Handbewegung. »Möchten Sie nicht auf einen Kaffee hereinkommen?«

Änne schüttelte energisch den Kopf und legte bestimmt den Arm um mich.

»Wir wollen wirklich keine Umstände machen.« Ihr Lächeln

wirkte verkrampft. Sicher witterte sie, dass der Name von Hohentau für das Extraquäntchen Freundlichkeit sorgte. So ein Verhalten war meiner Tante von jeher ein Dorn im Auge.

»Sie wissen ja jetzt Bescheid, dass wir hier nur einmal eine Runde drehen, und dann sind wir auch schon wieder verschwunden. Wir sind also keine Einbrecher oder neugierige Touristen.« Änne grinste breit.

Die Dame machte einen irritierten Eindruck, nickte jedoch und lächelte.

»Selbstverständlich. Schauen Sie sich in aller Ruhe um. Und wenn dann doch noch Fragen sind, können Sie gerne jederzeit auf mich zukommen. Klingeln Sie einfach. Ich bin im Büro.«

»Herzlichen Dank für das Angebot«, sagte ich höflich. »Aber eine Frage hätte ich noch. Das Ehepaar Brinkmeyer, wo finde ich die Leute?« Der Gesichtsausdruck, der eben noch so fröhlich war, trübte sich.

»Das tut mir sehr leid, der ehemalige Pächter Herr Brinkmeyer ist vor einigen Wochen verstorben. Seiner Frau geht es nicht gut. Ihr Sohn hat sie gerade vor wenigen Minuten abgeholt und mit zu sich nach Hause genommen. Er will sich dort um sie kümmern. So wie ich es verstanden habe, soll sie dann langfristig bei ihm wohnen.«

Ich war erschrocken. Damit hatte ich nicht gerechnet. »Das tut mir sehr leid. Das wusste ich nicht. So alt kann Herr Brinkmeyer ja auch noch nicht gewesen sein?«

Die Dame schüttelte betroffen den Kopf. »Keine fünfundsechzig Jahre alt«, bestätigte sie meine Vermutung.

Ich wurde traurig. Die Brinkmeyers hätte ich gerne wiedergetroffen. Unter diesen Umständen fühlte es sich erst recht vollkommen verändert an, wieder hier zu sein.

»Die arme Frau Brinkmeyer. Wie gut, dass sie ihren Sohn hat. Ein Ortswechsel wird ihr vielleicht helfen. Hier wird sie ja alles an ihren Mann erinnern.«

Ich dachte daran, was dieser Ort mit mir machte. Selbst mich erinnerte Marienlund ja an jeder Ecke an Nele. Wie würde es erst Klemens' Mutter gehen. Ich sah Klemens vor mir und überlegte, wie er wohl heute lebte. Aus Luxus und der feinen Gesellschaft hatte er sich nie viel gemacht. Er liebte die Pferde und das Leben um den Gutshof herum. Er war eher der Typ Landwirt und belächelte Nele und mich manchmal. Wenn wir über die neusten Kleidungstrends quatschten, rollte er nur mit den Augen und wirkte dabei sehr lässig in seiner abgewetzten Jeans, Turnschuhen und weißem T-Shirt. Als stünde er über den Dingen, die die teils piekfeine Gesellschaft um Marienlund herum beschäftigten. Ich war mir sicher, dass er nicht wie ich im Dschungel einer Großstadt gelandet war. Er gehörte aufs Land zu seinen Pferden.

»Wissen Sie, was Klemens Brinkmeyer macht?«, fragte ich die Dame.

»Er betreibt eine kleine Reitschule. Er ist schon vor einigen Jahren von hier weggegangen mit einer, wie ich finde, sehr schönen Idee. Er bietet Reitferien an für behinderte und kranke Kinder sowie Geschwister von pflegebedürftigen Kindern.« Frau von Pagenaus Blick war bewundernd, und auch mir wurde warm ums Herz bei dieser Vorstellung.

»Wie toll!« Ich bedauerte in diesem Moment stärker denn je, den Kontakt zu Klemens verloren zu haben.

Im Haus klingelte ein Telefon.

»Wenn Sie mich bitte entschuldigen – ich bin aber bis heute Abend hier, wenn Sie wiederkommen, weil sich Fragen ergeben haben.«

Wir bedankten uns und gingen vor das Haus.

»Schade, dass die Brinkmeyers nicht mehr hier leben. Aber toll, was Frau von Pagenau über Klemens erzählt hat, oder?« Ich war begeistert.

Änne nickte. »Scheint ein feiner Kerl zu sein. Schade, dass eure Wege sich getrennt haben.«

»Ja. Das habe ich auch gerade gedacht«, stimmte ich ihr zu.

»Lass uns hier mal eine Runde spazieren gehen«, schlug sie dann vor. »Ich kann es kaum erwarten, mir alles anzuschauen.« Änne hakte sich schwungvoll bei mir unter, und gemeinsam gingen wir an den zu Appartements umfunktionierten Stallungen vorbei in Richtung des Parks. Sorgfältig geschnittene Buchsbäume säumten die Vorgärten, und jedes Haus trug einen besonderen Namen.

»Ludwigshof, Kokendeele – man weiß gar nicht, welches der Häuschen am schönsten ist«, schwärmte Änne.

Wir traten um das letzte der Nebenhäuser herum und standen vor dem großen Park, der das Anwesen umgab. In meiner Erinnerung bestand er aus vielen kleinen geheimen Winkeln, in denen wir uns hervorragend verstecken konnten, um zu reden, ohne dass es jemand mitbekam. Heute erschien alles in einem anderen Licht, war überschaubarer und klarer strukturiert, hatte aber kaum etwas von seinem Zauber verloren.

Ich schloss für einen Moment die Augen und versetzte mich zurück in die Zeit, in der ich hier mit Nele stundenlang saß und quatschte, bevor wir in den Pferdesattel wechselten und auf langen Ausritten ununterbrochen weiterredeten.

Ich seufzte. Änne bemerkte das, zog mich sanft am Ärmel und ging mit mir zu einer Bank. Wir setzten uns und schauten über die sattgrüne Rasenfläche, auf der einige Vögel herumhüpften und nach etwas Essbarem suchten. In der Ferne hörte man das Wiehern eines Pferdes, hier und da das Poltern einer Schubkarre oder das Klappern einer Stalltür.

»Sie scheinen grad auszumisten. Ich weiß noch, wie Nele und ich das manchmal von hier aus hörten und dann losgerannt sind, weil der gut aussehende Klemens beim Misten half.« Ich lächelte versonnen.

»Und dann habt ihr euch ins Stroh verkrümelt oder wie?« Änne hob fragend eine Augenbraue. Ich knuffte sie in die Seite. »Änne!« Ich zwinkerte. Meine Gedanken gingen für ein paar Sekunden zu Nele. Ich erinnerte mich gut, wie verliebt sie in Klemens war und sich so sehr gewünscht hatte, es sich mit ihm im Stroh gemütlich zu machen.

»Das ist genug an Information«, erklärte Änne und hob abwehrend die Hand. Wir lachten beide.

Der Anblick des Parks war überwältigend. Ich musste Philips Familie recht geben, dass es kaum einen schöneren Ort geben würde für eine Hochzeit. Wären da nicht diese Geschichte mit Nele und die Tatsache, dass sich Vorfreude irgendwie anders anfühlte.

»Schau mal, da hinten werden die Tische aufgebaut, auf denen das Buffet steht. Etwas weiter Richtung Haus stehen dann die Tische für die Gäste. Philip hat vor, sie so aufzustellen, dass wir in der Nähe des offenen Scheunentors sitzen. Dort wird der Pianist alles aufbauen, und wir werden später die ehemalige Scheune in eine Tanzfläche umfunktionieren. So kann jeder zwischendurch immer mal wieder am Tisch Platz nehmen. Philip meint, für die Gespräche wäre es klasse, wenn die Wege von der Tanzfläche zu den Tischen nicht allzu lang sind. So kann man ein paar Worte wechseln, und die Stimmung wirkt locker.«

»Mhm«, kommentierte Änne meine Ausführungen nüchtern.

»Keine gute Idee?« Überrascht schaute ich sie an.

»Doch, nett.« Änne verzog keine Miene.

»Was ist los mit dir? Du wirkst ganz nachdenklich.« Ich musterte meine Tante skeptisch.

»Ich höre dir zu.« Änne hatte die Augen geschlossen.

»Und was sagst du dazu?«

»Was du beschreibst, klingt, als ob da was fehlt.«

»Und was?« Ich war irritiert.

»Deine Handschrift«, sagte sie dann.

»Was soll das denn heißen?«

»Philip hier, Philip da. Liebes, wo bleibst du in dem Ganzen?« Ännes Blick war nun ernst und verunsicherte mich.

»Aber ich freue mich ja auch. Schließlich ist das ein Ort, den ich immer sehr geliebt habe. Ich habe schon das Gefühl, dass meine Handschrift hier deutlich wird«, rechtfertigte ich unsere Planung halb vor mir, halb vor Änne. Ich war mir selbst nicht ganz sicher, ob Änne nicht sogar recht hatte.

»Na dann.« Änne sagte nichts weiter, bedachte mich nur mit einem vielsagenden Blick, und auch ich zog es vor zu schweigen.

Nach einiger Zeit gingen wir hinüber zum Restaurant, welches auch für das Catering sorgen würde. Die kleine *Schlossküche* hatte ein Fünfgängemenü vorgeschlagen, welches Alexia und Philip bereits probegegessen und für gut befunden hatten.

Heute wollten Änne und ich das Dessert vorab testen. Die Idee war Änne auf der Fahrt gekommen.

»Guten Tag, Frau Mohn«, begrüßte uns ein freundlicher Kellner. Offenbar hatte Frau von Pagenau ihn informiert, dass wir auf dem Gut waren und sicher auch in der *Schlossküche* vorbeischauen würden.

»Herr von Hohentau hat ja bereits eine Auswahl getroffen. Wir werden Ihnen ein Pannacotta an frischen Früchten sowie Créme Brulée an Vanilleeis-Herzen zur Auswahl servieren.«

Während ich mir bereits den Mund leckte, rollte Änne mit den Augen.

Man reichte uns ein Glas Prosecco, um uns in diesem Zuge auch zu zeigen, welche Sorte Philip ausgesucht hatte. Als wir beide Köstlichkeiten serviert bekamen, war ich begeistert. Änne stocherte jedoch widerwillig in ihrem Pannacotta herum, während sie Ausschau hielt nach dem Kellner.

»Sagen Sie, was steht denn seitens der *Schlossküche* noch zur Auswahl für das Dessert?« Der Blick des Kellners war irritiert.

»Wir haben darüber hinaus ein Mousse au Chocolat, sowie Vanillecréme-Törtchen«, antwortete er schließlich.

»Dann bringen Sie doch bitte von beidem etwas, danke!« Jetzt warÄnnes Blick deutlich zufriedener.

»Hat's dir nicht geschmeckt?« Eigentlich hatte ich nur darauf gewartet, dass meine Tante zu einem Seitenhieb gegen Philip ansetzte.

»Doch«, sagte diese mit einem breiten Grinsen. »Aber wer sagt, dass nicht die anderen Gerichte *noch* besser schmecken?« Selbstsicher streckte Änne den Rücken durch.

»Okay, wie du meinst. Ich denke aber, Philip –«, setzte ich an, als Änne mich unterbrach.

»Philip, Philip, Philip! Wie war das mit deiner Handschrift? Dann sagst du ihm einfach, dass die Mousse oder das Törtchen sehr viel besser schmeckt und du dich dafür entschieden hast. Muss doch nicht alles von ihm abgesegnet sein.«

Ich nickte wenig überzeugt. Ich kannte Philip und war mir sicher, er sah es nur äußerst ungern, wenn man ihm in etwas hineinredete. Aber Änne hatte ja recht. Es war absolut lächerlich, dass er immer alles entschied.

Der Kellner kam, und schon beim ersten Bissen des Vanillecréme-Törtchens war mir klar, dass dies das Dessert werden sollte anstelle von Pannacotta und Co. Auch die Mousse au Chocolat war ausgezeichnet. Diese beiden Köstlichkeiten zur Auswahl wären perfekt für unser Menü. Ännes genießerischer Gesichtsausdruck sagte dasselbe, und kurzerhand änderte Änne die Bestellung beim Kellner in diese zwei Desserts um. Ännes Blick untersagte mir jegliche Widerworte.

Weiter ging es mit Ännes Kritik am Prosecco. Änne schlug vor, dass ein Hugo viel besser passen würde und ein paar Himbeeren im Hugo als Aperitif die ganze Sache abrunden würden. Sie bestellte mir ein Glas dieses Getränks, und ich musste ihr zustimmen. Es schmeckte köstlich. Ännes aufmunternder Blick bestätigte mich darin, den Kellner zu bitten, die Bestellung auch in diesen Punkten zu ändern.

Ein wenig beunruhigt verließ ich mit Änne an meiner Seite das Restaurant wieder.

»Änne, du schaffst mich«, erklärte ich und wischte mir theatralisch den Schweiß von der Stirn.

»Du mich auch, wenn du nicht ein einziges Mal das tust, was du dir wünschst, sondern immer nur das, was dein Göttergatte dir vorgibt.«

Betreten schwieg ich. Änne hatte recht. Besonders souverän trat ich in den letzten Jahren nicht auf, wenn es darum ging, meine eigenen Wünsche durchzusetzen.

Philip und ich lebten in einer perfekt durchgestylten Wohnung in Hamburg HafenCity. Die Einrichtung war luxuriös. Ein Designerstück reihte sich an das andere. Jedes Detail war durchdacht und sorgfältig ausgewählt. Jedoch nicht von mir, sondern von Philip.

Wir gingen gemeinsam zum Golfen, weil ich mein Hobby seinem angepasst hatte. Schließlich traf man dort die wichtigen Leute und hatte immer ein Thema, mit dem es sich in so manchen Small Talk einsteigen ließ. Wir aßen regelmäßig in Hamburgs angesagtestem Steakhaus, während ich ja eigentlich vor Jahren schon beschlossen hatte, vegetarisch zu leben.

Und unsere Hochzeit fand nun bald auf dem Gutshof statt, der Philips Eltern gehörte. Einfach weil seit Generationen die Hochzeiten seiner Familienmitglieder hier zelebriert wurden. Marienlund war aber ein Ort, mit dem ich so viele emotionale Momente verband, dass mir, wenn ich ehrlich war, eigentlich klar war, dass dies nie mehr der Platz sein konnte, an dem ich einen der schönsten Tage meines Lebens verbringen würde. Marienlund würde für immer der Ort sein, der für die große Lücke in meinem Leben stand, die der Verlust meiner besten Freundin hinterlassen hatte.

Änne hatte schon recht, dass sich alle Entscheidungen in meiner Lebensgestaltung an Philips orientierten. Auch wenn es banal erschien, das an einem Dessert und einem Aperitif festzumachen.

Als wir wieder ein paar Schritte ums Haus gegangen waren, kam uns eine Reiterin auf einem Schimmel entgegen.

Wir blieben stehen, um das Pferd ungestört passieren zu lassen. Die Reiterin bedankte sich mit einem Lächeln. In diesem Moment erschrak das Pferd vor einem auffliegenden Vogel und sprang mit einem großen Satz zur Seite. Mir blieb beinahe mein Herz stehen.

Mit einem Mal sah ich die Bilder, wie Nele sich eben noch lachend zu mir umgedreht hatte. Nele wollte mir etwas erzählen, und ich konnte es kaum abwarten, zu erfahren, was das war. Wir quatschten, lachten, und während unsere Pferde locker den Weg vom Gut herunter entlangschritten, vergaßen wir wie jedes Mal Raum und Zeit. Mit einem Mal scheute Goliath, auf dem Nele saß, und stieg auf die Hinterbeine. Nele hielt sich wacker, klemmte die Beine fest an den Pferdebauch und lehnte sich geistesgegenwärtig nach vorne. Ich ritt hinter ihr, und auch Bella, mein Pferd, scheute. Mir gelang es weit weniger gut, die Balance zu halten, und ich flog seitlich am Pferdehals entlang und knallte unsanft auf den Wegesrand.

Ich sah, wie Goliath riesengroß neben mir auf den Hinterbeinen stand, Nele wie angegossen auf seinem Rücken, als er plötzlich das Gleichgewicht verlor und zur Seite stürzte. Ich sah Nele unter dem großen Tier, Goliath, wie er verzweifelt versuchte, auf die Beine zu kommen und Nele dabei immer tiefer unter sich begrub. Als es mir unter höllischen Schmerzen, gelang aufzustehen, griff ich nach Goliaths Zügel. Er war gerade im Begriff loszustürmen, was ihm seine Verletzungen erschwerten. Neles Fuß hing im Bügel. Eilig befreite ich ihn daraus, ließ das Tier los und kümmerte mich um meine Freundin. Sie lag regungslos da, das Gesicht vollkommen blutverschmiert. Alle Schmerzen, die ich verspürte, waren wie taub mit einem Mal. Als schaute ich einen furchtbaren Film, hörte ich meinen lauten Schrei, spürte, wie die Tränen mein Gesicht überfluteten, und fühlte, wie ein Teil in mir starb, als Nele nicht mehr reagierte. Ich bekam noch schemenhaft mit, dass irgendjemand zu Hilfe kam, als es um mich herum dunkel und verschwommen wurde. Mein Bewusstsein erlangte ich erst wieder zurück, als ich im Krankenhaus war.

Meine Atmung beschleunigte bei dieser Erinnerung, und instinktiv fasste ich mir ans Herz. Beklemmung und Panik machten sich in mir breit, und ich merkte, wie erste Schweißperlen sich ihren Weg über meine Stirn bahnten.

Änne sah mich aus kugelrunden Augen an und schob mich zu

einer nahe gelegenen Mauer. Dort setzte ich mich und atmete erst einmal tief durch.

»Fideli!« Änne sprach mich mit dem Namen an, den sie als Kind immer für mich hatte. »Geht es dir nicht gut? Du siehst aus wie eine Leiche. Ich hab ja geahnt, dass das eine Schnapsidee war, diesen Ort auszusuchen für eure Feier.«

Ännes Gesichtsausdruck schwankte zwischen besorgt und wütend.

»Geht schon wieder«, erwiderte ich matt.

»Das sieht man! Kalkweiß bist du. Ich glaube, es ist besser, wir fahren nach Hause. Soll doch dein Göttergatte sich um alles kümmern. Das tut er ja eh so gerne.«

Ich war zu schwach, dazu etwas zu sagen, sondern stand auf und fand mich auf wackeligen Beinen wieder. Matt nickte ich, und Arm in Arm gingen wir wieder zu meinem Auto.

Als wir gerade einsteigen wollten, kam Frau von Pagenau noch einmal vor die Tür.

»Sie fahren schon wieder? Haben Sie denn auch einen der köstlichen Kuchen in der *Schlossküche* probiert?«

»Die *Schlossküche* ist ganz zauberhaft. Wir haben noch einmal neue Desserts bestimmt. Es war sensationell lecker, herzlichen Dank! Meiner Nichte geht es nur nicht so gut. Wir machen uns erst einmal wieder auf den Heimweg. Bis bald!« Änne lächelte zum Abschied und hob die Hand zum Gruß.

»Dann alles Gute für Sie – gute Besserung. Und wenn Sie Fragen oder Wünsche haben, melden Sie sich gerne.«

»Das machen wir, vielen Dank«, verabschiedete auch ich mich.

»Soll ich fahren?«, fragte Änne. Ich schüttelte den Kopf.

»Geht wirklich wieder. Ich bin ein wenig geschafft, wenn ich ehrlich bin. Auch von den Eindrücken hier.« Ich schaute noch einmal zurück auf das imposante Gutshaus.

Wir passierten das Tor und fuhren die Allee entlang Richtung

Hamburg zurück. Von hier aus waren es nur rund fünfzig Kilometer, bis wir wieder zu Hause waren.

Änne und ich waren rund zwanzig Kilometer gefahren, als Änne plötzlich sagte, ich solle bei der nächsten Ausfahrt abfahren. Sie habe Hunger und würde gerne noch eine Kleinigkeit essen. »Am liebsten wäre mir eine zünftige deutsche Küche. Das Dessert war ja nur was für den hohlen Zahn«, befand sie. Ich schmunzelte und freute mich auf ein Essen mit Änne.

Ich fuhr ab von der Landstraße und war erstaunt, dass wir genau vor einem Gasthof ankamen.

»Passt ja wunderbar! Hatte ich also richtig in Erinnerung, dass ich hier mal haltgemacht hatte.« Zufrieden grinste Änne. »Lass uns mal reinschauen, ob wir hier noch was bekommen.« Mit diesen Worten stieg sie aus, und ich fand mich kurze Zeit später in einem ursprünglich und rustikal eingerichteten Raum wieder. Massive Holztische und schwere Bänke mit gemütlichen Kissen darauf wirkten einladend. Es roch nach Bratkartoffeln und frischem Brot, und auch mein Appetit war geweckt.

»Eine gute Idee, Änne.« Ich rollte genießerisch mit den Augen. Unser Essen schmeckte vorzüglich, und ich fühlte mich richtig wohl. »Kennst du dieses Gasthaus?«

Änne nickte. »Ich war manchmal hier, nachdem ich euch auf Marienlund abgeliefert hatte. Hier hat es immer sehr lecker geschmeckt. Tut dir auch mal gut, so eine ganz bodenständige Küche«, stellte Änne fest.

»Wie meinst du das?«

»Na, Philip schleift dich von einem Sushi-Restaurant ins nächste, wahlweise auch in sein Lieblings-Steakhaus. Da muss erst deine alte Tante kommen, damit du mal wieder in den Genuss guter deutscher Küche kommst.« Änne schmunzelte.

»Ja, da ist was dran. Und mir schmeckt es so viel besser, wenn ich ehrlich bin«, gab ich zu. Ich betrachtete Änne, wie sie dasaß. Vom Outfit her passte sie kaum in diese Umgebung. Sie wirkte ein wenig wie ein Paradiesvogel am Nordpol. Ihr zufriedener Gesichtsausdruck jedoch besagte, dass dieses Lokal genau nach ihrem Geschmack war.

»Liebes, Marienlund erinnert auch mich an eine ganz besondere Zeit. Ich habe deiner Freundin Nele an ihrem Grab versprochen, dass ich immer auf dich aufpasse. Solange ich lebe, nehme ich diesen Auftrag sehr ernst.« Sie hob den Zeigefinger, und das wirkte beinahe komisch. Ännes Blick jedoch war eindringlich und ging mir direkt ins Herz. Während meine Eltern meistens mit ihrer Firma beschäftigt waren, war Änne immer die, die für mich da war, wenn ich Probleme hatte. Seit Neles Tod kreiste sie um mich wie ein Satellit, und ich war ihr dankbar dafür. Bei keinem anderen Menschen würde ich es zulassen, dass er so nah an mich herankam. Aber Änne durfte das. Sie hakte nach, gab immer erst Ruhe, wenn sie eine Antwort erhalten hatte, die ehrlich war. Änne war zwölf Jahre älter als meine Mutter. Nie war das ein Thema gewesen. Aber derzeit spielte sie häufiger auf ihr Alter an.

Ich nickte zaghaft. »Ich weiß, Änne. Das machst du auch ganz hervorragend.« Ich lächelte schief.

»Du machst es mir aber nicht besonders leicht, mein Herz.« Ihr Blick war mahnend. »Auch wenn ich bei diesem Thema nicht mitreden kann. Ich spüre, dass du mit dieser Hochzeit gerade sehenden Auges in ein Leben rennst, das nicht deins ist. Noch, Fideli, ist Zeit, umzudrehen.« Ihr Blick war unnachgiebig, und ich wich ihm unsicher aus.

»Aber Philip und ich, wir lieben uns doch.« Meine Stimme klang dünn.

»Ist das so?«

»Was sonst? Ich heirate doch nicht einfach nur so!« Ich schwankte zwischen Ärger und Verzweiflung. Fühlte mich unangenehm in die Ecke gedrängt von meinen eigenen Emotionen. Ich hatte ja selbst in letzter Zeit oft Zweifel, ob mir dieses ganze Drumherum, das Philip so unendlich wichtig war, irgendwann die Luft zum Atmen nehmen würde. Aber war das nicht normal, dass man diese Panik bekam, wenn man heiratete?

»Wie auch immer es weitergeht, du sollst bitte nur wissen, dass ich für dich da bin, komme, was wolle!« Um Ännes warme Augen zeichneten sich liebevolle Lachfältchen ab.

»Danke«, sagte ich nur. Sie streckte ihre Hand aus, und ich legte meine in ihre, die sie fest umschloss. »Das weiß ich.«

Wir bezahlten, standen auf und fuhren weiter Richtung Hamburg.

»Ich wünschte, auf mich hätte auch jemand mal so ein Auge gehabt«, sagte Änne plötzlich, als wir wieder rollten. Erstaunt sah ich sie kurz von der Seite an, bevor ich wieder auf die Straße blickte.

»Wie meinst du das? Du sagst doch immer, dein Leben sei wunderbar, und du bist zufrieden, so wie es ist.«

»Schon, aber ein Mal, da hab ich nicht auf mein Herz gehört. Nicht selten habe ich darüber nachgedacht, was wohl passiert wäre, wenn ich das doch getan hätte und nicht so stolz gewesen wäre.« Ännes Blick ging wehmütig über die Felder, die neben der Autobahn lagen. »Aber dann dachte ich wieder, dass alles im Leben aus einem bestimmten Grund geschieht und seine Zeit hat.«

»Ging es dabei um einen Mann?« Änne hatte nie davon erzählt, dass sie mit einem Mann zusammengelebt hatte, wohl aber, dass sie sich immer gewünscht hatte, einmal zu heiraten.

Jetzt jedoch nickte sie. »Es ist noch gar nicht lange her. Ein Urlaub auf Sylt. Ich hatte da ein Seminar zum Thema Achtsamkeit. Als ich nicht mehr gearbeitet hab, hat mich das brennend interessiert. Rufus war auch in dem Seminar. Als einziger Mann.« Änne lächelte verträumt. »Und weißt du, was er da gesucht hat?«

Amüsiert schüttelte ich den Kopf. »Neue Erkenntnisse über das Leben im Hier und Jetzt nehme ich an?«

»Ja, vielleicht.« Änne lachte ebenso. »Das Seminar war eine Auflage. Er musste daran teilnehmen, wenn er das Erbe seiner Mutter antreten wollte. Verrückt, oder?«

Ich prustete los. »Das ist in der Tat verrückt.«

»Ich fand die Vorstellung absolut skurril, aber irgendwie war mir seine alte Dame sofort sympathisch. Er beschrieb sie mal als spirituell angehauchten Paradiesvogel.«

»Ach!« Ich musste grinsen, und Änne hob entschuldigend die Schultern.

»Schräg war ja immer auch schon meine Richtung. Er sah wohl einige Parallelen zwischen seiner Mutter und mir.« Änne zwinkerte. »Obwohl mir bis heute die Tatsache suspekt vorkommt, dass ein Mann mit mir schäkerte, den ich an seine Mutter erinnerte.« Sie rollte mit den Augen und machte eine kurze Pause, in der sie versonnen in die Ferne schaute. »Jedenfalls wirkte er wie fehl am Platz in diesem Kurs, den außer ihm ausschließlich Frauen besuchten. Er sah gut aus, alle Kursteilnehmerinnen schmachteten ihn an. Erst recht, als er die Geschichte mit dem Erbe erzählte. Das beinhaltete nämlich auch ein Haus auf Sylt. Und wer hätte das nicht gerne? Mir war das egal, denn wenn ich eines besaß, dann eigenes Geld.« Beiläufig zuckte Änne die Schultern, und ich musste schmunzeln, als sie dies sagte. »Wir kamen ins Gespräch und gingen nach unserem Treffen mal einen Kaffee trinken. Daraus wurde eine tägliche Verabredung und lange Abende am Strand. Es war eine wunderschöne Zeit.«Ännes Stimme bekam einen sanften Klang, als sie davon erzählte.

»Bis mit einem Mal die Rede davon war, dass es eine Frau gab in seinem Leben.« Sie stieß höhnisch Luft durch die Lippen. »Da war's leider bald vorbei mit uns.«

»Wie schade. Und er hat nicht darüber nachgedacht, mit dir zusammen zu sein?«, fragte ich.

Änne zuckte die Achseln. »Gesagt hat er das, aber gleich darauf kam die Nachricht, dass er sie nicht verlassen kann. Das übliche Gerede halt. Und ich habe wirklich gedacht, er hätte ein großes Herz. Ich habe ihm auch keine Gelegenheit mehr gegeben, dass wir noch mal redeten. Ich war zu stolz. Hab der Kursleiterin verboten, meine Daten herauszugeben, und nach meiner Abreise habe ich nie wieder was von ihm gehört. Wahrscheinlich gehörte es auch zum Erbe, dass er sich nicht von seiner Frau trennen durfte, sonst gibt's kein Geld oder so.« Änne zwinkerte. »Nun ist es aber auch egal. Sollte einfach nicht sein, und das hatte vielleicht einen Grund.«

»Bist du denn noch mal auf Sylt gewesen nach diesem Urlaub? Wann war das denn?«, erkundigte ich mich.

»Das ist noch gar nicht so lange her«, gab Änne zu. »Vor fünf Jahren war das.«

»Und du hast mir nie was davon erzählt?« Jetzt war ich enttäuscht.

»Es war vorbei, noch ehe es wirklich begonnen hat. Es war o. k. für mich, nicht der Rede wert, dachte ich damals. Und außerdem hattest du kurz darauf dann ganz andere Sorgen, mein Schatz.« Sie strich mir sanft über den Arm.

»Aber heute denkst du noch an ihn?«

Änne wiegte den Kopf hin und her. »Vielleicht manchmal ein kleines bisschen.« Auf ihren Wangen erkannte ich einen zarten Rotschimmer.

»Wo kam er denn her?«

»Aus Hannover. Er sprach aber davon, dass er nach Sylt ziehen wollte. Darum ging es auch in seinem Erbe. Seine Mutter hatte ihm das Haus auf Sylt vermacht, wenn er denn ihre Bedingungen erfüllen konnte. Sie muss eine sehr interessante Persönlichkeit gewesen sein.« Änne lachte, und auch ich schmunzelte.

»Ja, und ich denke halt oft, dass mein Herz mir irgendwas sagen wollte, als ich ihn nicht vergessen konnte. Aber ich habe es überhört. Und das hab ich nun heute davon. Jetzt bin ich eine alte Schachtel und allein.«

»Ach Mensch, Änne! Das klingt nun aber so traurig – ich bin ja da! Ganz allein bist du nicht.«

»Klar, ich meine ja nur. Man darf sein Herz nicht zum Schweigen verdonnern. Nicht aus falschem Stolz und auch nicht aus Mutlosigkeit. Es wird einen dann nie so recht in Ruhe lassen. Davon bin ich überzeugt. Und ich will vermeiden, dass du, mein Schatz, denselben Fehler machst.«

»Du denkst also noch immer an ihn?« Fragend schaute ich Änne an, deren Gesichtszüge einen weichen Zug bekamen. Ganz zaghaft hob sie die Schultern.

»Fideli, ich bin alt. Aber ich hadere nicht damit. Alles im Leben geschieht aus einem bestimmten Grund und ergibt am Ende einen Sinn. Dieser Gedanke erleichtert mir vieles.«

Den Rest der Autofahrt verbrachten wir schweigend und hingen beide unseren Gedanken nach. Was Änne sagte, bewegte mich. Es stimmte schon, dass in den letzten Wochen die Zweifel gegenüber der Euphorie deutlich überwogen. Dennoch fehlte mir der Mut, mich ernsthaft damit auseinanderzusetzen. Was würde es bedeuten, diese Hochzeit infrage zu stellen? Was würde Philip sagen und was meine Eltern? Sie wären schwer enttäuscht. Vor allem meine Mutter. Aber Änne hatte vollkommen recht. Das durfte nicht die Triebfeder für eine Lebensentscheidung sein. Der Satz, dass alles im Leben aus einem bestimmten Grund geschah und einen Sinn hatte, hallte in meinem Kopf nach, und ich versuchte, dafür in meinem Leben einen Beweis zu finden. Hatte ich mit Philip zusammenkommen sollen nach Neles Tod, um meinen Weg zu finden, oder gab es noch mehr, was da auf mich wartete, und unsere Beziehung war nur eine Station auf diesem Weg? Wenn ja, hoffte ich auf ein Zeichen, welches Leben das Schicksal für mich vorgesehen hatte, wenn es nicht die Ehe mit Philip sein sollte.

3. Kapitel

Die nächsten Tage standen weiterhin ganz im Zeichen unserer Hochzeit. Da unsere Hochzeitsplanerin alle Fäden in der Hand hielt, hatte ich jedoch wenig damit zu tun, was mir ganz recht war. Es waren meist Berichte zum Stand der Dinge, die mich erreichten, selten waren meine Meinung oder mein Handeln gefragt. Nach einem anstrengenden Tag im Immobilienbüro, wo ich als Maklerin für Philip arbeitete, kam ich erschöpft nach Hause und wollte früh schlafen gehen. Ich stürzte mich in diesen Tagen in die Arbeit und ging zeitig zu Bett, um meinem Gedankenchaos möglichst wenig Raum zu lassen.

Vorm Betreten unseres Hauses nach einem kräftezehrenden Tag schaute ich nach der Post.

Neben etlichen Einladungen zu Events rund um Hamburg fiel mir ein Brief in die Hände. Handschriftlich waren darauf mein Name und meine Adresse notiert. Der Zusatz *persönlich* ließ mich stutzen. Ein Absender stand nicht auf dem Brief. Der Poststempel, der verriet, wo der Brief abgesendet war, war unleserlich. Auch die Handschrift kam mir nicht bekannt vor.

Verwundert öffnete ich den Brief. Als mein Blick auf die Anrede fiel, setzte mein Herz für einen Moment aus.

Liebe Phie, stand dort als Anrede. Es gab nur einen Menschen, der mich so genannt hatte. Das war Nele. Erschrocken presste ich mir die Hand auf den Mund.

Heute habe ich zwei Briefe für dich. Damit das nicht nur so dahergesagt war, halte ich hiermit fest, was wir uns geschworen haben. Bevor wir heiraten, wollen wir sichergehen, dass wir es bei unserem Zukünftigen auch mit der großen Liebe zu tun haben.

Ich verspreche Dir, dass Du sicher sein kannst, den Mann fürs Leben gefunden zu haben, wenn Du alle Fragen der beigefügten Checkliste mit »Ja« beantworten kannst.

Ein Pfeil deutete auf die Rückseite des Briefes, auf der die Überschrift *Checkliste zur großen Liebe* stand. Mit zitternden Händen drehte ich den Brief um.

Wenn Du alles auf der Liste abgehakt hast, steht dem Erwachsenwerden nichts mehr im Wege. Mit allem Drum und Dran. Einem Mann, Häuschen und Kindern und so.
  Los geht's also gleich mit unserem ersten Punkt zur großen Frage: Woran erkenne ich meine große Liebe?
  Das Herzrasen, wenn er Dich umarmt, fühlt sich an wie der heftigste Herbststurm und das gigantischste Feuerwerk, das Du Dir vorstellen kannst in einem.
  Du hast mit dem Mann an Deiner Seite gelacht, bis Dein Bauch wehtut.
  Er hört Dir zu, wenn Du ihm Deine Träume anvertraust, und sucht gemeinsam mit Dir nach Wegen, sie zu erfüllen.
  Du magst die Art, wie er über sich selbst lacht.
  Du kannst Dir vorstellen, seine Ecken und Kanten auch in fünfzig Jahren noch zu ertragen.
  Wenn ihr streitet, dann geht ihr nie im Bösen auseinander.

Ich schluckte, als ich diese Zeilen las. Die Buchstaben flirrten vor meinen Augen, und der Inhalt kam nur ganz langsam in meinem Kopf an. Mit Herzklopfen, als wollte meine Brust zerspringen, las ich weiter.

Bis dahin wollen wir aber unsere Freundschaft feiern. Ganz besonders freue ich mich schon auf unseren Sylt-Urlaub. Ich kann schon jetzt die Zeit mit dir auf unserer Insel kaum erwarten. Ich habe mal ein paar Ideen dafür gesammelt:

Unseren Leuchtturm von innen besichtigen – für meine Hochzeit ;-)
Einen Fallschirmsprung wagen.
Auf unserer Bank in Hörnum sitzen und quatschen, bis es wieder hell wird.
Einem Insulaner zuhören.
Einen unserer alten Freunde auf Sylt treffen.
Am Strand entlang zu galoppieren. (Mein Tipp: auf dem einzigen Friesen der Insel, der eine weiße Blesse hat!)
Entlang der Braderuper Heide spazieren gehen.
Am Morsum-Kliff die Atmosphäre genießen und Träume in den Himmel schicken.
Am Strand schlafen.
Picknick am Strand.
Einen Drachen steigen lassen.
Schweinswale beobachten.

Ich freue mich auf unsere Reise!
Deine Nele

Meine Hände zitterten, und ich musste weinen. Ein Brief von Nele, der mich ausgerechnet jetzt erreichte, wo meine Hochzeit kurz bevorstand. Das war mehr als unheimlich. Ich dachte anÄnnes Worte, dass im Leben bestimmte Dinge aus einem gewissen Grund geschehen, und eine Gänsehaut überzog augenblicklich meinen gesamten Körper.

Und noch dazu stand in dem Brief viel von dem, worüber ich gerade mit Änne gesprochen hatte. Als spielte das Schicksal meiner Tante in die Karten, die meiner Hochzeit skeptisch gegenüberstand. Nele versprach mir, meine große Liebe zu erkennen, wenn ich die Punkte mit Blick auf den Mann an meiner Seite abhaken konnte. Verwirrt faltete ich die Liste erst einmal wieder zusammen. Sollte Philip gleich nach Hause kommen, wollte ich nicht, dass er sie in die Hände bekam.

Einzelne Punkte ließen mich nicht los und kreisten in meinem Kopf.
Mit einem Mann lachen, bis der Bauch schmerzt.
Mein Bauch krampfte sich in diesem Moment weniger vor Lachen als vor Verwirrung zusammen. Philip und ich waren, was unseren Humor anging, absolut verschieden. Ich konnte mich kaum daran erinnern, jemals mit ihm so gelacht zu haben.
Aber es war schon so, dass wir lustige Momente hatten. Mit diesem Gedanken tröstete ich mich darüber hinweg. Fürs Lachen hatte ich ja auch meine Tante Änne. Es gab kaum einen Menschen, mit dem ich herzlicher lachen konnte als mit ihr.
Ich ging gedanklich die Ideen für unseren gemeinsamen Sylt-Urlaub durch, der dann nie stattgefunden hatte. Nach und nach kamen Erinnerungen hoch an die Zeit, in der wir sie gemeinsam gesammelt hatten.
Ein Punkt war, einen Leuchtturm von innen zu besichtigen.
Ich musste daran denken, wie Nele und ich einmal auf Sylt waren. Wir kamen an einem Leuchtturm vorbei. Dort fand gerade eine Hochzeit statt, und da hatten wir uns überlegt, wie wohl so ein Leuchtturm von innen aussieht. Wir hatten das beide noch nie gesehen, Nele konnte sich aber sofort vorstellen, dass das der Ort war, an dem sie auch einmal heiraten wollte. Ich seufzte. Bis eben hatte ich nie wieder daran gedacht.
Ein weiterer Punkt war, einen Drachen steigen zu lassen. Eine Kindheitserinnerung, die nie wieder in meinem Kopf gewesen war.
Ich dachte an den Punkt Fallschirmspringen. Noch genau erinnerte ich mich daran, wie wir beschlossen hatten, das auch einmal zu machen. Wir lagen im Garten unseres Ferienhauses und schauten in den Himmel über Sylt, von dem es unzählige mutige Springer herabregnete. Uns war beiden mulmig zumute dabei, aber gemeinsam würden auch wir es schaffen, diesen Sprung zu wagen. Traurig lächelte ich. Allein würde mir das niemals gelingen, und ich wollte es auch gar nicht mehr.

Bei dem Tipp mit dem Friesen musste ich schmunzeln. Nele liebte das Besondere. Ihr Pferd Goliath hatte zwei verschiedenfarbige Augen gehabt. Es passte zu ihr, dass sie nach einem Friesen mit weißer Blesse suchen wollte. Friesen waren ihre Lieblingspferde, und meines Wissens hatte diese Rasse nur sehr selten eine Blesse.

Nele schickte mich in ihrem Brief nach Sylt. Ich dachte oft an meine Lieblingsinsel, zu der wir auch in ein paar Wochen in unseren Flitterwochen aufbrechen wollten. Nele und ich waren ein paarmal da gewesen. Ich kannte Sylt noch aus Kindheitstagen, und Philip fuhr auch schon ewig dorthin. Selbstverständlich besaß die Familie neben den weitläufigen Ländereien in Schleswig-Holstein auch auf Sylt Eigentum. Dieses Mal sollte es für Philip und mich allerdings in ein Hotel gehen. Zwei Wochen Luxusurlaub vom Feinsten im Spätsommer. Das wollten uns seine Eltern zur Hochzeit schenken.

Über den Inhalt des Briefes hinaus war aber überhaupt die Tatsache beunruhigend, dass mich jetzt ein Brief von Nele erreichte. Wer konnte ihn an mich gesendet haben? Und wie war diese Person an den Brief gelangt? Auf Marienlund kannte nun niemand mehr Nele und meine Geschichte. Höchstens vielleicht die Mutter von Klemens, die gerade das Gut verlassen hatte. Aber wie war sie an den Brief und dann auch noch an meine Adresse gekommen? In diesem Moment fiel mir ein, dass ich Änne damals davon erzählt hatte, dass Nele und ich eine Art Checkliste erstellt hatten, in der es um die große Liebe ging. Sie war diejenige gewesen, die uns dazu motiviert hatte, als wir eines Abends am Lagerfeuer auf Marienlund saßen und über das Leben philosophierten. Nele und ich hatten gesagt, dass es zu traurig wäre, wenn wir eines Tages heiraten und die Hochzeit womöglich bereuen würden. Vielversprechender wäre es doch, für immer so frei und unabhängig zu leben wie damals. So wie Änne es tat. Änne hatte gelacht und gesagt, sie sei zwar nicht das beste Beispiel, aber wenn man den Mann fürs Leben gefunden hatte, der gewisse Punkte erfüllte, könnte man beruhigt in den Hafen der Ehe einlaufen. Sie sei womöglich nie an diesem Punkt angelangt, und eine Ehe war folglich nie zustande gekommen und ihr Traum von einer Hochzeit geplatzt. Daraus war diese Liste in unseren Köpfen entstanden. Mit einem Mal erschien mir glasklar, wer hinter dem Brief stecken musste. Änne hatte ihre Finger im Spiel. Dieser Brief passte so gut zu unserem letzten Gespräch.

Ich rief sie an. Änne, die dazu neigte, derlei Ereignisse mit übernatürlichen Kräften zu erklären, lauschte hörbar staunend meinen Ausführungen zu der Liste für die große Liebe.

»Da scheint jemand jedenfalls ein Händchen für den richtigen Zeitpunkt zu haben«, stellte sie messerscharf fest.

»Ach ja? Wie meinst du das?« Ich war verwirrt.

»Na meine vorsichtigen Hinweise, dir die ganze Hochzeits-Idee noch mal durch den Kopf gehen zu lassen, ignorierst du ja geflissentlich. Dieser Brief bestätigt mich wieder einmal darin, dass es höhere Mächte gibt, die einen dann unterstützen, wenn man Gutes tut.« Änne kicherte.

»Du willst damit also sagen, dass es etwas Gutes ist, dass irgendwer mich davon abhalten will, Philip zu heiraten?«

»Nun ja.« Ännes Tonfall war betont beiläufig.

»Änne, hast du damit was zu tun?« Für einen Moment war es still am anderen Ende der Leitung, und das bestärkte mich in meinem Verdacht.

»Liebes, wo denkst du hin?« Änne klang empört.

»Verstehe«, sagte ich nur, und die Tatsache, dass Änne nichts entgegnete, war Antwort genug.

»Außerdem schickt mich dieser Brief übrigens nach Sylt«, stellte ich fest.

»Ach ja?« In Ännes Stimme, die ohnehin schon einen einmaligen Klang hatte, der sich immer ein klein wenig ironisch anhörte, lag bemerkenswert echt klingende Überraschung.

»Tu nicht so«, erwiderte ich trotzig. »Es ist eine Liste der Dinge, die Nele und ich uns für den Urlaub auf Sylt vorgenommen hatten.«

»Na dann nix wie los, würde ich sagen.« Jetzt musste ich lachen überÄnnes spontane Reaktion.

»Höre ich da etwa heraus, dass es noch jemanden gibt, den es aus bestimmten Gründen auf die Insel zieht?« Ich schmunzelte. Obwohl mich verstörte, dass mich der Brief in Neles Namen erreichte, wäre es doch irgendwie niedlich, wenn Änne mich auf diese Weise nach Sylt locken würde.

»Ich fahre ja bald mit Philip dorthin, nach unserer Hochzeit. Aber wenn ich ehrlich bin, würde mich auch ein Urlaub nur mit meiner lieben Tante reizen. Aktuell möchte ich manchmal auch für ein paar Tage ausbrechen aus diesem ganzen Hochzeitsirrsinn. Obwohl *ich* damit ja kaum Arbeit habe. Eine Auszeit mit dir wäre aber einfach großartig.« Wir lachten beide.

»Wo auch immer dieser ominöse Brief nun herkommt – lass mich mal machen. Kümmere du dich darum, dass du fünf, sechs Tage freibekommst von deinem Göttergatten, und ich schaue nach einem netten Platz zum Schlafen auf der Insel.« Änne schien Feuer und Flamme von unserem Kurztrip. Das bestärkte mich darin, dass sie tatsächlich hinter dem Brief steckte.

»Änne, dir ist schon bewusst, dass wir beide dann auch den Fallschirmsprung in Angriff nehmen?« Kurzes Schweigen folgte.

»Ein Fallschirmsprung steht mit auf der Liste? Ach du liebe Zeit! Das sollte dir beweisen, dass unmöglich *ich* hinter dieser Idee stecken kann. Nie im Leben würde ich so etwas vorschlagen.« Änne wirkte erschrocken.

»Auch die besten Strategen machen wohl in der Planung hier und da einen Fehler. Oder hattest du irgendwen anders im Sinne, der mich begleiten soll?«

Änne stieß Luft durch die Lippen. »Philip vielleicht? Im Leben käme ich nicht auf diese Idee!« Ihr Protest klang so ernsthaft, dass ich wieder Zweifel daran hatte, ob sie es war, die mir den Brief hatte zukommen lassen.

4. Kapitel

Wie zu erwarten war Philip wenig erfreut, als er von meinen Plänen erfuhr. Ich erzählte ihm natürlich nichts von dem Brief, sondern folgte Ännes Rat, den sie mir zum Abschluss am Telefon gegeben hatte. Sie lud mich kurzerhand ein zu einer einwöchigen Reise nach Sylt. Als Geschenk zu unserer Hochzeit. Ein Angebot, welches ich unmöglich ausschlagen konnte. Auch wenn das Argument Philip nicht vollständig überzeugte und er mir mehrfach vorhielt, ich würde mir zu wenig Gedanken um die Hochzeit machen und ihn inmitten der Vorbereitungen allein lassen, packte ich schon bald meine Koffer. Als ob er mich in auch nur eine einzige Entscheidung miteinbezogen hätte. Das Gegenteil war der Fall. Er hatte sogar unsere Dessertänderungen wieder rückgängig gemacht. Ich traute mich kaum, Änne davon zu erzählen. Womöglich würde sie mich auf Sylt festhalten und eine Hochzeit dadurch verhindern, dass die Braut gekidnappt wurde.

Ich schmunzelte bei dem Gedanken und legte noch ein paar Kleidungsstücke mehr mit in den Koffer. Dann stieg ich ins Auto und fuhr auf direktem Weg zu Ännes Wohnung.

Meine Tante leuchtete schon von Weitem. Diesmal trug sie ein hellgrünes Kleid, dazu einen weißen Hut. Außerdem hatte sie einen überdimensionalen Koffer bei sich.

»Hattest du vor, direkt nach Sylt auszuwandern, oder habe ich das mit der einen Woche falsch verstanden?«

Änne rollte mit den Augen. »Man muss doch auf alles vorbereitet sein. Und wenn es am Ende das Auswandern ist. Wer weiß das schon.« Sie klimperte kokett mit den schwarz gefärbten Wimpern und verzog den knallrot geschminkten Mund zu einem spöttischen Grinsen, als sie neben mir an den Kofferraum trat. Sie zeigte belustigt auf meinen Koffer.

»Nicht dein Ernst? Sag bloß, dein Göttergatte in spe gibt dir nur zwei Tage frei?« Der Blick meiner Tante war gleichermaßen entsetzt wie amüsiert.

Ich knuffte sie in die Seite. »Mir reicht das für sieben Tage!«

»Wenn nicht, gehe ich mit dir shoppen.« Änne lachte.

»Gott bewahre!«

Keine drei Stunden später rollten wir mit dem Zug über den Hindenburgdamm.

Änne öffnete ihr Fenster und hielt ihr Gesicht in die Sonne. Ein Windzug erwischte ihren Hut und riss ihn ihr vom Kopf. Ein Juchzer folgte, doch der Hut war verloren. Ich schaute dem kleinen hellweißen Punkt erschrocken durchs Rückfenster hinterher.

»Weg mit den alten Hüten und auf zu neuen Ufern«, jubelte Änne, und ich überlegte, ob sie womöglich heimlich Prosecco getrunken hatte, bevor wir starteten. Ich kannte keinen Menschen, dessen Stimme so charmant rau und kratzig klang wie die von Änne. Der dezente Hamburger Dialekt gab ihrer unverkennbaren Stimme das i-Tüpfelchen. Für mich wäre meine Tante immer die beste Synchronstimme für nahezu jede erdenkliche Comicfigur gewesen, die lässig unangestrengt und dabei mitreißend komisch sein sollte.

»Na dann!« Ich schmunzelte und dachte an Nele, die ihre Freude an unserem Anblick gehabt hätte.

Änne lehnte sich in ihrem Sitz zurück und seufzte. »Wie schön, Liebes, dass wir diese Reise machen. Wer auch immer uns hierhergeschickt hat, hat eine klasse Idee gehabt.« Sie strahlte.

»Definitiv«, sagte ich und schaute sie skeptisch an.

Sie grinste verschmitzt, dann wanderte ihr Blick wieder aus dem Fenster.

»Was haben wir denn nun so vor auf der Insel?«, erkundigte Änne sich bei mir.

»Weißt du das nicht am besten?«

»Ich glaube, ich muss mal etwas klarstellen. Ich habe euch damals den Tipp für die Liste zur großen Liebe gegeben, geschrieben habe ich sie euch aber nicht. Und den Urlaub auf Sylt, den habt ihr doch damals geplant. Damit habe ich nichts am Hut. Auch wenn es bestimmt schöne Dinge sind, die ihr euch da vorgenommen hattet. Davon bin ich überzeugt.« Änne lächelte versöhnlich.

Misstrauisch zog ich Neles Brief hervor. Meine Gedanken wanderten zu dem Urlaub auf Sylt, den wir geplant, aber dann leider nie angetreten hatten. Ich seufzte.

»Es sind ein paar sehr schöne Dinge dabei, ja. Ein Spaziergang in der Braderuper Heide zum Beispiel«, las ich vor. Änne nickte den Vorschlag ab. »Oder ein Picknick am Strand.« Änne gefiel auch das. »Auf unserer Bank in Hörnum sitzen und quatschen, bis es wieder hell wird.« Als ich diesen Satz las, wurde mein Herz bleischwer. So lange hatte ich nicht an *unsere Bank* gedacht. Diese stand in den Dünen nahe Hörnum. Wir waren hierher oft mit dem Rad gefahren, und wenn wir dort saßen, führten wir stundenlange Gespräche und vergaßen die Zeit. Es war jedes Mal eine ganz besondere Zeit, die wir mit den Gesprächen auf dieser Bank verbrachten. An kaum einem anderen Ort hatten wir eine solche Ruhe, wenn wir einmal ohne Zuhörer quatschen wollten, und gleichzeitig so einen fantastischen Blick.

»Das klingt entspannt. Da bin ich sofort dabei.« Änne lächelte.

»Mit einem Insulaner reden«, las ich weiter vor. »Ich weiß gar nicht mehr so recht, was wir uns bei diesem Wunsch gedacht hatten.« Ich überlegte, mir fiel es jedoch nicht ein.

»Wunderschöne Idee. Manchmal erfährt man so viel mehr über die Insel auf diesem Wege«, sagte Änne.

»Das stimmt. Ich bin mir sicher, das wird uns gelingen«, stimmte ich ihr nickend zu. Sie bedachte mich mit einem ungewohnt ernsthaften Blick. Dann lehnte sie sich wieder zurück und schloss die Augen.

»Was geht es uns gut!« Sie lächelte wieder. Die frische Luft, die uns durch das offene Fenster erreichte, brachte sofort den Duft des Meeres, gemischt mit einem salzigen Geschmack auf den Lippen, und damit ein Gefühl von Urlaub in unser Auto.

Während der Zug Richtung Westerland ruckelte, sah ich in der Ferne vage das Morsum-Kliff. Diese Stelle war schon immer einer meiner Lieblingsorte gewesen, und ich nahm mir vor, sie unbedingt auch in diesem Urlaub zu besuchen.

»Wo genau wohnen wir denn jetzt eigentlich?«, fragte ich Änne. Sie hatte mir erzählt, dass sie eine kleine Wohnung in Keitum bekommen hatte. Weil gerade keine Saison war, hatten wir Glück, und es war noch kurzfristig etwas frei.

»*Kleines Stübchen* in Keitum«, erklärte Änne. »Eine schnucklige Wohnung in einem Haus mit zwei Ferienappartements. Unsere ist im Erdgeschoss und hat einen verträumten Garten mit einem Strandkorb, in dem wir wunderbar das ein oder andere Gläschen Wein genießen können oder einfach mal die Seele baumeln lassen. Sah auf den Bildern unheimlich gemütlich aus.«

»Keitum ist so ein traumhafter Ort. Toll, dass du dort eine Wohnung bekommen hast«, freute ich mich.

»Wenn wir die Schlüssel abgeholt haben und unsere Sachen im Haus sind, brechen wir gleich zu einem kleinen Spaziergang durchs Dorf auf, oder was meinst du?« Fragend schaute ich Änne an.

»Wärst du mir sehr böse, wenn ich mich erst mal ein wenig hinlege? So eine Fahrt strengt mich irgendwie an. Bin halt doch nicht mehr die Jüngste.« Bedauernd hob Änne die Schultern.

»Natürlich kannst du dich erst mal ausruhen. Ich warte auch auf dich, und wir gehen später zusammen«, bot ich an.

»Geh du mal schon, wir werden noch Gelegenheit haben, gemeinsam eine Runde zu drehen. Und da freue ich mich schon jetzt drauf.« Ännes Lächeln war liebevoll.

Wie vereinbart erhielten wir die Schlüssel bei der Vermietung in Westerland. Von dort aus fuhren wir direkt nach Keitum.

Schon beim Passieren der Ortseinfahrt, fühlte es sich an, wie nach Hause zu kommen, so vertraut war dieses Fleckchen Erde für mich.

Ich merkte, wie entspannend es auf mich wirkte, dass ich in diesem Urlaub die feinen Hotels und Restaurants, die uns auch in diesem Ort in Empfang nahmen, einmal links liegen lassen konnte. Fuhr ich mit Philip nach Sylt, ging mir schon bei der Ankunft durch den Kopf, wann wir wo einen Tisch reserviert hatten und welches Outfit wann gefragt wäre. Mit Änne auf der Insel würden wir nur tun, was uns beiden gefiel. Und obwohl wir so unterschiedlich waren, war ich überzeugt, dass unsere Vorstellungen von unserem gemeinsamen Urlaub ganz ähnlich waren. Nicht zuletzt hatten wir ja auch Neles Liste als groben Plan, an dem wir uns orientieren wollten.

Ich hoffte, mit der Zeit würde mein Kopf die Pläne für meine Zukunft etwas klarer zeichnen können. Ich wünschte mir, mein Herz würde hier an meinem Herzensort zu mir sprechen und mir sagen, ob es das Richtige wäre, Philip zu heiraten.

Die Wohnung lag in einem weißen Reetdachhaus mit hellblauen Fensterrahmen. Neben der typisch friesischen Klöntür, einer zweigeteilten Tür, bei der die Menschen nur den oberen Teil öffnen mussten, um sich darüber hinweg unterhalten zu können, stand eine weiße Holzbank. Ein riesengroßer Hortensienstrauß darauf mit blassblauen Blüten rundete das Postkartenmotiv ab.

»Oh wie schön«, staunte ich, als ich meinen Koffer vor der Tür abstellte. Auch Änne war begeistert. »Da habe ich ja ein gutes Händchen bewiesen. Von außen scheint es schon einmal ein Glücksgriff zu sein. Lass uns mal schauen, was uns drinnen erwartet.« Wir spazierten ins Haus.

Ein warmer Holzboden und Wände in einem beige-grauen Ton empfingen uns. Die Fußleisten im Eingangsbereich, in der Küche und dem Wohnzimmer waren weiß und bildeten einen edlen Kontrast zur Wandfarbe. Eine kuschelige cremefarbene Couch und zwei beige Sessel mit Hockern davor boten im Wohnraum einen perfekten Bereich zum Entspannen. Auf der anderen Seite des Raums lag der Essbereich, der in die offene Küche überging.

»Wow«, staunte ich. »Hier würde ich gerne leben!«

»Ich auch! Vielleicht sollten wir einen Lottoschein ausfüllen, und wenn wir Glück haben, bleiben wir gleich hier auf der Insel«, überlegte Änne.

»Eine wunderbare Idee. Außer dass Philip eventuell sein Veto einlegen wird.« Bedauernd hob ich die Schultern.

Änne kommentierte dies nicht, rollte nur vielsagend mit den Augen und machte eine wegwerfende Handbewegung.

Wir gingen in das Schlafzimmer. Ein großes weißes Bett stand gegenüber einem Bauernschrank. An den Wänden hingen Fotografien verschiedener Häuser und Strände, vermutlich von der Insel. In den kleinen Butzenfenstern in Küche, Bad und Schlafzimmer standen jeweils Lampen, die ein warmes Licht abgaben und nach außen und innen Gemütlichkeit ausstrahlten.

Die Küche war modern und hell, zur kleinen Terrasse führte eine große Glastür, die das Wohnzimmer lichtdurchflutet erscheinen ließ.

Als wir unsere Koffer ausgepackt hatten, legte Änne auf dem Sofa die Beine hoch. Später wollten wir noch gemeinsam ein paar Dinge einkaufen und unseren Kühlschrank füllen. Darauf freute ich mich richtig. Sonst musste ich mir um die Verpflegung meist keinerlei Gedanken machen, weil Philip und ich zu nahezu jeder Gelegenheit mittags und abends irgendwo einkehrten. Gerade die Möglichkeit, abends auch einmal ganz entspannt und in Jogginghose am Tisch zu sitzen, fühlte sich herrlich verlockend an und versprach Erholung.

Ich schlenderte vorher eine Runde durch den Ort und ging in Richtung Watt, um die magische Ruhe dort zu genießen.

Ich erinnerte mich, dass die Straße, die ich gerade entlangspazierte, als ich noch ein Kind war, von riesigen Kastanien gesäumt war. Noch heute sah ich, wie spät am Abend das Licht durch das Laub der Bäume flackerte und der Wind es leicht rauschen ließ. Meine Eltern saßen dann oft in einem der Restaurants, während ich in dieser Zeit auf Erkundungstour ging. Zum Watt durfte ich nicht allein, nutzte aber jede kleine unachtsame Sekunde meiner Eltern, um mich weiter weg zu wagen vom Außenbereich des Restaurants. Hinter den typischen Friesenwällen und Hortensien, die damals wie gewaltige Blumen auf mich wirkten, gab es manchmal ein Kaninchen oder einen Vogel zu entdecken, denen ich ein Stück folgte. Wenn ich Glück hatte, kamen in den Abendstunden die Pferde von einem Ausritt am Watt zurück zum Stall, und ich stand staunend am Straßenrand und lauschte dem Hufgeklapper. Wenn ich in die lachenden Gesichter der Reiter schaute, wünschte ich mir schon damals nichts mehr, als irgendwann auch einmal am Watt entlangzureiten. Diesen Wunsch hatte ich mir später mit Nele in mehreren unserer Urlaube erfüllt, und er gehörte bis zu ihrem Tod zu jedem unserer Sylt-Aufenthalte. Am Strand entlangzureiten stand daher auf der To-do-Liste, die Nele für unseren Urlaub geschrieben hatte. Ich wurde wehmütig. Sosehr mich Pferde auch heute noch begeisterten. Nie wieder hatte ich seit dem Tag, an dem Nele vor meinen Augen verunglückt war, auf einem Pferd gesessen.

Neben einem kleinen Restaurant am Ende der Straße ging ich einen Weg hinunter zum Watt. Unser Haus lag im Innern des Ortes, sodass es kein langer Fußmarsch bis hierher war.

Ich lief die paar Stufen hinab und zwischen Schilfgras hindurch. Dann trat ich auf den Weg, der am Meer entlangführte. Gerade war Flut, und das Wasser plätscherte bis an den Weg heran. Ich blieb stehen, schloss die Augen und sog den Geruch von Algen, Schlick und Salzwasser auf. Das leise Rauschen der seichten Wellen wirkte sofort erholsam. Über dem Wasser lagen zahlreiche Schäfchenwolken, und Möwen zogen am Himmel ihre Bahnen.

Ich drehte mich einmal um in Richtung der Häuser, die sich direkt am Watt befanden. Sie ruhten stoisch über dem Grün, welches ihre Grundstücke umfriedete. An manchen Häusern gab es am unteren Teil der Gärten ein weißes Holztor, welches den Bewohnern den direkten Zugang zum Watt ermöglichte. Ich träumte mich in eins der Häuser, stellte mir vor, wie es wäre, hier am Morgen das Schlafzimmerfenster zu öffnen und diesen Ausblick zu genießen. Das Keitumer Watt hatte auch deshalb eine besondere Wirkung auf mich, weil es hier nah am Meer so viele – für die Insel recht hohe – Bäume gab. Das satte Grün vor dem Wasser bot ein malerisches Bild. Ein Aufgang führte direkt zu einem Café, dem ich unbedingt mit Änne einen Besuch abstatten wollte. Weiter ging mein Blick nach Munkmarsch. Den Ort konnte man von hier leicht zu Fuß erreichen. Heute sah ich nur das in hellem Weiß leuchtende Hotel, welches direkt am Jachthafen von Munkmarsch lag. Hier waren Philip und ich schon einige Male zu Gast gewesen. Ich mochte das Hotel aufgrund der traumhaften Lage, dennoch gehörte es in diesem Urlaub nicht zu meinen Zielen.

Das Schilfgras um mich herum war so hoch, dass ich mir vorstellen konnte, dass sich hier gerade etliche Kaninchen vor mir versteckten, was ich als Kind immer sehr bedauert hatte. Ich dachte daran, wie ich im Frühjahr einmal mit Nele hier auf einer Bank gesessen hatte und ein gewaltiger Vogelschwarm plötzlich im Watt gelandet war. Wir hatten damals von einem Insulaner, der sich dieses Spektakel ebenfalls angeschaut hatte, erfahren, dass hier jedes Jahr im Frühjahr und Herbst ganze Schwärme von Zugvögeln Rast machten. In dem reichhaltigen Wattboden fanden die Tiere in Krebsen, Wattwürmern und kleinen Schnecken Nahrungsreserven für ihre Reise. Jetzt fiel mir auch wieder ein, weshalb wir für unsere To-do-Liste auf ein Gespräch mit einem Insulaner gekommen waren. Wir hatten damals darüber gesprochen, dass man vieles über die Insel nur aus der Touristenperspektive erfuhr, während es doch so viel interessanter wäre, den Geschichten der Leute zu lauschen, die hier lebten und die manchmal noch so viel mehr zu erzählen hatten.

Es waren so viele Dinge, an die ich lange nicht mehr gedacht hatte und die mir wieder einfielen, als ich hier entlangspazierte. Ich war selbst erstaunt darüber, dass all diese Erinnerungen in der Zwischenzeit irgendwo in meinem Kopf geschlummert hatten. Aber mit Philip hatte ich über diese Sachen nie gesprochen. Wenn wir gemeinsam in Keitum waren, dann meistens, um entweder diverse Läden oder aber eins der gediegenen Restaurants aufzusuchen. Ich konnte mich nicht daran erinnern, jemals mit ihm hier am Wasser entlanggelaufen zu sein.

Wenn ich darauf hörte, was mein Herz mir an diesem Ort sagte, nämlich dass ich in dieser Umgebung unheimlich glücklich war, drängte sich mir die Frage auf, was mich eigentlich mit Philip verband. Ich rätselte darüber, ob ich diese tiefe Zufriedenheit auch in seiner Gegenwart verspürt hätte. Das, was zwischen uns war, fühlte sich anders an. Er war da gewesen, hatte mich in der Zeit nach Neles Tod aufgefangen und abgelenkt. Mein Fokus war von den Pferden weg auf unser gemeinsames Leben gerichtet worden. Fortan zogen wir an einem Strang. Unser Ziel war es, seine Firma voranzutreiben, womit wir auch erfolgreich waren. Wir hatten viele Leute um uns, waren immerzu bei irgendwem eingeladen, und mit jedem Tag, an dem sich die Termine beinahe überschlugen, war ich weniger zum Nachdenken gekommen. Aufgefallen war mir das schon. Aber vielleicht hatte ich es in seinem ganzen Ausmaß auch gar nicht sehen wollen. Wenn ich nachdenklich wurde, dann behielt ich meine Gedanken für mich, denn es gab außer Änne auch keinen Menschen, mit dem ich darüber reden konnte, wenn ich doch mal zweifelte.

Meine Eltern, vor allem meine Mutter, hatten in Philip ihren Wunschschwiegersohn gefunden. Und meine Freunde waren oft auch unsere gemeinsamen Freunde. Sie kamen gar nicht auf den Gedanken, dass ich unzufrieden sein könnte, weil wir nach außen hin so glücklich schienen. Wahrscheinlich dachten sie auch, dass es ein großes Glück war, dass Philip mich nach Neles Tod auffing und mich von meiner Trauer ablenkte. Womit sie grundsätzlich recht hatten. Nur jetzt, vier Jahre später, fragte ich mich, ob das immer noch stimmte.

Änne hingegen stritt oft mit ihrer Schwester, meiner Mutter, weil sie weniger euphorisch war, was Philip anging und aus ihrer Meinung keinen Hehl machte. In ihren Augen sah mein Traummann anders aus. Wobei das Wort *Traummann* immer so abgedreht klang. Waren Traummänner nicht etwas vollkommen Unrealistisches und im echten Leben kaum vorhanden? Zumindest was das Gesamtpaket aus inneren Werten, Ansichten und Aussehen anging? Optisch fiel Philip genau in die Kategorie Traummann. Er sah super aus und hatte eine bemerkenswerte Ausstrahlung. Diese war es auch, die mir als Allererstes bei ihm aufgefallen war, als er und seine Clique zeitgleich mit uns Urlaub auf Marienlund gemacht hatten und wir uns dort begegnet waren. Als wir zusammenkamen, war er charmant, zuvorkommend, ein echter Gentleman. Aber welche Werte waren es, die sich mit der Zeit verfestigt hatten? Im Fokus aller seiner Überlegungen stand mittlerweile er. Unsere Welt drehte sich um ihn, seine Firma und seinen Erfolg. Wir unternahmen weiterhin viel, reisten um die Welt und gönnten uns viele Dinge. Aber waren das die Werte, die ich mir für den Mann an meiner Seite gewünscht hatte?

Mir fiel der erste Punkt von Neles Liste zur großen Liebe ein. *Lachen, bis der Bauch wehtut.*

Eine Sache, die Philip und ich nie erlebt hatten bisher. Wir lachten schon, so wie man eben mal gemeinsam lachte. Aber das, was Nele meinte, dass man kaum die Tränen zurückhalten konnte und der Körper geschüttelt und überflutet wird von lauter Glücksgefühlen. Das hatte ich zuletzt mit Änne erlebt. Davor war Nele in meinem Leben dafür zuständig gewesen.

Nele und Änne ähnelten sich. Neben ihrer lebensbejahenden Einstellung und der Eigenschaft, das Herz auf der Zunge zu tragen, hatten sie gemeinsam, dass beide Philip nicht mochten. Wäre

Nele noch am Leben, hätte sie sicher ihr Veto eingelegt, dass ich ausgerechnet diesen Mann heiraten würde. Aber seit ihrem Tod war so vieles anders. Und schließlich war Philip da gewesen, als ich meine Freundin und auch meinen Freund von damals, Klemens, verloren hatte, der sich aus dem Staub gemacht hatte. Dafür war ich ihm dankbar.

Ich dachte an Klemens. Er wäre der Einzige gewesen, der sich so an Nele erinnerte, wie ich es tat. Aber offenbar wollte er das gar nicht, sondern hatte das Weite gesucht. Als damals die Gerüchte herumgingen, er habe was mit dem Unfall zu tun, war ich die Einzige, die nicht daran glaubte. Aber auch das schien ihm egal zu sein. Ich suchte das Gespräch leider vergeblich. Er zog sich komplett zurück und brach jeglichen Kontakt ab. Weil ich aber mit mir selbst genug zu tun hatte, ließ ich ihn ziehen. Ich hörte auf, Philip zu widersprechen, wenn er behauptete, dass Klemens sich deshalb abkapselte, weil er sich die Schuld gab am Unfall seiner Freundin.

An dem Tag, an dem der Unfall geschah, hatte mich Nele morgens ganz aufgeregt angerufen. Sie wollte mir etwas Neues erzählen, was sehr wichtig sei. Ich sollte nie erfahren, was sie mir sagen wollte, denn noch bevor es dazu kam, verunglückte sie. Ich war mir aber sicher, dass sie endlich meinem Rat gefolgt war und Klemens ihre Gefühle gestanden hatte. Wehmütig dachte ich daran, dass sie womöglich gerade ein Paar geworden waren, als sie starb. Kein Wunder, dass Klemens davon erschüttert wurde. Sein Weg des Rückzuges war vielleicht seine Art, mit dem Verlust seiner Freundin umzugehen.

Meine Gedanken gingen zurück nach Hamburg, während ich auf das Watt hinausschaute und meinen Blick schweifen ließ über die Umgebung. Das Viertel, in dem wir lebten, war neu. Alles schien wie mit dem Lineal gezogen und komplett durchdacht. Modernste Standards hinter gläsernen Fassaden und imposanter Architektur. Im Gegensatz dazu stand dieser unberührte und ursprüngliche Ort. Hier war nichts starr und künstlich, durch hochtechnisierte Verfahren konstruiert. Hier führte die Natur Regie und nicht der Mensch. An diesem Ort waren wir Menschen lediglich als Gast und Schützer dieses wertvollen Reichtums zugelassen und durften genießen, was die Natur uns mit diesem Schauspiel aus dem stetigen Wechsel der Gezeiten bot. Diese Vorstellung gefiel mir.

Ein Blick auf meine Uhr ließ mich umkehren. Sicher knurrte Änne schon der Magen.

5. Kapitel

Änne und ich waren einkaufen gefahren und wollten es uns am Abend in unserer Wohnung gemütlich machen. So behaglich und wohnlich, wie sie war, waren die besten Voraussetzungen dafür gegeben.

Wir hatten uns frisches Brot mitgebracht, dazu kleine Schälchen mit verschiedenen Salaten. Änne liebte Fisch, ich hatte mir vegetarische Köstlichkeiten zusammengestellt.

Zu unserem Abendbrot genossen wir ein Glas Wein. Philip hatte zwischendurch angerufen und sich erkundigt, wo wir essen gehen wollten. Verwundert hatte er unsere häuslichen Pläne zur Kenntnis genommen, schob sie aber darauf, dass Änne für edle Restaurants keinen Sinn hatte. Mir wurde bewusst, wie wenig er mich kannte. Erstaunlich, mit welch riesengroßen Scheuklappen er mich seit fünf Jahren nun schon begleitete. Statt dass er uns einen gemütlichen Abend wünschte, klärte er uns noch darüber auf, wo wir hätten essen gehen können, um exquisite Gaumenfreuden zu genießen. ZuÄnnes großer Belustigung hielt ich das Handy weit weg vom Ohr, als er ausholte und seine Ideen kundtat. Ännes Grinsen brachte auch mich zum Schmunzeln.

Der Abstand von Philip führte mir mehr und mehr vor Augen, was eigentlich im Argen lag zwischen uns.

Ich wollte mich aber heute nicht mehr darüber ärgern und mir die Laune verderben lassen, sondern die Zeit mit Änne genießen.

Als wir vom Esstisch aufs Sofa wechselten, kuschelte Änne sich in eine flauschige Decke und legte die Beine hoch.

»Wie geht es dir, Fideli?« Ich zündete gerade ein paar Kerzen an, bevor ich mich auch auf einen der gemütlichen Sessel setzte.

»Ganz ehrlich? Hier auf Sylt geht es mir so unwahrscheinlich gut. Es ist wunderbar.« Ich lächelte.

»Das verstehe ich. Geht mir genauso. Obwohl ich ja noch gar nicht viel gesehen habe, seit wir hier sind. Aber allein die Luft, dieses wunderschöne Haus in meinem Lieblingsort und das leckere Essen. Ich fühle mich rundum pudelwohl.« Ännes Blick ging aus dem Fenster. Irgendwas an der Art, wie sie es sagte, klang traurig. Ich vermutete, sie dachte an den Mann, von dem sie mir erzählt hatte, entschied aber, sie gerade nicht auf diese Geschichte anzusprechen.

Ich betrachtete Änne von der Seite. Für ihr Alter – sie hatte vor einigen Wochen ihren fünfundsiebzigsten Geburtstag gefeiert – sah sie blendend aus. Bis heute legte sie Wert auf ihr Äußeres. Obwohl sie immer recht auffallend und farbenfroh gekleidet war, wirkte das nicht albern. Es gehörte zu ihr und war ihr Markenzeichen. Änne war in allem, was sie tat, authentisch. Sie war direkt, freute sich mit ganzem Herzen und zeigte auch jedem, was sie von ihm hielt und mit wem er es zu tun hatte. Dabei war sie jedoch charmant. Ihre rauchige Stimme klang zwar bestimmt, aber nie wirklich böse. Wenn sie einen mit ihren meist mit lilafarbenem Lidschatten geschminkten grünen Augen anblitzte, hatte man immer irgendwie das Gefühl, dass sie weise war. Bedachtsam in allem, was sie sagte. Überlegt, auch in ihrer Provokation. Das verunsicherte einige Menschen, was ich verstehen konnte. Für mich war sie meine Tante Änne, der Mensch, zu dem ich kam, wenn es mir schlecht ging, und der mich am besten kannte. Vor allem aber auch der Mensch, der mich nie verbiegen wollte, aber dennoch Klartext sprach.

Sie respektierte mich, gab mir zwar jederzeit einen Rat, würde mich aber nie zu etwas überreden. Die Nachricht, dass Philip und ich heiraten wollten, hatte sie dennoch zu klaren Worten veranlasst. Sie sagte, sie habe den Eindruck, dass ich eine Rolle spielte und mir einredete, alles sei gut. Damit hatte sie, wenn es um meine bevorstehende Hochzeit ging, sogar recht, denn tief im Innern spürte ich ja selbst, dass das mit Philip nicht das war, was ich mir für mein Leben wünschte. Deshalb wollte ich diesen Urlaub auch ganz bewusst nutzen, um mir über einiges im Klaren zu werden.

Wir schauten einen Film und beschlossen, danach schlafen zu gehen. Änne wirkte trotz des entspannten Nachmittags angestrengt, und auch ich war dankbar, zur Ruhe zu kommen. Ich wollte noch ein wenig lesen.

Schon als ich aus dem Bad kam, hörte ich regelmäßige Atemzüge. Änne war bereits tief und fest entschlummert und bot ein lustiges Bild mit ihrer Schlafmaske, die Hände über der Decke gefaltet und die Haare wie einen Fächer hinter dem Kopf drapiert. In einfach allem, was sie tat, war Änne besonders, und dafür liebte ich sie.

Meinen Eltern hatte ich eine kurze Nachricht geschrieben. Änne hatte ihnen schon von unserem Urlaub erzählt. Sie hatten mich durch die Blume gebeten, nicht alles, was Änne mir womöglich einreden wollte, ernst zu nehmen. Das hatte mich verärgert. Nur weil Änne nicht so begeistert war von ihrem Schwiegersohn in spe, war das noch lange kein Grund, mich vor einem Urlaub mit ihr dermaßen zu impfen. Ich würde mich einfach weniger melden, wenn sie nicht aufhören würden, Änne schlechtzureden.

Neben Änne lag auf dem Nachttisch ihr Tagebuch. Ich fand es rührend, dass sie es regelmäßig führte. Oft schon hatte ich mich gefragt, was eine Person wie Änne wohl in ihr Tagebuch schrieb. Selbstverständlich ging mich das aber auch nichts an.

Ich las ein paar Seiten in meinem Buch, war aber selbst zu müde und legte es bald zur Seite.

Im Kopf ging ich noch mal die Liste von Nele durch. Ein Punkt war, zu unserer Bank zu fahren. Ich nahm mir vor, das gleich morgen mit auf unseren Tagesplan zu nehmen. Auch wenn wir sicherlich nicht von der Abenddämmerung an auf der Bank sitzen würden, bis es wieder hell wurde, wie ich es mit Nele geplant hatte. Ich überlegte mir, dass ein morgendlicher Besuch unserer Bank ebenso gelten würde, und wollte dies Änne beim Frühstück vorschlagen.

Am nächsten Morgen wachte ich vor Änne auf. Ich schlich mich aus dem Schlafzimmer, zog schnell eine Hose und einen Pulli an, wuschelte meine Haare in einem lockeren Dutt zusammen, schnappte mir meine Tasche und ging nach einem kurzen Blick in den Spiegel zum Bäcker.

Schon von Weitem empfing mich der köstliche Duft frisch gebackener Brötchen.

Eine lange Schlange bis vor die Verkaufstheke sagte mir, dass ich nicht als Einzige von dem Duft angelockt wurde. Ich betrachtete die Leute vor mir. Recht weit vorne stand ein Mann mit einem Kind. Das kleine Mädchen plapperte ununterbrochen auf den Mann ein, der geduldig zuzuhören schien. Immer wieder hüpfte sie aufgeregt, und es war eine Freude, ihr dabei zuzuschauen, wie sehr sie sich für die Dinge zu begeistern schien, die sie ihm erzählte. Sie trug ein Shirt mit einem Schriftzug. Darauf war ein Pferd zu sehen. Den Mann sah ich nur von hinten. Beide wirkten, als wären sie ebenfalls nach dem Aufstehen nur schnell in die Schuhe geschlüpft, ohne sich viele Gedanken über ihr Outfit zu machen. Als ich mir den Mann genauer anschaute, weil er sich halb umdrehte, setzte mein Herz für ein paar Schläge aus, und instinktiv trat ich einen Schritt zurück. Ich versteckte mich hinter einer Frau, die vor mir stand.

Dieser Mann schaute aus wie mein früherer Freund Klemens. Genau in dem Moment nahm er sein Wechselgeld entgegen, griff nach der Brötchentüte und hob das Kind auf den noch freien Arm. Das Mädchen verdeckte seinen Kopf, sodass ich sein Gesicht nicht sehen konnte, als er an mir vorbeiging.

Ich duckte mich halb hinter die Frau und versuchte einen Blick auf das Auto zu erhaschen, mit dem er da war, konnte es jedoch auch nicht erkennen.

Hatte ich mir das eingebildet, oder könnte der Mann wirklich Klemens gewesen sein? Wahrscheinlich sah ich schon Gespenster. Es war ziemlich unwahrscheinlich, dass ich ihm ausgerechnet hier auf Sylt wieder über den Weg laufen würde. Womöglich war es wie mit Träumen, in denen man all die Dinge einbaute, die einem am Tag zuvor durch den Kopf gegangen waren. Weil ich so viel an Nele und die Zeit mit ihr gedacht hatte, sah ich in einem wildfremden Typen plötzlich Klemens.

Ich schüttelte den Kopf über meine abstrusen Gedanken und rückte in der Schlange weiter nach vorne.

Mit einer Tüte voller noch warmer, wohlduftender Brötchen kehrte ich zum Haus zurück. Dort war Änne mittlerweile auch erwacht und hatte bereits den Tisch gedeckt. Wir hatten am Vortag an dem Verkaufsstand für selbst gemachte Marmelade haltgemacht, der in Keitum eine feste Institution war, und uns ein Glas Himbeermarmelade mitgenommen. Das war ein Ritual, welches Änne laut eigener Aussage in all den Jahren, in denen sie nach Sylt kam, immer gepflegt hatte und das ich ab sofort übernehmen wollte. Die Marmelade schmeckte köstlich, und ich beschloss, spätestens bei unserer Abreise ein weiteres Glas davon mitzunehmen.

»Bevor du gekommen bist, saß ich eine Weile auf der Bank neben dem Haus. Und stell dir vor, ich hätte schwören können, da das Auto gesehen zu haben, das uns auf Marienlund entgegenkam«, erzählte Änne.

Mir blieb beinahe das Brötchen im Hals stecken bei Ännes Worten.

»Du meinst das Auto, das gerade wegfuhr, als wir angekommen sind?«

Änne nickte. »Hat die Frau von Pagenau nicht erzählt, dass dieser Klemens da grad seine Mutter abgeholt hat?«

Ich nickte stumm. Mein Puls beschleunigte sich. Dann war an

meinem Verdacht, Klemens begegnet zu sein, vielleicht wirklich was dran.
»Du meinst, sie sind auch hier auf Sylt?« Ich starrte Änne an. Änne zuckte beiläufig die Schultern. »Kann doch sein! Vielleicht hat er seiner Mutter auch ein paar Tage an der See vorgeschlagen. Hilft ja beinahe in jeder Lebenslage.« Sie grinste.
»Ja, das kann natürlich sein. Was für ein Zufall«, sagte ich. Dieser Zufall wäre wirklich beinahe unheimlich.
Nun wollte ich Änne erst einmal meinen Plan für den Vormittag vorstellen und mich damit von Klemens ablenken.
»Was hältst du davon, wenn wir heute früh mal auf einen Spaziergang zu der Bank in Hörnum fahren? Das ist die Bank, über die Nele geschrieben hat«, schlug ich Änne vor. Diese nickte mit vollem Mund und streckte einen Daumen empor. In aller Gemütlichkeit genossen wir unser köstliches Frühstück und quatschten noch eine Weile.

Schließlich machten wir uns startklar und auf den Weg nach Hörnum, ans südliche Ende der Insel. Hier lag ein weiteres Hotel, in dem ich mit Philip einige Male gewesen war. Meistens hatten wir hier Golf gespielt und immer dann im Hotel gelebt, wenn Philips Eltern auch auf der Insel waren und das Haus belegten, in dem wir sonst wohnten.
Heute parkte ich hier das Auto, und wir gingen von dort aus los auf einen Spaziergang.
Die Bank stand inmitten der Dünen am höchsten Punkt. Von hier aus hatte man einen fantastischen Ausblick. Die Sonne strahlte, und der Himmel war hellblau ohne eine einzige Wolke.
Nach einem kleinen Fußmarsch kamen wir an und setzten uns auf die Bank.
»Hier ist es traumhaft schön«, schwärmte Änne. »Ich bin noch nie hier gewesen. Was für ein herrlicher Blick über das Meer.« Änne drehte sich um. »Und hinter uns der Ort mit seinem Leuchtturm. Einfach wunderbar«, schwärmte sie.

Ich nickte. »Ich war mit Nele oft hier. Nele liebte die Hörnumer Ödde. Wir waren so gerne in den kleinen Buchten, wenn man am Hotel entlang am Strand weiterläuft. Und irgendwann sind wir mal auf diese Bank gestoßen. Eine einmalige Aussicht. Hörnum wird, finde ich, oft unterschätzt. Dabei ist dieser Blick hier wirklich etwas Besonderes.«

Wir lehnten uns aneinander. Für einen Moment schloss ich die Augen und lauschte der Stille um uns herum.

»Danke, Fideli, dass wir gemeinsam hierhergefahren sind«, sagte Änne irgendwann. »Wer weiß, wie oft man noch Gelegenheit dazu hat.«

Ich setzte mich auf und schaute Änne an, die sich gerade wieder an die Bank angelehnt hatte. »Ich will doch sehr hoffen, dass wir noch ganz viele Jahre hierherfahren können. Das ist sozusagen der Auftakt einer großartigen Tradition, in der wir mindestens einmal im Jahr gemeinsam nach Sylt reisen.« Ich breitete die Arme aus und strahlte Änne an. »Wir hätten schon viel eher darauf kommen sollen, das einzuführen. Aber besser jetzt als gar nicht.«

Verunsichert stellte ich fest, dass Änne mein Lächeln nur sehr verhalten erwiderte.

»Ach, Fideli, eigentlich wollte ich dir damit die Zeit vor der Hochzeit gar nicht unnötig erschweren«, platzte es plötzlich aus ihr heraus. Mein Herz begann augenblicklich zu rasen. Die eben noch so fröhlichen Lachfältchen um Ännes Augen waren mit einem Mal wie weggeblasen. Ein trauriger Blick mit einer tiefen Sorgenfalte auf der Stirn war an ihre Stelle gerückt. Ängstlich griff ich nach ihrer Hand.

»Änne, was ist los? Ist irgendwas nicht in Ordnung?« In meiner Stimme lag ein Zittern.

»Fideli, an dem Tag, an dem du mich angerufen hast, ob ich mit nach Marienlund fahren möchte, bekam ich abends einen Anruf.« Änne richtete sich gerade auf, streckte die Schultern durch und schaute mich aus wässrigen Augen an.

»Ich war doch neulich bei diesem Check. Eigentlich habe ich

nichts, und es geht mir blendend. Außer dass ich immer dünner wurde. Aber erst mal hab ich mich eigentlich darüber gefreut. Endlich passen mir wieder meine alten Kleider.« Sie lächelte schief.

»Ich hab dann im Rahmen dieses Checks meine Werte einmal überprüfen lassen. Heute frage ich mich oft, hätte ich es lieber sein lassen sollen?« Sie machte eine Pause. Ich drückte ängstlich ihre Hand etwas fester und streichelte die schmalen, faltigen Finger.

»In meinem Blut wurden Werte festgestellt, die auf Leberkrebs hindeuteten.« Ännes Stimme klang dünn, und ich drückte mir vor Schreck die Hand auf den Mund.

»Der Arzt sagte mir, dass ich immer so müde bin, hat auch damit zu tun. Ebenso ein paar Schmerzen, die ich zwar hatte, denen ich aber keine große Bedeutung beigemessen hatte. Eine Untersuchung ein paar Tage später ergab, dass eine OP aufgrund der Lage des Tumors zu riskant ist. Er hat auch schon gestreut. Medikamente werden mir vielleicht helfen, vielleicht aber auch nicht. Und dabei geht es mir eigentlich ja ganz gut.«

Ein paar Sekunden starrte ich meine Tante fassungslos an. Es war, als hätte ich soeben einen Schlag mitten in die Magenkuhle bekommen und ginge nun taumelnd zu Boden. Mir liefen Tränen über die Wangen, und ein Schauer ließ mich zittern.

»Aber Änne, das kann doch nicht sein! Du bist doch so fit!« In meinem Kopf versuchte ich, Argumente dafür zu finden, dass es nicht stimmen konnte, was sie mir gerade erzählte.

Änne jedoch wiegte leicht den Kopf. »Es täuscht, dass ich so gesund wirke. Leider ist Leberkrebs sehr aggressiv, ganz besonders, wenn er erst in diesem Stadium festgestellt wird. Jeden kann es treffen. Er macht sogar vor jungen Leuten nicht halt. Da ist es egal, ob du dreißig oder siebzig bist. Je nach Stadium hat man bessere oder schlechtere Heilungschancen. In meinem Fall ist es leider ernst. Eine Heilung ist nahezu ausgeschlossen. Womöglich habe ich alte Schachtel sogar noch ein wenig bessere Chancen auf ein bisschen mehr Lebenszeit, weil alles ein wenig langsamer voranschreitet. Aber das ist nur eine kleine Hoffnung.« Sie hob müde die Schultern. »Fideli, du kennst mich. Es ist nicht meine Art, nun den Kopf in den Sand zu stecken. Jetzt, wo ich weiß, dass es womöglich so viele Sommer für mich nicht mehr geben wird, werde ich erst recht jeden Moment genießen.« Sie machte eine ausschweifende Armbewegung. »Und wie du siehst, klappt das bisher ja wunderbar!« Ihr Lächeln war stark und doch verletzlich.

Ich nickte matt. »Heißt das, dass es gar keine Therapie gibt, bei der du dir gute Chancen ausrechnen kannst?« Ich zitterte vor Angst, wollte Änne am liebsten festhalten und nie wieder loslassen. Meine so lustige, lebensbejahende Tante saß mit einem Mal ganz klein und zerbrechlich vor mir.

»Man weiß es nicht, Liebes. Aber ich lasse mich davon nicht unterkriegen. Lass uns diese Woche genießen. Denn ich bin absolut der Meinung, dass keine Medizin der Welt so gut sein kann, wie eine ordentliche Ladung Glücksgefühle.« Da war sie wieder, meine alte Tante Änne und mit ihr dieser unerschütterliche Optimismus, dem es sogar noch gelang, aus einer miesen Situation das Beste zu machen. Ein paar Minuten saßen wir einfach nur da, Arm in Arm und jeder mit seinen Gedanken.

»Änne, lass uns Momente sammeln, die dir ganz viel Kraft geben für die Zeit, okay? Du sagst selbst immer, das Schicksal führt uns dorthin, wo es uns haben möchte, um sich zu verwirklichen. Wir sind hier, weil Nele uns hierhergeschickt hat. Ich bin mir sicher, dass das irgendeinen Sinn hat, dass dieser Brief mich ausgerechnet jetzt erreicht hat.«

Änne nickte schweigend, und ich wusste noch immer nicht, ob sie etwas mit dem Brief zu tun hatte. Egal, wie es war – was Änne mir gerade erzählt hatte, war erschütternd. Aber gleichzeitig sah ich darin die Chance, jetzt erst recht die kommenden Tage unvergesslich zu machen und mit Glücksmomenten zu füllen.

Wir gingen wieder in Richtung Auto und machten auf dem Weg einen kleinen Abstecher in die Bucht, die ich mit Nele so gerne besucht hatte.

Heller Sand vor glasklarem Wasser lag vor uns. Wir fühlten uns beinahe wie in der Karibik. Änne und ich setzten uns in den weichen Sand und vergruben unsere nackten Füße darin.

»Sylt ist schon ein magisches Fleckchen Erde«, schwärmte Änne. »Sogar jetzt, wo ich viel grüble, wie es weitergehen wird, fällt es mir an diesem Ort leichter, zuversichtlich zu sein. Das schafft kaum eine andere Umgebung.«

»Da hast du recht. Was wäre denn dein Wunsch für die Zeit auf der Insel? Gibt es etwas, was du unbedingt hier erleben möchtest?« Diese Reise hatte auch für Änne eine besondere Bedeutung, und es war mir wichtig, dass wir alle Punkte auf ihrer persönlichen Bucket-List abhaken.

Änne pustete eine Strähne aus der Stirn. »Ich würde mir gerne einmal das Haus anschauen, das Rufus damals erben sollte.«

Erstaunt sah ich sie an.

»Du weißt, welches Haus das ist? Na dann nichts wie los! Wer weiß, wen wir dort treffen.« Ich zwinkerte Änne zu. Diese winkte ab.

»Wahrscheinlich Rufus und seine Frau, Arm in Arm auf der Terrasse, auf einem Haufen voller Geld von seiner skurrilen, aber stinkreichen Frau Mama«, spottete Änne.

»Vielleicht. Aber wer weiß«, sagte ich.

»Liegt sogar halbwegs auf dem Weg«, fuhr Änne fort.

Ich nestelte in meiner Handtasche nach meinem Handy, um die Adresse einzugeben.

»Bob Terp in Archsum«, nannte mir Änne die Straße.

Ich ließ mir den Weg anzeigen. Auch ich fand es spannend, das Haus des Mannes zu sehen, in den Änne damals verliebt war.

Durch die unberührte Dünenlandschaft zwischen Hörnum und Rantum gelangten wir wieder in Richtung Osten der Insel. Wir bogen ab nach Archsum, was ganz in der Nähe von Keitum lag, und ich merkte, wie Änne nervös wurde.

Ich legte meine Hand auf ihre. Sie griff mit der anderen danach und drückte sie fest.

»Danke, Liebes! Ich bin verdammt aufgeregt«, gestand sie und hatte dabei den Blick eines verliebten Teenagers, der heimlich am Haus seines Schwarms vorbeifährt. Fehlte nur noch, dass wir uns beide hinter einem Hut und einer Sonnenbrille versteckten. Änne hatte selbstverständlich sogar einen Hut auf. Aber egal welchen Hut und welche Brille man für sie wählen würde, es wäre, als versuchte ein bunter Hund sich zu tarnen. Änne irgendwo unauffällig erscheinen zu lassen, würde eine komplette Typveränderung erfordern.

Ich schmunzelte bei dem Gedanken und sah sie von der Seite an.

»Mach du dich nur lustig! Vielleicht warst du noch nie so richtig verliebt – ich sage dir, das fühlt sich an, als wäre man völlig hilflos vor lauter flatternden Schmetterlingen im Bauch beim bloßen Gedanken an den anderen. Die Zukunft leuchtet nur rosarot und voller heller Farben.«Ännes Blick ging schwärmerisch in die Ferne.

Mein Lächeln verging mir bei dieser Vorstellung. Auch wenn Änne das nicht beabsichtigt hatte, haute diese Aussage genau in die Kerbe, die mir in den letzten Tagen vermehrt Bauchschmerzen bereitet hatte.

Wenn sich Verliebtsein so anfühlte, wie Änne es beschrieb, war es in der Tat so, dass mir dieser Zustand nicht bekannt war. Zumindest nicht mit Philip, wie ich schmerzlich gestehen musste. Änne bemerkte meinen Blick und setzte sofort ein entschuldigendes Lächeln auf. »War nicht so gemeint, Liebes.«

»Ist schon o. k.«, beruhigte ich sie.

Wir kamen in der Straße an, und ich fuhr langsamer.

»Eine Hausnummer weiß ich leider nicht. Aber diese Straße war es ganz sicher.«

Mit einem Mal hielt Änne mich fest am Arm und zeigte auf ein Haus aus rotem Backstein. »Da!«, rief sie aufgeregt. »Das Haus ist es! Ich bin mir ganz sicher. Ach du liebe Zeit, wie aufregend!«

Änne hielt vor lauter Nervosität meinen Arm immer fester, sodass mir das Lenken schwerfiel. Sanft schob ich ihre Hand zur Seite.

»Entschuldige!« Änne lächelte verlegen.
Wir hielten gegenüber dem Reetdachhaus. Die Sprossenfenster waren von dunkelgrünen Rahmen eingefasst.

»An die Sonnenuhr erinnere ich mich ganz genau«, erklärte Änne und deutete nervös auf die Sonnenuhr, die auf einem Stein vor dem Haus angebracht war.

Das Haus war alt, jedoch traumhaft instand gehalten. Es war ein toller Anblick, wie liebevoll restauriert es war und wie wunderschön es sich in die Umgebung einfügte.

»Willst du mal aussteigen?« Fragend schaute ich Änne an, die sofort vehement den Kopf schüttelte. »Auf keinen Fall! Und wenn ich da vorne genauer hinschaue, sollten wir es uns vielleicht überlegen, Vollgas zu geben. Wenn auch nicht für meine Zwecke. Vielleicht finden wir heraus, wohin der Fahrer dort hinten fährt.« Ich war irritiert und verstand nicht, was Änne meinte. Als sie auf das Auto zeigte, das soeben die Ortsausfahrt passierte, musste ich direkt zweimal hinschauen.

»Du meinst«, setzte ich an, als Änne schon energisch nickte.

»Das ist das Auto, dem wir auf Marienlund begegnet sind. Ich bin mir ganz sicher.«

Der Wagen war aufgrund seiner Farbe auffällig. Es war ein Kombi in einer dunkelgrünen Lackierung. Ein Geländewagen, wie man ihn aus Rosamunde-Pilcher-Romanen kannte. Auf die Fahrertür war eine Flagge, die wie ein Wappen aussah, geklebt.

»Tatsächlich. Ich fasse es nicht«, flüsterte ich. Wir beide starrten noch einen Moment dem Auto hinterher. Nach kurzer Zeit konnten wir es nicht mehr sehen.

»Schon ein merkwürdiger Zufall, dass wir hier auf Klemens treffen, findest du nicht?« Änne schaute mich fragend an und dann theatralisch gen Himmel. Wieder einmal überlegte ich, inwiefern sie was mit dem Brief zu tun hatte.

»Das kannst du laut sagen. Und weißt du was? Mich reizt es tatsächlich, Klemens zu treffen. Einfach um ihn zu fragen, warum er damals verschwunden ist. Ihm muss es doch auch schlecht damit gegangen sein, schließlich war Nele auch seine Freundin. Noch dazu war sie sehr verliebt in ihn. Ich meine ja auch, sie waren ein Paar. Bestimmt war es das, was sie mir am Tag des Unfalls erzählen wollte. Ich bin mir sicher, dass es Klemens auch geholfen hätte, mit mir über alles zu reden.«

»Ganz nebenbei hättest du auch einen weiteren Punkt der Liste abgearbeitet. Stand da nicht auch was davon, mit einem alten Freund Kontakt auf Sylt aufzunehmen oder so ähnlich?« Änne legte nachdenklich den Finger ans Kinn. Ich sah sie prüfend von der Seite an. Gerade war ich mir nicht sicher, ob ich ihr je von dem Punkt erzählt hatte.

Nele und ich hatten damals einige Leute auf Sylt kennengelernt, von denen wir dann aber meistens nichts mehr gehört hatten, wenn wir wieder zu Hause waren. Das hatten wir damals ändern wollen.

»Änne, verrat mir doch bitte, ob du was damit zu tun hast, dass dieser Brief mich genau jetzt erreicht? Mir scheint das doch alles sehr verdächtig, fast inszeniert.«

Ännes Blick war empört. »Und woher bitte sollte ich diese Liste haben? Du unterstellst mir ja wohl nicht, dass ich sie selbst in Neles Namen geschrieben habe, oder etwa doch?« Ihr Blick war ernsthaft gekränkt.

Augenblicklich tat es mir leid, dass ich ihr gegenüber so misstrauisch war. Aber ich suchte nach einer Erklärung. Im Gegensatz zu meiner Tante glaubte ich nicht daran, dass allein das Schicksal oder eine höhere Macht für solche Dinge zuständig sei.

Der Tag flog nur so dahin. Mittags hatten wir eine Kleinigkeit am Lister Hafen gegessen und waren bei der Gelegenheit eine Runde Riesenrad gefahren. Obwohl uns beiden dabei erst etwas mulmig zumute gewesen war, hatten wir dann doch Freude an dem gigantischen Ausblick über den Lister Hafen. Dieser Moment würde uns lange in Erinnerung bleiben.

Änne war abends früh müde. Vor dem Hintergrund der traurigen Neuigkeiten war das nur allzu verständlich. Ich wollte noch ein Glas Wein trinken und dann ebenso schlafen gehen, war jedoch zu aufgekratzt und fand nicht zur Ruhe.

Ich versuchte, über das Internet herauszufinden, ob das Haus in Archsum zur Vermietung stand. Meine Recherche blieb jedoch erfolglos. Es war möglich, dass dort die Eigentümer lebten. Vielleicht vermieteten diese das Haus aber auch privat, und man fand es nicht auf öffentlichen Plattformen.

Ich gab den Namen von Klemens in die Suchmaschine ein. Klemens Brinkmeyer gab es allerdings mehrere Male in Deutschland. Keiner der Typen, die mir angezeigt wurden, erinnerte mich vom Bild her an meinen alten Freund.

Ich überlegte, wie seine Eltern mit Vornamen hießen, hatte aber keine Idee. Inmitten der ganzen Von-und-zu-Leute auf Marienlund, hießen Klemens' Eltern für Nele und mich immer nur Frau und Herr Brinkmeyer. Darüber würde ich sie also auch nicht finden. Nach einiger Zeit wurde ich endlich müde und gesellte mich doch zu Änne, die, wie schon in der Nacht zuvor, mit gefalteten Händen und Schlafmaske tief und fest schlummerte.

Heute hatte dieses Bild auf mich jedoch einen anderen Eindruck und wirkte geradezu beängstigend, weil sie so regungslos schlief. Änne lächelte im Schlaf, was mich für den Moment tröstete. Sie schien zufrieden, als ruhte sie in sich. Und das, obwohl sie so schlimme Nachrichten erhalten hatte. Änne war schon ein bewundernswerter Mensch.

Ich überlegte, wie ich die Zeit hier auf Sylt auch für sie besonders machen könnte. Ich wusste aber, dass unser Urlaub und die gemeinsamen Momente sowieso wertvoll für sie waren. Nun galt es, für sie da zu sein und sie dabei zu unterstützen, die Person zu bleiben, die sie war, um der Krankheit den Kampf anzusagen. Auch wenn dieser vielleicht nur verloren werden konnte. Es ging darum, so viele glückliche Tage wie möglich zu erleben.

Mitten in der Nacht wachte ich auf, weil ich geträumt hatte, wir hätten Rufus getroffen. Dieser Gedanke hatte mich so aufgewühlt, dass ich lange nicht mehr wieder einschlafen konnte.

Was würde geschehen, wenn Änne und er sich wiedersehen würden? Womöglich wäre er mit seiner Frau hier und es würde Änne herunterziehen.

Wenn er auf Sylt etwas geerbt hatte, könnte es durchaus sein, dass er entweder in dem Haus lebte oder es vermietet hatte.

Der zweite Gedanke, der mich hellwach bleiben ließ, war der Gedanke an Klemens. Ich malte mir aus, wie es wäre, wenn ich Klemens hier auf Sylt tatsächlich gegenüberstehen und mit ihm reden würde.

Ob er sich verändert hätte? Ob die Vorwürfe, deretwegen er sich nach Neles Tod aus dem Staub gemacht hatte, ihn bis heute gezeichnet hatten?

Ich war mir sicher, dass so etwas nicht ohne Spuren, wenn nicht sogar Narben, an einem vorbeiging.

Mich reizte der Gedanke, mit Klemens zu sprechen, und ich dachte dabei auch an den einen Punkt von Neles Liste, an den Änne mich erinnert hatte und der besagte, ich solle Kontakt zu einem alten Freund aufnehmen.

Sicher wäre Nele auch dafür, dass Klemens und ich endlich wieder einmal miteinander sprachen. Ich nahm mir fest vor, mir das hier auf der Insel zum Ziel zu machen.

6. Kapitel

Am nächsten Morgen fühlte sich Änne nicht gut, und ich machte mir Sorgen. Sie beteuerte, dass sie sich erst einmal ausruhen wollte, und dann würde es ihr sicherlich wieder besser gehen. Ich hoffte, dass es so sein würde, brachte ihr ein Frühstück ans Bett und kochte ihr dazu einen Friesentee.

Änne setzte sich im Bett auf, stellte das Tablett auf ihre Beine und lächelte zufrieden.

»Danke, Fideli, da geht es mir gleich viel besser«, sagte sie, und ich freute mich darüber.

»Möchtest du nach dem Essen noch ein wenig schlafen?«, erkundigte ich mich, und Änne nickte dankbar.

»Am liebsten wäre mir das wirklich. Ich habe noch andere Tabletten bekommen, die ich für diese Fälle nehmen soll. Der Arzt hatte mir schon solche Tage prophezeit. Aber genauso wird es auch wieder bessere geben.« Änne lächelte und wirkte dabei wie die Änne, die ich kannte und schätzte. Meine Änne ließ sich durch nichts unterkriegen. »Diese Tabletten machen nur so unsäglich müde, noch müder, als ich es eh schon bin.« Sie rollte mit den Augen.

»Ich werde ein paar Schritte spazieren gehen, habe aber mein Handy immer griffbereit, in Ordnung? Ich kann mich aber auch auf die Terrasse setzen, wenn dir das lieber ist«, bot ich an.

Änne schüttelte energisch den Kopf. »Kommt gar nicht infrage. Ich schlafe, warum sollst du dann gelangweilt danebensitzen? Geh du eine Runde spazieren – es ist doch so herrlich hier! Und wenn du wieder da bist, überlegen wir uns gemeinsam was Schönes, was wir dann unternehmen können.«

»Alles klar«, erwiderte ich und stand auf. »Und du meldest dich sofort, wenn was ist.«

Änne nickte lächelnd und zwinkerte. Ich hob mahnend den Zeigefinger, musste jedoch auch schmunzeln.

Ich wollte eine Runde durch Keitum drehen, damit ich in der Nähe war, sollte Änne tatsächlich anrufen. Ich lief los und kam wenig später bei einem kleinen Laden an. Hier gab es Strandtaschen, Windlichter und andere schöne Dinge. Ich schlenderte an den Regalen entlang und fand einen Kaffeebecher mit dem Aufdruck *Achtung, ich habe eine verrückte Tante*. Kurzerhand erwarb ich den Becher, um ihn mit nach Hause zu nehmen. Änne kaufte ich ebenfalls einen, auf dem stand: *Engel des Alltags*.

Mein Weg führte mich weiter in Richtung des Reitstalls. Der Duft von Stroh und Pferdeäpfeln zog in meine Nase, und wieder kamen da so viele Erinnerungen in mir hoch, die nicht nur schön waren. Ich sah Nele vor mir, wie wir Arm in Arm in den Stall gingen und unserem jeweiligen Lieblingspferd um den Hals fielen. Ich wagte einen Blick in das Stallgebäude und sah dort einen Fuchs. Ich liebte diese Farbe bei Pferden noch immer. Die Stute Bella, auf der ich bei unserem letzten Ausritt gesessen war, hatte auch diese Farbe gehabt. Dieser Fuchs besaß einen hellen Schweif und eine ebenso helle Mähne. Diese Farbkombination war nicht allzu häufig und machte das Tier zu etwas Besonderem. Nele hätte es gemocht. Ein Mädchen kam gerade um die Ecke, lächelte freundlich und legte dem Pferd dann ein Halfter um.

Ich stand neben der Eingangstür zum Stall. Das Mädchen wollte das Tier offenbar putzen und führte es an mir vorbei aus dem Gebäude heraus.

»Kann ich Ihnen helfen?«, fragte sie zuvorkommend, als ich weiterhin gedankenverloren dastand und sie und ihr Pferd beobachtete. »Oh, danke! Nein, entschuldige! Ich wollte auch gar nicht stören. Mir gefiel nur dein Pferd so gut, und deshalb starre ich hier so versonnen Löcher in die Luft.« Ich lächelte entschuldigend.

»Kein Thema! Sie können Filou auch gerne streicheln. Er tut nix und ist total verschmust. Er freut sich.« Sie tätschelte die Stirn des Tiers, während sie seinen üppigen Schopf zur Seite kämmte.

»Ach, das muss gar nicht sein. Viel Spaß beim Reiten«, sagte ich und wollte gerade gehen, als das Mädchen erwiderte: »Ich reite gar nicht. Aber ich richte es meiner Schwester aus. Ich mache nur Filou für sie fertig, weil sie das nicht so gut kann.«

»Ach so, na deine Schwester hat es ja dann gut mit so einer fleißigen Helferin.« Ich lächelte, und das Mädchen zeigte in Richtung des Stalls. Erschrocken blieb ich doch zunächst stehen, als in diesem Moment ein Rollstuhl um das Gebäude herumkam. Darin saß ein Mädchen, ungefähr fünfzehn Jahre alt. Ein Junge, vielleicht zwei, drei Jahre älter, schob den Rollstuhl.

»Oh, entschuldige bitte! Das wusste ich ja nicht«, stammelte ich.

»Jetzt hören Sie mal auf, sich immerzu zu entschuldigen«, sagte das Mädchen entrüstet, wirkte dabei aber keinesfalls ernsthaft böse. »Sie können ja nicht hellsehen. Livi, ich putze Filou schnell noch, dann wird Klemens gleich da sein«, rief sie dem Mädchen zu.

Mein Herz setzte einen Schlag aus. Schon wieder fiel der Name Klemens, noch dazu im Zusammenhang mit Pferden. Ich überlegte fieberhaft, was passieren würde, wenn es wirklich der Klemens war, den ich vermutete, der hier gleich aufkreuzen würde. Ich musste so schnell wie möglich das Feld räumen.

Dafür war es aber schon zu spät, denn genau in dem Moment rollte schon der dunkelgrüne Kombi vor.

Ich stand wie angewurzelt zwischen Filou und Stalltür und fühlte, wie das Blut durch meine Adern auf direktem Wege in den Kopf rauschte und sich dort sammelte. Noch ehe ich mich an irgendein Geländer retten konnte, um nicht sofort umzukippen, öffnete sich die Fahrertür, und Klemens stieg aus. Unverkennbar war es Klemens, unser Klemens. Dasselbe smarte Lächeln auf den Lippen, die dunkelbraunen, vollen Haare und seine stattliche Körpergröße, die die meisten Menschen bei Weitem überragte.

Auch sein Kleidungsstil aus lässiger Jeans und weißem T-Shirt sowie in die Jahre gekommenen Segelschuhen war unverändert. Während ich mir ganz sicher war, dass es Klemens war, der da geradewegs auf uns zukam, schien er noch zu überlegen, ob es sich bei mir wirklich um seine ehemalige Freundin Sophie handelte. Er legte den Kopf schief, zog einen Mundwinkel hoch und schüttelte ganz leicht die dichte braune Haarpracht. »Hi, Livi, hi, Isi! Moment bitte, Isi, ich bin gleich bei euch, okay?«, erklärte er dem Mädchen, das das Pferd putzte. Isi nickte und grinste übers ganze Gesicht. Sie warf dem Mädchen im Rollstuhl, Livi, vielsagende Blicke zu.

Ich spürte die Röte auf meinen Wangen mit jedem Herzschlag.

»Ich träume doch, oder?«, sagte er und kam direkt auf mich zu. Mittlerweile fühlte es sich an, als könnte ich der Leuchtboje, die hier ein paar Meter weiter als Begrenzung des Parkplatzes fungierte, Konkurrenz machen.

»Klemens?«, fragte ich, obwohl ich sicher war, dass er es war.

»Sophie! Was machst du denn hier?« Verstört blickte er von Isi zu mir und zurück.

»Wir kennen uns nicht«, erklärte ich ihm, während ich auf das junge Mädchen deutete. »Ich habe nur Filou bewundert, als Isi gerade kam, um ihn zu putzen. Er hat mich an ein Pferd erinnert.« Ich senkte den Blick, unsicher, ob Klemens wusste, wovon ich sprach.

»Ob du's glaubst oder nicht – dass Filou mich an Bella erinnert hat, war der Grund, weshalb ich ihn als mein Therapiepferd ausgewählt habe. Bella war auch ein absolutes Verlasspferd. Verrückte Idee, oder nicht?« Klemens' Blick war nicht mehr erstaunt, sondern traurig. Und er ging tiefer, als nur in meine Augen. Er traf mich direkt in meinem Herzen, an meinem wunden Punkt, der Nele und unserer Zeit gehörte. Wir dachten beide daran, dass Bella das Pferd war, auf dem ich gesessen hatte, als das schreckliche Unglück passierte.

»Ja, also, so kamen wir jedenfalls ins Gespräch. Ich bin gerade mit meiner Tante auf Sylt. Änne, vielleicht kannst du dich an sie erinnern?« Klemens sah mich mit einem langen Blick an. Noch nie war mir aufgefallen, wie wunderschön seine Wimpern waren. Dazu hatte er tiefdunkelbraune Haut. Ich musste gestehen, dass er super aussah. Erst recht, wie er in diesem Moment einen Mundwinkel hochzog und so umwerfend lächelte, dass nun zu meinen schwachen Beinen auch noch Schwindel hinzukam. Ich war mir sicher, dass sich die Mädchen köstlich über meinen Auftritt amüsierten. Seine Hände hatte Klemens tief in den Hosentaschen vergraben. Ich sah seine Oberarme, die wirkten, als betriebe er Krafttraining. Ich erinnerte mich daran, dass er die schon immer gehabt hatte, weil er, seit ich ihn kannte, im Stall zupackte wie kein Zweiter.

»Also, wer sich nicht an Änne erinnert, der muss schon sehr blind durch die Welt laufen«, stellte Klemens fest, und nun mussten wir beide lachen.

»Das stimmt wohl«, sagte ich schmunzelnd, und langsam wich das Rot wieder aus meinem Gesicht.

»Ich habe jetzt hier eine Stunde mit Livi. Wenn du magst, schau doch zu.«

Ich druckste herum, dachte an Änne und wäre am liebsten geflüchtet. Klemens erkannte das.

»Falls du keine Zeit hast, können wir ja ein andermal einen Kaffee trinken?«

Völlig überrumpelt von der Begegnung und dem spontanen Angebot, so als hätten wir uns am vergangenen Wochenende zuletzt gesehen, schüttelte ich den Kopf. »Nein, also, klar doch, sehr gerne«, druckste ich herum. Nun zog er irritiert die Augenbrauen zusammen, und ich sah im Augenwinkel, dass Isi und Livi kichernd ihre Köpfe zusammensteckten.

»Sie geben doch Klemens nicht etwa einen Korb?«, fragte das Mädchen im Rollstuhl ganz nüchtern, und schlagartig war mein Kopf wieder feuerrot.

Klemens drehte sich amüsiert zu seinen Schülerinnen um und

grinste. »Höre ich da wohl eine gewisse Belustigung heraus? Na wartet!« Er hob drohend die Faust, was die Mädchen erst recht zum Lachen brachte. Dann wandte er sich wieder mir zu.

»Ich hab noch eine bessere Idee. Heute Abend sechs Uhr im Bistro? Bring Änne mit! Ich kann es gar nicht erwarten, sie auch wiederzusehen.« Mit diesen Worten drehte er sich um und klatschte in die Hände. Eifrig lief Isi los und legte den Sattel vom Bock auf den Pferderücken. Zu gerne hätte ich noch ein paar Minuten Klemens beobachtet, aber meine Beine hatten es eilig, irgendwohin zu kommen, wo sie für ein paar Minuten die Verantwortung über den Rest meines Körpers abgeben konnten.

Ich murmelte noch ein leises »Tschüss dann« hinter den dreien her und ging, so schnell meine weichen Knie es zuließen, um die Hausecke.

Als ich zwei Häuser weiter eine Mauer fand, auf die ich mich setzen konnte, war ich dankbar.

Ich war irritiert, wie sehr mich die Begegnung mit Klemens durcheinandergebracht hatte.

Lag es daran, dass er in mir alle Geschichten und Bilder von früher wieder hervorrief, sowohl negative als auch positive? Oder war es die Tatsache, dass ich ihn nicht ansatzweise so attraktiv und charmant in Erinnerung hatte, wie er war. In meiner Erinnerung hatte sein Bild gelitten. War verwaschen und angekratzt durch die vielen unschönen Dinge, die man rund um Marienlund über ihn verbreitet hatte. Aber auch ich war nicht unschuldig daran. Ich hatte zugelassen, dass man das Bild meines Freundes so durch den Dreck zog und hatte zu wenig hinterfragt, was denn dann aus dem alten Klemens geworden sein sollte, der er doch bis zu dem Tag gewesen war.

In diesem Moment fühlte ich mich schäbig. Ich sah Nele vor mir, wie sie von Klemens geschwärmt hatte. Sie wäre ebenso enttäuscht gewesen, wenn sie mitbekommen hätte, wie wenig ich unseren Freund Klemens in der Zeit nach ihrem Tod in Schutz genommen hatte.

Schuldbewusst krampfte meine Brust sich zusammen, und ich fühlte mich hundsmiserabel. Und Klemens zeigte wahre Größe und war mir so freundlich und gar nicht nachtragend gegenübergetreten, dass ich erst recht ein schlechtes Gewissen bekam. Aber das Gefühl, als flatterte es zart in meinem Bauch, blieb. Ich sah Klemens vor mir und versuchte, für den Moment auszublenden, welche Geschichte uns verband.

Diese umwerfenden Augen, seine große Statur und die Art, wie er leicht spöttisch den Kopf schief legte, sich selbst nicht so ernst nahm und einen unvergleichlichen Charme versprühte, all das hatte für Flugzeuge in meinem Bauch gesorgt.

Bevor ich auf meiner Mauer erneut knallrot anlaufen würde, entschied ich, mich schnell wieder auf den Weg zu Änne zu machen.

Mit einem Kopf voller Bilder und verwirrter Gedanken lief ich durch die malerischen Gassen des Ortes zu unserem Ferienhaus. Meine Schritte waren leicht, und ich fühlte mich, als würde ich schweben. Die niedlichen Kapitänshäuser hinter ihren Friesenwällen wirkten stoisch gemütlich auf mich. Sie hatten schon so viel erlebt, könnten viel erzählen. Von Menschen und Schicksalen. Von großer Freundschaft, Tod, der Liebe und Schmerz. Aber sie lagen schweigend da, seit Jahrhunderten schon, und boten den Menschen Schutz und Sicherheit, egal welche Unwetter über sie hinwegzogen. Dieser Gedanke gefiel mir. Glücklich betrat ich das Haus, in dem Änne schon auf mich wartete.

»Was ist denn mit dir los?« Änne schaute mich aus großen Augen an.

»Was soll denn sein?«, erwiderte ich unschuldig lächelnd. Ich fühlte mich ertappt, konnte ein Grinsen jedoch nicht unterdrücken.

»Erzähl, wo warst du? Du schmunzelst ja wie ein Honigkuchenpferd!«

»Ich koche uns einen Tee«, schlug ich vor und deutete Änne an, sich zu setzen.

»Hier!« Ich zog die beiden Tassen, die ich gekauft hatte, aus meiner Tasche, und Änne lachte. »Na das passt ja! Warte, ich spüle sie aus, und dann können wir sie gleich nutzen. Ich bin schon so gespannt, warum meine kleine Fideli so strahlt.« Änne rieb sich die Handflächen, als sie auf die Tassen zuging. Der Anblick war lustig. Amüsiert schüttelte ich den Kopf.

Ich setzte einen Tee auf, und nach wenigen Minuten ließen wir ihn in unseren Tassen ziehen.

Ich setzte mich mit Änne auf die Küchenbank und wärmte meine Hände an der Tasse.

»Stell dir vor, ich habe Klemens getroffen«, platzte ich mit dem Grund für mein Strahlen heraus.

»Ist nicht wahr! Hat er dich auch gesehen?« Ännes Augen waren kugelrund vor Aufregung.

Ich nickte. »Ja, wir haben sogar kurz geredet. Er war mit zwei Mädels am Reitstall. Hat ihnen wohl Unterricht gegeben oder, besser gesagt, eine Therapiestunde. Das eine Mädchen saß im Rollstuhl.«

»Ach herrje! Wie toll, dass sie dennoch reiten darf«, freute Änne sich und staunte.

»Ja, das fand ich auch. Na ja, und Klemens war ganz locker. Als wären wir uns erst vor ein paar Tagen zuletzt begegnet. Es war beinahe unheimlich.« Ungläubig schüttelte ich den Kopf.

»So was ist ja ganz nach meinem Geschmack. Das Schicksal lenkt die Wege zweier junger Leute nach Jahren wieder zueinander, und sofort ist er wieder da, dieser Funke alter Verbundenheit. So mag ich das.« Änne kicherte wie ein junges Mädchen.

»Aber weil die Mädels auf ihn warteten, hat er vorgeschlagen, dass wir uns heute Abend im Bistro treffen. Ich bin mir sicher, er meint das Bistro, in dem ich auch immer mit Nele war. Wir haben so oft davon geredet.«

»Oh wie nett! Na da bin ich aber gespannt, was du dann zu erzählen hast.«

»Nee, nee! Du kommst selbstverständlich mit. Klemens hat darauf bestanden. Er konnte sich gut an dich erinnern.« Ich nickte wie zur Bekräftigung dieser Aussage.

»An mich graue Maus?« Änne juchzte, und ich knuffte sie in die Seite.

»Liebes, wenn ich dich aber so sehe mit deinen roten Wangen, dann halte ich es für sinnvoller, dass ich hier zu Hause die Stellung halte, und ihr macht euch einen schönen Abend zu zweit. In alten Zeiten schwelgen und so.« Ännes Miene war vielsagend.

»Änne! Es war einfach nett«, sagte ich und merkte selbst, wie blöd das klang.

»Ach nett! Na wunderbar. Das lass ihn nicht hören.« Sie kicherte albern. »Nun komm mal auf den Punkt! Wie sieht er aus? Was hat er so erzählt? Du bist doch nicht ohne Grund dermaßen aufgekratzt.« Ännes Blick ließ mich verdutzt schweigen. »O. k., du musst nix sagen.« Wieder rieb sich Änne die Handflächen.

»Änne? Hallo? Falls es dir entfallen ist, ich heirate in wenigen Wochen. Klemens ist ein alter Freund, den ich rein zufällig auf Sylt wiedergetroffen habe. Ja, um deine Fragen zu beantworten, er sieht super aus. Viel gesagt hat er nicht.«

»Das muss er vielleicht gar nicht«, unterbrach mich Änne.

Ich trank einen großen Schluck Tee und schaute Änne verunsichert über den Rand der Tasse an.

»Meinst du, wir sollten sicherheitshalber nicht zum Bistro kommen?« Ich flüsterte beinahe.

»Bist du verrückt? Du willst ja wohl einen alten, noch dazu gut aussehenden Freund nicht versetzen! Das fehlt ja noch! Und wenn ich allein dahin gehe. Ich lasse mir das nicht entgehen.« Änne wirkte entschlossen, und nun musste ich lachen.

»Aber Philip«, setzte ich an.

»Wie wenig mich dieser Typ interessiert, sollte dir mittlerweile klar sein.« Trotz lag in Ännes Stimme, die in diesem Moment noch rauer Klang als sonst.

»Vielleicht hat Klemens mittlerweile auch Frau und Kind«,

überlegte ich weiter, ohne auf den Seitenhieb gegenüber Philip einzugehen. Ich dachte an das Mädchen beim Bäcker.

»Klar, bestimmt. Dann bringt er sie sicherlich abends mit und stellt sie uns vor.«

Erschrockener, als ich sein dürfte, starrte ich Änne an, die in schallendes Gelächter ausbrach.

»Oha«, kommentierte sie meinen Blick. »Und was soll ich mit dir nervösem Hemd bis dahin anfangen?« Änne kratzte sich demonstrativ am Kinn.

»Wie wäre es, wenn wir mal zum Strand nach Kampen fahren? Dort kann man wunderbar oben auf einer der Bänke sitzen und auf das Meer schauen. Die Sonne scheint, der Wind hält sich heute in Grenzen, und du hast keinen anstrengenden Weg. Noch dazu wäre wieder ein Punkt unserer Liste abgehakt. Vorausgesetzt, wir nehmen uns etwas zu essen mit. Nele besteht doch auf einem Picknick am Strand. Weiten wir es doch auf eine der Bänke aus«, unterbreitete ich Änne meine Idee.

»Das klingt hervorragend. Lass uns beim Bäcker ein Baguette mitnehmen und etwas Käse. Was zu trinken dazu, und dann haben wir doch alles. Abends gehen wir ja sowieso essen.« Änne tat betont nüchtern, ich spürte jedoch, wie sie mich von der Seite prüfend anschaute. Ich ließ mich davon aber nicht beirren.

Stattdessen zog ich Neles Liste und einen Stift hervor und hakte einen Punkt ab. »Einen alten Freund auf Sylt treffen. Das von heute zählt doch auch, oder?« Änne nickte energisch.

»Mal schauen, wie viele Haken noch hinzukommen. Sowohl auf der einen als auch auf der anderen Liste«, sagte sie leise. Ich schenkte ihr nur einen vielsagenden Blick und schüttelte den Kopf, um mich von den in meinem Bauch umherfliegenden Schmetterlingen abzulenken. Ich konnte nicht leugnen, dass mich diese Begegnung noch immer vollkommen durcheinanderwirbelte.

Wir schnappten uns einen Korb, der in der Wohnung stand, gingen einkaufen und fuhren dann zum Strand. Die Sonne schien, und nur einige lockere Wolken zogen am Himmel vorbei. Wir saßen mit Blick aufs Wasser auf einer der Holzbänke und genossen den Moment.

»Liebes, es ist ein Traum hier«, schwärmte Änne.

»Absolut«, bestätigte ich und öffnete meinen Zopf, der mein knapp über schulterlanges Haar zusammenhielt. Der Wind zauste durch meine Haare, und es fühlte sich an, als pustete er für einen Moment alle Gedanken an die Hochzeit und jegliche Grübeleien aus meinem versmogten Kopf.

Änne trug konsequent wieder einen Hut, diesmal in Lila, der sogar saß wie angeklebt, trotz des Windes.

»Änne, was wünschst du dir denn für unseren Urlaub?«, fragte ich meine Tante.

»Dass meine kleine Nichte noch viel, viel öfter so fröhlich strahlt«, sagte Änne, und ihr Blick war herzlich.

Ich legte einen Arm um sie und drückte sie fest an mich. »Und sonst? Sei nicht so selbstlos! Was wünschst du dir für dich?«

Änne zog die Schultern hoch. »Ich habe keinen bestimmten Wunsch. Ich habe viel erleben dürfen im Leben und bin zufrieden.«

»Und dieser Rufus? Welche Rolle spielt er, wenn du zurückschaust?«

»Liebes, ich gebe zu, ich habe nicht verstanden, warum er wieder aus meinem Leben verschwunden ist. Genauso plötzlich, wie er darin aufgetaucht ist. Für mich fühlte es sich wie Liebe an. Das war mehr als nur ein schneller Flirt im Urlaub. Und wie du weißt, glaube ich ja nicht daran, dass irgendwas im Leben einfach so passiert. Ich gehe bis heute davon aus, dass alles seinen Grund hat. Und das ist auch die Frage, die ich mir seitdem immer wieder stelle. Warum sollte ich Rufus überhaupt begegnen, wenn er doch sowieso gleich wieder aus meinem Leben verschwinden musste? In meine Welt passt so was gar nicht, dass es dafür keine Erklärung gibt. Und normalerweise nehme ich das auch nicht so ohne Weiteres hin. Aber auch wenn dieser Mann mir seitdem durchs

Herz geistert, irgendwas gibt mir die Gewissheit, dass es einen Grund hatte, dass er gehen musste. Nun bin ich mittlerweile aber einfach davon ausgegangen, dass ich es wohl nicht mehr erfahren werde. Klar machte mich das ein wenig traurig. Aber was blieb mir diesmal übrig?« Bedauernd hob sie die Schultern. »Wenn ich ehrlich bin, hat dieser Brief dann auch bei mir wieder einen Funken Hoffnung entzündet.«Ännes Blick ging in die Ferne. »Dass ich noch mal nach Sylt reise, daran habe ich bis dahin nicht geglaubt. Erst recht nicht seit der Diagnose.«

Es war vielleicht wirklich was dran an dem, was sie sagte. Mich hatte ausgerechnet kurz vor meiner Hochzeit dieser Brief von Nele erreicht. Daraus hatte sich ergeben, dass ich kurzerhand mit Änne nach Sylt gefahren war. Sie sollte die Insel doch noch einmal wiedersehen, trotz ihrer Krankheit. Einen Ort, mit dem auch sie viel verband. Hier begegnete ich nun Klemens nach Jahren wieder, und wir kamen an Orte, die sie mit Rufus verband. Das alles wirkte tatsächlich wie vom Schicksal gelenkt.

Nachdem wir aufgegessen hatten, saßen wir noch eine ganze Weile auf der Bank und ließen die Sonne unsere Haut wärmen, während der Wind uns sanft streichelte.

Die entspannte Atmosphäre um mich herum lenkte mich von der aufkommenden Nervosität ab, die kribbelnd durch meinen Körper zog. Wenn ich an den bevorstehenden Abend dachte, wurde mir schwindelig.

Immer wieder sah ich Klemens vor mir. Gut aussehend und lächelnd. Ein großer, starker Mann. Auf eine wundersame Art altvertraut und doch ganz weit weg.

In meine Gedanken hinein klingelte mein Handy, Philip war dran.

»Sophie, kannst du mir einmal schnell sagen, ob Frau von Marquardt mit ihren Töchtern zu unserer Feier kommen wollte? Oder sind sie noch im Internat?«

Ich holte kurz Luft, bevor ich antwortete. »Hallo, Philip, danke, es geht uns hervorragend, und wir verbringen eine echt schöne Zeit«, antwortete ich dann auf die Frage, die er bedauernswerterweise gar nicht gestellt hatte.

»Das ist doch nett. Ich freue mich für euch, wirklich. Nur – es ist echt wichtig.« Augenrollend unterbrach ich Philip.

»Sie kommen mit den Töchtern. Sonst noch was?« Wenn er meinte, unsere Unterhaltung diene rein dem Austausch von Informationen, hatte ich nicht länger Lust auf das Gespräch.

»Seid ihr schon essen gegangen? Ihr müsst unbedingt Ralf einen Besuch abstatten. Er hatte mir geschrieben, dass er uns einladen wollte, weil er doch diesen tollen neuen Koch aus dem Hotel in Rantum engagieren konnte. Wenn ich euch einen Tisch reservieren soll, lass es mich wissen!«

»Danke, aber wir sind höchst zufrieden bisher und haben gar nichts groß geplant, was Restaurantbesuche angeht. Heute Abend werden wir mal eine Kleinigkeit essen gehen, aber nichts Besonderes. Nur ein Bistro am Strand.«

»Wie ihr meint. Aber wenn ihr schon mal auf der Insel seid, solltet ihr keine Zeit verschwenden.«

»Tun wir nicht, ganz im Gegenteil.«

Wir beendeten das eher unterkühlte Telefonat.

Ich legte den Kopf in den Nacken und stellte fest, dass es sich selten besser angefühlt hatte, Zeit zu verschwenden, als in dem Moment, in dem ich mit vollem Bauch hier auf dieser Bank saß, den Arm um meine liebste Tante Änne gelegt. Dass mich ein Abend mit Klemens erwartete, machte diese Zufriedenheit komplett, trotz meiner Aufregung.

Änne hatte sich an mich gelehnt und die Beine auf der Bank überschlagen.

»Hier bleiben wir jetzt bis heute Abend, und dann fahren wir weiter ins Bistro«, schlug sie vor.

»Von mir aus! Wenn du so mit mir ausgehst.« Schmunzelnd wuschelte ich mir durch mein eh schon ganz zerzaustes Haar und zog eine Grimasse.

Änne drehte den Kopf zu mir und machte ein erschrockenes Gesicht.

Dann knuffte sie mich freundschaftlich in die Seite und flüsterte: »Du siehst zauberschön aus!« Sie lachte. »Das hast du früher immer gesagt, wenn ich in einem meiner Ausgeh-Outfits vor eurer Tür stand. Oft hast du Worte erfunden. Als Kind hast du mir immer auf dem Bauch herumgestrichen und gesagt, ich sei schwabbeldünn.« Änne lachte.

»Wie herrlich! Das weiß ich gar nicht mehr!« Ich schmunzelte. »*Schwabbeldünn* war jedenfalls ganz bestimmt freundlich gemeint. Ein kurzer Blick in den Spiegel würde mir in der Tat ganz gelegen kommen. Vielleicht ziehe ich auch noch was anderes an. Wobei das Bistro ein ganz entspannter Ort ist, meine ich. Leger ist da genau das Richtige und schick völlig fehl am Platz.«

»Apropos schick. Was wollte denn dein Göttergatte in spe? Hatte er wieder irgendwelche Tipps für uns?« Änne lachte auf.

»Ich bin mir sicher, es waren keine, die dir gefallen hätten«, entgegnete ich. »Mir aber, wenn ich ehrlich bin, auch nicht. Ich freue mich richtig auf nachher, auch wenn ich verdammt aufgeregt bin«, gestand ich.

»Warum hast du ihm nicht erzählt, dass wir deinen alten Freund Klemens getroffen haben? Ich bin mir sicher, er hätte gestaunt«, mutmaßte Änne.

»Da bin ich mir auch ganz sicher. Ach weißt du – er muss nicht alles wissen.« Während ich das sagte, klopfte mein Herz besonders schnell. Es war nicht richtig, sich in meiner Situation, kurz vor einer Ehe, solche Gedanken und noch dazu ein Geheimnis aus einem Treffen mit einem alten Freund zu machen. Aber ich versuchte, die Situation damit zu rechtfertigen, dass Nele und das Schicksal mich hierhergeführt hatten. Ich hatte quasi gar keine andere Wahl, als mich den Dingen zu fügen. Nicht zuletzt sorgte meine Tante Änne mit Nachdruck dafür, in diesem Urlaub keine Chance auf ein paar Glücksmomente zu vergeuden.

7. Kapitel

Wir fuhren kurz in die Wohnung, wo ich mir meine zerzausten Haare kämmte und meinen Duft auflegte.

Änne wechselte vom lilafarbenen Outfit auf ein kornblaues, und wir starteten Richtung Bistro am Strand.

Auf der Fahrt dorthin sprach ich wenig, zu viele Gedanken schwirrten mir durch den Kopf. Was sollte ich Klemens antworten, wenn er mich fragen würde, wie es mir gerade ging und was ich so machte? Sollte ich erzählen, dass ich kurz vor der Hochzeit mit Philip stand?

Irgendetwas in mir wehrte sich dagegen, was ich klar als schlechtes Zeichen Philip gegenüber wertete.

Als könnte Änne meine Gedanken lesen, sprach sie genau dieses Thema plötzlich an. »Fideli, Philip hat heute Abend nichts an unserem Tisch zu suchen, alles klar? Ich möchte nämlich einen schönen Abend verbringen. Den kann ich da nicht brauchen.«

Auch wenn sie damit aussprach, was mir insgeheim am liebsten war, fühlte es sich befremdlich an zu nicken. Dennoch tat ich es. Änne quittierte das mit einem Zwinkern. Um ihren Mund bildeten sich Lachfältchen, und ihre Augen blitzten verschwörerisch.

»Hier ist es«, sagte ich, als wir in der Nähe des Bistros angekommen waren. »Wir müssen nur ein paar Meter laufen bis zur Düne. Das Auto stelle ich hier ab.«

Meine Beine fühlten sich schlagartig wieder wie aus Pudding an, und ich war nicht böse, als Änne sich bei mir unterhakte und mir damit Halt gab.

Vor dem Bistro, welches direkt hinter der Düne lag und damit in unmittelbarer Nähe zum Strand, spielten Kinder im Sand. Ich hörte leise Klänge chilliger Musik. Die Menschen saßen lässig gestylt in Liegestühlen und an Holztischen. Jeder hatte ein zufriedenes Lächeln im Gesicht. Die entspannte Atmosphäre war herrlich. Ich erinnerte mich daran, dass ich schon mit Nele gerne hier gewesen war. Das Ambiente hatte sich kaum verändert. Und ich fühlte mich sofort wieder wohl hier. Suchend schaute ich, ob ich Klemens irgendwo entdeckte. In der Tat war er schon da, was meinen Puls kurzzeitig davongaloppieren ließ.

Noch bevor ich Änne mitteilen konnte, dass ich Klemens gesehen hatte, war meine schillernde Tante ihm bereits aufgefallen, und er kam lächelnd auf uns zu.

»Oha«, platzte es aus Änne heraus, und mit flatterndem Herzen wartete ich, was noch folgen würde. »Ich freue mich jetzt schon darauf, Philip Lebewohl zu sagen«, raunte sie mir zu.

Fassungslos starrte ich sie an, räusperte mich fahrig und kämpfte immer noch mit meiner Mimik, als Klemens bei uns ankam und Änne die Hand ausstreckte.

»Tante Änne. Unverändert«, begrüßte er sie mit einem Lächeln.

»Fehlt nur noch, dass ich jünger als je zuvor aussehe, dann breche ich in schallendes Gelächter aus und falle dir um den Hals«, erwiderte Änne mit einem scherzhaften Schmunzeln.

Klemens lachte.

»Hallo, Klemens«, begrüßte ich ihn, bevor es tatsächlich dazu kommen würde, dass Änne ihn anspringen würde.

»Hi, Sophie! Ich freue mich, dass ihr hier seid.«

»Wir freuen uns auch. Und wie wir uns freuen«, antwortete Änne und überspielte damit meine Sprachlosigkeit in diesem Moment.

»Liebe Änne, nach wie vor stehen Farben dir ungemein«, schmeichelte er meiner Tante und nickte anerkennend.

»Man ist nie zu alt, um Bunt zu tragen, sage ich immer. Wer weiß, wie oft ich das noch genießen darf.«

»Kommt doch mit, Oliver hat den besten Tisch für uns frei gehalten.« Klemens deutete auf einen Platz am Fenster. Oliver trat in dem Moment auch zu uns und reichte uns die Hand. Er war ein lockerer Surfer-Typ, tiefdunkelbraun gebrannt und lässig gekleidet in Shorts und Flip-Flops.

»Mein bester Freund trifft seine alte Freundin wieder – was gibt es Wichtigeres?« Er strahlte charmant, und ich war erstaunt, wie gut er informiert war. Klemens zog einen Mundwinkel zu einem Lächeln hoch, hob die Schultern und deutete an, uns zu folgen.

An einem massiven Holztisch nahmen wir Platz. Eine Kerze stand auf dem Tisch und strahlte Behaglichkeit aus, obwohl das Bistro eher einer Strandbude glich. Die Bänke waren mit gemütlichen Kissen ausgelegt, an den Fenstern rüttelte der Wind. Um uns herum war jeder Tisch besetzt, und ich sah überall fröhliche Gesichter und appetitlich angerichtete Teller, die mir das Wasser im Mund zusammenlaufen ließen. Wieder einmal wurde mir klar, dass ich diesen ganzen Firlefanz aus feinem Besteck, weißen Tischdecken und Fünfgängemenü überhaupt nicht vermisste.

»Wie lange seid ihr denn hier auf der Insel?«, stieg Klemens ins Gespräch ein.

»Eine Woche. Wir nehmen uns eine kleine Auszeit«, begann ich, merkte dann aber, dass das Gespräch damit Gefahr lief, in eine falsche Richtung abzudriften. »Also so vom Arbeiten und dem normalen Wahnsinn im Alltag. Änne und ich sehen uns zu Hause viel zu selten, und wo kann man unbeschwerter Zeit verbringen als hier?« Ich lächelte und legte dabei Änne den Arm um die Schultern. Ich war erleichtert, gerade noch die Kurve gekriegt zu haben.

Klemens nickte. »Dem kann ich nur zustimmen«, sagte er.

»Und wie lange bist du hier?«, fragte Änne.

Klemens zuckte grinsend die Achseln. »So lange, wie man Typen wie mich hier braucht.«

»Heißt das, du lebst hier?« Erstaunt starrte ich ihn an.

»Ganz genau. Ich wohne in Archsum. Wie sich sicher herumgesprochen hat, wollte ich damals nur noch weg von Marienlund. Meine Eltern sind dageblieben. Dieser Hof bedeutete ihnen alles. Aber mich hielt an dem Ort nichts mehr. Dann hab ich kurz in Hamburg gelebt und da wen kennengelernt, der hier auf Sylt Arzt ist. Wir kamen ins Gespräch über die Therapie mit Pferden. So hat es sich dann ergeben, dass ich dank der Kontakte über den Hamburger Arzt zu Sylter Ärzten einen Teil einer Reitschule auf der Insel übernehmen konnte. Ich nutze dafür teilweise auch den Reitstall in Keitum. Ich kümmere mich um Kinder, die aus verschiedensten Gründen eine Reittherapie durchführen. Manche haben kranke Geschwister und sind jahrelang zu kurz gekommen. Andere Eltern machen sich Sorgen um ihre Kinder, was ganz unterschiedliche Ursachen haben kann, und buchen gezielt einen Kurs hier, wenn sie im Urlaub sind, um die Kinder mittels der Pferde auf andere Gedanken zu bringen. Und manche Kinder sind leider in ihren Bewegungsfähigkeiten eingeschränkt, und die Zeit mit den Pferden verleiht ihnen wieder ein Stückweit Mobilität. Ich bin natürlich kein Arzt oder Physiotherapeut oder so, aber dafür habe ich meine Partnerin. Wir haben das Projekt gemeinsam aufgezogen. Und ich kann mir nichts Besseres vorstellen.«

Änne und ich hingen staunend an seinen Lippen. Das, was er sagte, passte so gut zu dem Bild von ihm, welches ich irgendwo weit hinten in meinem Kopf abgespeichert hatte. Er wirkte, als wäre er angekommen in einem Leben, in dem er aufging und sich wohlfühlte. Einzig ein Wort an seiner Erzählung störte mich mehr, als ich mir eingestehen wollte. Klemens sprach von seiner Partnerin. Wehmütig stellte ich mir die Frau an seiner Seite vor und schalt mich im selben Moment innerlich, weil ich nicht im Ansatz ein Recht darauf hatte.

»Sophie?« Ertappt zuckte ich zusammen, als ich Klemens' fragenden Blick sah.

»Oh, sorry! Was hast du gesagt?« Verschämt lief ich rot an.

»Ob du auch eine Weinschorle trinken willst«, wiederholte Klemens. Ich sah ein amüsiertes Zucken um seine Mundwinkel.

»Sehr gerne! Danke!«, stammelte ich und spürte, wie Änne mich schmunzelnd anschaute. Bewusst starrte ich in Richtung Theke, um ihrem Blick nicht zu begegnen.

»Was machst du denn beruflich?«, erkundigte sich Klemens, als die Getränke gebracht wurden.

»Ich arbeite in der Immobilienbranche«, erklärte ich.

»Aha, also ist wirklich nichts aus deiner Profireiterkarriere geworden?«

»Nein, daraus ist nichts geworden. Sehr zum Bedauern meiner Eltern, wie du dir vorstellen kannst.« Entschuldigend hob ich die Schultern und lächelte schief.

»Meine Fideli war sowieso immer viel zu tierlieb dazu. Die Pferde waren einfach nie wie ein Sportgerät für meine Nichte«, relativierte Änne diese Erkenntnis. Ich legte dankbar den Arm um ihre Schultern und drückte sie kurz an mich. Auch Klemens bestätigte diesen Gedanken nickend.

»Den Eindruck hatte ich schon immer. Ich erinnere mich noch an einen Tag, an dem du im Viereck von Marienlund diese Aufgabe für ein Turnier reiten solltest. Immer wieder hast du verträumt irgendwelche Kringel und Schlangenlinien eingebaut und Bella am langen Zügel laufen lassen. Unser Trainer wurde beinahe wahnsinnig. Irgendwann bist du einfach statt des Zirkels, den du reiten solltest, schnurstracks vom Viereck galoppiert.« Klemens lachte. »Den Blick deiner Mutter und des schnöseligen Trainers werde ich nie vergessen!«

Wir mussten ebenfalls lachen.

»Und ich hätte ihn durchaus gerne gesehen!« Änne hob entzückt die Augenbrauen.

Nie wieder hatte ich daran gedacht, aber jetzt, wo Klemens davon erzählte, kam es mir wieder in den Sinn, als ob es gestern gewesen war. Nele und ich waren danach erst mal zu einem stundenlangen Ausritt weggeblieben, um jeglichen Diskussionen über Ehrgeiz und Pflichtbewusstsein aus dem Weg zu gehen. Ich seufzte.

»Das war schon eine verrückte Zeit«, stellte ich fest.

»Also, ohne dir zu nahe treten zu wollen. Mir hat deine Art früher unheimlich gut gefallen, heute bist du so brav«, bemerkte Änne. Erstaunt sah ich sie an. Sie wollte ja hoffentlich nicht auf das Thema Philip zu sprechen kommen.

»Du bist also so brav?« Klemens' Blick traf mich wie ein Blitz und brachte mich vollkommen aus der Fassung.

»Also, nein. Nicht, dass ich wüsste … klar, ich bin halt älter, aber …« Mein Stammeln ließ mich wenig souverän auftreten. Ich warf Änne einen bösen Blick zu. Diese schaute jedoch demonstrativ in die andere Richtung.

»Reitest du denn noch?« Klemens wechselte zu meinem Glück wieder das Thema, auch wenn ich darüber genauso ungern sprach.

»Nein, überhaupt nicht mehr.« Es klang schroffer, als ich beabsichtigt hatte.

»Wie schade. Ist es wegen Nele?« Ich schaute Klemens lange in die Augen, bevor ich schweigend nickte. Dann senkten wir beide den Kopf.

»Mir ging es tatsächlich auch so. In Hamburg habe ich nicht ein einziges Mal einen Reitstall betreten. Nie hätte ich gedacht, dass ich weiterhin was mit Pferden zu tun haben will. Bis ich nach Sylt kam. Der Tod von Nele hat mein Leben ganz schön verändert«, gestand er.

Ich schluckte. Zwischenzeitlich war auch das Essen gekommen, das ich aber aufgrund der Gesprächsthemen und meiner Nervosität nicht wirklich genießen konnte.

»Wie ihr sicher wisst, waren die Leute recht schnell damit, einen Schuldigen zu finden. Glaubt mir, wenn ich auch nur im Entferntesten hätte verhindern können, dass dieser Unfall geschieht – ich hätte alles dafür getan.« Klemens' Blick war tieftraurig.

»So oft, wenn ich mit den Kindern arbeite, muss ich daran denken. Häufig bekomme ich Panik, es könnte noch einmal so ein schwerer Unfall passieren. Es fühlt sich an, als raste mein Puls, und meine Brust wird eng. Alle Bilder von damals sind dann

wieder da. Aber irgendwann habe ich akzeptiert, dass das dazugehört und mich diese Angst wohl nie wieder loslassen wird. Aber Nele hätte nicht gewollt, dass ich deswegen für immer aufs Reiten verzichte. Da bin ich mir ganz sicher.«
Ich konnte so gut nachvollziehen, was Klemens meinte. Er sprach aus, was ich auch schon so oft gedacht hatte. Dennoch hatte ich nie wieder den Mut gefunden, meinem Herzen zu folgen und noch mal auf ein Pferd zu steigen. Zu präsent waren die Bilder in meinem Kopf, die mich davon abhielten. Außerdem beherrschte mich ein schreckliches Gefühl, das wie flüssiges Blei zäh durch meine Adern floss, wenn ich mir nur vorstellte, mich wieder in einen Sattel zu setzen.

»Vielleicht ist es dieser Ort, der mir geholfen hat. Wer weiß! Aber manchmal trifft man auch gerade dann genau die richtige Entscheidung, wenn man sich zu etwas vollkommen Undenkbarem entschließt.« Klemens sah mich mit einem nicht zu deutenden Blick an.

»Wer weiß das schon«, sagte ich ausweichend.

»Jedenfalls war ich froh, dass nach einiger Zeit Ruhe einkehrte. Es konnte zwar nicht belegt werden, dass ich mit dem Unfall nichts zu tun hatte, aber man konnte mir auch nichts Gegenteiliges beweisen. Ich war, als der Unfall geschah, mit dem Schmied auf der Weide und hab die Jährlinge eingefangen. Wie die Geier haben sich einige Leute um Marienlund herum auf mich gestürzt. Ich sei es gewesen, der das Pferd erschreckt habe, dabei habe ich gewusst, dass ihr genau diesen Weg immer um diese Zeit gerritten seid. Nie wäre ich so unbedacht um die Kurve gerast. Niemals. Glaub mir, es waren die schrecklichsten Monate meines Lebens, als ich immer und immer wieder mit diesen Vorwürfen konfrontiert wurde. Weil der Schmied ein Kumpel von mir war, hat ihm auch keiner geglaubt. Erst sein Azubi hat am Ende meinen Kopf aus der Schlinge ziehen können. Zumindest so weit, dass ich nicht ins Gefängnis musste oder so.« Klemens' Gesichtszüge wirkten nun starr und betroffen.

»Kein Wunder, dass du Marienlund mit langen Sätzen verlassen hast«, stellte Änne fest.

Klemens nickte. »Ja, dieser Ort bedeutete für mich nichts mehr als Hass und Sorgen. Ich wollte auch tatsächlich mit niemandem mehr Kontakt haben«, fügte er hinzu. Sein Blick war beinahe entschuldigend, als er mich ansah.

Auch ich hatte irgendwie ein schlechtes Gewissen, als ich Klemens reden hörte. Als müsste ich mich ebenso entschuldigen. Aber ich hatte versucht, Kontakt aufzunehmen, den er aber komplett abblockte.

»Aber ich weiß auch, dass Nele gewollt hätte, dass es mit der Reiterei für mich weitergeht. Deshalb hab ich hier auf Sylt endlich mein Leben wieder in die Hand genommen. Meine Eltern habe ich kaum noch auf Marienlund besucht. Ihnen bedeutete der Hof alles. Nie hätte ich verlangt, dass sie ihr Zuhause verlassen. Aber ich konnte nicht mehr dauerhaft dorthin zurückkehren. Sie kamen dann oft nach Sylt, solange es gesundheitlich ging.«

Ich überlegte, ob ich ihn fragen sollte, wie es seiner Mutter ging, schließlich wusste ich ja vom Tod seines Vaters. Als ich noch darüber grübelte, fing er jedoch von sich aus an zu erzählen.

»Jetzt ist es so, dass wir Marienlund tatsächlich für immer den Rücken zukehren«, sagte er, und sein Blick war trotz der Geschichte, die ihn diesen Ort hatte verfluchen lassen, traurig. »Mein Vater ist vor einiger Zeit verstorben. Meine Mutter möchte nicht allein dort leben, und ich habe sie vor ein paar Tagen zu mir nach Sylt geholt. Gerade kläre ich ab, wie und wo sie hier wohnen kann, sodass auch ihre Krankheit versorgt wird. Da stehe ich aber noch ganz am Anfang. Im Moment geht es ihr relativ gut, zeitweise hat sie jedoch mit Schüben zu kämpfen.«

»Was hat deine Mutter?«, fragte Änne.

»Sie ist aufgrund eines schweren Rheumas stark eingeschränkt, teilweise sogar an den Rollstuhl gebunden. Bis vor wenigen Jahren war sie noch topfit. Dann schlich sich mehr und mehr der Schmerz ein. Vor einiger Zeit fiel ihr das Laufen so schwer, dass es kaum noch ging. Auch wenn es ihr aktuell besser geht, bin ich gar nicht böse, sie nun in meiner Nähe zu haben. So kann ich ihr, so gut es geht, helfen. Das war zuletzt nicht ganz leicht. Mein Vater konnte sie kaum allein lassen.«

»Verstehe«, sagte Änne.

»Dass mein Vater nun so früh verstorben ist, hat uns ziemlich aus der Bahn geworfen. Aber meine Mutter ist unheimlich stark. Gemeinsam werden wir es schaffen, ihr das Leben hier so lebenswert wie möglich zu gestalten.« Klemens' Lächeln war liebevoll.

»Was habt ihr denn für den Urlaub noch so geplant?«, wechselte er das Thema. Es war offensichtlich, dass es ihm schwerfiel, über seine Eltern zu reden und der Verlust seines Vaters ihn mitnahm.

»Wir haben ein paar Dinge, die wir gerne machen wollen, wie zum Beispiel einen Leuchtturm zu besichtigen oder den neuen kleinen Laden in Keitum zu besuchen. Ich habe gehört, der soll besonders schön sein und teilweise regionale Artikel im Programm haben. So was finde ich toll.« Bewusst nannte ich die Punkte, die unverfänglich waren. Würde ich erzählen, dass Fallschirmspringen ebenfalls zur Debatte stand, würde er womöglich irritiert nachfragen, was es mit all diesen Punkten auf sich habe. Ungern wollte ich auf Neles Liste zu sprechen kommen, weil ich fürchtete, darüber zu meiner anstehenden Hochzeit zu gelangen.

»Meinst du *Zum kleinen Glück*? Ein traumhafter Laden! Ein Bekannter von mir hat ihn mit seiner Freundin eröffnet. Er wird hier super angenommen. Da müsst ihr unbedingt mal vorbeischauen.«

»Das werden wir bestimmt tun. Einige Dinge, die wir vorhaben, konnten wir schon abhaken, wie zur Bank in den Dünen in Hörnum zu fahren. Von dort hat man einen wunderbaren Blick. Diesen Ort habe ich früher schon geliebt. Oder ein Picknick am Strand. Das haben wir auch schon hinter uns, und es war richtig toll.«

Klemens nickte wissend. »Klingt super. Auch das, was ihr euch da vorgenommen habt. Ich kann euch natürlich auch gerne noch Tipps geben.« Abwartend schaute ich in seine Augen und spürte sofort, wie diese mich fesselten, so schön waren sie. Ich war erleichtert, als er weitersprach.

»Kennt ihr schon den Weg durch die Braderuper Heide? Dort ganz frühmorgens spazieren zu gehen, hat seinen ganz besonderen Reiz und ist Erholung pur. Man kann die Stille dort richtig spüren. Die lila Farbenpracht ist einmalig. Kann ich nur empfehlen«, schwärmte Klemens.

Diesen Spaziergang plante ich gedanklich noch fester ein. Er war sowieso ein Punkt, der auch auf Neles Liste aufgeführt war.

Morgen stand erst einmal eine Überraschung für Änne an. Ich freute mich darüber, dass ich vor einigen Tagen bereits die Besichtigung des Leuchtturmes gebucht hatte. Das wollte ich Änne erst am nächsten Tag erzählen.

Änne war still geworden, während Klemens und ich uns unterhielten. Sie machte aber nicht den Anschein, als würde sie sich langweilen. Eher wirkte sie erschöpft.

»Ist alles in Ordnung mit dir?«, fragte ich Änne, als Klemens kurz zur Toilette verschwand.

»Danke, ja. Ich bin nur so schrecklich müde. Wärst du mir böse, wenn ich mir ein Taxi bestelle? Dann kannst du noch ein wenig bleiben!« Änne schaute mich schuldbewusst an.

»Kommt gar nicht infrage! Wenn, dann komme ich mit, alles gut. Mach dir keine Gedanken.« Liebevoll strich ich Änne über den Rücken.

In diesem Moment kam Klemens zurück.

»Ist alles okay? Du wirkst müde, Änne. Wenn ihr nach Hause wollt, ist das völlig o. k. Ich muss morgen auch schon um sechs Uhr die Pferde füttern. Die kennen keine Gnade.« Klemens lachte und hob bedauernd die Schultern.

»Aber nur unter einer Bedingung!« Mahnend hob er den Zeigefinger.

Mir lief ein heißkalter Schauer über den Rücken, als mich sein Blick traf. Irritiert räusperte ich mich verlegen und schaute Änne an, die verschmitzt grinste.

»Ich würde euch gerne noch mal wiedersehen, solange ihr auf der Insel seid.« Klemens' Blick war fragend, und noch bevor ich etwas sagen konnte, übernahm Änne dies.

»Wir würden uns sehr freuen! Ihr könnt übrigens auch gerne mal zu zweit ein Glas trinken gehen. Ich komme auch mal ein paar Stunden allein aus.« Sie zwinkerte vergnügt.

Mein Puls schnellte in die Höhe, schließlich wussten wir ja nicht, ob nicht eventuell Klemens' Frau oder Freundin zu Hause auf ihn wartete.

»Klar können wir uns noch mal sehen, aber schau du doch, wie es dir passt«, druckste ich eher unbeholfen herum.

»Änne, ich freue mich, wenn du dabei bist. Wie wäre es morgen auf einen Kaffee bei uns?«

Anstatt zu antworten, starrte ich Klemens nur an, so überrumpelt war ich davon, dass er uns direkt zu sich einlud.

»Mila wird sich freuen, euch auch einmal kennenzulernen, und wenn ihr mögt, zeige ich euch mal unseren Hof.«

»Von mir aus«, stammelte ich. »Aber unseretwegen müsst ihr euch keine Umstände machen. Wirklich nicht.«

»Also sehen wir uns morgen bei uns.« Klemens lächelte, und dieses Lächeln war vollkommen entwaffnend.

»Du musst uns aber noch deine Adresse verraten«, murmelte ich.

»Gib mir mal deine Nummer, dann schicke ich dir alles«, schlug Klemens vor und zückte sein Handy. Ich nannte ihm meine Nummer, und er speicherte sie gleich ab.

Klemens rief Oliver zu sich und übernahm die Rechnung, obwohl Änne sich dagegen sträubte.

»Ihr könnt euch ja revanchieren«, sagte er mit einem Augenzwinkern. Wir verabschiedeten uns vom Wirt und traten gemeinsam vor das Bistro. Es dämmerte mittlerweile, und der Himmel verfärbte sich schon leicht rötlich.

»Schaut euch doch mal diesen Abendhimmel an«, schwärmte

Änne und deutete nach oben. »So müde ich auch bin – jetzt muss ich wenigstens noch mal den Sonnenuntergang vom Strand aus bestaunen!« Mit diesen Worten lief sie los und stieg die ersten Stufen der Holztreppe hoch. Diese führte über die Dünen direkt bis an den Strand. Änne stieg die vielen Stufen in einem erstaunlichen Tempo empor.

Verdutzt standen Klemens und ich noch einen Moment da.

»Worauf wartet ihr denn? Oder wollt ihr euch das entgehen lassen?« Änne drehte sich wieder um und stapfte schnurstracks weiter.

»So fit wie Änne möchte ich in dem Alter auch mal sein«, stellte Klemens bewundernd fest.

»Ich auch«, stimmte ich ihm zu.

Er legte den Arm um mich, und ich spürte, wie dies für einen wohligen Schauer auf meinem Rücken sorgte. Unbemerkt von Klemens atmete ich tief ein und versuchte, mich an Philip zu erinnern und daran, dass ich kurz vor meiner Hochzeit stand. Eine alte Freundschaft als Verliebtsein zu missdeuten, könnte einiges in meinem Leben ins Wanken bringen. Dazu fühlte ich mich noch nicht uneingeschränkt bereit, und es machte mir Angst. Ich musste rechtzeitig die Kurve kriegen. Eigentlich.

Ich sah, wie Änne sich noch einmal nach uns umdrehte und mir einen vielsagenden Blick zuwarf, als Klemens mich in diesem Moment sanft vor sich schob und hinter mir die schmale Treppe hinaufstieg. Meine Beine waren wackelig, und der Gedanke, dass Klemens hinter mir ging, machte mich endgültig nervös. Oben angekommen, suchte ich Ännes Seite und legte den Arm um sie. Klemens blieb, die Hände in den Hosentaschen vergraben, ein wenig abseits von uns stehen.

Der Himmel, der sich den ganzen Tag über strahlend blau gezeigt hatte, verfärbte sich in ein helles Orange, was, immer weiter zum Horizont hin, in einen rot-goldenen Ton überwechselte. Der rosafarbene Kranz um ein dunkles Lila verlieh den vereinzelten Wolken rund um den glühend roten Ball einen magischen Ausdruck. Möwen zogen zudem ihre Kreise, und dieses Motiv hätte kaum malerischer sein können.

Ich erinnerte mich daran, dass ähnliche Momente oft das Ziel der abendlichen Ausflüge von Nele und mir gewesen waren. Im Unterschied zu heute hatten wir es uns meistens mit einer Flasche Prosecco, Chips und Decken in einem der Strandkörbe gemütlich gemacht und noch stundenlang geredet. Wir hatten immer gesagt, dass wir irgendwann einmal am Strand übernachten wollten. Geplant war das für unseren nächsten Urlaub auf Sylt, zu dem es dann leider nie gekommen war.

Ich verspürte einen Stich im Herzen.

»An was denkst du?«, raunte mir Änne zu.

Ich zuckte beiläufig die Schultern. Änne legte ihren Kopf an meine Schulter.

»Denk an gar nichts, sondern genieß den Moment. Wer weiß, wie oft man im Leben noch einen solch zauberhaften Sonnenuntergang bewundern kann. Alles Grübeln abschalten und es einfach nur wirken lassen!« Änne strich mir aufmunternd über den Arm.

»Ich versuche es«, sagte ich so leise, dass Klemens es nicht mitbekam. Aus dem Augenwinkel sah ich, wie er auf sein Handy schaute, es stirnrunzelnd wegsteckte und auf einmal angespannt wirkte. Wahrscheinlich vermisste ihn seine Freundin.

Wir standen noch einige Minuten da und schauten der Sonne zu, wie sie immer kleiner und schmaler wurde, der Himmel sich noch einmal in allen erdenklichen Farbvarianten zeigte, bis der rote Punkt ganz hinter dem Horizont verschwunden war. Augenblicklich fröstelte es mich, und ich spürte den Wind viel stärker als in der Zeit, in der die Sonne noch zu sehen war.

Klemens trat neben Änne, die sich fest in ihr Cape eingewickelt hatte.

»Ich freue mich wirklich, dass wir uns getroffen haben. Was für ein glücklicher Zufall!« Klemens lächelte, und ich merkte trotz des dämmrigen Lichts, wie er mich anschaute.

Ich drehte mich zu ihm. »Das ist wirklich schön.« Ich machte eine Pause. »Nele würde sich sicher auch sehr freuen, wenn sie uns hier sehen könnte«, fügte ich hinzu und spürte, wie mein Herz schwer wurde. Vielleicht war es die Gesamtsituation, die meine Emotionen Achterbahn fahren ließ. Ich konnte nicht verhindern, dass meine Augen sich mit Tränen füllten. Ich sah Klemens an, und in diesem Moment fühlte ich, dass es etwas ganz Besonderes war, dass ich mit ihm einen Menschen neben mir wusste, der meine beste Freundin ebenso vermisste wie ich. Es gab jemanden, dessen Herz genauso mit dem Verlust unserer lebenslustigen, fröhlichen Nele kämpfte. Wie ein unsichtbares Band würde uns das immer auf irgendeine Art verbinden und tat es auch bis heute schon. Und obwohl Nele tot war, gab es noch jemanden, der so manche Geschichte mit mir noch einmal in Gedanken erleben und über sie lachen konnte. Warum hatte ich das nur so lange verdrängt? Es war, als wären die Erinnerungen an Nele und so viele lustige Momente mit ihr in mir verschlossen gewesen und spielten sich nur vor meinem inneren Auge ab. Ich lebte sie in meinen Gedanken so oft nach, sprach aber kaum darüber.

Ich fragte mich, ob Klemens mit jemandem über den Unfall sprechen konnte. Oder über die Zeit danach, die furchtbar für ihn gewesen sein musste. Weil man ihm Schuld daran gab und ihn letztlich aus Marienlund vertrieb.

Wie er mich nun ansah, konnte ich mir weiterhin nicht vorstellen, dass er irgendetwas mit dem Unfall zu tun hatte. Sein Blick wirkte so aufrichtig traurig, während ein liebevolles Lächeln seine Lippen umspielte. Neles Herz hätte einen verliebten Hüpfer gemacht, wenn er sie so angeschaut hätte, da war ich mir sicher. Ich war vollkommen eingenommen davon, wie gut Klemens aussah.

Was diesen Gedanken trübte, war, dass Nele es sicher weniger begrüßt hätte, dass meine Gefühle in Klemens' Gegenwart dermaßen Karussell fuhren. Denn wenn ich ehrlich war, hatte sein Blick auch mein Herz gerade hüpfen lassen. Beinahe schämte ich mich. Nicht nur Philip gegenüber, sondern auch Nele. Ich seufzte.

»Nicht traurig sein«, sagte Klemens mit einem Mal. »Die Zeit, die ihr hattet, hast du für sie jederzeit zu etwas Besonderem gemacht.« Klemens' Worte brachten mich durcheinander. Ich hatte nicht damit gerechnet, dass er auf meine Aussage eingehen und damit das Thema Nele so direkt ansprechen würde, als wäre sie unter uns und wir weiterhin beste Freunde. Aber seine Worte taten gut, und wieder war da dieses Gefühl, als wären wir ein altvertrautes Team. Erst recht, als er liebevoll den Arm um meine Schultern legte und es zuließ, dass ich meinen Kopf für einen klitzekleinen Moment an ihn lehnte. Diese Sekunden fühlten sich an, als tankte ich Kraft und lüde längst ausgelaugte Akkus wieder auf. Als er weitersprach, spürte ich das sanfte Vibrieren seiner Stimme.

»Weißt du, was mir geholfen hat? Immer wieder zu versuchen, nicht mit der Vergangenheit zu hadern. Mal gelingt es mir, mal weniger. Ändern kann man das, was passiert ist, sowieso nicht mehr. Am Ende geht es doch nur darum, wo man heute steht. Ohne das, was passiert ist, wäre ich nicht der Mensch, der ich heute bin und würde dieses Leben höchstwahrscheinlich so nicht führen.« Zaghaft nickte ich.

In diesem Moment piepte sein Handy. Er schaute darauf, und seine Stirn legte sich augenblicklich erneut in Falten. »Ich muss leider los. Ihr seid ja mit dem Auto da, oder?«

Ich nickte. »Ja. Vielen Dank für die Einladung und den schönen Abend«, verabschiedete ich mich von ihm. Unsicher trat er vor mich, lächelte zögerlich und umarmte mich dann noch einmal. Ich merkte, wie nervös unsere Nähe auch ihn machte. Das Zusammenspiel aus Vertrautheit und Distanz schien uns beide durcheinanderzubringen. Ich trat wieder einen Schritt zurück, und Klemens umarmte auch Änne.

»Bis bald!« Mit diesen Worten drehte er sich um und ging mit schnellen Schritten die Treppe hinunter. Nach wenigen Sekunden war er im dämmrigen Licht hinter dem kleinen Wäldchen, das nahe der Düne lag, verschwunden. Erst als Änne sich bei mir unterhakte, merkte ich, dass ich Klemens versonnen nachstarrte.

»Dann wollen wir auch mal los, oder?« Der amüsierte Tonfall meiner Tante ließ mich verstört nicken, und ohne was zu erwidern, ging ich mit Änne am Arm auch die Treppe herunter.

Als wir in unserer Wohnung ankamen, war ich todmüde. Der Abend war wunderschön, hatte mich aber emotional herausgefordert. Änne verabschiedete sich gleich ins Bad, und kurz darauf hörte ich, wie sie sich ins Bett legte. Ich wünschte ihr eine gute Nacht und entschied, mich noch ein paar Minuten in den Strandkorb zu setzen. Zwar war ich todmüde, mein Kopf jedoch rotierte um die vielen Eindrücke und Erlebnisse, sodass ich nicht sofort zur Ruhe kommen würde. Ich machte mir eine Weinschorle, schnappte mir eine Decke und trat auf die Terrasse.

Leise zog ich die Tür hinter mir zu, wickelte die flauschige Decke um mich, um den kühlen Abendtemperaturen zu trotzen, und setzte mich in den Strandkorb. Es ging zwar auf den Hochsommer zu, jedoch waren die Nächte noch teilweise frisch. Hier im Ort war der Himmel mittlerweile nachtschwarz. Keine Straßenlaternen oder hell erleuchteten Gebäude trübten den Blick auf den Sternenhimmel. An einigen Stellen funkelten Sterne wie Diamanten, an anderen ließ der verschleierte Schein des Mondes erahnen, dass Wolken über den Nachthimmel zogen und einen Teil der Sterne verdeckten. Ich stellte mein Glas auf den kleinen Tisch am Strandkorb und legte die Arme in den Nacken. Als wäre es ein Zeichen aus dem Universum schoben sich in diesem Moment die Wolken so über den Himmel, dass der Mond, der eben noch versteckt war, wie eine riesengroße gelbe Laterne den Boden anstrahlte. Ein Kaninchen, welches unweit meines Strandkorbs im Gras saß, war nun gut zu erkennen. Ich lauschte der Stille. Kein Geräusch war zu hören, noch nicht einmal das Rauschen des Windes. Dieser hatte zum späten Abend hin abgeflaut. Ich dachte an den Punkt *einmal am Strand schlafen*, der auch auf der To-do-Liste von Nele gestanden hatte. Wie viel schöner wäre es, jetzt hier zu zweit zu sitzen. Aber ich freue mich, überhaupt hier zu sein und dann auch noch Klemens getroffen zu haben.

Davon abgesehen, dass Klemens unendlich viele alte Geschichten in meinem Gedächtnis wieder abrief, an die ich mich lange nicht mehr erinnert hatte. Dieser Mann weckte auch etwas anderes in mir. Er strahlte so viel Stärke aus, war trotz der Steine, die man ihm in den Weg gelegt hatte, seinen Weg gegangen, der sich daran orientierte, anderen Menschen etwas Gutes zu tun und gleichzeitig seiner Leidenschaft nachzugehen. Schon im Umgang mit den Pferden war es damals so gewesen. Aber auch, wie er mit den Mädchen am Stall geredet hatte, die fröhlichen Gesichter der Kinder und wie er von seiner Arbeit sprach. Seine Art schien so bedacht und wertschätzend seinen Mitmenschen gegenüber. Dazu zählte auch unser allererstes Wiedersehen. Trotz der Funkstille zwischen uns trat er mir gegenüber so offen und charmant auf, dass ich nur staunen konnte. Dieser Mann trug sein Herz am rechten Fleck. Ich konzentrierte mich auf das wohlig warme Gefühl in meinem Bauch und genoss, was der Gedanke an Klemens mit mir machte.

Mit bitterem Beigeschmack erschien Philips Bild vor meinem inneren Auge und verscheuchte alle Glückshormone. Mein Verstand trat auf den Plan, versuchte, mir Argumente aufzuzeigen, die für meinen Verlobten sprachen, was ihm in der Gegenwart meines Herzens schwer gemacht wurde.

Es war so, dass Philip da gewesen war, als ich um Nele trauerte. Als ich mich wiederfand und neu sortieren musste in meiner Welt ohne meine beste Freundin. Wenn ich mit etwas Abstand von Hamburg und meinem Leben mit ihm aber darüber nachdachte, war er zwar da, es war aber nicht so, dass es Wärme oder Geborgenheit waren, die mich auffingen. Vielmehr gelang es ihm durch seinen schillernden Alltag, die vielen Menschen um ihn herum und das Leben zwischen Job und privaten Events, mich abzulenken von meiner Trauer. Hier auf Sylt wurde mir bewusst, dass das so war und auch, dass das nicht alles war. Weder was die Bewältigung der Trauer betraf, die wahrscheinlich bisher nie ausreichend stattgefunden hatte, noch was meine Zukunft anging. Ich schämte mich beinahe dafür, das nicht viel eher bemerkt zu haben, sondern mir selbst und meinem Umfeld ein Gefühl von Zufriedenheit vorgelebt zu haben, das gar nicht den Tatsachen entsprach. Ich war offenbar gut darin, mir selbst etwas vorzumachen.

Noch vor wenigen Tagen war ich mehr oder weniger überzeugt davon gewesen, dass ich auf dem richtigen Weg war. Zumindest hatte ich alle Zweifel beiseitegeschoben. Auch wenn ich mir Ännes Hinweise zu Herzen nahm, dass ich das Beste aus meinem Leben machen sollte. Wirklich infrage gestellt hatte ich meine Entscheidung, Philip zu heiraten, lange nicht. Erst der Brief von Nele hatte das Gerüst, auf dem ich gerade meine Zukunft aufbaute, ins Wanken gebracht. Klemens' Auftreten zog ihm dann förmlich den Boden weg, und während ein Teil von mir darauf drängte, alle Kräfte zu mobilisieren, um das Gerüst vorm Einstürzen zu bewahren, meldete sich ein anderer Teil inmitten einer Schar von Schmetterlingen, die in meinem Bauch herumwirbelten, zu Wort und distanzierte sich von jeglichen Rettungsaktionen.

Der Wein machte sich in meinem Kopf bemerkbar, und ich entschied, Änne ins Bett zu folgen. Ich hatte noch eine Nachricht an Philip geschrieben, in der ich ihm erzählte, was wir unternommen hatten und ihm eine gute Nacht wünschte. Er schrieb zurück, dass er noch mit Geschäftspartnern unterwegs sei, es würde spät werden, sodass er sich wohl erst morgens melden würde. Und während ich mein Handy anstarrte, wurde mir klar, wie gleichgültig ich seiner Nachricht gegenüberstand. Eine ganz dunkle Stimme in meinem Kopf raunte mir plötzlich zu, dass es vielleicht sogar am besten für Philip und auch für mich wäre, wenn er mit irgendeiner Frau in einer Bar sitzen würde, die sich vorstellen könnte, meine Position einzunehmen.

Während ich mein Glas in einem Zug austrank, mir meine Decke schnappte und ins Haus ging, war mir, als verfolgte mich mein schlechtes Gewissen wie ein dunkler Stalker im Auftrag meines Lebens in Hamburg.

Eilig schloss ich die Tür, ging ins Bad und kuschelte mich dann unter meine Bettdecke. Neben mir lag Änne wie jeden Abend mit der Schlafbrille und gefalteten Händen. Ich drehte mich schmunzelnd auf die Seite mit dem beruhigenden Gefühl, dass meine Tante jederzeit hinter mir stehen würde. Dessen war ich mir absolut sicher und hoffte, dass das noch möglichst viele Jahre so weitergehen durfte.

8. Kapitel

Am nächsten Morgen war ich wieder vor Änne wach. Ich ging zum Bäcker, um sie mit frischen Brötchen zu wecken. Ich hoffte insgeheim, dort wieder auf Klemens zu treffen, und freute mich regelrecht darauf.

Vor dem Bäcker empfing mich neben dem Duft von frischem Gebäck und gerösteten Kaffeebohnen wieder die Schlange an Leuten.

Suchend ging mein Blick durch die Reihen, und freudig stellte ich fest, dass Klemens tatsächlich auch da war. Doch diese Freude hielt nicht lange an. Das kleine Mädchen war wieder dabei, diesmal stand es an der Hand einer hübschen blonden Frau. Sicher war das Mila, seine Partnerin. Sie wirkte lässig in weiter Hose und T-Shirt, sowie Espadrilles. Trotz der leger sitzenden Kleidung erkannte ich sofort die sportliche Figur der Frau. Die Haare hatte sie zu einem lockeren Dutt hochgesteckt. Sie war ungeschminkt, aber dennoch wirkte sie frisch, trotz der frühen Stunde. Sie sah aus wie der Typ Mensch, der ich gerne sein wollte, wenn ich morgens aufstand.

In dem Moment, wo ich versuchte, sie unbemerkt anzuschauen, lachten die beiden gerade über eine Grimasse, die das kleine Mädchen zog. Klemens legte den Arm um die Frau, drückte sie an sich und legte vertraut seinen Kopf an ihre Schulter.

Ich entschied, an diesem Tag einen anderen Bäcker aufzusuchen. Der Appetit war mir vergangen und mein Magen wie zugeschnürt. Ich ärgerte mich über mich selbst, weil ich mich kindisch benahm. Ich war eine verlobte Frau, die einen alten Freund zufällig wiedertraf. Mit welcher Berechtigung bildete ich mir ein, dass dieser Mensch hier auf Sylt lebte und nur darauf wartete, dass ausgerechnet ich vorbeikam?

Änne freute sich aber über die Brötchen, als sie in die Küche kam. Ihr fiel sofort auf, dass ich bei einem anderen Bäcker gewesen war.

»Gründe?« Sie senkte den Kopf und schaute mich mit einem warmherzigen Lächeln an. Ich hob nur eine Augenbraue und verzog den Mund, was ihr Antwort genug war.

»Wenn du reden möchtest«, bot Änne an und machte eine einladende Handbewegung. Ich drückte ihr einen Kuss auf die Wange.

»Danke, ich weiß, meine Liebe. Lass uns heute mal den Leuchtturm besichtigen, was hältst du davon?«, schlug ich vor. Wie erwartet freute sie sich über meinen Plan und nickte begeistert.

»In Hörnum steht der einzige Leuchtturm, den man besichtigen kann. Wir haben noch Zeit, du kannst ganz in Ruhe frühstücken.« Änne biss zufrieden in ihr Brötchen und rollte genießerisch mit den Augen, als sie die köstliche Marmelade schmeckte. Unser Ausflug würde mich hoffentlich davon ablenken, immerzu über Klemens und Mila nachzudenken.

Wir kamen in der Nähe des Hörnumer Leuchtturms an, als sich bereits ein paar Leute am Treffpunkt für die Führung versammelt hatten.

Als der Sylter, der uns den Turm zeigen würde, eintraf, erklärte er kurz ein paar Dinge, und es ging los. Der rote Leuchtturm mit einem weißen Band lag auf einer Düne.

Mit Nele im Herzen ließ ich den Blick schweifen über die Landschaft um den Leuchtturm herum bis zum Meer.

»Hier hätte Nele gerne geheiratet«, erklärte ich Änne, und dieser Gedanke stimmte mich traurig.

»Das geht hier? Finde ich ja auch toll«, staunte meine Tante.

»Hätte sich jemand gefunden, der mich geheiratet hätte, wäre das ein zauberhafter Ort dafür gewesen.«

Ich lächelte. »Ja, wir haben das mal gesehen. Deshalb stand der

Punkt, diese Location mal von innen anzuschauen, auch mit auf der Liste.« Meine Gedanken gingen zu dem Tag zurück, an dem wir hier spazieren gegangen waren. Nele liebte das Meer, die wunderschöne Umgebung und die Ruhe hier an diesem Ort. Damals hatten wir uns nicht rechtzeitig für eine Führung angemeldet, und an dem Tag, als wir hier waren, feierte man gerade eine Hochzeit. Sie war traurig, dass sie sich den Wunschort für ihre eigene Traumhochzeit nicht anschauen konnte. Als wir dann später diese Liste gedanklich erstellten, nahmen wir es gleich mit auf in unsere Zukunftspläne für einen Urlaub auf Sylt.

Wir stiegen, mit Überschuhen zum Schutz des Holzbodens ausgestattet, über eine Wendeltreppe auf den Leuchtturm, vorbei an einem Zimmer, das früher als Schule diente, weiter zum Hochzeitszimmer im siebten Geschoss. Dieser Raum war fantastisch. Ganz klein und gemütlich. Ich fand, dass der Raum eine besonders intime Atmosphäre bot, um sich das Jawort zu geben. Änne und ich waren fasziniert von dem liebevoll dekorierten Zimmer. Auf dem weiteren Weg nach oben erfuhren wir einiges über die Geschichte der Insel.

Wir kamen auf der Aussichtsplattform an und waren überwältigt vom eindrucksvollen Ausblick über Sylts Südspitze. Der Himmel war wolkenlos, sodass wir bis nach Föhr und Amrum schauen konnten. Ich überlegte, welche der beiden Inseln Föhr war.

Als könnte Änne Gedanken lesen, flüsterte sie, während sie mit der Hand auf die jeweilige Insel zeigte, den Spruch, mit dem man sich merken konnte, welche Insel welche war: »Rechts Amrum, links Föhr – die RALF-Regel.«

Anerkennend schürzte ich die Lippen.

»Hat Rufus mir mal erklärt«, raunte Änne mir zu und lächelte.

Das Meer glitzerte im hellen Schein der Sonne, und die Häuser Hörnums lagen wie eine kleine Puppenstadt vor uns. Es war ein erhabenes Gefühl von Freiheit, von hier oben über die Insel zu schauen.

Bald ging es wieder hinunter.

Unten angekommen merkte ich Änne an, dass sie geschafft war. Ihre Haltung war matt, und sie wirkte müde. Mir ging es ähnlich. Der Aufstieg auf den Leuchtturm war nicht ganz ohne gewesen. Wir entschieden also, uns zur Stärkung in ein Café zu setzen und einen Kaffee oder eine heiße Tasse Tee zu genießen.

Wir fuhren wieder nach Keitum zurück. Hier hatten wir Glück und bekamen im Café direkt einen Platz am Watt.

Wir atmeten durch und genossen die Ruhe und das Sitzen. Dieser Ort auf der Insel war so erholsam durch den schönen Ausblick über das Watt, die grüne Vegetation um uns herum und den sanften Wind.

»Liebes, es ist wunderbar mit dir hier«, freute sich Änne.

»Mir geht es genauso. Ich wünsche mir nur wirklich sehr, dass es dir zu jeder Zeit gut geht. Sag mir sofort Bescheid, wenn du dich schlechter fühlst oder so, versprochen?« Ich sah Änne mahnend an.

Diese nickte. »Keine Sorge, deine alte Tante ist zäh, wie du weißt. Jetzt kümmern wir uns erst mal darum, dass dein Lächeln wieder strahlend wird. Ich verspreche dir, dann geht's mir auch sofort wieder besser. Du hast es also quasi in der Hand.« Schmunzelnd lehnte sie sich zurück und verschränkte die Arme.

»Verstehe. Na, da trage ich ja dann eine besonders große Verantwortung«, stellte ich fest.

»Du musst im Prinzip nur auf dein Herz hören, wie ich es dir schon immer rate. Dann ist das alles ganz leicht.« Änne tat betont lässig.

Ich nickte, während sich jedoch das Bild von heute Morgen aus der Bäckerei vor mein inneres Auge schob. »Das klingt so einfach, wenn du das sagst«, stellte ich fest.

»Das ist es auch, Liebes. Es wirkt nur auf den ersten Blick so schwierig. Mir ist es auch nicht immer gelungen, was ich heute sehr bedaure.«

»Wenn ich das nur schaffen würde, auf mein Herz zu hören.« Ich seufzte leise. »Ich fürchte, ich muss tatsächlich darüber nachdenken, wie es für mich und Philip weitergeht. Was ich leider feststelle, ist, dass ich ihn nicht so vermisse, wie ich sollte.« Ich senkte den Blick und rührte gedankenverloren in meinem Kaffee. Änne gab sich Mühe, eine betroffene Miene aufzusetzen, was nicht von Erfolg gekrönt war. Ich zog drohend die Augenbrauen zusammen und unterdrückte ein Grinsen, welches ich aber kaum verhindern konnte.

Änne sagte nichts, schaute mich über den Rand ihrer Kaffeetasse nur aus kugelrunden, aufwendig geschminkten Augen an. Ihr Blick brauchte keine Worte.

»Ach, Änne. Dass ich damit bei dir offene Türen einrenne, war ja klar«, seufzte ich matt.

»Also ich habe hier schon jemanden gesehen, der es definitiv wert wäre, die Hochzeitspläne noch einmal zu überdenken«, stellte Änne fest.

»Aber meine liebe Tante Änne, ganz so leicht, wie du es dir denkst, ist es definitiv nicht«, begann ich, Änne von meiner morgendlichen Begegnung zur erzählen.

»Aha?« Erwartungsvoll schaute sie mich an.

Ich spürte, wie meine Wangen sich röteten.

»Heute Morgen war Klemens mit seiner Freundin beim Bäcker.« Diese Information schien auch für Änne nicht allzu positiv zu klingen. Jedenfalls hob sie zunächst nur schweigend die Augenbrauen. Nachdenklich rührte sie in ihrem Kaffee und aß erst einmal ein Stück ihres Kuchens.

»Dass er hier ein Leben als Einsiedlerkrebs führt, wäre ja auch zu schön gewesen«, stellte sie nach einer Weile fest.

»Nele war sehr verliebt in Klemens damals«, erzählte ich Änne. Diese legte interessiert den Kopf schief. »Lange schon schwärmte sie für ihn. Auch als wir in Hamburg mit anderen Typen um die Häuser zogen, sprach sie immer wieder von Klemens.«

»Und du?«

Erstaunt über Ännes Nachfrage zuckte ich die Schultern. »Nele war so verliebt in ihn. Da hab ich nie einen einzigen Gedanken an Klemens verschwendet. Ich hab Nele damals gewünscht, dass er genauso fühlt wie sie. Sie hatte aber immer Angst, dass es vielleicht nicht so ist und dann die Freundschaft einen Knacks hat.« Zerknirscht zog ich einen Mundwinkel hoch. »Kurz vor ihrem Unfall, da war sie dann ja schon sechsundzwanzig, da hatte sie mir davon erzählt, dass sie kaum noch an jemanden anders denken kann.« Mitfühlend nickte Änne.

»Das kenne ich«, sagte sie dann.

»Wie bei Rufus und dir, genau«, bestätigte ich und fügte gedanklich hinzu, dass es mir leider bisher nie so gegangen war. Bis ich Klemens wiedergetroffen hatte.

»An dem Tag, an dem der Unfall geschah, da wollte sie es ihm sagen. Ich weiß bis heute nicht, was bei dem Gespräch herauskam.« Verzweifelt schüttelte ich den Kopf.

»Klemens ist so ein netter Typ. Meinst du, er hätte ihr die Freundschaft gekündigt, wenn er ihre Gefühle nicht erwidert hätte?«

»Keine Ahnung. Wahrscheinlich hätte er das nicht getan. Vielleicht hatte sie aber auch Angst, ob sie selbst damit umgehen könnte. Früher oder später hätte er ja sicher mal eine Partnerin gehabt. Das muss dann eine schlimme Vorstellung sein, wenn man in ihn noch immer verliebt ist. Man kann sich wohl kaum mitfreuen für den anderen, wenn der dann die große Liebe trifft. Zumindest stelle ich mir das schwer vor.«

»Ich hätte es Nele zugetraut, dass sie damit umgehen kann«, stellte Änne fest und sah mich von der Seite an.

»Und wie geht es dir, wenn du Klemens nun mit seiner Freundin siehst?« Ännes Frage kam so direkt, dass ich sie erst einmal nur verdutzt anstarrte.

»Änne, Klemens und ich sind bis vor zwei Tagen komplett getrennte Wege gegangen, die sich in den letzten vier Jahren nicht ein einziges Mal gekreuzt haben. Ich habe in seinem Leben nichts verloren. Und er theoretisch in meinem auch nichts mehr, leider.«

»Und warum soll das auch weiterhin so sein?« Ännes Tonfall war beinahe ärgerlich.

»Vielleicht erinnerst du dich vage daran, dass ich nach diesem Urlaub direkt auf meine Hochzeit zusteuere und schon bald der Termin kommt, an dem ich mir derlei Fragen gar nicht mehr stellen darf.«

»Ach so, klar.« Änne saß erneut mit verschränkten Armen vor mir. Sie wirkte wie ein trotziges Kind, das keinerlei Verständnis hatte für etwas, was man ihm gerade weismachen wollte.

»Änne, ich weiß, dass das, was ich dir jetzt sage, absolut in deinem Sinne ist. Aber trotzdem habe ich keine Ahnung, wie ich damit umgehen soll.« Ich nahm mir ein Herz und sprach aus, was ich fühlte. »Du hast von diesem Rufus erzählt und wie es dir ging, wenn er in deiner Nähe war. Als du davon gesprochen hast, hast du mich wachgerüttelt. Mir ging es nie so bei Philip. Mit ihm zusammen zu sein, war mehr eine vernünftige Entscheidung. So hart das klingt. Auch wenn du es wahrscheinlich gerne hörst.« Ich lächelte bitter. »Er hat es geschafft, mich abzulenken von meiner Traurigkeit. Aber wenn ich ehrlich bin, ist ihm darüber hinaus wenig gelungen. Philips Nähe hat nie dafür gesorgt, dass ich vor lauter Schmetterlingen im Bauch kaum einen klaren Gedanken fassen konnte. Es war auch nie so, dass ich nachts nicht schlafen konnte, weil ich nur an ihn denken musste. Das fiel mir auch lange Zeit nicht auf, weil ich es nicht kannte. Was man nie erlebt hat, vermisst man vielleicht auch nicht. Und mit einem Mal spüre ich, wie es sein *kann*.« Verzweifelt ließ ich die Schultern sinken.

Änne lehnte sich vor, und ihre Hand strich über meinen Arm, gelangte bei meiner Hand an und drückte sie fest.

»Liebes, sieh es eher so, dass das, was du da gerade erlebst, genau zum richtigen Zeitpunkt geschieht. Jetzt hast du noch die Chance, das Ruder herumzureißen und neu zu justieren, wo deine Reise hingehen soll.«

Ich schaute in Ännes fürsorgliche Augen und nickte zaghaft.

»Ich hab nur solche Angst vor diesen Schritten, Änne«, flüsterte ich dann und spürte, wie sich Tränen in meinen Augen bildeten. Ich war dankbar, dass Änne da war, in diesem Moment aufstand und mich einfach nur fest in den Arm nahm.

»Glaub mir, auch ich habe Angst zurzeit. Aber lass dir gesagt sein, dass das nie der Grund sein sollte, dem Glück keine Chance zu geben. Es gab schon einmal eine Zeit, in der ich Angst hatte und mich ihr gebeugt habe. Ich habe das damals durch falschen Stolz getarnt. Ich bedaure kaum einen Fehler so sehr, wie damals zu feige gewesen zu sein, Rufus zur Rede zu stellen und um meine Liebe zu kämpfen. Ich hatte Fracksausen und habe mich davon lähmen lassen. Heute bin ich alt und nun auch noch krank. Da sieht man, dass die Rücklichter des Zuges immer kleiner und kleiner werden und schon ganz bald im Tunnel verschwinden werden.«

»Änne, hör auf, ich weine ja gleich noch mehr«, jaulte ich schwach und drückte meine schmale, zarte Tante wieder fest an mich.

»Ich sage nur, wie es ist. Und weißt du, woran ich mich gerade hochziehe?«

Erwartungsvoll schüttelte ich den Kopf.

»Daran, dass ich dir so lange wie möglich zur Seite stehen kann, damit du nicht denselben Fehler machst wie ich. Wenn man die Liebe findet, muss man alles tun, damit sie einem nicht wieder verloren geht.«

Dankbar nahm ich ihre Hand und lächelte. »Du Liebe. Wenn ich dich nicht hätte.«

Änne machte eine abwehrende Handbewegung.

»Außerdem bin ich auch ein wenig stolz darauf, dass ich, abgesehen von der Liebe, nicht ewig damit gewartet habe, jeden Tag zu einem besonderen zu machen. Ich trug Lila, wenn mir danach war, ging fein essen, wenn ich keine Lust auf Kochen hatte. Ich habe immer ausgesprochen, was mir nicht gefiel, und war jederzeit frei in meinen Entscheidungen. Bis auf die große Liebe im Leben und meine Traumhochzeit habe ich viel erreicht von dem,

was ich mir immer gewünscht habe. Und das kannst du auch, mein Schatz. Solange ich die Chance habe, helfe ich dir dabei.«
Ich lächelte dankbar.
»Und wenn du hier bist, denkst du dann nicht besonders oft an Rufus?«
Änne nickte. »Natürlich. Jede Ecke erinnert mich an ihn, auch wenn wir ja gar nicht allzu viel Zeit hatten, hier gemeinsam Momente zu sammeln. Mir ist, als hörte ich seine weiche Stimme, die mir etwas über die Insel erzählt, oder sein herzliches Lachen, wenn er sich an Anekdoten seiner verrückten Mutter erinnerte.« Ännes Blick wurde augenblicklich wieder fröhlich, und sie lächelte versonnen.
»Rufus war der Typ Mann, der einen Raum betrat, und alle Frauen drehten sich nach ihm um. Er hatte schon leicht graue, volle Haare. Sein Kleidungsstil sah immer aus, als käme er direkt aus einem Laden, der ihn für jeden Look eigens beriet. Meistens irgendein feiner Zwirn.« Sie schüttelte den Kopf. »Äußerlich passte er so gar nicht zu einem Paradiesvogel wie mir. Was meinst du, wie sehr das den schnieken Ladys aus unserem Kurs gegen den Strich ging, dass Rufus ausgerechnet auf mich ein Auge geworfen hatte. Wir waren im Prinzip ja sowieso schon alles alte Tanten.« Sie straffte die Schultern und drehte kokett eine Haarsträhne zwischen ihren Fingern. Wir lachten beide.
»Also ich kann ihn durchaus verstehen«, sagte ich, und Änne zwinkerte.
»Jedenfalls hatten diese Frauen dann sicher ihren Spott, als Rufus abreiste und sich unsere Wege wieder trennten.« Bedauernd zuckte sie die Schultern.
»Da sind Menschen ja leider immer schnell. Wie damals mit Klemens. Ich glaube bis heute nicht, dass er was mit Neles Unfall zu tun hat. Aber die Leute waren sofort zur Stelle mit ihren Verurteilungen und boshaften Kommentaren. Ich darf mich da ja auch nicht ganz rausnehmen. Irgendwann habe ich nicht mehr hinterfragt, wie es war, und mich eingereiht in die Riege derer, die ihm das Leben schwer gemacht haben, indem ich schwieg und

die Geschichte verdrängte. Bei Klemens ging es ja dann so weit, dass er wegzog. Wie gut, dass er offenbar hier dann sein Glück fand«, überlegte ich.

Änne nickte. »Letztlich hat ihn diese schlimme Geschichte vielleicht zu dem Menschen gemacht, der er jetzt ist. Ich finde, er wirkt, als ruhte er in sich. Nicht viele Menschen strahlen das aus.« Ännes Miene war anerkennend.

»Wahrscheinlich hast du recht.« Ich dachte daran, dass Klemens so etwas Ähnliches auch gesagt hatte.

Wir bezahlten und machten uns auf den Weg zu unserer Wohnung. Das Wetter lud ein, den Nachmittag im Garten zu verbringen, bevor wir noch mal zum Strand fahren würden. Die Sonne schien, es ging ein leichter Wind, und wir wollten die Gelegenheit nutzen, mal wieder in Ruhe ein Buch zu lesen und einfach die Seele baumeln zu lassen.

Im Café hatten wir beide ein großes Stück Kuchen gegessen, welches heute unser Mittagessen ersetzen sollte. Kurz dachte ich daran, dass Klemens etwas davon gesagt hatte, dass er uns zu sich einladen wollte. Ein Blick auf mein Handy bestätigte jedoch meine Vermutung, dass seine Freundin wahrscheinlich kein Interesse daran hatte, uns kennenzulernen. Bisher hatte er mir nicht geschrieben.

Wir brühten uns eine Kanne duftenden Tee, schnappten uns noch eine Packung Kekse und kuschelten uns gemeinsam in den Strandkorb.

Ich ließ bewusst mein Handy im Haus, um mich nicht weiter ablenken zu lassen von trüben Gedanken, weil mich keine Nachricht von Klemens erreichte.

Wir schauten den wenigen Wolken nach, die Sonne wärmte unsere Gesichter und der Blick auf die üppigen Hortensiensträucher und Heckenrosen, die den Garten umsäumten, war wunderschön. Mir ging es ein wenig besser.

Ein Blick nach rechts verriet, dass Änne eingeschlafen war. Schmunzelnd lehnte auch ich mich zurück und schloss für einen Moment die Augen.

Ich musste auch eingenickt sein, jedenfalls weckte mich ein Rütteln an meinem Arm. Schlaftrunken öffnete ich die Augen, mit den Gedanken noch halb im Traum. Ich blickte inÄnnes Gesicht, welches ganz fahl aussah, und war sofort hellwach. »Änne, was ist los? Geht es dir nicht gut?«

»Leider nein, Liebes, ich habe fürchterliche Bauchschmerzen, und mir ist ganz schwindelig. Ich wäre dir dankbar, wenn du einen Arzt rufst.«

In Sekundenschnelle sprang ich auf und suchte nach meinem Handy, welches ja aber im Haus lag. »Ich bin sofort wieder da«, sagte ich und rannte ins Wohnzimmer.

Hektisch wählte ich den Notruf, als ich wieder bei Änne ankam, die sich mit schmerzverzerrtem Gesicht den Bauch hielt. »Was hast du? Was soll ich sagen?«

»Schmerzen. Ich habe solche Schmerzen im Bauch«, presste Änne hervor, und mein Herz raste augenblicklich.

Ich erklärte dem Mann am Notruf, was los war und wo man uns fand.

Als ich aufgelegt hatte, knüllte ich meine Strickjacke zusammen und schob sie hinter Ännes Kopf.

»Hattest du das schon mal?« Meine Stimme zitterte. Änne nickte schwach. »Leider ja, aber deutlich weniger stark. Bisher halfen immer die Medikamente, aber anscheinend diesmal nicht.« Änne sprach leise und matt.

»Gleich wird der Krankenwagen hier sein. Es kann nicht mehr lange dauern«, sagte ich und wusste nicht, ob ich eher meine Tante oder mich selbst beruhigen wollte.

Ich hielt Ännes Hand und drückte sie sanft, um ihr zu signalisieren, dass ich für sie da war. Ich war froh, dass ich in der Nähe war und ihr helfen konnte. Nicht auszudenken, wenn sie allein gewesen wäre.

Die Minuten zogen sich unerträglich in die Länge. Ich war erleichtert, als ich den Rettungswagen vor dem Haus vorfahren sah. Schnell stand ich auf, um das Team direkt zu Änne zu lotsen. Ich schilderte ihnen, was vorgefallen war, und informierte sie über die Krankheit. Sie fragten nach Unterlagen darüber, was für Medikamente Änne nahm. Mit dünner Stimme erklärte mir Änne, wo ich die Liste fand. Als sie Änne auf die Trage gelegt und in den Wagen geschoben hatten, hatte ich die Liste gefunden. Schnell griff ich nach meiner Handtasche und dem Handy, ließ eilig die Tür ins Schloss fallen und stieg mit in den Rettungswagen.

Änne schenkte mir ein dankbares Lächeln, und mir fiel ein, dass sie kurz vorher noch gesagt hatte, dass sie Angst habe. Es tat mir leid, dass ihr bestätigt werden sollte, dass diese nicht unberechtigt war. Ich machte mir die größten Vorwürfe, dass ich ihr den anstrengenden Weg zum Leuchtturm hinauf zugemutet hatte. Womöglich war das zu viel für meine geschwächte Tante gewesen.

Der Krankenwagen brachte uns zur Nordseeklinik, und Änne wurde direkt an den diensthabenden Arzt weitergeleitet. Ich kümmerte mich um die Formalitäten und ließ mich kraftlos auf einen Stuhl auf dem Flur fallen, als plötzlich mein Handy klingelte.

Es war eine unbekannte Nummer, dennoch nahm ich den Anruf entgegen, in der Hoffnung, es handle sich nicht um irgendeinen Dienstleister, den Philip oder unsere Hochzeitsplanerin auf Trab hielten.

»Ja?«, meldete ich mich zögerlich.

»Sophie? Hier ist Klemens«, kam zurück, und ich zuckte zusammen.

»Klemens, hi!«, stammelte ich.

»Du hattest gar nicht geantwortet, daher dachte ich, ich klingle mal kurz durch.«

Ich überlegte, worauf ich nicht geantwortet haben könnte, kam aber nicht darauf, wovon er sprach. Dann fiel mir ein, dass mein

Handy, bis ich den Notruf abgesetzt hatte, ja im Haus gelegen hatte. Vielleicht hatte er mir geschrieben, und ich hatte die Nachricht in der Aufregung nicht gesehen.

»Ich wollte nur wissen, ob ihr dabei seid? Dann würden wir nämlich gleich mal was einkaufen gehen«, erklärte Klemens.

»Klemens, entschuldige bitte! Ich habe in der Tat überhaupt noch keine Nachricht gelesen. Morgens waren wir auf dem Leuchtturm. Und als wir uns später ausgeruht haben, ging es Änne plötzlich schlecht, und ich habe nur den Krankenwagen gerufen und …«, sagte ich schnell, bevor meine Stimme nicht mehr mitspielte und die ganze Aufregung überhandnahm.

»Sophie, was ist los? Kann ich helfen? Wie geht es Änne jetzt? Wo seid ihr?« Klemens war nun auch ganz aufgeregt.

»Danke, nein. Wir sind in der Klinik. Gerade angekommen. Ich warte jetzt auf den Arzt, der hoffentlich mehr sagen kann.«

»Ist sie krank?«

»Ja, aber das ist eine lange Geschichte. Jedenfalls mache ich mir große Sorgen. Aber nun warte ich erst mal ab. Was hattet ihr denn eigentlich vor?«, fragte ich, mehr aus Höflichkeit. »Du hast dich nicht mehr gemeldet wegen eines Kuchenessens, und da waren wir davon ausgegangen, dass es heute nichts mehr wird.«

Ich konnte sowieso gerade keinen Gedanken an irgendeine normale Tätigkeit verschwenden, so elend fühlte ich mich.

»Wir wollten euch zum Grillen einladen, deshalb hab ich erst später geschrieben. Aber das ist natürlich jetzt völlig zweitrangig. Jetzt ist es erst mal wichtig, dass Änne auf die Beine kommt. Lass mich auf jeden Fall wissen, wenn ich irgendwas für deine Tante oder dich tun kann«, bot er an. »Ich komme auch gerne vorbei!«

»Danke, das ist ganz lieb, aber wirklich nicht nötig.«

»Wenn ihr in der Klinik seid, seid ihr gut aufgehoben. Halt mich doch auf dem Laufenden, wie die Lage ist. Ich würde mich freuen. Ich mache mir ja nun auch Sorgen um Änne. Und wenn du Hilfe brauchst, ich kenne einen großartigen Arzt dort. Sag nur Bescheid.«

»Das mache ich, danke, Klemens, und bis bald!« Dann legten wir auf.

Ich lehnte mich in dem unbequemen Stuhl zurück und atmete tief.

Ich hoffte sehr, dass es Änne ganz bald wieder gut gehen würde und der Arzt eine Erklärung für die Schmerzen hatte, dank derer sie weiter behandelt werden konnte.

Ich dachte an Klemens und daran, wie es wohl gewesen wäre, wenn wir seiner Einladung zum Grillen gefolgt wären. Womöglich hätte er mir seine Freundin und sein Bilderbuchleben vorgestellt, und ich wäre emotional komplett am Boden gewesen. Mit einem bitteren Lächeln dachte ich daran, dass es wohl seinen Sinn hatte, dass ich nun hier saß und nicht im Garten der Familie Brinkmeyer. Dennoch interessierte mich, wie er wohl lebte. Ausgesprochen hatte er bisher nicht, dass er Familie hatte. Aber ich hatte ihn auch noch nicht danach gefragt. Wie ein eiskalter Schauer kam mir immer mehr eine Erkenntnis, die mir nicht gefiel. Wie es aussah, war es besser, die Heimreise anzutreten und Änne in Hamburg wieder in die Obhut ihrer behandelnden Ärzte zu geben. Selbst wenn Änne recht hatte und auf das Schicksal vertraute, das vieles zu richten wusste, so konnte es wohl sein, dass es einen auch vor manch großem Schritt bewahrte, wenn dieser womöglich nicht richtig war. Vielleicht war dieser Zeitpunkt jetzt erreicht, undÄnnes Gesundheitszustand sollte unsere Reise beenden.

Als steckte mein Brustkorb in einem Schraubstock, drückte dieser Gedanke auf mein Herz.

Die Minuten vergingen, und ich saß einsam im Flur des Krankenhauses. Ich war die Einzige, die hier wartete. Und so fühlte ich mich auch. Mutterseelenallein. Hin und wieder öffnete sich eine der Türen. Jemand ging schnellen Schrittes an mir vorbei, um dann in einer anderen Tür zu verschwinden.

Einige Male schob man Patienten in Betten über den Gang.
Nach einer gefühlten Ewigkeit öffnete sich eine Tür, und ein freundlich lächelnder Herr kam auf mich zu. Wäre es mir nicht vollkommen gleichgültig gewesen in diesem Moment, wäre mir sicher sein attraktives Aussehen aufgefallen.

»Sind Sie Sophie?« Erstaunt darüber, dass er mich nur bei meinem Vornamen ansprach, nickte ich nur verblüfft. »Die bin ich, ja. Sophie Mohn.«

»Entschuldigen Sie, Frau Mohn, ich bin Robert Olandt, ich habe Ihre Tante gerade untersucht. Sie fragte nach Ihnen. Gerade geht es ihr wieder besser. Dennoch steht es um ihre Gesundheit augenscheinlich weniger gut.« Die Miene des Arztes wurde ernst. Ich schätzte ihn auf ungefähr Mitte vierzig. Er trug eine klassische Hornbrille und hatte volles dunkelbraunes Haar. Der Arzt wirkte sachlich und dabei dennoch warmherzig.

»Haben Sie eine Minute? Ich würde das ungern hier auf dem Flur besprechen.« Er machte eine Geste, als schaute er sich um, und lächelte entschuldigend.

»Selbstverständlich«, antwortete ich und folgte seiner einladenden Handbewegung, die mir andeutete, in eins der Zimmer zu gehen.

An einem Schreibtisch, auf dem lediglich ein Telefon stand, nahmen wir Platz. Ich schaute mich um. An den Wänden hingen medizinische Darstellungen verschiedener Organe. Ansonsten war der Raum kahl und weiß, und es roch nach Desinfektionsmittel. Mir wurde schlecht. Dies war kein Ort, an dem man sich wohlfühlen konnte.

Dem Arzt fiel mein missbilligender Blick wohl auf. »Besonders heimelig ist es hier leider nicht. Ich bitte, dies zu entschuldigen. Ihre Tante hat auch schon moniert, dass ein wenig Farbe den Räumen guttun würde und sie schnellstmöglich diese Tristesse wieder verlassen möchte.« Er lächelte entschuldigend.

»Typisch Änne«, sagte ich und konnte ein Schmunzeln nicht verbergen.

»Ihre Tante nimmt die Sache mit erstaunlich viel Humor.« Er lächelte. Dennoch war es kein heiteres, sondern ein sehr abgeklärtes Lächeln.

»Galgenhumor nennt man das wohl«, stellte ich traurig fest.

»Die Kollegen haben mir die Bilder des Tumors und einiger Metastasen zukommen lassen.« Nun senkte der Arzt den Blick. Nervös knetete ich meine Hände und nickte mit aufeinandergepressten Lippen.

»Ich weiß erst seit ein paar Tagen davon. Ist es so schlimm?« Meine Stimme zitterte.

Als der Arzt tonlos nickte, entfuhr mir ein verzweifelter Laut. Vor Schreck presste ich mir die Hand auf den Mund.

»Der Krebs wurde offenbar sehr spät erst entdeckt. Wie ich Ihre Tante rein vom ersten Eindruck her einschätze, lebt sie nach dem Credo, jeden Tag zu genießen und sich so wenig verrückt zu machen wie möglich.« Abwartend schaute er mich an.

Ich nickte. »Sie schätzen sie leider – oder vielleicht zum Glück – vollkommen richtig ein. Sie ist eine Kämpferin. Verzweifeln oder Jammern gibt's bei ihr nicht.« Ich lächelte matt.

»So bitter das klingt, in dieser Phase der Krankheit, in der sie sich jetzt befindet, ist das einer der Wege, zu der ich ihr, als Sohn eines Menschen, der Ähnliches, wenn auch im Rahmen einer anderen Krankheit, durchstanden hat, auch rate.«

Ich starrte ihn an, als er eine Pause machte. Nun wirkte auch er traurig.

»Sie hat etwas bekommen gegen die starken Schmerzen. Das wird ihr den Alltag erleichtern. Aber so bitter das ist, es ist aktuell das Einzige, was ihr hilft. Recht viel mehr kann ich gegenwärtig nicht tun, so gerne ich es wollte.«

Ich schaute in das besorgte Gesicht des Mannes, der mir so schreckliche Dinge auf so empathische Art erzählte, dass es mir beinahe unheimlich war.

»Ich bin überzeugt, es gibt Kollegen, die Ihrer Tante zu einer Operation raten würden. Ich möchte aber ehrlich zu Ihnen sein.

Ich rechne einem solchen Eingriff keinerlei Erfolgschancen aus, und für mich stehen die Strapazen und die Belastungen, die sich daraus ergeben, im Vordergrund. Auch wenn ich mich damit sehr weit aus dem Fenster lehne, gebe ich Ihnen den Rat, dem ausdrücklichen Wunsch Ihrer Tante nach Leben zu folgen und sie zu keinen weiteren medizinischen Schritten zu überreden.«

Einen Moment ließ ich die Worte sacken, spürte, dass meine Tante sich bei den Worten dieses Arztes mit größter Sicherheit gut aufgehoben fühlen würde.

Zaghaft nickte ich. »Darf ich Sie etwas fragen?« Ich schaute in das mit einem Mal unsichere Gesicht des Arztes.

Dieser zögerte kurz, bestätigte dann aber. »Ja, natürlich.«

»Wie haben Sie es geschafft, einen geliebten Menschen gehen zu lassen, mit so viel Wissen im Hintergrund? Sind Sie nicht beinahe durchgedreht dabei? Haben Sie einen Tipp für mich, wie ich das aushalten soll?« Ich spürte, wie mein Kinn zitterte, als ich diese Frage stellte. Im selben Moment schämte ich mich, den Arzt mit einer solch indiskreten Frage zu bedrängen.

Der Mann presste die Lippen aufeinander. Er rang mit den Händen, und ich sah, dass er einen großen goldenen Siegelring trug, in den ein blaues Wappen eingelassen war.

»Wissen Sie, wenn man einen Menschen liebt, lässt man ihn gehen. Man will das Beste für ihn. Ich habe respektiert, dass diese Person sich entschieden hatte, auf ihre Art die letzten Schritte auf ihrem Lebensweg zu gehen. Es war schwer und eine harte Probe. Aber ich hatte immer das Wissen im Rücken, dass es ihr Wunsch war, dass genau das geschieht. So schätze ich ihre Tante auch ein. Sie ist eine starke Frau. Rein von meinem kurzen Eindruck her. Lassen Sie uns diese weisen Menschen nicht aus fehlgeleitetem Willen und Egoismus kleinmachen, sondern geben Sie Ihrer Tante und sich die Möglichkeit, das Beste aus der Zeit herauszuholen, die Ihnen bleibt. Sie werden sich immer an diese gemeinsamen Momente erinnern, und das im absolut positiven Sinne, versprochen.« Dann stand der Arzt auf, und ich folgte ihm zur Tür.

»Gehen Sie zu ihr, und seien Sie für sie da. Das ist das größte Geschenk, das Sie Ihrer Tante machen können.« Mit diesen Worten ging er den Flur entlang und verschwand hinter einer Ecke. Ich schaute ihm noch hinterher, als sich eine weitere Tür öffnete und eine Krankenschwester mich bat einzutreten.

»Änne! Ich freue mich, dass du schon wieder Farbe im Gesicht hast.« Änne sah fast aus wie immer, was mich sehr beruhigte, auch wenn die Worte des Arztes diesen Eindruck relativierten.

»Liebes! Und ich erst! Und dabei dachte ich für einen Moment, nun ist es so weit, und ich bin tot!« Theatralisch riss sie die Augen auf.

Ich schüttelte den Kopf. »Hör doch auf! So weit ist es noch lange nicht«, mahnte ich, hatte aber selbst Angst, dass ihre Aussage gar nicht so weit hergeholt war.

»So meinte ich das nicht!« Änne rappelte sich in ihrem Bett auf. Sie bedachte die Krankenschwester mit einem vielsagenden Blick. Diese verschwand lächelnd aus dem Raum und schloss leise die Tür hinter sich.

»Hast du diesen Arzt noch gesehen?«, fragte Änne.

»Diesen Robert Olandt?« Ich staunte selbst, dass ich mir seinen Namen gemerkt hatte. Aber irgendwas hatte dieser Mensch an sich gehabt, was mich begeistert hatte.

Änne nickte energisch. »Robert Olandt. Und ist dir auch aufgefallen, wie unverschämt gut er aussah?« Ich rollte mit den Augen.

»Änne!« Ich musste schmunzeln. »Noch mehr gut aussehende Männer verkraftet mein Herz gerade nicht.«

»Gib mir bitte mal meine Handtasche«, bat sie mich. Ich reichte sie ihr, und sie kramte aus einer Seitentasche ein Foto hervor.

Es war schon reichlich zerknickt. Dennoch konnte ich Änne gut erkennen. Was ich dann sah, erstaunte mich vollkommen. Hätte ich es nicht besser gewusst, hätte ich gesagt, das Foto zeige meine Tante Änne neben einer älteren Version von Robert Olandt. Verblüfft schaute ich Änne an, dann auf das Foto und Hilfe suchend zur Tür, als stünde dort noch der Arzt.

»Das ist der Arzt!«, platzte es aus mir heraus.

Änne prustete los. »Das habe ich auch gedacht! Oder so ähnlich.«

Ich verstand gar nichts mehr, sondern starrte nur auf das Foto in meiner Hand.

»Ich öffne nach einem kurzen Schläfchen die Augen und gucke in dieses Gesicht. Das konnte nur der Himmel sein, und ich habe das Zeitliche gesegnet. Ich wache auf, und vor mir steht Rufus! Rufus Olandt! Kurz hatte ich den Traum, mein Leben wäre einfach zurückgedreht worden, aber ich fürchte, das gibt's nur im Film.«

Fassungslos und mit offenem Mund stand ich da und konnte kaum glauben, was sich da gerade in meinem Kopf zusammensetzte.

»Du meinst, Robert Olandt ist der Sohn deiner großen Liebe?«

9. Kapitel

Ich verbrachte einen unruhigen Abend. Die Ärzte wollten Änne zur Überwachung dabehalten, sodass ich mir ein Taxi rief, um zu unserem Ferienhaus zu fahren. Dort angekommen, empfing mich das eigentlich so gemütliche Haus schrecklich leer und kühl. Überall lagen Dinge, die vortäuschten, dass Änne da war und jeden Moment ihre markant raue und kratzige Stimme durch den Raum hallte. Ihr fröhliches Geplauder und ihr Lachen fehlten sofort. Mir kam es vor, als wäre keine Farbe in diesem so wunderschönen Haus, wenn Änne nicht hier war.

Ich war gleich ins Schlafzimmer gegangen, in der Hoffnung, schnell zur Ruhe zu kommen, um mir nicht länger Sorgen um meine Tante zu machen. In meinem Kopf rauschte es jedoch vor lauter Angst um Änne. Und außerdem war da der Gedanke an Philip und unsere Hochzeit. Ich musste ihm sagen, dass sie nicht stattfinden würde. Ich war wieder aufgestanden und hatte Philip angerufen. Zu Beginn unseres Telefonats hatte ich ihn informiert, was bei uns los gewesen war. Seine Reaktion fiel heftiger aus, als ich erwartet hätte. Er war erschrocken, riet mir dringend, umgehend mit Änne die Heimreise anzutreten. Eigentlich hatte ich reinen Tisch machen wollen und mit ihm über meine Entscheidung, die Hochzeit abzusagen, sprechen wollen. Weil wir uns aber innerhalb weniger Sekunden bezüglich Ännes Plänen, hierzubleiben, dermaßen gestritten hatten, kam es nicht zur Aussprache. Philip hatte dann auch noch gleich ganze Arbeit geleistet und sofort meine Eltern informiert, die mir seither alle fünf Minuten wohlgemeinte Ratschläge zukommen ließen, doch umgehend unsere Zelte abzubrechen und nach Hamburg zurückzukommen.

Als unverantwortlich bezeichneten sie meine Entscheidung, auf Sylt zu bleiben.

Aber mein Bauchgefühl sagte mir, dass das keinesfalls in Ännes Sinne war, die Heimreise anzutreten.

Außerdem hallten in meinem Kopf immer wieder die Worte des Arztes nach. Irgendwas gab mir das Gefühl, dass er recht hatte mit dem, was er sagte, und wir hier besondere Momente sammeln sollten. Vor allem sein Rat, dass ich meiner Tante am meisten helfen würde, wenn ich bei ihr war und da war für sie. Ich sollte ihren Wunsch nach Leben respektieren. Was er mir riet, klang so, als käme der Rat von Änne selbst. Er fühlte sich deshalb wahrscheinlich so richtig an. Dass der Arzt, bei dem Änne offenbar sowieso schon in den besten Händen war, ausgerechnet Rufus' Sohn sein sollte, unterstrich ebenfalls Ännes Theorie, dass alles im Leben vom Schicksal gesteuert wurde. Was er erzählt hatte, beunruhigte mich. Hatte er etwa von Rufus gesprochen, als er sagte, er habe einen geliebten Menschen verloren? Mit einem Mal hatte ich Angst, dass Änne Rufus nicht mehr wiedersehen würde. Änne hatte ich erst mal nichts davon gesagt, was der Arzt mir anvertraut hatte.

Wir mussten in Erfahrung bringen, wie es seinem Vater ging. Aber Änne konnte ja schlecht einfach so danach fragen. Womöglich wusste niemand von der Geschichte mit Änne und Rufus auf Sylt. Wenn Rufus auch hier auf der Insel lebte, musste ich versuchen, herauszufinden, ob Änne und er sich noch einmal treffen könnten. Ich merkte, dass es Änne keine Ruhe ließ, dass diese Begegnung in ihrem Leben geschehen war, der Kontakt dann aber einfach im Nichts verlaufen war. Dieser Mann hatte immer einen Platz in ihrem Herzen behalten. Robert Olandt hier getroffen zu haben, war also wie eine Fügung und geschah nicht umsonst.

Nun galt es aber erst einmal, Änne wieder auf die Beine zu bekommen. Auch mir drängte sich der Gedanke auf, dass es sicherer wäre abzureisen, damit sie in ihrer gewohnten Umgebung und in direktem Kontakt zu ihrem Arzt stehen würde. Nicht auszudenken, wenn ich mir die Schuld geben müsste, wenn ihr Zustand sich verschlechterte und eine optimale ärztliche Versorgung hier auf der Insel nicht gewährleistet war.

All diese Überlegungen gaben sich in meinem Kopf die Klinke in die Hand und hielten mich vom Schlafen ab. Mitten in diese Unruhe hinein erreichte mich irgendwann eine Nachricht. Sie kam von Klemens, was mich erst recht aufwühlte.

Ich möchte nicht stören, aber Ännes Gesundheit lässt mir keine Ruhe. Lass mich bitte wissen, wenn ich was tun kann. Und wenn dir die Decke auf den Kopf fällt – wir sind zu Hause. Gruß, Klemens.

Bevor ich antwortete, legte ich das Handy für einen Moment zur Seite und massierte mir die angespannte Stirn mit den Fingerspitzen. Ich schloss meine Augen und horchte auf das Flattern in meinem Bauch. Eine Mischung aus Sorge um Änne und Sehnsucht nach Klemens brodelte in mir und ließ mich nicht zur Ruhe kommen. Ich stand auf und ging auf und ab, doch die Anspannung ließ nicht nach. Ich brauchte frische Luft.

Kurzerhand schnappte ich mir meine Jacke und mein Handy, setzte mir eine Mütze auf und ging noch einmal auf die Straße.

Vor dem Haus war es dunkel. Erst in einiger Entfernung stand eine Straßenlaterne.

Ich knöpfte die Jacke zu, zog die Mütze gegen den stärker gewordenen Wind tiefer ins Gesicht, und lief los durch die menschenleere Straße.

Hatte ich zu Hause in Hamburg ein ungutes Gefühl dabei, nachts allein durch eine so dunkle Straße zu laufen, fühlte es sich hier auf wundersame Art ungefährlich an. Warum auch immer mir das so vorkam, ich war froh darüber und hinterfragte es nicht länger.

Der Wind kühlte meinen heißen Kopf und ließ wieder klare Gedanken zu.

Mein Verstand sagte mir, ich solle die Koffer packen, morgen Änne aus dem Krankenhaus holen und nach Hamburg fahren.

Auch der Teil, der endlich mit Philip sprechen und die Hochzeit absagen wollte, plädierte für diesen Plan. Nicht zuletzt tauchten meine Eltern in meinem Gedankenkarussell auf, die mich mit fassungslosem Gesichtsausdruck anschauten, als hätte ich den Verstand verloren.

Aber dann schob sich groß und unübersehbar mein Herz dazwischen. Es argumentierte damit, dass es sich hier auf der Insel so wohlgefühlt hatte wie lange nicht mehr und sich weigern würde, wieder nach Hamburg zurückzukehren. Es würde hierbleiben, hatte seinen Anker gesetzt und so tief versenkt, dass ihn so schnell niemand loslösen konnte. Als eine unsichtbare starke Kette würde es auch, wenn ich wieder in Hamburg wäre, an mir zerren. Als stünde ich ratlos vor meinem Herz, fragte ich in die Dunkelheit, was es war, was es hier hielt? War es dieser Ort, der mich an so unbeschwerte Zeiten erinnerte? Oder war es Änne, die hier noch nicht alles erlebt hatte, was sie sich erhofft hatte? Spürte mein Herz, dass mir nicht mehr viel Zeit bleiben würde, Zeit mit meiner geliebten Tante zu verbringen?

Sicher waren dies auch Gründe dafür, dass mein Herz sich mit aller Macht gegen meinen Verstand stellte. Ich seufzte verzweifelt.

Als ich an einem kleinen Weinlokal vorbeikam, hielt ich kurz an, weil ein Paar mir entgegenkam. Sie gingen Arm in Arm, strahlten das pure Glück aus und lachten und küssten sich halb im Gehen.

Da schlug mein Herz mit aller Macht gegen meine Brust, als wollte es mir sagen, dass das der Grund sei, warum ich hierbleiben sollte. Hier gab es einen Mann für mich, der meinem Herz gezeigt hatte, wie sich Verliebtsein anfühlte.

Aber dann kam wieder mein Verstand um die Kurve, hielt ein Bild von Philip hoch und wies mich höhnisch darauf hin, dass es offenbar eine Frau in Klemens' Leben gab.

Ich hatte mir erhofft, dieser Spaziergang würde mir helfen, gleich einschlafen zu können. Gerade hatte ich jedoch den Eindruck, das Gegenteil würde der Fall sein.

Ich drehte um, weil mir mit einem Mal eiskalt wurde. Es war, als würde der Wind mit jeder Minute stärker, und es schien immer weniger Beleuchtung um mich herum. Eine Angst kroch in mir hoch, die ich bis eben nicht gehabt hatte. Überall erblickte ich plötzlich Schatten, die ich nicht zuordnen konnte. Ich fühlte mich erneut einsam in diesem Moment, sah in den Häusern gemütliches Licht, Menschen, die bei Kerzenschein zusammensaßen, die Kinder ins Bett brachten und dann bei einem Glas Wein im Wohnzimmer den Abend ausklingen ließen. Eiligen Schrittes lief ich in Richtung unseres Ferienhauses.

Ich suchte nach dem Haustürschlüssel, wollte so schnell wie möglich ins Warme und mich unter der flauschigen Bettdecke einkuscheln, um mich abzuschotten von meinen Problemen. Panisch tastete ich meine Taschen ab, jedoch erfolglos. Ich fand den Schlüssel nicht. Auch in meinen Hosentaschen war er nicht. Ich überlegte fieberhaft, ob ich ihn eingesteckt hatte, konnte mich aber nicht daran erinnern.

Dann fiel es mir ein. Ich hatte ihn in der Hand gehabt und kurz zur Seite gelegt, als ich meine Mütze von der Garderobe zog.

Danach hatte ich die Tür hinter mir zugezogen und ihn wahrscheinlich dort liegen lassen. Ich stöhnte auf. »So ein Mist!« Ärgerlich schimpfte ich gerade, als mein Handy klingelte und ich zusammenzuckte.

Es war Klemens. Inzwischen hatte ich seine Nummer abgespeichert. »Klemens, hi!« Ich gab mir Mühe, das Handy vom Wind abzuschirmen, damit er mich verstehen konnte.

»Sophie? Entschuldige die späte Störung. Aber ich habe gesehen, dass du meine Nachricht gelesen hast, und dann warst du ewig nicht online.« Er machte eine Pause und merkte selbst, dass seine Feststellung ein wenig befremdlich wirkte, auch wenn ich das nie ausgesprochen hätte.

»Nicht, dass ich dich verfolge. Ich hab mir nur Sorgen gemacht und gedacht, dass du vielleicht wieder im Krankenhaus bist.« Klemens' Stimme klang unsicher, als wollte er sich entschuldigen, dass er anrief, dabei war ich unendlich dankbar und fühlte mich für den Moment nicht ganz so verlassen.

»Alles gut. Wenn ich ehrlich bin, schickt dich der Himmel.« Ich seufzte und lachte nervös. »Im Krankenhaus bin ich nicht. Ich bin gerade durch Keitum gelaufen, weil ich nicht schlafen konnte, und habe gerade festgestellt, dass ich meinen Haustürschlüssel nicht mitgenommen habe. Änne ist eine Nacht zur Überwachung geblieben. Es ging ihr zwar besser, aber die Ärzte wollten sie im Auge behalten. Und ich habe mich ausgeschlossen.«

»So ein Mist! Und was willst du jetzt machen?« Klemens klang aufgeregt.

»Wenn du Kontakte zu einem professionellen Einbrecher oder die Nummer eines Schlüsseldienstes für mich hast, wäre ich dir dankbar«, sagte ich zerknirscht.

»Hast du nicht vielleicht irgendein Fenster aufgelassen oder so?« Klemens klang, als überlegte er.

»Ehrlich gesagt, ich weiß es nicht. Ich gehe mal ums Haus und schaue nach.« Während ich das sagte, fiel mir auf, wie unsinnig das klang, schließlich hatte ich, selbst wenn ein Fenster gekippt wäre, keine Idee, wie ich dadurch ins Hausinnere gelangen sollte. Meine kriminelle Energie war eher verhalten ausgeprägt.

»Wo wohnst du denn?«

Ich nannte ihm meine Adresse.

»Ich ziehe mir kurz was an und komme mal vorbei. Entweder wir finden ein gekipptes Fenster, oder du kommst mit zu uns«, schlug Klemens vor, und schlagartig war meine Aufregung noch stärker als sowieso schon.

»Danke, Klemens«, sagte ich nur, da hatte er schon aufgelegt.

Die Aussicht, im Gästezimmer seiner Freundin oder Frau zu übernachten, war wenig verlockend, auch wenn das Angebot sehr hilfsbereit war. Aber wenn ich nicht im Strandkorb schlafen oder viel Geld für einen Schlüsseldienst oder ein Hotelzimmer ausgeben wollte, blieb mir keine andere Wahl. Morgen würde ich dann bei der Vermietungsfirma vorbeischauen können, die sicherlich einen Zweitschlüssel hatte.

Sinnigerweise hatte ich kaum Licht angelassen. Ich schlich um das Haus, um zu schauen, ob irgendwo ein Fenster gekippt war. Meine Recherche blieb jedoch erfolglos. Ermattet ließ ich mich in den Strandkorb fallen, wo ich noch die Decke vom Nachmittag fand. Auch meine Strickjacke, mit der ich Ännes Kopf gestützt hatte, lag dort noch. Mir kamen die Tränen. Ich zog die Strickjacke noch unter meine Jacke, wickelte die Decke um mich und kauerte mich in eine Ecke des Strandkorbs. Ich war dankbar, dass Klemens gleich hier sein würde.

Als mir jemand die Hand auf die Schulter legte und sanft daran rüttelte, schreckte ich mit einem Schrei aus dem Strandkorb hoch.

»Alles gut! Ich bin es nur.« Ich schaute in Klemens' lächelndes Gesicht und schlug mir erleichtert mit der Handfläche auf die Brust.

»Hab ich mich jetzt erschreckt. Ich bin wohl eingeschlafen. Danke, dass du da bist, Klemens«, sagte ich und schaute ihm in die Augen, die ich nur vage als leichtes Schimmern sehen konnte im Dunkel um uns herum.

Ich überlegte, dass ein Punkt auf der Liste eine Übernachtung am Strand war. Um ein Haar hätte ich diesen Punkt halb erfüllt. Immerhin war es ein Strandkorb, den ich mir zum Schlafen ausgesucht hatte. Mühsam rappelte ich mich auf.

»Ich bin schon mal ums Haus gegangen – leider hab ich nirgendwo ein Fenster gekippt gelassen«, erklärte ich zerknirscht.

»Ich hab auch grad geschaut. Ich fürchte, da ist nichts zu machen. Aber wenn du mich fragst, würde ich an deiner Stelle morgen beim Vermieter vorbeifahren, bevor du heute Nacht noch den teuren Schlüsseldienst rufst«, schlug Klemens vor.

Ich ließ mich wieder in den Strandkorb fallen. »Wahrscheinlich hast du recht.« Ich schaute mich um. »Ist ja auch nicht ungemütlich hier im Korb.«

Klemens setzte sich neben mich. Alle Kälte, die ich eben noch aufgrund des Windes verspürt hatte, war verflogen. In diesem Moment wurde mir eher so warm, dass ich mir am liebsten Luft zugefächelt hätte.

Stattdessen knetete ich nervös meine Hände. Klemens lehnte sich zurück und verschränkte die Arme im Nacken. »Ist doch schön hier, oder findest du nicht?«

Ich saß weiterhin stocksteif neben ihm. »Doch, wunderschön«, murmelte ich.

»Auf lange Sicht etwas frisch.« Klemens grinste. Ich griff nach der Decke, die hinter mir lag. »Fürs Erste reicht die vielleicht.« Müde lächelte ich.

Klemens schnappte sich die Decke und breitete sie kurzerhand über unseren Beinen aus.

»Schon viel besser«, freute er sich. Zaghaft fasste auch ich mir ein Herz und lehnte mich zurück, die Hände noch immer verkrampft in meinem Schoß.

Klemens legte einen Arm um meine Schultern und deutete mit der anderen Hand in den Himmel. »Ist dieser Sternenhimmel hier über Sylt nicht beeindruckend?«

Ich nickte schweigend und konnte mich in seiner Nähe kaum auf die Sterne konzentrieren.

»Ich behaupte, da kann Hamburg nicht mithalten, oder?«

»Keinesfalls. Dafür ist die Stadt viel zu hell. Ich vermute, an nahezu keinem Ort in Hamburg ist es so dunkel wie hier, sodass man diese vielen Sterne entdecken kann.«

Für einen Moment schauten wir beide in den Himmel.

»Nele und ich saßen so oft nachts draußen und haben Sterne beobachtet. Ich weiß gar nicht, wann ich das, bis ich hierherkam, zuletzt gemacht habe, wenn ich ehrlich bin.«

»Das ist aber schade«, stellte Klemens fest. »Wenn man hier lebt, gehört das irgendwie dazu. Aber insgesamt sitzt man auch hier viel zu selten nachts auf der Terrasse und schaut in den Sternenhimmel.« Klemens blickte mich an und grinste.

»Ich hatte mir das irgendwie auch anders vorgestellt hier auf Sylt. Was ist das mit Änne und dem Krankenhaus nur für ein großer Mist«, stellte ich zerknirscht fest.

Zu meinem Bedauern rückte Klemens ein kleines Stück von mir ab. Irritiert schaute ich ihn an.

»Und für einen Moment hatte ich gedacht, ich wäre, zumindest zeitweise eine nette Alternative.« Er verschränkte die Arme.

»Entschuldige bitte! So war das nicht gemeint«, sagte ich schnell, und Klemens lachte. Mein Puls stieg in die Höhe.

»Man bringt dich genauso schnell wie früher aus dem Konzept, wenn man dir ein schlechtes Gewissen macht«, behauptete Klemens.

»Ist das so?« Verdutzt sah ich ihn an.

»Ich erinnere mich jedenfalls gut an Neles Satz *Hör auf, sonst kann Phie wieder tagelang nicht schlafen*, du etwa nicht?« Klemens lachte, und auch ich musste schmunzeln. »Ist ja nichts Böses. Ich fand immer, das hat dich ausgezeichnet. Du hast dir halt immer viele Gedanken gemacht. Manchmal viel zu viele.« Klemens klopfte mir versöhnlich auf die Schulter, und ich war froh, dass ich unbemerkt rot werden konnte im Schutz der Dunkelheit.

Ich lehnte mich im Strandkorb wieder an und zog die Decke bis unter mein Kinn.

»Vielleicht mehr über andere Leute als über mich selbst«, sagte ich und war im selben Moment erschrocken, das laut ausgesprochen zu haben.

»Meinst du?«

»Leider ja. Es fing an, als es um meine Reitkarriere ging. Das Thema war das beste Beispiel. Du hast doch selbst gesagt, dass das was war, was eigentlich gar nicht zu mir passte. Aber du hast auch miterlebt, wie sehr meine Eltern da hinterher waren, dass ich die Reiterei professionell ausübe. Jedes gewonnene Turnier gab ihnen dann ja auch recht.« Ich stieß Luft durch die Lippen aus. »Und ich hab das Spiel dann lange Zeit mitgespielt und im Endeffekt meine eigenen Träume geleugnet.«

»Was war denn dein Traum?«

In mir arbeitete es. Wenn ich ehrlich war, war mein Traum immer ein eigener Stall gewesen. So etwas, was Klemens machte, ging in die Richtung, die ich mir gewünscht hatte. Ich wollte immer was mit Pferden machen, jedoch nichts, wo das Tier wie ein Sportgerät behandelt wurde. Neles Unfall hatte dann alles verändert.

Ich hob die Schultern. »Wenn ich das damals so genau gewusst hätte. Vielleicht wäre es mir dann gelungen, es umzusetzen.« Ich schaute Klemens an. »Im Prinzip sahen meine Pläne ganz ähnlich aus wie das, was du dir ermöglicht hast.«

Klemens sah mich lächelnd an, nickte zaghaft und schaute dann wieder in den Himmel. »Glaub mal nicht, dass mir dieser Weg immer ganz klar war. Im Endeffekt war es erst mal wie bei dir.«

»Wie bei mir?«

»Ja, kurz nach dem Unfall und noch lange darüber hinaus, wollte ich überhaupt nichts mehr mit Pferden zu tun haben. Ich konnte mir nicht vorstellen, dass es mir jemals wieder Freude machen würde, nachdem das mit Nele passiert war.«

»Geht mir bis heute so«, gab ich ihm recht.

»Und dann habe ich Menschen getroffen, die mich an die Hand nahmen. Die haben sich meine Träume angehört und gemeinsam mit mir überlegt, ob es womöglich doch Sinn für mich machen könnte, sie weiterzuverfolgen.«

»Das klingt toll.« Betreten zog ich die Knie unter der Decke an meinen Bauch und umschloss sie mit meinen Händen. Ob er mit den Menschen, von denen er sprach, auch Mila meinte?

»Und am Ende sollten sie recht behalten. Ich bin sehr dankbar, dass sie mich überzeugen konnten, dass es immer einen Weg gibt, mit dem Schicksal umzugehen.«

Ich dachte an Änne und daran, wie oft sie etwas in dieser Richtung sagte. Ebenso kam mir der Spruch von Neles Liste zur großen Liebe in den Sinn. »Liebe ist, wenn man dem anderen bei seinen Träumen zuhört und gemeinsam überlegt, wie man sie erreichen kann.« Bei diesem Gedanken seufzte ich leise.

»Wenn ich dich erzählen höre, stelle ich fest, dass ich meiner Tante Änne viel besser zuhören sollte. Sie ist so ein Mensch, der einem aufzeigt, dass man die gewünschte Reiseroute gerade verlässt.«

»Es ist ein großes Glück, solche Leute um sich zu wissen. Aber wie du schon sagst – ihrem Rat zu folgen, ist dann der Schritt, der nicht fehlen darf. Glaub mir, mir wurde es nicht leicht gemacht. Erst der Neustart hier auf der Insel hat mir wirklich wieder auf die Beine geholfen.«

Ich schwieg und warf einen verstohlenen Blick auf mein Handy. Es war schon über eine Stunde vergangen. Wir hatten uns so gut unterhalten, dass mir das gar nicht aufgefallen war. Und als wandelte ich mitten durch einen wunderschönen Traum, traute ich mich kaum darüber nachzudenken, weil ich fürchtete, ich könnte aufwachen.

»Ohne dir zu nahe treten zu wollen – wenn ich dich so reden höre, klingt glücklich irgendwie anders. Hat es einen Grund, warum du dir Gedanken darüber machst, dass du deine eigenen Träume nicht so lebst, wie du es dir wünschst?«

Ich wich seinem Blick aus, weil ich nicht wusste, was ich antworten sollte. Ich schaffte es nicht, ihm die Wahrheit zu erzählen, dass meine Hochzeit in wenigen Wochen bevorstand, ich aber gerade dabei war, die Notbremse zu ziehen und alles abzublasen. Aber während ich noch nach Worten suchte, um ihm zu erklären, in welcher Situation ich mich befand, spürte ich, wie Klemens vorsichtig nach meiner Hand griff und sie ganz leicht drückte. Ungelenk erwiderte ich den Druck und sagte nichts, sondern schaute ihn nur an. Im fahlen Licht konnte ich weiterhin nur ein Glitzern in seinen Augen sehen und meinte, auch er lächelte. Wie ein warmer Strom unzähliger Glückshormone wirbelte es durch jede Faser meines Körpers, und mir gelang es nicht, weiterzusprechen. Stattdessen nahm ich all meinen Mut zusammen und lehnte meinen Kopf an Klemens' Schulter. In diesem Moment hätte es keinen Platz auf der Welt gegeben, an dem ich lieber gewesen wäre als hier im Strandkorb, unter der Decke und neben Klemens. Mir war, als klopfte Änne mir stolz auf die Schulter, und jeder Gedanke an Philip war mit einem Mal so fern wie ein kleiner Punkt ganz weit am Horizont, zu dem ein Schiff geschrumpft war, von dem man nur mehr erahnen konnte, dass es einmal an Land gelegen hatte.

»Erst hier auf Sylt sind mir meine Träume wirklich wieder bewusst geworden. Ich bin selbst noch ganz überwältigt davon«, sagte ich leise, und Klemens, dessen Arm wieder über meinen Schultern lag, strich mir mit seiner Hand über den Oberarm.

»Dafür, die eigenen Träume zu verwirklichen, ist es nie zu spät«, flüsterte er, und ich nickte schweigend.

10. Kapitel

Ich wurde geweckt vom warmen Sonnenschein in meinem Gesicht. In der Ferne hörte ich das Kreischen einer Möwe und den Klang einer Schnur, die im Wind immer wieder gegen einen Fahnenmast stieß. Ich sah mich im Traum am Hafen entlangspazieren. Noch mit geschlossenen Augen fiel mir ein, dass ich auf Sylt war.

Als ich die Augen schlaftrunken öffnete, erschrak ich. Ich saß im Garten unseres Ferienhauses im Strandkorb, eingekuschelt in eine Decke.

Nach und nach kam die Erinnerung an den vergangenen Abend zurück, und ich zuckte zusammen, als mir auffiel, dass Klemens bis zum Einschlafen neben mir gesessen haben musste.

Ein Blick zur Seite versicherte mir, dass dies nicht mehr der Fall war. An der Stelle, wo er gesessen hatte und ich gestern noch meinen Kopf an seine Schulter gelehnt hatte, lag eine Brötchentüte meines Lieblingsbäckers. Bei genauerem Hinsehen sah ich eine handschriftliche Notiz: *Danke für die außergewöhnliche Nacht. Lass es dir schmecken. Die Pferde rufen. Alles wird gut, Klemens.*

Mein Herz vollführte einen Luftsprung. Offenbar waren wir beide nach unseren vertraulichen Gesprächen im Strandkorb eingeschlafen. Was für eine liebe Geste es war, dass er Brötchen geholt hatte, bevor er nach Hause gefahren war. Ich öffnete die Tüte und griff nach einem der Brötchen. Dankbar aß ich erst eins und dann gleich ein zweites hinterher.

Am Boden der Tüte entdeckte ich eine weitere, kleinere Tüte. Darauf stand: *Für die Taxifahrt zur Vermietung*, und ein Zwanzigeuroschein lag darin. Gerührt nahm ich ihn heraus. Es war wirklich aufmerksam von Klemens, dass er daran gedacht hatte. Schließlich stand ich, bis auf mein Handy, ohne alles vor der Haustür.

Ich rappelte mich auf, richtete kurz meinen Zopf und rief mir ein Taxi, das mich nach Westerland bringen sollte. Auch bei der Vermietung rief ich an und bat darum, mir einen Zweitschlüssel bereitzulegen.

Ich konnte es kaum erwarten, endlich wieder ins Haus zu kommen und erst einmal eine heiße Dusche zu nehmen. Ich konnte von Glück reden, dass sogar die Nächte in diesem Sommer zwar frisch, aber halbwegs erträglich waren. Mit einem verklärten Lächeln auf den Lippen dachte ich daran, dass dies auch an der Wärme gelegen haben könnte, die Klemens' Anwesenheit erzeugte.

Nun galt es aber, so schnell wie möglich erst einmal an den Schlüssel zu gelangen und dann Änne zu besuchen. Auf dem Weg nach Westerland rief ich sie an.

Sie ging nicht an ihr Handy. Ich wurde unruhig und hoffte, dass sie gerade untersucht wurde oder schlief.

Die Dame von der Vermietung reagierte freundlich und zuvorkommend. Sie gab mir einen Schlüssel und bot mir sogar an, dass ein Fahrer mich am Haus vorbeifahren könnte, sodass ich ihm gleich den Schlüssel wieder mitgeben konnte, wenn er zurückfuhr.

Die Freundlichkeit und der Service bei der Vermietung waren überragend. Ich war mir sicher, dass Änne sich unseren Urlaub eine beträchtliche Summe hatte kosten lassen. Wahrscheinlich hätten sie mir auch nachts noch ihren Service angeboten, hätte ich darum gebeten.

Im Ferienhaus angekommen, duschte ich schnell und packte noch eine kleine Tasche mit Ersatzkleidung für Änne. Ich wollte für den Fall, dass sie dableiben musste, gewappnet sein.

Ich hatte noch mal versucht, sie zu erreichen. Diesmal ging gleich die Mailbox dran.

Besorgt machte ich mich auf den Weg zur Klinik.

Auf dem Weg dahin hörte ich ein Lied im Radio. Es handelte davon, dass eine Frau auf ihr Leben zurückblickt und mit sich im Reinen ist. Ein absolut erstrebenswerter Zustand, dachte ich bei mir. Ich sah Änne vor mir. Sie verkörperte bisher immer die Person für mich, die in sich ruhte und zufrieden schien. Bis ich von Rufus erfahren hatte, war ich fest davon ausgegangen, dass sie für ihr Leben die bewusste Entscheidung getroffen hatte, ohne Partner zu bleiben. Sie hatte mal gesagt, ihr Ziel sei es, im Alter in Frieden zu leben. Früher hatte ich nie verstanden, was sie meinte. Heute hatte ich den Eindruck, ich begriff es endlich. Ich spürte jedoch, dass meine Tante sich selbst plötzlich nicht mehr sicher war, ob alle Fragen in ihrem Leben zu ihrer Zufriedenheit beantwortet waren. Aber nun waren wir hier auf Sylt und würden diesen Fragen Antworten liefern.

Ich kam in der Klinik an und verließ gerade den Fahrstuhl, als ich, wie vom Donner gerührt, stehen blieb. Was ich sah, überrumpelte mich vollkommen.

Auf dem Gang vorÄnnes Zimmer stand Robert Olandt. Neben ihm meine Mutter.

Meine erste Reaktion war, zurück in den Fahrstuhl zu eilen und wieder nach unten zu fahren, was aber daran scheiterte, dass die Tür schon geschlossen war.

Ich schluckte, straffte die Schultern und entschied mich mit festen Schritten für die Flucht nach vorn.

»Mama?« Schon von Weitem begrüßte ich meine Mutter und gab mir keine Mühe, mein Erstaunen über ihr Erscheinen zu verbergen.

»Guten Morgen, Herr Dr. Olandt!« Den Arzt bedachte ich mit einem freundlichen Blick. Meiner Mutter gegenüber gelang mir das nicht. Aber auch ihr Gesichtsausdruck war nicht besonders herzlich.

»Liebes!« Meine Mutter stürzte auf mich zu und umarmte mich so fest, dass mir beinahe die Luft wegblieb.

»Warum hast du nicht Bescheid gesagt, dass du kommst?« Ich war verärgert, hatte ich meinen Standpunkt am Telefon doch mehr als deutlich dargestellt.
»Du hättest mir sowieso gesagt, dass ich bleiben soll, wo ich bin. Aber wir machen uns doch Sorgen um Änne«, erklärte meine Mutter und setzte ein betroffenes Gesicht auf.
»Das wäre ja was ganz Neues«, sagte ich leise und erschrak, dass es dennoch so laut gewesen war, dass meine Mutter und Dr. Olandt es mitbekamen. Empört starrte sie mich an.
Es war ungewohnt befreiend, meine Gedanken kurzerhand auszusprechen. Ein erster Schritt in die Richtung, über die ich am Abend zuvor mit Klemens geredet hatte.
»Sophie, ich hab kaum ein Auge zugemacht. Ich musste zu euch«, erklärte meine Mutter.
»Wir kommen wunderbar zurecht, auch ohne deine Ratschläge. Entschuldigen Sie bitte, Dr. Olandt!« Mit diesen Worten ging ich zwischen Dr. Olandt und meiner Mutter hindurch zuÄnnes Zimmertür und klopfte. Als ein »Herein!« von innen ertönte, gab ich meiner Mutter noch mit einem klaren Blick zu verstehen, dass sie Änne und mich zunächst allein lassen sollte. Anscheinend gelang mir das ganz gut, sie blieb jedenfalls vor der Tür. Aus dem Augenwinkel sah ich noch, wie auch Robert Olandt das Feld räumte. Ihm war die Situation sichtlich unangenehm.

»Fideli!« Ännes Augen leuchteten, als ich eintrat und hinter mir die Tür schloss, ohne weitere Besucher mitzubringen.
»Ist sie weg?« Theatralisch rollte sie mit den Augen. »Hab mich eben schlafend gestellt, als ich gesehen habe, dass sie hier ist und in mein Zimmer kam.«
Bei dieser Vorstellung musste ich lachen, erinnerte mich aber schnell wieder daran, dass es weniger lustig war, dass meine Mutter hergekommen war. »Leider nicht, nein. Aber sie bleibt erst mal draußen, denke ich. Entschuldige, ich wusste nichts davon, dass sie herkommt.«

»Ich habe den Eindruck, sie kann es kaum erwarten, dass dem Störenfried in unserer Familie endlich die Puste ausgeht. Aber den Gefallen tue ich ihr noch lange nicht.«

»Ach, Änne.« Halb amüsiert, halb besorgt schaute ich meine Tante an. Sie lag ganz klein und zerbrechlich im Bett. So vollständig ungeschminkt wirkte sie beinahe wie ein anderer Mensch und tatsächlich um Jahre älter.

Ich zog mir einen Stuhl an ihr Bett, setzte mich und griff nach ihrer Hand. Sie war gefühlt noch dünner als sonst und ganz kalt.

»Hör auf, Änne. Ich brauche dich mehr, als du weißt! Wir kriegen dich schon wieder auf die Beine. Und Dr. Olandt hilft uns dabei.« Vielsagend zwinkerte ich.

»Das klingt sehr gut. Ich wünsche mir, dass du recht behältst, Fideli.« Ännes Stimme klang matt und viel weniger optimistisch als sonst. Eine beklemmende Angst machte sich in mir breit.

Ich konnte nicht verhindern, dass meine Augen sich mit Tränen füllten.

»Fideli!« Änne zog gespielt ärgerlich die Augenbrauen zusammen.

»Entschuldige! Ich hab dich einfach so lieb. Es bricht mir das Herz, wenn du so redest.«

»Das möchte ich nicht. Ich wollte damit nur sagen, dass deine Mutter nicht ohne Hintergedanken hierherkommt. Da bin ich mir ganz sicher.« Nun flüsterte Änne fast, und ich schaute mich um, als lauerte hinter den Vorhängen des kargen Zimmers ein Spion.

»Und die wären?« Jetzt war ich wirklich gespannt.

»Ich möchte ungern darüber sprechen, wenn deine Mutter jederzeit hier einfallen kann. Wie es aussieht, gibt der Dr. Olandt aber wohl grünes Licht, dass ich heute wieder raus darf.« Änne zwinkerte und rieb sich die Hände.

»Verstehe«, sagte ich. Auch wenn das nicht unbedingt stimmte.

»Mein Handy habe ich übrigens irgendwann ausgestellt, weil deine Mutter immerzu anrief. Du kannst Linda ja kurz reinlassen«, sagte Änne gnädig, und ich ging schmunzelnd zur Tür und rief meine Mutter ins Zimmer.

»Änne, ich habe mir solche Sorgen gemacht«, wiederholte meine Mutter ihre Rede. Ich biss mir auf die Unterlippe, um nicht laut loszulachen, als ichÄnnes genervten Blick sah. Niemand konnte so theatralisch mit den Augen rollen wie sie. Keinem Menschen gelang es auf so eindrucksvolle Art, Emotionen ohne Worte zu zeigen, wie meiner Tante.

»Glaub mir, oder glaub mir halt nicht. Jedenfalls habe ich extra das große Auto von Philip bekommen, sodass wir all dein Gepäck problemlos dort hineinkriegen und ich dich auf dem direkten Weg mit nach Hamburg nehmen kann. Dr. Olandt erstellt gerade noch den Brief für deinen Arzt, und dann kann es hoffentlich bald losgehen. Philip und ich hatten schon überlegt, dass er vielleicht ein paar Tage hochkommt. Dann kann Sophie noch bleiben?« Meine Mutter schien stolz auf ihren Plan zu sein, den sie sich zurechtgelegt hatte. Dabei hätte sie damit rechnen müssen, dass Änne sich nicht ohne Weiteres wieder nach Hamburg bewegen ließ. Ich wurde wütend auf Philip. Er war also eingeweiht und hatte mich nicht einmal informiert. Ich kochte innerlich.

»Dann nutz doch bitte den großzügigen Kofferraum gerne für die ein oder andere Luxus-Shoppingtour. Ich jedenfalls werde keinen Platz benötigen, weil ich nämlich hierbleiben werde. Mit Sophie.« Änne verschränkte die Arme und nickte wie zur Bekräftigung ihrer Aussage.

»Änne!« Der Tonfall meiner Mutter schwankte zwischen hysterisch und ungeduldig.

»Nix Änne«, äffte meine Tante ihre Schwester nach. »Mach, was du willst mit dem Kofferraum. Ich bleibe hier, und damit ist die Diskussion für mich beendet. Behalt deine Vorwürfe für dich. Es hat dich niemand gezwungen hierherzukommen.«

»Änne, sei doch bitte vernünftig!«

Änne prustete los. »Du meinst, damit fange ich jetzt noch an? Ich bitte dich!«

»Wie mir scheint, geht es dir deutlich schlechter, als du gerade zugeben willst. Es ist absolut unverantwortlich, wenn du dich nicht sofort in erfahrene Hände begibst und dir helfen lässt«, fuhr meine Mutter unbeirrt fort.

»Mir kann keiner mehr helfen«, sagte Änne schroff. »Ein Satz, den ihr mir doch seit vielen Jahren immer wieder an den Kopf geknallt habt.« Sie schlug in die Hände, als applaudierte sie. »Diesmal sage ich es selbst, weil es nun bedauernswerterweise angebracht ist.«

Auch wenn das Gespräch in eine unschöne Richtung abdriftete, hatte Änne leider recht. Nicht selten war bei diversen Streitgesprächen genau dieser Satz gefallen. Makabrerweise traf er nun wohl zu, wie auch Herr Dr. Olandt bereits bestätigt hatte.

»Ich soll also wieder nach Hamburg fahren, und du willst wirklich hierbleiben?«, schnaubte meine Mutter.

»Genau so ist es. Nett, dass du hier gewesen bist.« Ännes Miene war böse. Meine Mutter machte auf dem Absatz kehrt, raunte mir noch zu, dass sie draußen auf mich warte, und stob dann aus der Tür, die sie geräuschvoll ins Schloss krachen ließ. Meine Mutter, die sonst immer sehr auf gutes Benehmen bedacht war, war ernsthaft wütend und verlor die Beherrschung.

»Fideli, es tut mir leid, dass du dich nun auch noch damit rumärgern musst.«

»Da kannst du ja nichts dafür. Ich hab auch ehrlich gesagt nicht damit gerechnet, dass Mama hier auftaucht.«

Änne lachte höhnisch auf. »Ich schon, aber lass uns das später besprechen.« Sie legte den Zeigefinger auf den Mund, und ich nickte lächelnd.

In diesem Moment kam Dr. Olandt wieder ins Zimmer.

»Frau Mommsen, ich denke, mit den Medikamenten haben Sie erst einmal alles an der Hand, damit Sie schmerzfrei und mit einem beruhigten Gefühl unterwegs sind. Wenn sich irgendetwas verschlechtern sollte, erreichen Sie mich jederzeit über diese

Nummer.« Er reichte Änne einen Brief und eine Karte, auf der seine Nummer stand.

»Danke, Dr. Olandt! Vielen Dank für Ihre Hilfe! Und auch dafür, dass Sie meine Entscheidung respektieren. Wie Sie gerade vielleicht mitbekommen haben, fällt es etlichen Menschen leider schwer, zu akzeptieren, dass ich selbst am besten weiß, was mir guttut. Ärzte wie Sie sind Gold wert. Wir werden dank Ihnen und Ihrer guten Betreuung sicher noch eine schöne Zeit hier haben.«
Änne schenkte dem Mann ein Lächeln, das ihn sogar ein wenig erröten ließ, was ihn nur noch sympathischer machte.

»Sie bleiben also noch auf Sylt?«, erkundigte sich der Arzt.

»Auf jeden Fall! Unsere Liste ist noch lang«, antwortete Änne und zwinkerte mir zu. Dann stand sie auf und fing an, ihre Sachen einzupacken.

»Alles Gute für Sie, Frau Mommsen! Auf Wiedersehen, Frau Mohn! Vielleicht läuft man sich auf der Insel ja noch mal über den Weg«, verabschiedete sich der Arzt von Änne und mir.

»Das wollen wir doch hoffen«, kicherte Änne und war in diesem Moment wieder ganz die Alte. Der Arzt und ich warfen uns vielsagende Blicke zu, wobei er nicht ahnte, wie ernst meine Tante das meinte. Auch ich hoffte sehr darauf, dass wir ihn, in anderer Umgebung, wiedersehen würden und erfuhren, wo sein Vater sich befand.

Ich griff nach Ännes Tasche, als sie noch mal kurz im Bad verschwand. Mit wenigen Handgriffen hatte sie wieder meine bunte Tante hervorgezaubert, und ich war dankbar, dass unser Aufenthalt auf Sylt weitergehen würde.

Ich schwor mir, dass wir diesen Urlaub weiterhin unvergesslich machen würden. Schon die Zeit bis hierher war einmalig, abgesehen von der Sorge um Änne. Aber dass sie sich, entgegen wohlgemeinter Ratschläge der Familie, ihren Urlaub auf Sylt nicht nehmen ließ, bestärkte mich darin, die folgenden Tage zu genießen und uns möglichst viele Glücksmomente herbeizuzaubern.

Ich war stolz, dass Änne und ich uns da nicht von meiner Mutter hatten reinreden lassen.

Als wir auf den Flur traten, war meine Mutter nicht mehr da. Ich schaute auf mein Handy und sah eine Nachricht.

Ich denke, heute Abend werde ich nach Hause fahren. Wenn Änne doch noch zur Vernunft kommen sollte, melde dich.

Kopfschüttelnd ließ ich die Nachricht unbeantwortet und steckte mein Handy in die Tasche.

Änne sagte nichts weiter dazu, dass ihre Schwester einfach abgedampft war. In Wirklichkeit hatten wir beide aber wohl kaum etwas anderes erwartet.

11. Kapitel

Wir fuhren zunächst in unser Haus. Ich entschied, ein paar Köstlichkeiten im Feinkostgeschäft zu kaufen und Änne ein Festmahl zu zaubern. Dann würden wir es uns auf dem Sofa gemütlich machen und bei Kerzenschein und einer Tasse Tee über Gott und die Welt reden und uns freuen, dass wir wieder zusammen waren. Ich konnte es kaum erwarten, Änne von der Nacht mit Klemens im Strandkorb zu erzählen. Bei Klemens hatte ich mich bedankt für die Brötchen und ihn kurz informiert, dass Änne das Krankenhaus wieder verlassen durfte. Er freute sich mit uns und schrieb, dass wir uns jederzeit bei ihm melden könnten, wenn wir unser Grillen nachholen wollten. Mir wurde warm ums Herz, wenn ich daran dachte, wobei noch immer die Sorge über mir kreiste, dass ich dann auf eine Frau an seiner Seite treffen würde. Auch wenn es nicht dazu passte, dass er dann über Nacht bei mir geblieben war. Die zarte Hoffnung, dass die Frau nicht seine Freundin war, ließ mein Herz verliebt straucheln. Mein Kopf war es aber, der mich immer wieder mahnte, es könnte auch lediglich eine alte Freundschaft sein, die uns verband. Nun galt es auch, in meinem Leben für Klarheit zu sorgen. Ich musste dringend mit Philip sprechen. Ich wollte ihn später anrufen und ihm meine Entscheidung mitteilen. Unsere Hochzeit würde nicht stattfinden.

Ich fuhr vor dem Haus vor, um Änne abzusetzen, als ich erstaunt feststellte, dass im Strandkorb ein Picknickkorb, randvoll gefüllt mit Köstlichkeiten, stand.
»Sag bloß, es geschehen noch Zeichen und Wunder! Der Korb wird doch wohl nicht von Linda sein?«, wunderte sich meine

Tante, als sie darauf zuging. »Oder sie hat mir einen giftigen Apfel mit hineingelegt.«

Ich schmunzelte. »Änne!«

Auf den Gedanken, der Korb könne von meiner Mutter stammen, war ich noch nicht einmal gekommen, musste ich gestehen. Irritiert hob ich die Schultern, stieg auch aus und ging hinter Änne her. Diese stieß einen lauten Juchzer aus. Schnell trat ich näher.

Als kleine Wiedergutmachung für meinen schnellen Abgang heute Morgen. Und für einen schönen Abend mit Änne. Kommt gut wieder an und lasst es euch schmecken. Klemens.

Änne las die Worte andächtig vor, und während mein Kopf feuerrot anlief wie der eines Hummers, vollführte mein Herz nun Luftsprünge.

Wie ein verliebter Teenager schwebte ich die letzten Schritte zum Strandkorb und inspizierte direkt den Korb. »Er weiß, was gut ist«, stellte ich fest, als ich die Köstlichkeiten inspizierte, die von duftendem Brot über frisches Obst bis hin zu verschiedenen Säften reichten.

»Lenk bitte nicht ab!« Empört stemmte Änne die Hände in die Hüften und schaute mich mit schief gelegtem Kopf an.

»Was meinst du?« Ich bemühte mich um einen beiläufigen Tonfall.

Änne ließ sich schwungvoll in den Strandkorb fallen und lehnte sich abwartend mit verschränkten Armen zurück.

»Jetzt muss ich gar nicht mehr zum Einkaufen fahren«, stellte ich fest. »Ich hole ein paar Gläser und Besteck, dann bin ich wieder da.« Mit diesen Worten verschwand ich im Haus.

Ich konnte mich nicht länger zusammenreißen und juchzte vor Freude darüber, dass uns Klemens mit dieser liebevollen Geste empfangen hatte. Das Prickeln, wenn ich an Klemens dachte, war so überbordend, dass ich kaum einen klaren Gedanken fassen konnte. Mein schlechtes Gewissen Philip gegenüber war wie außer Kraft gesetzt, und es schien mit einem Mal um mich herum alles hell, leicht und strahlend.

Wie ein Wink mit dem Zaunpfahl klingelte in diesem Moment mein Handy. Meine Brust schnürte sich zusammen, als ich sah, dass Philip der Anrufer war. Dennoch nahm ich das Telefonat an. Ein Gespräch, das längst überfällig war, musste geführt werden.

»Hi, Philip«, begrüßte ich ihn, um einen festen Klang meiner Stimme bemüht. Ich war angespannt.

»Sophie, hallo! Warum um alles in der Welt schickt ihr Linda wieder weg? Sie ist den ganzen Weg nach Sylt gefahren und will nur das Beste für Änne, und ihr tretet ihre Bemühungen mit Füßen. Das ist schon ziemlich dreist.« Er machte einen abfälligen Seufzer. »Wie kann man nur so starrsinnig sein wie deine Tante? Unfassbar, dass sie so egoistisch ist.«

Während ich mein Handy auf Lautsprecher gestellt auf den Küchenblock legte und das Geschirr auf ein Tablett stellte, ging mein Blick zu Änne in dem Strandkorb.

»Sophie? Bist du noch da?« Philip klang ärgerlich.

»Ja«, antwortete ich schroff.

»Was sagst du denn dazu?«

»Was willst du hören?« Meine Stimme klang stärker, als ich es mir zugetraut hätte.

»Willst du damit sagen, dass du das gut findest, was deine Tante da abzieht? Unfassbar, welche Verantwortung sie dir aufbürdet. Stell dir vor, es passiert richtig was und du bist auf Sylt allein mit ihr. Und das nur, weil ihr einen netten Urlaub verbringen wollt. Entschuldige, Sophie, aber wenigstens von dir hätte ich mir da ein wenig mehr Umsicht gewünscht.«

»Philip, ich verstehe, was du meinst, sehe es aber anders. Ich respektiere Ännes Wunsch, hier auf Sylt zu bleiben. Die Insel tut ihr gut. Auch unsere gemeinsame Zeit hilft ihr. Sie ist glücklich hier. Das lässt sie die Situation deutlich besser ertragen.« Ich hörte, wie Philip genervt seufzte.

»Kannst du mir bitte auch einmal sagen, was ich deinen Eltern das nächste Mal vorlügen soll, wenn sie sich danach erkundigen, ob mit uns alles in Ordnung ist? Ihnen ist auch schon aufgefallen, dass es doch mehr als verwunderlich ist, dass du ausgerechnet kurz vor unserer Hochzeit mit Änne einen Kurzurlaub verbringst. Auch dass du anscheinend wenig Interesse daran hast, mit uns in Kontakt zu bleiben. Wenn man dich anruft, bist du kurz angebunden und kaum interessiert an einem Gespräch. Stattdessen geisterst du mit deiner durchgeknallten Tante über die Insel und suchst den inneren Frieden oder was auch immer. Dabei möchten wir dich eigentlich alle nur daran erinnern, dass hier in Kürze eine Feier stattfindet, die rein zufällig *deine* Hochzeit ist.« Er machte eine bedeutungsvolle Pause, die ich mit Schweigen aussaß.

»Aber mach dir keine Sorgen, wir bereiten schon alles vor. Du brauchst dich dann nur an den gedeckten Tisch zu setzen, und alles wird von uns perfekt organisiert sein. Ich werde auch gerne weiterhin deinen Eltern erzählen, dass alles gut ist mit uns.« Sarkasmus lag in seiner Stimme. Er war spürbar verärgert.

»Du musst sie nicht mehr anlügen«, sagte ich betont ruhig, während mein Puls noch weiter in die Höhe schoss.

»Wie bitte?« Er schnaubte.

»Du darfst ihnen gerne die Wahrheit sagen. Mit uns ist längst nicht mehr alles in Ordnung. Philip, so leid es mir tut. Unsere Hochzeit wird nicht stattfinden.«

Mit einem Mal war es still für einige Sekunden. Ich hatte kurz Sorge, Philip sei ohnmächtig zusammengebrochen, als ich doch wieder seine Stimme hörte.

»Sophie, darf ich davon ausgehen, dass du getrunken oder anderweitig den Verstand verloren hast?« Philips Stimme bebte. Er war außer sich vor Wut und dazu noch ernsthaft überrascht.

»Ich sage es meinen Eltern auch gerne selbst. Ich weiß, dass meine Entscheidung kaum ihre Zustimmung finden wird.« Ich bemühte mich, nicht in Rechtfertigungen zu verfallen, und wählte meine Worte kurz und knapp.

»An diesem ganzen Mist ist doch deine wahnsinnige Tante schuld«, schmetterte er mir durchs Telefon entgegen.

»Das ist nicht wahr, Philip.«

»Ach so? Gibt es dann vielleicht einen anderen Mann? Hast du wen kennengelernt auf der Insel der Reichen und Schönen? Ist das der Grund, warum du mit einem Mal unsere gemeinsame Zukunft ad acta legen willst?« Ich hörte am Klang seiner Stimme, dass er stinksauer war und sich womöglich erst einmal eine Zigarette anzündete, um wieder herunterzukommen.

Die Frage nach einem anderen Mann traf natürlich genau ins Schwarze, wobei es nicht so war, wie er es sich vielleicht vorstellte. Wenn ich aber ehrlich war, ging das, was ich empfand, obwohl zwischen Klemens und mir noch gar nichts passiert war, so viel tiefer als irgendeine flüchtige Inselbekanntschaft. Sicherheitshalber ging ich gar nicht darauf ein.

»Philip, die Zeit hier hat mir in vielerlei Hinsicht die Augen geöffnet.« Noch ehe ich weitersprechen konnte, unterbrach er mich.

»Verschone mich bitte mit diesen Sätzen. Fehlt nur noch, dass wir Freunde bleiben«, schoss er zurück.

»Ich glaube eher, es hat immer gefehlt, dass wir Freunde sind, wenn ich ehrlich bin.«

»Und du meinst, so ein Anruf ist der richtige Weg, eine Hochzeit abzublasen, ja? Klingt wirklich so, als hätte ich dir immer viel bedeutet.« Philips Tonfall schwankte zwischen zynisch und hysterisch. Ich meinte, er spürte langsam, wie ernst es mir war. Wahrscheinlich sah er bereits seine ganzen Kollegen und Bekannten, die empört und sensationsheischend die Nase rümpften, dass seine Frau es sich während eines Sylt-Urlaubs anders überlegt hatte. Aber damit müsste er wohl lernen umzugehen.

»Ich schlage vor, du kommst nach Hamburg und wir reden über alles hier vor Ort. Es kann doch nicht dein Ernst sein, dass es das jetzt gewesen sein soll. Ich habe eher das Gefühl, der Seenebel ist dir und vor allem deiner Tante deutlich zu Kopf gestiegen. Ich Idiot. Wie konnte ich zulassen, dass du mit dieser Person in den

Urlaub fährst. Womöglich steht sie in diesem Moment noch hinter dir und klatscht Beifall.« Er fauchte die Worte mehr, als dass er sie sprach. Dann lachte er, und sein Lachen klang, als stünde er kurz vorm Nervenzusammenbruch.

»Wir hören wieder voneinander«, verabschiedete ich mich mit fester Stimme von Philip und legte auf. Mit einem Mal wirkte die Stille um mich herum wie eine wohltuende Einsamkeit und tonnenweise Ballast fiel von meinen Schultern. Ich war stolz, mich freigeschwommen zu haben aus meinem Korsett aus gesellschaftlichem Ansehen und falsch verstandener Liebe. Was auch immer jetzt geschehen würde, dieser Schritt war richtig. Und ich musste Philip in einem Punkt recht geben: Änne würde sehr stolz auf mich sein.

Weil ich selbst erst einmal wieder innerlich zur Ruhe kommen wollte, stellte ich das Handy auf lautlos und ging mit wackeligen Knien mit dem Tablett, Tellern und Gläsern wieder auf die Terrasse.

»Fideli, was ist das herrlich hier«, schwärmte Änne, die sich die Fußstütze des Strandkorbs ausgezogen und die Beine hochgelegt hatte.

»Absolut! Warte, ich hole dir noch eine Decke. Nachher wird es sicher ein wenig kühler.« Ich holte schnell die Decke vom Sofa und legte sie Änne über den Schoß.

»Nun is' aber auch mal gut mit dem Bemuttern! Komm jetzt her und lass uns schlemmen!« Änne rieb sich freudig die Handflächen und griff nach dem Brot, von dem sie sich eine dicke Scheibe abschnitt.

»Und jetzt erzähl endlich«, forderte Änne mich auf.

Ich drehte eine Haarsträhne zwischen den Fingern und spürte selbst, dass ich verklärt lächelte. Ich überlegte, ob ich ihr erst von meinem Telefonat mit Philip oder dem gestrigen Abend erzählen sollte, und entschied mich dann für den Abend mit Klemens.

»Ich konnte nicht schlafen gestern. Denn wenn ich ehrlich bin, habe ich mich ganz schön aufgeregt und natürlich auch darüber nachgedacht, ob es verantwortungslos ist, nicht nach Hause zu fahren.«

»Liebes, mach dich davon bitte frei! Ich bin alt genug, und dass ich hierbleiben möchte, ist einzig meine Entscheidung. Du zwingst mich ja nicht dazu. Du unterstützt mich. Und ich wäre tief enttäuscht, wenn du den Urlaub abbrechen würdest. Ich bestehe darauf, dass wir hier weiterhin eine unvergessliche Zeit erleben. Gelingt uns doch bis auf meinen kleinen Aussetzer ganz gut. Warum sollte es nicht so weitergehen?«

Ich setzte mich neben Änne und legte den Arm um sie. »Es gibt kaum etwas, was ich mir mehr wünsche«, sagte ich.

»Ach, ich glaube, da flunkerst du ein wenig. Wenn ich so in deine Augen schaue, gibt es da noch etwas ganz anderes.« Änne zwinkerte. »Zurück zu deinen Einschlafproblemen.«

Ich erzählte Änne die Geschichte, wie ich mich ausgesperrt hatte, dann mit Klemens im Strandkorb gelandet war und dort übernachtet hatte.

Für Ännes Geschmack war der Ausgang dieser Geschichte fast zu unspektakulär, abgesehen vom gigantischen Präsentkorb bei unserer Ankunft.

»Aber romantisch ist das ja irgendwie alles schon«, kommentierte sie meine Erzählung dann jedoch und freute sich sichtlich über diese Entwicklung.

»Irgendwie ja. Aber ganz unabhängig davon, was hier noch so geschehen wird. Fakt ist, dass ich mit jedem Tag, den ich hier mit dir und mit Klemens verbringe, weniger überzeugt davon bin, dass meine Hochzeit der richtige Schritt wäre.«

Änne schwieg, hob nur die Augenbrauen und presste die Lippen aufeinander.

»Sag nichts«, riet ich ihr mit einem Schmunzeln.

»Wie könnte ich.« Entschuldigend hob Änne die Hände. »Ja, ja, ich weiß ... Philip hier, Philip da ...« Als ich nicht sofort etwas sagte, sah sie mich skeptisch von der Seite an.

»Ich habe gerade mit ihm telefoniert«, setzte ich an und machte eine Pause, in der ich meine Gedanken sammelte, bevor ich weitersprach. »Ich habe ihm gesagt, dass ich ihn nicht heiraten werde.«

Änne starrte mich mit leuchtenden Augen an. Meiner Tante fehlten offenbar die Worte, was selten vorkam. »Und weißt du was? So schwer mir das im Vorfeld vorkam, dieses Gespräch führen zu müssen, so leicht fühlte es sich dann irgendwie an.« Änne nickte mit einem erleichterten Lächeln und breitete dann die Arme aus, um mich fest an sich zu drücken. »Das ist die schönste Nachricht überhaupt«, flüsterte sie. Ich war mir sicher, am liebsten hätte sie laut gejubelt.

»Und, er hat doch sicher mir die Schuld gegeben, hab ich recht? Ich habe dich in seinen Augen doch garantiert einer hinterhältigen Gehirnwäsche unterzogen.«

Ich wiegte den Kopf hin und her, was Änne Antwort genug war.

»Ein solcher Vollidiot«, stellte Änne kopfschüttelnd fest.

Ich warf doch einen Blick auf mein Handy.

»Noch haben sich meine Eltern nicht gemeldet.«

Jetzt war Ännes Blick besorgt. Sie schien die gleiche Befürchtung zu haben wie ich.

»Na dann sollten wir uns hier vielleicht ab sofort verstecken und unter falschem Namen eine neue Bleibe suchen«, schlug sie vor.

»Nicht, dass Linda plötzlich wieder auf der Matte steht. Eventuell hat Klemens auch noch ein Zimmer für uns?« Sie kicherte leise, und auch ich musste schmunzeln.

»Eins nach dem anderen«, sagte ich matt. Änne legte den Arm um mich und drückte mich fest an sich.

Wir quatschten noch eine ganze Weile, bis Änne recht früh am Abend müde wurde und auch ich nach dem aufregenden Tag dankbar war, zeitig ins Bett zu gehen.

Als Änne schon längst unter ihrer Schlafmaske und in gewohnter Haltung weggedämmert war, lag ich aber dennoch hellwach neben ihr.

Ich griff nach meinem Handy und schrieb Klemens eine Nachricht.

Danke für diesen sensationellen Empfang! Wir hatten einen wunderschönen Abend. Änne war sehr glücklich.

Keine Minute später kam.
Von Herzen gerne. Ich hoffe, du auch?

Sehr. Mehr als das, schrieb ich nur. Daraus konnte er machen, was er wollte. Zu meinem Bedauern kam keine weitere Antwort. Entweder war er eingeschlafen, oder ich maß der vorherigen Nachricht zu viel Bedeutung bei.

Jetzt war es allerdings so, dass ich endgültig nicht mehr schlafen konnte. Ich entschied, noch ein paar Seiten zu lesen. Das half mir, zur Ruhe zu kommen, und über mein Buch hinweg schlief ich endlich ein.

Am nächsten Morgen war ausnahmsweise mal Änne zuerst wach. Sie hatte sogar schon Brötchen geholt bei meinem Lieblingsbäcker, während ich noch schlief.

»Änne, ich staune! Tausend Dank für dieses grandiose Frühstück«, lobte ich meine Tante beim Anblick des Frühstückstisches. »Was werde ich nur verwöhnt!«

»Ich hoffe, du hast gut geschlafen?«

»Hervorragend«, antwortete ich. »Jedenfalls als ich dann endlich mal schlief.« Ich rollte mit den Augen.

»Was steht denn heute auf unserem Plan?«, erkundigte sich Änne.

Am Vorabend hatte ich mir für den heutigen Tag überlegt, vormittags zu einem Spaziergang durch die Braderuper Heide und am Watt entlang aufzubrechen. Sowohl Nele als auch Klemens hatten uns dazu geraten. Wie erwartet, gefiel auch Änne mein Vorschlag, und nach dem Frühstück wollten wir aufbrechen.

Mir fiel auf, dass Änne ungewöhnlich wortkarg war. Ich hatte Sorge, dass es ihr gesundheitlich wieder schlechter ging.

»Änne, ist alles in Ordnung? Du wirkst nachdenklich und bist so still.«

Änne zögerte für einen Moment.

»Ich habe vorhin beim Bäcker wieder Klemens getroffen«, fing sie an.

»Wie schön. Er wird sich sicher gefreut haben, dich so fit zu sehen.« Ich lächelte abwartend.

»Ja, ich denke schon, er hat sich gefreut.« Änne war auffallend kurz angebunden, und ich wurde unruhig.

»Er war nicht allein. Mila war bei ihm. Er hat sie mir mit ›meine Partnerin‹ vorgestellt.« Änne zuckte die Achseln. »Wenn du mich fragst, kann das alles bedeuten.«

»Verstehe.« Ich war selbst erschrocken, wie sehr es schmerzte, mir vorzustellen, dass das, was ich empfand, alles ohne Bedeutung sein sollte und es für meine Gefühle keine Zukunft geben würde.

»Da stimmt aber irgendwas nicht. Es passt nicht zu ihm, dass er keine zehn Kilometer weiter seine Freundin sitzen hat und hier auf Sylt, was ja nun echt wie ein Dorf ist, dir gegenüber so auftritt und über Nacht bei dir bleibt.«

Auch wenn ich mir nichts mehr wünschte, als dass Änne recht hatte, zweifelte ich ihre Theorie an. »Aber wer soll die Frau sonst sein? Sie sind sehr oft zusammen, er sagte, sie würde sich freuen, uns bei einem Besuch kennenzulernen. Du musst zugeben, dass das wenig Raum für Hoffnungen lässt, dass sie nur eine Bekannte ist.«

»Aber das Wort *Partnerin* klingt so merkwürdig. Ich bin der festen Überzeugung, dass er sie Freundin, Frau oder sonst wie nennen würde. Aber unter einer Partnerin stelle ich mir irgendwie was anderes vor.«

Wir schweigen einen Moment. »Außerdem kann er sich übrigens ganz ähnliche Gedanken machen, wenn du mich fragst. Schließlich standst du gerade noch kurz vor deiner Hochzeit.« Änne sprach aus, was mich selbstverständlich auch aufwühlte.

»Es hilft alles nichts. Fakt ist, dass ich es nur herausfinden kann, wenn wir uns wiedersehen und über alles reden. Da muss ich wohl durch.« Angestrengt massierte ich meinen Nacken und schaute in den malerischen Garten. Neben der Terrasse blühten etliche bunte Blumen in einem Beet, welches so wirkte, als wäre es eigens darauf angelegt, hier eine wilde Wiese für Insekten zu bieten. Der Anblick einer dicken Hummel, die gerade in eine Blüte kroch, lenkte mich ab von meinem Gedankenchaos. In einer Ecke des Gartens stand ein alter, knorriger Apfelbaum, an dessen Ast eine Schaukel hing. Inmitten der vielen blühenden Blumen wirkte dies besonders idyllisch. Dieser Garten war wie einer, den man in Kinderbüchern fand.

»Ich bringe schnell alles in die Küche und stelle die Sachen in den Kühlschrank. Bleib du ruhig ausnahmsweise mal sitzen. Grad geht's mir so gut – da kann ich mich für deine Fürsorge endlich mal revanchieren.« Änne lächelte liebevoll und stand auf, um den Tisch abzuräumen. Ich freute mich, dass es ihr offenbar besser ging, und lehnte mich tatsächlich ein paar Minuten zurück.

Als Änne wiederkam, brachen wir mit dem Auto auf in Richtung Braderup. Von dort aus wollten wir durch die Braderuper Heide am Meer entlanggehen, die prachtvollen Häuser, die dort lagen, bewundern und die Ruhe am Meer genießen.

Auf der Fahrt dorthin rief Philip an. Ich wollte nicht über die Freisprechanlage mit ihm reden, also entschied ich, ihn später zurückzurufen.

Änne warf mir einen vielsagenden Blick zu. »Ich wäre auch für dich drangegangen. Du musst mir nur Bescheid sagen, wenn du keine Lust hast.« Sie rieb sich aufgeregt die Hände.

Ich schmunzelte. »Ich bin mir sicher, du würdest eine treffende Antwort finden, mit welchem Anliegen auch immer er mich anruft«, stellte ich nüchtern fest.

Ich parkte den Wagen auf einem Parkplatz nah dem Holzsteg, der zum Meer herunterführte. Braderup lag auf der Wattseite. Da aber gerade Flut herrschte, stand das Wasser bis an den Strand. Wir wanderten durch die leicht hügelige Landschaft und bewunderten den Blick auf den Nationalpark Wattenmeer. Der Ort Braderup bestand nur aus wenigen Häusern, viele davon residierten prachtvoll in einmaliger Lage. Ich fand, dass dieser Ort so viel mehr Charme ausstrahlte als so manch bekannteres Dorf auf der Insel.

»Nele und Klemens haben recht – was ist das für ein bezauberndes Fleckchen Erde hier«, geriet auch meine Tante ins Schwärmen.

Wir setzten uns in den Sand an dem schmalen Stück Strand. Sanfte Wellen plätscherten an Land, und ein leichter Wind wehte. Über dem glatten Wasser hatten sich unzählige Schäfchenwolken zu einem Postkartenmotiv formiert. Auf dem Weg vom Parkplatz hierher waren wir an Friesenwällen, die mit pinkfarbenen Heckenrosen geschmückt waren, vorbeigekommen. Dahinter gaben hochgewachsene Kiefern den Häusern Schutz vor allzu rauem Wetter. Heute rauschten sie leise im sanften Wind. Die Wälle waren so dicht bewachsen, dass die Anwohner vor neugierigen Blicken der Touristen weitestgehend geschützt waren.

Nachdem wir die Ruhe für einige Momente auf uns hatten wirken lassen, liefen wir über den Steg wieder in Richtung Braderup, bogen dann jedoch vorm Parkplatz noch einmal rechts auf die Straße, die an den Häusern in Wattlage entlangführte. Von hier aus genossen wir zwischen einzelnen Häusern hindurch noch einmal einen freien Blick auf die lilafarbene Heidelandschaft, hinter der sich das Meer erstreckte, bis man ganz zart die Silhouette des Festlandes erkennen konnte.

Wir gingen vorbei an Anwesen, deren Schönheit sich kaum in Worte fassen ließ. Wir malten uns aus, wie herrlich es sein musste, in einem solchen Refugium leben zu dürfen. Die Stille hier war atemberaubend, da musste ich Klemens zustimmen.

Kleine gelbe und pinke Blumen blühten im Wechsel am Wegesrand und verzierten das Gras vor den Friesenwällen. Vor dem strahlend blauen Himmel und dem satten Grün der üppigen Kiefern gab diese Kombination ein eindrucksvolles Zusammenspiel. Wir sprachen auf unserem Weg nicht viel. Ich merkte Änne aber an, dass es ihr gut ging, und das freute mich sehr.

Am Auto angekommen, fiel mir ein, dass ich Philip gar nicht zurückgerufen hatte. Jetzt, wo wir aber wieder unterwegs waren, passte es auch nicht.

»Hast du Lust auf einen Zwischenstopp bei diesem kleinen Laden in Keitum, von dem auch Klemens sprach? Ich habe davon gelesen und finde so was ja total niedlich«, schlug ich Änne vor.

Diese nickte. »Gerne! Für schöne Dinge bin ich immer zu haben«, scherzte sie.

»Dann mal nix wie los.« Ich fuhr an Munkmarsch vorbei wieder in Richtung Keitum. Kurz vor unserem Ferienhaus ging es ab zu dem Laden *Zum kleinen Glück*, der handgemachte Bonbons, andere Süßwaren, Dekoration und regionale Artikel anbot.

Der Laden empfing uns in hellen, pastellfarbenen Tönen und liebevoll dekoriert. Genau so, wie ich mir ein solches Geschäft vorgestellt hatte. Änne strahlte übers ganze Gesicht, und auch ich war begeistert. Wir schlenderten vorbei an den Regalen und bestaunten die bunte Auslage. In kleinen Behältnissen konnte man sich seine eigene Bonbonmischung zusammenstellen. Änne schnappte sich sofort eins der Gefäße und befüllte es mit erlesenen Köstlichkeiten.

Ich zögerte nicht lange und stellte mir ebenfalls eine bunte Mischung aus all meinen Favoriten zusammen. »Wenn es danach ginge, was ich alles gerne esse, müsste ich hier wohl mit einer prall gefüllten Tasche herausmarschieren, in der normalerweise das Strand-Equipment einer vierköpfigen Familie transportiert würde«, stellte ich fest.

Hinter dem Tresen lachte eine sympathische blonde Frau und ermutigte mich. »Nur zu, wir haben von allem noch etwas auf Lager!«

»Seien Sie vorsichtig, ich nehme Sie beim Wort!«, flachste ich und lud mir gleich noch ein paar Marshmallows in den Becher. Änne fand noch ein maritimes Windlicht und ich eine kuschelige Decke. Dazu kauften wir uns beide jeweils eine Kerze mit dem Duft *Honigmilch* sowie eine ebenfalls nach dem köstlichen Heißgetränk aus Kindertagen duftende Körperlotion. Wir waren begeistert von dem kleinen Laden.

Als wir bezahlten, fielen mir weitere Bonbons in einem Reagenzglas auf, auf denen Sylt abgebildet war. Ich entschloss mich, eins davon Klemens mitzubringen. Ich nahm auch noch eine weitere, bereits vorsortierte Packung einer bunten Mischung mit, um sie, gemeinsam mit dem Reagenzglas, als kleines Gastgeschenk bei mir zu haben, falls wir ihn auf seinem Hof besuchen würden. So liebevoll, wie sie zusammengestellt waren, hielt ich das für eine schöne Idee. Ein Geschenk, das originell, aber dennoch zurückhaltend war und sicher auch auf etwaige Personen um Klemens herum nicht befremdlich wirkte.

»Ein bezaubernder Laden«, freute sich Änne, als wir wieder im Auto saßen. Sie öffnete gleich den Becher mit der Mischung, die sie gekauft hatte, und wir ließen uns einen der Bonbons auf der Zunge zergehen. Änne rollte genießerisch mit den Augen und griff gleich nach einem weiteren.

In unserem Ferienhaus angekommen, wollten wir erst mal eine Pause machen. Während Änne kurz ins Haus ging, setzte ich mich in den Strandkorb.

Immer wieder starrte ich mein Handy an. Zu meinem Bedauern erreichte mich aber keine Nachricht von Klemens. Wohl aber von Philip, der sich recht unwirsch erkundigte, warum ich mich nicht gemeldet hatte.

Im Kopf kramte ich nach einer Ausrede, während ich ihn anrief.

»Na endlich! Ich dachte schon, dir ist irgendwas passiert«, begrüßte er mich schroff.

»Nein danke. Mir geht es gut. Wir waren nur spazieren, und da hatte ich so schlechten Empfang«, log ich.

»Aha. Wie auch immer. Sophie, meintest du das ernst? Willst du wirklich unsere Hochzeit absagen?« Der Klang in Philips Stimme schwankte zwischen Fassungslosigkeit und Wut.

»Ja, Philip. Ich meine es ernst.«

»Ich kann das alles nicht glauben. Komm bitte nach Hamburg zurück. Ich muss mit dir reden. Deine Eltern schienen ja noch nichts davon zu wissen, zumindest klang es nicht so, als ich eben mit ihnen sprach. Ich habe selbstverständlich nichts davon erzählt. Es kann einfach nicht wahr sein.«

»Ein Gespräch wird nichts an meiner Entscheidung ändern. Ich werde meine Eltern auch anrufen.« Bemüht um einen festen Klang in der Stimme, hielt ich die Pause, die dann entstand, aus.

»Mir fehlen die Worte, Sophie.« Philip zischte diesen Satz und legte dann tatsächlich einfach auf.

»Einzig der Gedanke, dass meine Mutter womöglich einen Herzinfarkt vor Schreck erleidet, hält mich grad davon ab, sie anzurufen.« Seufzend sprach ich mit mir selbst und bemerkte nicht, dass Änne neben den Strandkorb getreten war.

»Mach dir da mal keine Sorgen. So schnell geht das nicht mit dem Infarkt. Sie wird es überleben«, raunte Änne mir in diesem Moment von der Seite zu, und ich zuckte erschrocken zusammen.

»Änne!« Dankbar, dass sie es war und niemand anders, der meine Schimpftiraden mitbekommen hatte, klopfte ich auf den Platz neben mir. Dann ging mir durch den Kopf, dass es auch kaum wer anders hätte sein können, der hier in unserem Garten war. Außer Klemens vielleicht, der ja nun wusste, wo wir wohnten. Ich seufzte, weil es wohl insgeheim mein Wunsch war, dass er einfach hier vorbeikam.

»Soll ich uns einen Kaffee machen?«, bot ich an.

»Sehr gerne! Und dann erzählst du mir, was dich so aufgeregt hat, in Ordnung?«

»Okay«, entgegnete ich und ging ins Haus, um schon nach kurzer Zeit mit zwei Tassen Kaffee und einer Schale mit Keksen wieder herauszukommen.

»Philip hat angerufen.«
Ich erzählte Änne von unserem Telefonat, und es tat gut, ihr mein Herz auszuschütten. Nach dem Kaffee und den Keksen fühlte ich mich schon ein Stück weit stärker.

Ich hatte meinen Mut zusammengenommen und auch meine Eltern darüber in Kenntnis gesetzt, dass die Traumhochzeit ihrer Tochter leider nicht stattfinden würde. Meine Mutter war innerhalb weniger Sekunden nervlich nicht mehr in der Lage zu telefonieren. Mein Vater übernahm des Gespräch. Auch er war enttäuscht, blieb aber erstaunlich ruhig.

»Liebes, es ist einzig und allein deine Entscheidung. Selbstverständlich ist diese Nachricht ein großer Schreck für uns. Wenn du dich aber gegen eine Hochzeit mit Philip entschieden hast, werden wir das respektieren. Auch deine Mutter wird sich damit abfinden, mein Kind. Ich rede gleich mit ihr, wenn der erste Schock vorüber ist.« Der sanfte, aber auch besorgte Klang in der Stimme meines Vaters beruhigte mich zwar einerseits, wirbelte mich andererseits emotional jedoch auch noch einmal kräftig durch.

Nur mit tränenerstickter Stimme gelang mir eine Verabschiedung. »Danke, Papa!«

12. Kapitel

Der Abend verlief ruhig. Es war gut, dass nun auch meine Eltern Bescheid wussten. Auch wenn meine Mutter womöglich Tage, wenn nicht sogar Wochen benötigen würde, um diese Nachricht zu verarbeiten. Immer wieder dachte ich an Klemens und schwankte zwischen Glücksgefühlen und Traurigkeit. Mittlerweile konnte ich mir selbst nicht mehr länger vormachen, dass meine Gefühle für Klemens mir die Augen geöffnet hatten, was es bedeuten konnte, verliebt zu sein. Das, was Philip und mich verbunden hatte, hatte eher einer Zweckgemeinschaft geähnelt. Sicher war so etwas da wie eine Vertrautheit, vielleicht aber auch eher eine Gewohnheit, weil wir uns schon ewig kannten und so manche schwere Stunde gemeinsam gemeistert hatten.

Als mich spätabends eine Nachricht von Klemens erreichte, fühlte sich das so viel besser an als jede SMS von Philip.

Liebe Sophie, ich habe euch heute lieber ein wenig Ruhe gegönnt. Soll aber nicht heißen, dass unsere Verabredung nicht mehr steht. Wenn ihr mögt, schaut doch morgen Abend bei uns auf dem Hof vorbei. Wir würden uns freuen.

Was als zweite Nachricht folgte, war die Adresse. Es war die, an der wir vor einigen Tagen vorbeigefahren waren, weil Änne dort Rufus vermutete. Irritiert las ich die Nachricht noch einmal und stellte fest, dass das Wort *wir* bei mir Magenkrämpfe verursachte.

Noch bevor ich antworten konnte, kam eine Nachricht von Philip.

Sophie, ich habe eine Überraschung. Beunruhigt, was nun folgen würde, starrte ich auf das Display. Warum tat er so, als wäre alles in bester Ordnung? Wenn ich ehrlich war, hatte ich wenig Lust auf irgendeine Idee, die mit Philip zu tun hatte.

Erst recht nicht auf die, die er mir dann in der nächsten Nachricht offerierte.

Ich habe im Anschluss an deinen Aufenthalt mit Änne ein Wochenende in unserem Lieblingshotel gebucht. Dazu ein Essen bei unserem Lieblingskoch und Golfen samt Wellness. Ich habe den Eindruck, wir brauchen das gerade, um Zeit für uns zwei zu haben und um noch mal über alles zu sprechen. Ich habe einen Fahrer organisiert, der Änne sicher wieder nach Hause bringen wird, damit du dir da keine Sorgen machen musst.

Perplex ließ ich das Handy sinken und starrte an die Decke. Was fiel ihm ein, über meinen Kopf und meine klare Entscheidung hinweg zu planen, Änne allein nach Hause zu schicken und uns dort einzuquartieren. Ich kochte vor Wut.

Es kam überhaupt nicht infrage, Änne mit irgendeinem Fahrer nach Hamburg zu schicken. Erst recht nicht, während wir hier weiterhin einen auf verlobtes Paar machten. Es war vorbei, auch wenn Philip das offenbar nicht wahrhaben wollte.

Ich suchte nach Worten, um ihm zu antworten, fand aber keine, die meinen Ärger ausdrückten.

Da kam dann eine weitere Nachricht von Klemens an.

Ich möchte dich nicht überrumpeln. Wenn ihr lieber Zeit für euch haben wollt, habe ich da absolutes Verständnis.

Bei dieser Nachricht wurde mir, im Gegensatz zu der von Philip, ganz warm ums Herz. Erst recht als er noch eine weitere schrieb.

Wenn ich aber ehrlich bin, habe ich Angst, die Zeit rennt mir davon und ihr fahrt wieder nach Hamburg, bevor ich dich noch mal sehe.

Ich spreche morgen früh gleich mit Änne. Auch ich würde mich sehr freuen, wenn wir uns sehen. Auf jeden Fall treffen wir uns, bevor wir abreisen, noch mal. Versprochen. Schlaf gut!

Ich sendete meine Antwort an Klemens. Die Nachricht von Philip ließ ich unbeantwortet.

Über meine Gedanken, die zwischen Wut und Verzweiflung und meinen euphorischen Gefühlen kreisten, schlief ich dennoch ein und träumte vollkommen wild durcheinander.

Aufgeweckt wurde ich vom Geklapper der Teller in der Küche. Ich wunderte mich, warum Änne so einen Lärm veranstaltete. Sonst war sie immer so bedacht, mich nicht aufzuwecken, wenn ich schlief. Ich stand auf und ging nach nebenan.

Dort wirbelte Änne durch die Küche. Sie bemerkte gar nicht, dass ich im Türrahmen stand. »Änne, was ist los?«, fragte ich, und sie zuckte erschrocken zusammen.

»Sophie, Liebes. Es tut mir leid, ich habe den Tellern eben zu viel Schwung verpasst.« An der Art, wie Änne die Lippen aufeinanderpresste, erkannte ich, dass das nicht ohne Grund geschehen war. Ich sah eine Kanne Tee, die dampfend auf dem Tisch stand.

»Wollen wir erst mal einen Tee trinken, und du erzählst mir, was los ist?«, fragte ich vorsichtig. Änne schleuderte das Tuch auf die Arbeitsplatte und kam zum Tisch. »Eine gute Idee.«

»Linda hat mich heute ganz früh schon angerufen. Sie hat einen fürchterlichen Aufstand gemacht und mich behandelt wie ein kleines Kind.« Änne war so ärgerlich, so kannte ich sie gar nicht. »Sie meinte, sie würde ganz sicher nicht noch einmal nach Sylt kommen, um mich zu überreden, nach Hamburg zu fahren.« Energisch stieß Änne Luft durch die Lippen aus. »Ich wäre auch die Letzte, die sie darum bitten würde!«

»Und was hat sie dann gesagt?«

»Dass dein Göttergatte in spe dich überraschen will mit einem verlängerten Wochenende im Anschluss an unsere Reise. Und mir solle bloß nicht einfallen, den auch unverrichteter Dinge wieder nach Hamburg zu schicken, sondern gefälligst mit dem eigens von Philip organisierten Fahrer den Heimweg antreten, bevor ich für noch mehr Kummer sorgen würde.«

»Das hat sie gesagt?« Ich war entsetzt.

»Die sind allesamt verrückt geworden, sage ich dir. Dabei bin ich geistig vollkommen fit und allemal in der Lage zu entscheiden, wo ich bin und auch bleiben möchte. Die spinnen doch. Noch lebe ich.« Ännes Stirn lag in Falten. Die Augenbrauen zusammengezogen, wirkte sie sichtlich erbost über die Ideen von meiner Mutter und Philip.

»Ich rufe sie wohl mal an«, sagte ich, woraufhin Änne vehement den Kopf schüttelte. »Dann hast du nachher wieder das Theater am Haken. Nein, lass das mal. Ich wollte dich nur vorwarnen, dass dein ehemaliger Verlobter irgendwelche Ideen hat.« Was Änne davon hielt, war ihrem angewiderten Blick anzusehen.

Ich nickte. »Ja, er hat mir gestern spätabends noch eine Nachricht geschrieben. Ich habe noch überhaupt nicht darauf geantwortet, weil ich es genauso sehe wie du. Und weil es für Philip und mich keine Zukunft mehr gibt. Auch nicht nach zehn Wochenenden zu zweit auf Sylt.«

Ich legte eine Hand auf Ännes Arm.

»Änne, wir lassen uns hier den Urlaub nicht vermiesen. Und eins garantiere ich dir, wenn ich wieder nach Hamburg fahre, dann ganz sicher nicht ohne dich. Kommt überhaupt nicht infrage. Wenn ich ehrlich bin, ist übrigens das Letzte, was ich mir gerade vorstelle, ein Kurzurlaub mit Philip. Das werde ich den Wunschschwiegersohn meiner lieben Frau Mama auch umgehend wissen lassen. Meine Entscheidung gegen die Hochzeit steht fest. Auch wenn sowohl meine Mutter als auch mein Ex-Verlobter das offenbar nur schwer akzeptieren können. Ich bleibe dabei, auch auf die Gefahr hin, dass meine Mutter mir daraufhin mein Erbe streicht«, versuchte ich einen Scherz und lächelte schief.

Änne unterdrückte ein Schmunzeln, dann erkannte ich jedoch einen traurigen Blick. Sie nickte wissend.

»Fideli, und das ist es, was mir solche Bauchschmerzen verursacht«, sagte sie dann.

»Ich verstehe nicht ganz. Was meinst du? Das sind ja ganz neue Töne. Meinst du etwa, es war falsch, Philip den Laufpass zu geben?«

Änne lachte kopfschüttelnd. Dann stand sie auf und ging zu ihrer Tasche. Darin hatte sie immer ihren Planer. Sie gab keinen Termin in irgendein Smartphone ein, sondern notierte alles noch auf Papier. Schon oft hatte ich bemerkt, dass auch immer unzählige Briefe darin Platz fanden.

Sie schlug den Planer auf und zog eine Seite heraus. Es war eine Kopie eines handschriftlichen Schreibens, welches sie mir zuschob.

Ich nahm es entgegen und las die ersten Zeilen.

»Hiermit setze ich, Änne Mommsen, geboren am 31. August 1945 in Hamburg, meine Nichte Sophie Mohn, geboren am 31. Oktober 1989, als Alleinerbin ein.«

Ich starrte Änne an, wusste aber nicht so recht, was das bedeuten sollte.

Änne lächelte matt, als ihr Blick aus dem Fenster ging. Sie rang sichtlich mit den Worten. »In meinem Leben habe ich, wie du weißt, ja immer allein gelebt und viel gearbeitet. Ich habe immer gut verdient, dazu habe ich, wie deine Mutter auch, einige Häuser unserer Eltern geerbt, die mir monatlich eine nicht unerhebliche Summe an Mieteinnahmen einbrachten. Aber wenn du so ein Einsiedlerkrebs bist wie ich, kommt spätestens dann, wenn ein Arzt dir mit einer Diagnose wie meiner auflauert, der Gedanke, was denn einmal aus deinem Geld werden soll. Ausgeben werde ich es wohl nicht mehr, selbst wenn ich mir Mühe gebe.«

Ich wollte den Gedanken, dass Änne irgendwann sterben müsste, nicht zu Ende denken. Kein Geld der Welt würde jemals aufwiegen, was es wert war, dass es Änne in meinem Leben gab.

Unbeholfen griff ich nach einem Keks und lenkte mich damit ab von diesem beklemmenden Gedanken.

»Nun guck mal nicht so bedröppelt. Noch lebe ich ja«, beruhigte mich Änne und strich mir liebevoll über den Rücken. »Aber wie du hier lesen kannst, habe ich dieses Testament als Kopie bei meinem Notar hinterlegt. Dass ich wirklich krank bin, habe ich bewusst erst mal für mich behalten, weil Linda und dein Vater davon wissen, dass ich, sagen wir, nicht unbedingt arm bin. Ich hatte einfach Sorge, dass sofort Pläne geschmiedet werden, wer im Falle meines Todes mein Geld bekommt. Soll ich ehrlich sein, Fideli? Du bist die Einzige, für die ich die Hand ins Feuer legen würde, dass es dir nicht ums Geld geht, sondern um mich.«

Ich hatte Mühe, meine Tränen zurückzuhalten, und lächelte nur mühsam.

»Ist doch traurig, wenn man darüber nachdenkt und am Ende die Bilanz zieht, dass bis auf einen Menschen alle durchs Raster fallen, oder?« Änne hob kurz die Schultern und ließ sie resigniert wieder fallen. »Aber Trübsal zu blasen, ist nicht meine Art, das weißt du ja. Ich sehe es eher so, dass ich froh sein kann, dass es dich lieben Menschen in meinem Leben gibt. Darum bin ich auch hinter diesem Urlaub, Neles Liste und nicht zuletzt hinter Klemens her.« Änne zwinkerte vielsagend, und ich spürte, wie Röte in meinem Gesicht aufstieg.

»Ach, Änne, du bist ein guter Mensch«, sagte ich.

»Und du erst. Verwunderlich bei dieser biestigen Mutter.« Sie zwinkerte und zog eine Grimasse, die mich zum Lachen brachte. »Vielleicht hast du das ja von deiner Tante mit auf den Weg bekommen«, mutmaßte Änne und blickte dann versonnen in ihre Tasse.

»Deine Eltern wissen nichts von diesem Testament. Aber ich denke, sie ahnen es. Dummerweise hatte Linda auch mitbekommen, dass ich damals zum Arzt gegangen bin. Es hat für mich auch den Anschein, als hätte Philip eine Ahnung.« Sie machte eine Pause. »Solange ich gesund und munter war, hat das vielleicht alles auch in ihren Köpfen noch keine große Rolle gespielt. Nur, man darf Folgendes nicht vergessen – deine Mutter ist zwölf Jahre jünger. Sie kann mit dem Geld sicher noch einiges anfangen.« Änne machte eine Pause und hob bedauernd die Schultern. »Aber wäre sie eine gute Mutter, würde sie es keinem Menschen mehr gönnen als ihrer Tochter.« Schweigend nickte ich.

»Verstehst du jetzt, warum mir das alles so merkwürdig vorkommt, dass Linda mit einem Mal so besorgt um mich ist?« Sie lachte höhnisch und schüttelte den Kopf.

»Das ist ekelhaft«, stellte ich fest.

Änne nickte bitter. »Ich behaupte sogar, sie ist so weit gegangen, Philip zu informieren, mit welcher guten Partie er es in Kürze zu tun haben wird, wenn er dich heiratet.«

Voller Abscheu hob ich die Augenbrauen. »Meinst du wirklich?«

»Nun, ich habe den Verdacht, dass auch er nicht unbedingt abgeneigt ist, was das Geld angeht. Ohne dir zu nahe treten zu wollen, frage ich mich schon seit einiger Zeit, was euch überhaupt noch zusammenhielt.«

Ich schluckte betreten.

»Philips Familie ist wohlhabend. Ein Mangel herrscht nicht. Aber wie es mit diesen Leuten so ist, ist ein Mehr immer gerne gesehen. Für ihn kann es doch auch nicht die Erfüllung sein, nun krampfhaft mit dir zusammenbleiben zu wollen, obwohl du dich gegen ihn entschieden hast.«

»Das stimmt wohl«, gab ich zu. »Da habe ich natürlich auch schon drüber nachgedacht. Aber meinst du wirklich, dass er so abgebrüht ist?«

Änne sah mich nur an, ohne etwas zu sagen. Aber dieser Blick war Antwort genug.

Ich hoffte, dass es nur so war, dass es Philip schwerfiel, mich so verändert zu erleben und er sich meiner Liebe versichern und unsere Beziehung nicht vorschnell aufgeben wollte. Nach Ännes Worten war ich mir dessen nun aber auch nicht mehr ganz so sicher.

Dass Änne so viel über ihren Tod sprach, machte mir Angst. Wenn Änne tatsächlich einmal nicht mehr da war, wäre ich sehr allein. Unweigerlich wanderten meine Gedanken zu Klemens. Ich nahm mir vor, herauszufinden, ob es wirklich eine Frau an seiner Seite gab. Mir war mittlerweile aber auch klar, dass ich den Schritt, mein Leben in Hamburg hinter mir zu lassen, unabhängig von Klemens gehen musste. Mein Herz raste, und dankbar drückte ich Ännes Hand, die sie mir in diesem Moment gab.

»Was auch immer geschieht – ich bin da. Solange mir noch Zeit auf der Erde gegönnt wird und auch weit darüber hinaus. Das verspreche ich dir. Ich bin mir sicher, mein Geld wird dir dabei helfen, deine eigenen Träume zu leben.«

Ich umarmte Änne und drückte die kleine, zarte Person so fest an mich, als könnte ich sie damit für immer bei mir behalten. Tränen liefen mir über die Wange, und ich war dankbar, dass ich mich vor meiner Tante kein bisschen verstellen musste, so gut kannte sie mich und würde immer hinter mir stehen.

13. Kapitel

Änne war wie erwartet begeistert von dem Plan, dass wir Klemens auf seinem Hof besuchten. Allerdings brachte sie die Tatsache, dass es der war, den sie für Rufus' Adresse von damals hielt, merklich durcheinander. Sie schrieb diesen Zufall dann aber wieder einer Fügung des Schicksals zu. Diese Lebenseinstellung hatte etwas Beruhigendes.

Seitdem ich Änne davon erzählt hatte, was mir Robert Olandt von einer Krankheit eines Menschen in seinem Leben berichtet hatte, überlegten wir, wie das alles zusammenpassen könnte. Wir wussten nicht, ob er von seiner Mutter, von Rufus oder von jemand anders gesprochen hatte. Und ob diese Geschichte sich überhaupt in der Zeit abgespielt hatte, in der Änne und Rufus sich trafen, wussten wir auch nicht.

Wir entschieden, alles auf uns zukommen zu lassen und uns vorher mit dem Vorsatz abzulenken, noch einen Punkt von Neles Liste abzuarbeiten.

Auf der Liste stand auch *Schweinswale beobachten*. Was so unwirklich klang, war zwar selten möglich, aber mit etwas Glück erlebte man dieses Schauspiel. Als Nele und ich einmal zu einem Strandspaziergang aufgebrochen waren, schwammen mit einem Mal ganz in unserer Nähe mehrere Schweinswale. Hin und wieder tauchten ihre Schwanzflossen kurz neben uns aus dem Wasser hervor, dann verschwanden sie wieder für einige Zeit, um einige Meter weiter erneut sichtbar zu werden. Wir hatten staunend am Strand gestanden, die Füße nahe den beeindruckenden Tieren im Wasser. Es war ein fantastischer Moment gewesen.

Leider hatten wir an dem Tag wenig Zeit und mussten weiter,

weil wir mit der Fähre angereist waren, die schon bald ablegte. Neles Eltern setzten immer von Dänemark aus per Schiff über nach Sylt, und da waren wir an feste Zeiten gebunden. Wir nahmen uns damals fest vor, uns dies noch einmal anzuschauen.

Heute hatte ich den bitteren Beweis, dass man so vieles im Leben, was man genoss, für kein Ticket und kein Geld der Welt aufschieben sollte. Man wusste nie, ob man jemals ein zweites Mal die Gelegenheit bekam, mit einem lieben Menschen einen besonderen Moment noch einmal zu erleben. Nicht umsonst gab es das Wort *einmalig*.

Änne und ich fuhren am nächsten Morgen, an dem es bewölkt und diesig war, an den Strand vor Kampen und liefen bis an den Rand des Wassers. Wellen schlugen schäumend an Land auf, und das Rauschen lag überall in der Luft.

Änne und ich setzten uns in einen Strandkorb und ließen die beruhigend leise und menschenleere Stimmung auf uns wirken. Heute war es ein wenig kühler als an den Tagen zuvor.

Philip war beleidigt, weil ich nicht sofort zurückgeschrieben hatte. Als ich mich gemeldet und den Urlaub abgelehnt hatte, war meine Antwort jedoch auch keine, die er sich gewünscht hatte. Unser Telefonat endete im Streit.

Die Verabredung mit Klemens war für siebzehn Uhr festgelegt, und ich hatte mein Handy bewusst zu Hause gelassen, um mich nicht weiter über Philip zu ärgern.

»Ich gebe zu, es ist eher unwahrscheinlich, dass ausgerechnet jetzt, wo wir hier sitzen und lauern, ein Schweinswal unseren Weg kreuzt«, gab ich zu.

»Schön ist es hier aber allemal. Ob mit Wal oder ohne!«, bekräftigte Änne unser Tun und lächelte selig. »Hier habe ich manchmal mit Rufus gesessen, und wir haben uns scheckig gelacht über den Achtsamkeitskurs. Oder vielmehr über die Leute, die mit uns den Kurs absolvierten.« Ihr Blick wurde sanft.

»Er hat immer gesagt, der Kurs sei *behütetes Atmen*.«

»Klingt lustig. Ich habe ja noch nie so einen Kurs gemacht«, gab ich zu.

»Du musst dir das so vorstellen, dass alle in einem Raum sind, jeder sitzt mehr oder weniger gemütlich auf einer Gummimatte – in unserem Alter saßen wir auf hohen Gummibällen. Dann schließen alle die Augen und lassen in meditativer Haltung alle Sorgen und Gedanken draußen und konzentrieren sich nur noch auf die Atmung.« Änne setzte sich im Strandkorb auf, legte die Hände auf die Knie, straffte die Schultern und schloss die Augen. »Dann atmet man nach Anleitung tief ein und wieder aus – bis eine Entspannung eintritt.«

Skeptisch schaute ich sie an.

»Als Reaktion kann alles geschehen. Einige schlafen ein, andere fangen an zu zucken, und wieder andere brechen in Tränen aus.«

»Ich muss gestehen, mir würde es Angst machen, damit rechnen zu müssen, die Kontrolle über mich zu verlieren.«

Änne lächelte mild. »Weil du es gewohnt bist, immer so zu funktionieren, dass du bloß nicht aneckst und immer die Erwartungen deiner Lieben erfüllst.«

Nachdenklich sah ich Änne an. Kaum ein anderer Mensch auf der Welt hätte mir dies sagen dürfen. Aber Änne schon. Und sie hatte recht. In meinem Leben gab es – bis auf die Zeit direkt nach Neles Tod – seit dem Tag, an dem ich mit Philip zusammengekommen war, keinen Kontrollverlust mehr. Ich funktionierte, lächelte, und nur selten schwebte ich gedanklich davon in meine Traumwelt, die so ganz anders aussah als die Gegenwart. Es war bislang auch okay, und ich war auch nicht wirklich traurig. Aber jetzt, wo ich langsam meine innere Stimme wieder öfter wahrnahm, Gefühle und Gedanken zuließ, die ich lange verdrängt hatte, da fühlte es sich wirklich an wie ein Ausbrechen. Und das tat bei allen Bedenken und Zweifeln unerwartet gut.

»Danke, Änne, dass du immer so ehrlich zu mir bist. Ich gelobe Besserung.« Zerknirscht lächelte ich.

»Nicht für mich, Liebes. Nur für dich«, sagte sie und lächelte ebenfalls. »Lehn dich mal zurück, schließ die Augen und konzentriere dich nur auf deine Atmung. Tief in den Bauch einatmen und ganz langsam wieder ausatmen. Mach das ein paar Atemzüge lang, ohne dich von irgendwelchen Grübeleien oder deiner Umwelt abzulenken. Vertrau mir.«

Ich folgte ihrer Anweisung, und anfangs fiel es mir schwer, nicht zu blinzeln oder zu lachen, weil ich mir vorstellte, wie Änne mich aus dem Augenwinkel musterte.

Aber mit einem Mal merkte ich, wie ich ruhiger wurde, leichter, als wichen die Sorgen und Gedanken für den Moment. Es fühlte sich gut an, die salzige Luft einzuatmen und meinen Körper damit zu erfrischen, den Kopf freizubekommen von Grübeleien.

Wir saßen eine ganze Weile so da, und als Änne mich mit einer zaghaften Berührung sanft wieder ins *Jetzt* zurückholte, fühlte ich mich auf wundersame Weise gestärkt.

»Herrlich! Einfach wunderbar«, staunte ich. »Aber ganz ehrlich, hat Rufus das so ohne Weiteres mitgemacht? Ich kann mir vorstellen, dass er sich schwertat inmitten einer Runde von Frauen, die sich womöglich voll darauf einließen? Das ist doch sicher eher so ein Frauending, oder meinst du nicht?«

»Selbstverständlich!« Änne lachte. »Aber er erzählte mir, seine Mutter wäre ein skurriler Vogel, ein bisschen so wie ich. Sie hatte den Kurs ja als eine Art Pflicht veranlasst, wenn er ihr Haus bekommen wollte. Das war nur ein Punkt von vielen, hat er mir erzählt. Sie hatte das in ihr Testament mit aufgenommen.« Änne schmunzelte. »Sie muss auch ein wenig verrückt gewesen sein.«

»Wahrscheinlich ja«, befand ich.

»Er sagte manchmal, sie sei eine alte Sylterin, wie sie im Buche steht, gewesen. Die Natur stand für sie über allem, und jeder der Touristen, der ihr nicht in den Kram passte, bekam das postwendend von ihr zu hören. Außerdem glaubte sie wohl auch an das Schicksal und dass alles, was hier auf dem Erdball so passiert, nicht ohne Grund geschieht.«

»Ich vermute, du hättest dich auch blendend mit der Dame verstanden«, stellte ich fest. Änne nickte. »Er sagte, ihre Schwester lebe auch hier auf Sylt und habe eine alte Töpferei in Keitum.«

Mir kam ein Geistesblitz. »Meinst du, die Töpferei gibt es noch? Ich bin da neulich an einer vorbeigegangen, meine ich. Da sich das mit den Schweinswalen etwas schwer planen lässt, schlage ich vor, wir brechen hier die Zelte ab und fahren mal zu der Töpferei. Was meinst du?« Ich war begeistert von meiner Idee.

»Die Dame wird längst tot sein«, vermutete Änne, rappelte sich jedoch auf. »Aber einen Versuch ist es wert!« Dafür, dass sie so spontan in beinahe jeden Plan einstieg, liebte ich meine Tante. »Lass uns also den Punkt *Mit einem Insulaner reden* mal umsetzen. Nele würde sich freuen, und vielleicht haben wir ja wirklich Glück.«

Arm in Arm stapften wir durch den Sand zu unserem Auto zurück. Ich gab im Handy *Töpferei Keitum* ein, und die Navigation lenkte uns zuverlässig dorthin. Wir kamen an einem flachen weißen Haus an, vor dem einige getöpferte Gefäße aufgebaut waren.

Aufgeregt traten wir ein.

»Moin«, begrüßte uns eine junge Dame mit einem strahlenden Lächeln auf den Lippen. Sie trug eine beigefarbene Schürze und hatte die Haare locker zu einem Dutt zusammengefasst. Wir erwiderten ihren Gruß und standen einen Moment lang etwas unbeholfen da.

»Was kann ich für Sie tun?«, fragte die Dame.

»Wir haben von einer Töpferei erfahren, die vor etlichen Jahren mal der Tante eines Bekannten gehört haben soll. Allerdings wissen wir gar nicht, wie die Dame hieß. Wir vermuten, sie lebt auch gar nicht mehr. Ihre Schwester ist auch vor über fünf Jahren verstorben«, erklärte ich.

Ein Lächeln breitete sich im Gesicht der jungen Dame aus.

»Sie meinen ganz bestimmt Alke Jespersen?« Fragend schaute sie uns an und schlug sich dann auf die Stirn, als wir unsicher mit den Schultern zuckten. »Ach entschuldigen Sie bitte, den Namen kennen Sie ja nicht. Sie hatte jedenfalls eine Schwester. Die hat auch hier gelebt mit ihrer Familie, das weiß ich. Sie starb in der

Tat vor einiger Zeit. Aber ob sie es glauben oder nicht – Alke lebt noch. Sie wird in diesem Jahr sechsundneunzig Jahre alt.« Die junge Dame lächelte bewundernd.

»Ist nicht wahr!«, freute sich Änne und sah mich aufgeregt an.

»Anscheinend verhilft einem Sylt zu einem langen Leben«, stellte sie fest.

»Davon bin ich überzeugt«, sagte die Frau.

»Alke kommt hier und da noch vorbei – jeden Tag ist sie mindestens einmal im Laden. Ich kann Ihnen aber leider nicht sagen, wann das heute sein wird. Gerade ist sie viel bei einem Verwandten. Genaueres weiß ich aber leider nicht.«

»Wir wollen Sie auch gar nicht aushorchen. Uns kam ganz spontan dieser Gedanke, und da dachten wir, wir schauen mal vorbei.«

In diesem Moment öffnete sich die Tür, und herein kam eine kleine, drahtige Frau, um deren Augen unzählige Lachfalten lagen, wie ein Fächer. Ihre Haltung war aufrecht und straff. Diese Person wirkte rein gar nicht, als wäre sie schon sechsundneunzig.

»Moin«, begrüßte die Frau uns, und die Mitarbeiterin der Töpferei ging direkt zu ihr und umarmte sie.

»Alke, dir haben wohl die Ohren geklingelt. Soeben habe ich von dir gesprochen«, freute diese sich.

»Darf ich vorstellen«, sagte sie, an uns gewandt. »Alke Jespersen. Aber ich weiß Ihren Namen noch gar nicht«, fiel ihr auf, als sie der alten Dame sagen wollte, wer wir waren.

»Mein Name ist Sophie Mohn, und das ist meine Tante Änne Mommsen«, stellte ich uns vor. Alke Jespersen trat interessiert einen Schritt näher.

Einen Moment schaute sie uns prüfend an.

»Und was führt Sie zu mir?«, erkundigte sie sich.

»Um ehrlich zu sein, ist das eine lange Geschichte«, begann ich unsicher und überlegte, wie ich das erklären sollte.

»Ich bin bald sechsundneunzig Jahre alt. Für lange Geschichten habe ich keine Zeit mehr.« Sie grinste, als sie in unsere verdutzten Gesichter sah.

»Ist nicht böse gemeint«, stellte sie klar.

»Ich habe vor einigen Jahren einen Kurs hier auf Sylt gemacht mit einem Mann, dessen Mutter bis zu ihrem Tod auf Sylt lebte. Von dem wusste ich, dass er eine Tante hatte, die hier in Keitum eine Töpferei betreibt. Wir haben herausgefunden, dass es Ihre Töpferei gibt, und sind kurzerhand hierhergefahren.«

»Das gibt's ja nicht. Sie kennen also Rufus?« Die alte Dame wirkte sichtlich überrascht, und ich sah Änne an, dass sie das verunsicherte. Was würde die Frau ihr jetzt erzählen?

Änne nickte. »Mittlerweile kennen wir auch seinen Sohn«, sagte sie dann.

»Robert kennen Sie auch? Warum kenne ich Sie denn dann gar nicht? Oder Sie mich?« Was sie sagte, klang nicht vorwurfsvoll, sondern eher amüsiert.

»Nun, Rufus und ich haben hier auf Sylt nur eine kurze Zeit gemeinsam verbracht und haben uns dann nie wiedergesehen. Das ist schon einige Jahre her. Ich war im Urlaub hier«, erzählte Änne, und ich spürte, wie der Blick dieser Alke Jespersen sich veränderte.

»Kannten Sie auch seine Frau?«

Änne erstarrte und schaute die Frau schweigend an, während sie kaum merklich den Kopf schüttelte.

»Eine traurige Geschichte«, begann die Frau. Und als auch ihr die augenblicklich fahle Gesichtsfarbe meiner Tante auffiel, bedeutete sie uns, uns auf die Bank vor dem Haus zu setzen. »Tee?« Änne und ich nickten stumm.

In meinem Kopf spielten sich die gruseligsten Szenen ab, die vom Selbstmord seiner Frau, weil sie von Änne erfuhr, bis hin zu schlimmen Unfällen gingen. Ich schluckte und wollte abwarten, was die Frau uns erzählen würde.

Wenig später kam sie mit einer dampfenden Kanne Tee und drei Tassen wieder vors Haus und schenkte uns allen etwas ein.

»Rufus' Frau war schwer krank. Rufus hat sich sehr um sie gekümmert.« Sie schaute in den Tee in ihrer Hand. Änne und ich hielten unsere Tassen fest umklammert, und wir waren beide gespannt, was sie uns erzählen würde.

»Für die Familie war es eine schwere Zeit, zumal sie kurz vor der Diagnose vor der Trennung standen. Das muss rund fünf Jahre her gewesen sein.« Änne schluckte und starrte unbewegt die alte Dame an.

»Beides waren starke Charaktere, immer mit dem Kopf durch die Wand. Ulrike, Rufus' Frau, hatte Pläne in Hannover. Sie stand kurz vor der Eröffnung einer Galerie, als meine Schwester starb. Meine Schwester vererbte Rufus ihr Haus in Archsum, und Rufus, der schon lange darüber nachdachte, Hannover den Rücken zu kehren, wollte ganz auf die Insel ziehen. Das Leben seiner Frau lebte er schon lange nicht mehr mit, hatte wenig Lust auf die vielen Feierlichkeiten und die gesellschaftlichen Verpflichtungen in Hannover.«

Änne und ich lauschten ihrer Erzählung, verwundert, dass sie so offen sprach.

»Zum Glück stand Robert auf eigenen Beinen. Er ging seinen Weg, wobei er viel von seinem Vater hatte. Die Liebe zur See und dem Leben im hohen Norden zum Beispiel. Ihn hielt es nicht lange in Hannover. Zeitweise lebte er mit seiner Familie in Hamburg. Er arbeitet ja jetzt hier auf Sylt als Arzt in der Klinik. Ich bin sehr stolz auf ihn. Wir sind auf einer Wellenlänge und können über alles quatschen. Auch wenn er nur mein Großneffe ist.« Änne und ich warfen uns einen vielsagenden Blick zu, denn auch wir fühlten diese tiefe Verbundenheit zueinander.

»Rufus' Frau verstarb vor rund einem Jahr. Seitdem ist Rufus nicht wiederzuerkennen.« Ich sah Änne die Anspannung an, und auch mein Herz raste. Was würde uns die redselige Dame gleich noch erzählen, und würde Änne es verkraften? Ich schwankte zwischen Spannung und Aufregung.

»Rufus igelt sich ein. Sitzt nur noch in seinem Haus oder geht mit seinem Hund stundenlang spazieren.« Alke schüttelte den Kopf. »Und dabei war er ein so strahlender, lebenslustiger

Mensch. Er war so gewinnend und unheimlich charmant. All das ist wie verblasst. Und ich habe keine Ahnung, wie wir ihm helfen können. Er schweigt. Ich bin mir sicher, Sie würden ihn kaum wiedererkennen.« Sie lächelte schwach.

»Kommt er nicht über den Verlust seiner Frau hinweg?«, fragte ich. Meine Stimme zitterte dabei ein wenig.

»Sicher ist er traurig. So eine lange Zeit verbindet. Und bestimmt waren sie sich nah. Aber sie waren kein Liebespaar. Schon ewig nicht mehr. Es ist anders. Rufus wirkt verbittert. Als blickte er nun auf sein Leben zurück und bereute etwas.« Resigniert hob die alte Dame die Schultern. »Aber das hilft ja nun auch nicht. Soll er doch das Beste aus der Zeit machen, die ihm noch bleibt. Ich weiß, wovon ich rede. Mitte siebzig ist doch kein Alter.« Schmunzelnd winkte sie ab, und ihr faltiges Gesicht zerfiel in unzählige Lachfältchen. »Nachher sind wir aus dem gleichen Holz, und er sitzt noch in zwanzig Jahren schmollend unter Reet. Das kann doch nicht sein Ziel sein, oder?«

»Entschuldigen Sie, ich möchte nicht unhöflich sein, aber mir geht es nicht so gut. Wir müssen uns leider verabschieden.« Erstaunt über diesen plötzlichen Aufbruchsplan meiner Tante, blickte ich sie an, stand jedoch auch auf. Es konnte immer wieder so sein, dass es ihr schlechter ging, daher musste ich ihre Aussage ernst nehmen.

»Ich wünsche Ihnen gute Besserung und kann Ihnen nur Ingwer empfehlen. Ist in jeglicher Hinsicht ein Wundermittel«, gab die Alte uns mit auf den Weg. »Ich kann Ihnen etwas davon mitgeben. Warten Sie eine Minute«, bot sie an, stand auf und ging in das Haus und zu einem Schrank. Änne verabschiedete sich höflich und ging bereits zum Auto.

»Ich komme gleich nach«, rief ich Änne zu, folgte der Dame und schaute mich im Ladeninneren um, wo einige Regale mit Tassen, Schalen und kleinen Krügen standen.

Ich wählte tatsächlich zwei Schälchen aus, die ich kaufen wollte. Eine davon wollte ich Änne schenken.

»Entschuldigen Sie den Aufbruch. Meine Tante ist gesundheitlich etwas angeschlagen«, erklärte ich Ännes Verhalten.
»Änne ist ihr Name, richtig?« Ich zuckte zusammen bei dieser Nachfrage, die von Alke kam.
»Änne Mommsen, genau«, bestätigte ich.
Der Blick, der mich jetzt traf, enthielt so viel und verriet doch gar nichts.
»Bob Terp 5. Tun Sie mir den Gefallen«, raunte sie mir mit einer Stimme wie ein Reibeisen zu, reichte mir eine Dose Tee, in der laut Aufschrift Ingwertee war, und ging dann hinaus. Ich bezahlte schnell meine Auswahl bei der jüngeren Frau und ging Alke noch hinterher, konnte sie aber nirgends entdecken. Undenkbar, dass sie so schnell verschwunden war. Aber wohin ich auch schaute, sie war unauffindbar.
»Hast du Alke noch gesehen, als sie rauskam?«, erkundigte ich mich bei Änne, als ich ins Auto stieg.
»Ist sie nicht mit ins Haus gekommen?«
»Doch, aber sie ging gleich wieder raus. Und dann war sie weg«, erklärte ich. Änne reichte ich den Tee, den sie nachdenklich betrachtete.
Änne zuckte die Schultern. »Vielleicht ist sie hinters Haus gegangen. Lass uns starten.«
»Das kann sein, ist ja eigentlich auch egal«, stimmte ich zu, und wir fuhren Richtung Ferienhaus. Ich war vollkommen verwirrt nach diesem Treffen und konnte es nun erst recht nicht erwarten, Klemens zu besuchen. Schließlich hatte seine Adresse ebendiese Hausnummer, die mir Alke genannt hatte. Änne hatte das Haus schon richtig erkannt.
»Geht es dir wieder schlechter?« Fragend schaute ich Änne an.
»Geht schon wieder. Wenn ich ehrlich bin, wollte ich nur weg. Mir waren das mit einem Mal zu viele Informationen.« Entschuldigend lächelte Änne.
Vor unserem Haus hielt ich an. »Änne, diese Alke hat mir eben noch was gesagt.«

Änne schaute mich erwartungsvoll an. »Eigentlich sollte ich es dir lieber gar nicht sagen, damit du nicht am Ende kneifst und nicht mitkommst.«

»Nun mach mich nicht ganz verrückt! Ich kriege ja Angst!« Änne schaute mich an, als wäre ich ein Geist, und fasste sich ans Herz.

»Alke hat mich noch mal gefragt, ob sie deinen Namen richtig verstanden hat. Und als ich ihn ihr bestätigt habe, hat sie mir eine Adresse genannt. Es war die Adresse, an der wir neulich waren, und auch die, an der wir heute Klemens besuchen. Sie hat nichts weiter gesagt, als *Tun Sie mir den Gefallen*, was auch immer sie damit meinte.« Abwartend schaute ich Änne an, rechnete damit, dass sie sich gleich sofort in unser Schlafzimmer verkrümeln würde, die Schlafmaske aufsetzen und in einen vorgetäuschten Tiefschlaf verfallen würde.

Aber auf Änne war Verlass. »Dann tun wir der Alke mal den Gefallen«, sagte sie mit einem Mal. »Und wenn wir damit nur Neles Punkt, einem alten Insulaner zuzuhören, abgehakt haben. Ich mach mich mal hübsch. Man weiß ja nie, wen man so trifft.« Änne zwinkerte mir zu und stieg aus dem Auto. Perplex starrte ich ihr hinterher. Sie trug ein roséfarbenes Outfit mit dazu passenden Schuhen. Eine hellgrüne Tasche setzte einen besonderen Akzent. Wie immer trug sie einen Hut, den sie mit einer Hand festhielt, weil der Wind scharf um die Hausecke wehte.

Ich stieg auch aus dem Auto und rief ihr über das Autodach hinweg hinterher. »Du bist mein absolutes Vorbild, Änne. Und tu du mir bitte den Gefallen und behalt das, was du anhast, an. Es steht dir hervorragend.« Änne drehte sich kurz um, lächelte und machte einen kleinen Knicks. Dann tippelte sie weiter ins Haus.

Den Rest des Tages, bis zu unserer Verabredung, verbrachten wir beide schweigsam. Wir mussten uns gedanklich wohl beide vorbereiten auf das Treffen, welches uns im Vorfeld einiges an Nerven abverlangte. Sosehr ich mich freute, hatte ich auch Angst vor dem

Moment, in dem mir Klemens womöglich seine Freundin vorstellen würde. Änne ging es nicht anders, weil sie vielleicht auf Rufus treffen würde. Keine von uns schien aber den Rückzug als Option anzusehen, jedenfalls war dies kein Thema.

Im Bad legte ich ein dezentes Make-up auf, wählte eine weiße Bluse und eine Jeans aus und band meine Haare zu einem Zopf. Änne hatte auf mich gehört und ihr roséfarbenes Outfit anbehalten. Ihr Make-up hatte sie aufgefrischt und wirkte farbenfroh und strahlend.

»Fideli, du bist bildhübsch!« Änne sah mich staunend an.

»Du siehst auch blendend aus! Dann wollen wir mal«, sagte ich, hakte Änne unter, und wir gingen in Richtung Auto.

Kurz bevor wir losfuhren, erreichte mich eine Nachricht von Philip. Ich überflog die Vorschau im Display und erkannte nur etwas von *klärendes Gespräch*, hatte aber keine Lust, mich in diesem Moment damit zu belasten. Ich hatte ihm erzählt, dass wir heute Abend essen gehen wollten und ich daher vielleicht nicht ans Telefon gehen würde. Das sollte reichen an Erklärung, warum ich die Nachricht nicht las und beantwortete.

Heute war für Philip kein Platz. Ich verstand, dass er noch einmal über alles reden wollte. Obwohl das für mich nichts mehr ändern würde. Aber darauf konnte ich mich heute Abend nicht konzentrieren, auch wenn das vielleicht egoistisch war. Ich hatte jahrelang viel zu selten an mich selbst gedacht, da durfte ich mir diesen Luxus endlich einmal gönnen.

Wir fuhren nach Archsum und parkten ein paar Meter vor der Einfahrt zu dem Hof. Wir wollten das letzte Stück zu Fuß gehen. Man erkannte jetzt, dass das Haus in mehrere Wohnungen eingeteilt war. Wahrscheinlich hatte jede Partei einen eigenen Eingang. Das Anwesen war sehr groß, viel zu groß für einen alleinstehenden Mann, wie Rufus es war.

Als wir in die Auffahrt bogen, kam uns das kleine Mädchen entgegen, das ich auch beim Bäcker gesehen hatte. Sie hatte einem großen Hund ein Geschirr umgelegt und spielte Pferd mit ihm, was dieser geduldig über sich ergehen ließ. Es war ein idyllisches Bild. So stellte ich mir eine perfekte Kindheit vor.

Als sie uns sah, grinste sie und sagte leise: »Hallo!«

»Hallo, wir sind Änne und Sophie. Kannst du uns sagen, wo wir Klemens finden?«, fragte ich das Kind. Die formte ihre kleinen Hände zum Trichter und schmetterte ein »Mama!« über den Hof, das jedem Stadionsprecher Konkurrenz machen konnte.

»Donnerwetter«, staunte Änne bewundernd, während mir das Wort *Mama* Bauchschmerzen bescherte. Aus einem der Hauseingänge kam die blonde Frau, die ich ebenfalls schon einmal gesehen hatte. Wieder sah sie lässig und dabei perfekt gestylt aus.

Sie kam lächelnd auf uns zu und streckte uns die Hand zur Begrüßung entgegen.

»Hallo, Änne, wir haben uns ja bereits kennengelernt. Und Sie müssen Sophie sein?« Ihr strahlendes Gesicht empfing uns mit so viel Gastfreundschaft, dass ich ganz überwältigt war.

»Genau, vielen Dank für die Einladung«, stammelte ich unsicher. Mir fielen die Bonbons ein. Ich kramte sie umständlich aus meiner Tasche.

»Ich bin Mila«, stellte die Frau sich vor, und in meinem Kopf formte sich der Satz: »Das habe ich befürchtet.« Zum Glück sprach ich ihn nicht laut aus. Stattdessen reichte ich ihr die Auswahl der kleinen Köstlichkeiten, die sie mit einem begeisterten Strahlen quittierte.

»Oh wie toll! Das ist aber lieb – woher wissen Sie, wie gerne ich diesen schnuckeligen Laden und seine süßen Verführungen habe? Danke! Ich freue mich sehr.«

»Gerne.« Nach und nach wurde ich ein wenig sicherer. Meine kleine Aufmerksamkeit war schon einmal gut angekommen, was mich freute.

»Klemens ist auch gleich da. Er musste noch mal nach einer Stute schauen, die sich am Bein verletzt hat. Verband prüfen und so.« Sie zwinkerte und hob entschuldigend die Handflächen. »Sie kennen ihn ja schon ein paar Jahre und wissen sicherlich, dass an allererster Stelle das Wohl der Pferde steht. Das meint er keinesfalls unhöflich.«

»Bitte sagen Sie doch Du, ich komme mir sowieso schon so furchtbar alt vor«, bat meine Tante sie.

Mila lachte. »Alles klar! Ist mir auch viel lieber!« Dann machte sie eine einladende Handbewegung und bedeutete uns, ihr in den Garten hinter dem gepflegten Reetdachhaus zu folgen.

»Wir wohnen hier auf dem Hof mit mehreren Leuten zusammen«, erklärte sie uns. »Wir sind irgendwie alle so nix Halbes und nix Ganzes, da haben wir uns gedacht, wir gründen eine große WG.« Mila lachte auf. »Im Prinzip hat jeder von uns auf seine Art was davon. Der eine nimmt das an, der andere stellt sich etwas quer, aber auch das gehört wohl in einer WG dazu.« Sie hob bedauernd die Schultern.

Änne und ich warfen uns fragende Blicke zu, und gespannt lauschten wir weiter ihren Erzählungen. Vorbei an großen, kugelrund geschnittenen Buchsbäumen, gelangten wir in einen traumhaft angelegten Garten. In einer Senke stand eine Sitzecke, windgeschützt und uneinsehbar vom Nachbargrundstück aus. Ein kleines, ebenso reetgedecktes Häuschen kuschelte sich weiter hinten im Garten in eine zweite Senke. Ich vermutete, der Backsteinbau diente als Lager für Gartengeräte und Ähnliches.

»Dieser Garten wird vornehmlich von Klemens, Greta und mir genutzt. Wir haben großes Glück, denn der andere Bewohner ist lieber am Strand oder sonst wo unterwegs. Für Gartenarbeit hat hier außer uns niemand was übrig, daher wurde uns dieser Teil bereitwillig überlassen.« Stolz blickte sie über die gepflegten Grünflächen. An einem Baum im hinteren Teil des Gartens war eine Schaukel befestigt, ganz in der Nähe stand eine massive Holzbank im Schatten des Baumes, die zum Verweilen einlud. Gesäumt wurde dieser idyllische Platz von einem Beet voller bunter Blumen. Ich stellte mir vor, wie man mit einem Buch auf dieser Bank saß und sich in fremde Welten träumte, während es um einen herum summte und brummte und Bienen ihre Arbeit taten.

Die Blumen würden einen bezaubernden Duft abgeben, und man könnte sicher hervorragend entspannen.

»Es ist wunderschön hier«, stellte ich bewundernd fest.

»Danke! Der Garten tut uns auch sehr gut und macht einfach Spaß.« Mila lächelte.

In diesem Augenblick kam auch Klemens um die Ecke, und mein Herz schlug einen Takt schneller. Nervös stand ich auf, und als Klemens Änne zur Begrüßung umarmt hatte und auf mich zukam, wurden meine Knie weich.

»Sophie, ich freue mich sehr, dass ihr hier seid«, sagte er, und der Klang in seiner Stimme war sanft und aufrichtig. »Entschuldigt, dass ich mich verspäte, aber ich musste noch nach einem Pferd schauen.« Er umarmte auch mich, und ich ertappte mich dabei, wie ich genießerisch den herben, markanten Duft wahrnahm, den er trug.

»Setzt euch doch, bitte«, sagte Mila in die Runde und ging in die Küche.

»Soll ich was helfen?«, rief Klemens ihr hinterher. Sie verneinte, und er setzte sich, so, wie er war, an den Tisch. Man sah seiner an einigen Stellen verschmutzten Kleidung an, dass er gerade von der Weide kam, aber das tat seinem unverschämt attraktiven Aussehen keinen Abbruch.

»Kommt Greta denn auch?«, fragte ich, stolz, dass ich mitbekommen hatte, wie die Kleine hieß. Als mich Klemens jedoch perplex anschaute, wurde ich schlagartig rot.

»Du kennst Greta schon?«, fragte er mit einem Blick, als hätte ich gerade gesagt, ich sei vor dem Hof einem Außerirdischen begegnet.

»Sie hat vorhin vor dem Haus Pferd gespielt mit einem großen Hund«, stammelte ich, nicht weniger unsicher, als Klemens plötzlich lachte.

»Verstehe. Du hältst Lina für Greta.« Amüsiert schüttelte er den Kopf. »Kannst du ja auch nicht wissen.«

»Das kleine Mädchen vor dem Haus, ist das nicht Greta? Mila

erzählte, dass ihr gemeinsam mit Greta hier lebt und den Garten nutzt.« Ich war verwirrt.

»Ja, das stimmt auch. Aber Greta ist nur ganz selten hier auf der Insel. Bisher hat sie noch keinen Job hier gefunden. Aber wir arbeiten dran.«

»Ach so«, sagte ich, traute mich aber nicht zu fragen, wer Greta dann sei.

»Und Lina ist deine Tochter?«, fragte Änne Klemens ganz direkt.

Sein Blick auf diese Frage war erwähnenswert. Änne hätte ihn auch fragen können, ob sie mit ihm eine Nacht verbringen könne, der Blick wäre womöglich ähnlich ausgefallen.

»Auch nicht«, erklärte Klemens. »Sie ist die Tochter von Mila und Greta.«

Ungläubig starrte Änne ihn an. »Ist nicht wahr. Wie toll!«, sagte sie dann, und wir mussten alle lachen.

»Das ist es wohl. Greta und Mila sind verheiratet. Sie wünschten sich so sehr Kinder. Das ist ja heutzutage alles kein Problem mehr. Solange Greta auf dem Festland ist, kümmert sich Mila weitestgehend allein um Lina. Und ich bin ja auch noch da und springe hier und da mal ein. Wenn man so will, bin ich wie ein Papa.« Er lächelte liebevoll, und ich meinte, er müsste deutlich das Poltern der Steine hören, die alle in einem Rutsch von meinem Herzen purzelten.

»Mila ist also gar nicht deine Freundin?«, ließ Änne sich noch mal bestätigen.

»Wir sind Freunde, aber ich passe in keiner Form in Milas Beuteschema. Ich bin wohl der obligatorische beste Freund, den eine Frau gerne um sich hat, wenn sie selbst auf Frauen steht. Die Fronten sind geklärt, es gibt keinen Stress – eine total entspannte Win-win-Situation sozusagen.«

Klemens schaute mich an. Ich wich seinem Blick aus, hatte keine Ahnung, wie ich ihm nun in die Augen schauen sollte, ohne zu zeigen, wie erleichtert ich darüber war, dass Mila und er kein

Liebespaar waren. Am liebsten hätte ich an Ort und Stelle einen Freudentanz vollführt. Das machte stattdessen mein Herz nun still und heimlich in meiner Brust. Nur Änne konnte das sehen, und wir tauschten vielsagende Blicke.

In diesem Moment kam Mila wieder an den Tisch zurück, stellte alles ab und setzte sich dazu. Lina kam ebenso angelaufen, und die Runde war komplett.

Neben dem Haus stand ein riesengroßer Gasgrill. Klemens griff nach dem Teller mit dem Fleisch und den Dingen, die gegrillt werden sollten. Als er am Grill stand, drehte er sich noch mal um. »Sophie, ich nehme an, an deiner vegetarischen Grundhaltung hat sich wenig geändert?«

Perplex starrte ich ihn an und schüttelte den Kopf. »Respekt, dass du das noch weißt. Und genau richtig – ich esse weiterhin kein Fleisch.« Mit einem zufriedenen Lächeln drehte Klemens sich wieder dem Grill zu, und ich sah, wie er auf eine separate Platte verschiedene Gemüsespieße und Brot legte, während auf der anderen Würstchen und Steaks brutzelten.

»Änne, wie ich dich einschätze, bist du einem ordentlichen Steak nicht abgeneigt, hab ich recht?«, fragte Klemens über die Schulter, während er weiter die Spieße wendete.

»Ich kann es kaum erwarten«, kam von Änne zurück, und Lina kicherte, als Änne sich die Hände rieb und sich in Vorfreude auf das Essen genießerisch die Lippen leckte. Nach einiger Zeit kam Klemens wieder an den Tisch und kredenzte uns die brutzelnden Köstlichkeiten.

Eine zufriedene Ruhe entstand, als wir alle vor unseren Tellern saßen und aßen.

Auch wenn ich nicht so viel essen mochte wie sonst, weil meine Nervosität mir förmlich den Magen abschnürte, schmeckte es hervorragend. Wir plauderten locker, wobei ich oft überhaupt nicht mitbekam, worum es gerade ging, weil ich nur Augen für Klemens hatte und mich dabei ertappte, wie mein Blick ein paar

Sekunden zu lange auf ihm ruhte. Einmal fiel es ihm auf, und er schaute genau in dem Moment hoch, als ich die freundlichen Lachfalten um seine blauen Augen und seine wunderschön geschwungenen Lippen verträumt betrachtete. Ich lächelte nervös und spürte, wie das Blut in meinen Kopf stieg.

Unangenehmerweise sprach die kleine Lina genau das aus, was es nicht unbedingt erträglicher machte.

»Aber, Sophie, ist dir nicht gut? Du bist feuerrot! Mama, ich glaube, Sophie hat Fieber!« Lina zupfte ihre Mutter am Ärmel. Änne prustete los, und selbst mein böser Blick konnte nicht verhindern, dass auch Mila und Klemens schmunzelten.

Ich entschied, nicht in die Verteidigung zu gehen, sondern tat, als wüsste ich nicht, worum es geht. Mila schenkte Klemens jedoch einen vielsagenden Blick.

Nach dem Essen flitzte Lina gleich wieder vor das Haus, dem Hund hinterher, der während des Essens neben uns gelauert hatte und nun abzog. Änne half Mila, den Tisch abzuräumen.

»Der Hund ist aber auch eine liebe Seele, oder?« Bewundernd schaute ich dem Duo hinterher.

»Paul ist wirklich der liebste Hund der Welt. Er gehört unserem Nachbarn, der mit uns hier wohnt«, erklärte Mila. Änne hörte aufmerksam zu und schaute sich unsicher um.

»Möchtest du mitkommen und noch mal nach der Stute schauen?«, fragte Klemens mich mit einem Mal.

»Ich?« Verdattert starrte ich ihn an. Allein mit Klemens auf einer Pferdeweide war zu viel für meinen Hormonhaushalt, und ich bekam augenblicklich schweißnasse Hände.

»Du musst selbstverständlich nicht. War nur so eine Idee«, ruderte Klemens zurück und hob entschuldigend die Hände.

Änne, die gerade noch die restlichen Teller einsammelte, nickte mir beruhigend zu. Schmunzelnd machte sie kehrt und folgte Mila ins Haus. »Wir beide machen hier klar Schiff«, rief Änne von drinnen.

»Okay«, sagte ich und lächelte.

»Dann lass uns losgehen.« Mit diesen Worten stand Klemens auf, und ich tat es ihm gleich. Als ich neben ihn trat, legte er sanft den Arm um meine Schultern, und ein Kribbeln, als tanzten Tausende Schmetterlingsflügel sanft an meinem Rücken empor, ließ mich beinahe selbst schweben.

Schweigend gingen wir vom Hof herunter in Richtung eines Weges, der hinter den Häusern an einem Feld entlangführte. Verkrampft stakste ich neben Klemens her.

»Fast wie früher, findest du nicht?« Klemens versuchte offenbar, die Stimmung zu lockern.

Ich lachte ein wenig zu laut. »Fast, ja!« Ich war so nervös, dass mein Kopf sich wie leer gepustet anfühlte. Ich war noch nicht einmal in der Lage, vernünftig zu antworten.

Klemens' Blick haftete einen Augenblick länger an mir, als er sollte.

»Hast du Angst?«

Erschrocken zuckte ich zusammen. »Angst? Vor dir?«

Klemens lachte auf. »Ach du liebe Zeit! Wenn das so ist, mache ich mir ernsthaft Vorwürfe.« Er machte ein zerknirschtes Gesicht, wobei er seine Stirn in Falten legte wie ein junger Hund. Er durfte mich keine Sekunde länger mit diesem Blick anschauen. Ich hatte Sorge, ich würde ihm entweder um den Hals oder in Ohnmacht fallen. Erst einmal schnellte jedoch mein Puls in die Höhe, so peinlich war mir meine Frage.

»Vor den Pferden, meine ich. Du sagtest, du bist nie wieder geritten, seit das mit Nele passiert ist.« Erleichtert beruhigte ich mich wieder.

»Vor Pferden an sich habe ich nicht wirklich Angst. Ich bin sogar oft noch heute bei ihnen. Wann immer ich an einer Weide mit Pferden vorbeikomme, mache ich halt. Ich genieße nach wie vor die Nähe und liebe sie weiterhin«, schwärmte ich. »Ich möchte nur nie wieder draufsitzen.« Entschuldigend hob ich die Schultern.

»Fehlt dir das alles denn gar nicht?« Klemens' Frage war verständlich, schließlich waren Pferde immer mein Ein und Alles gewesen. Er kannte mich nur als Pferdenärrin, die jede freie Sekunde im Stall verbrachte, und es musste ihm vollkommen abwegig vorkommen, wie konsequent ich meine einstige Leidenschaft heute leugnete.

»Irgendwie schon. Aber viel mehr fehlt mir diese Zeit von damals. Das ganze Drumherum. Dieses unbeschwert Leichte.« Wehmütig ließ ich meinen Blick zu den Tieren wandern, die, nicht mehr weit entfernt, bereits am Tor lauerten. »Aber es wird nie wieder dasselbe sein.«

»Das verstehe ich gut. Ging mir anfangs ganz genauso. Als ich hierherkam, assoziierte ich mit der Reiterei lange auch nur Neles Unfall.« Klemens presste die Kiefer aufeinander, zog die Augenbrauen zusammen und schien zu überlegen.

»Aber dann dachte ich mir, dass ich entweder bis ans Ende meiner Tage verbittert damit hadern kann, dass diese Zeit nie wiederkommt, oder ich starte meine eigene neue Zeit. Nele wird auch nicht wieder lebendig, wenn ich die Reiterei für immer an den Nagel hänge. Im Gegenteil.« Er zuckte die Achseln. »Was dabei rausgekommen ist, weißt du ja.« Er lächelte stolz.

»Jetzt denke ich weiterhin viel an sie, aber nicht nur traurig und wehmütig, sondern dann, wenn ich beim Ausritt einen besonderen Sonnenuntergang sehe oder so früh am Morgen zur Weide unterwegs bin, dass noch Nebel über den Feldern liegt. Oder wenn ein Pferd irgendeine Besonderheit hat. So häufig stelle ich mir heute vor, Nele hätte grad dieselbe Freude daran und schaut sicher von oben zu.« Er lächelte liebevoll, als er über Nele sprach, und mir wurde noch ein wenig wärmer um mein Herz.

»An dich habe ich übrigens auch sehr oft gedacht.« Klemens schaute mich mit einem Blick an, der den Boden unter meinen Füßen ins Wanken brachte. In diesem Moment schämte ich mich dafür, dass ich nicht aus vollem Herzen *Ich auch an dich*, sagen konnte. Obwohl ich in diesen Tagen keine Erklärung dafür fand, warum das eigentlich nicht der Fall gewesen war. Ich sagte nichts, spürte nur die Röte auf meinen Wangen und lächelte schüchtern. »Weißt du was? Es tut so gut, mit dir zu reden. Ich glaube, du bist der einzige Mensch auf dieser Welt, der Nele so kennt, wie ich sie kenne. Und sie vielleicht auch genauso vermisst.« Ich sah Klemens in die Augen, als ich das sagte, und Klemens nickte, die Hände mittlerweile tief in den Hosentaschen vergraben. Er hatte seinen Arm zu meinem großen Bedauern von meinen Schultern genommen, als wir einem Traktor, der uns entgegenkam, ausweichen mussten. Nun lief er ein wenig weiter entfernt von mir. Ich schaute auf den Weg vor mir und merkte, wie Klemens mich von der Seite ansah. Ich traute mich nicht, seinen Blick zu erwidern. Stattdessen sprach ich aus, was mir auf der Seele lag.

»Bewundernswert, was du aus deinem Leben gemacht hast«, stellte ich fest.

»Das klingt ja, als wären wir beide fünfundachtzig Jahre alt, wir liegen auf dem Sterbebett, und das Leben hält keine Optionen mehr für uns bereit.«

Ich warf den Kopf in den Nacken. »Nein, so war das auch nicht gemeint.«

»Ich verstehe schon, was du sagen willst.« Klemens lächelte nickend.

»Und das, obwohl dir von den Leuten um Marienlund herum so ein Misstrauen entgegengeschmettert wurde. Ich kann mir kaum vorstellen, das auszuhalten«, gab ich anerkennend zu.

»Habe ich ja auch nicht. Sonst wäre ich geblieben. Heute betrachte ich es als Chance, die sich mir bot. Hätten sie nicht so schlecht über mich geredet, hätte ich vielleicht nie den Schritt gewagt, nach Sylt zu ziehen. Irgendwie soll alles, was im Leben so geschieht, wohl so sein.« Ich nickte zustimmend.

»Das sagt Änne auch immer«, stellte ich fest.

»Dann muss da definitiv was dran sein.« Klemens grinste.

»Und wie geht es dir? Bist du zufrieden mit deiner Bilanz?«

Ich hob die Schultern. »Ich wünschte, ich könnte mit Ja antworten. Aber ich würde wohl lügen.« Ich war selbst darüber erstaunt, wie leicht es mir fiel, so offen und ehrlich mit ihm zu sprechen.

»Hast du nicht gesagt, du hast immer davon geträumt, was mit Pferden zu machen?«, fragte Klemens.

»Ja, das habe ich. Das stimmt. Aber der Unfall hat diese Träume komplett zerschlagen«, gab ich zu.

»War es nur der Unfall?« Klemens' Blick war, als schaute er hinter vorgeschobene Gründe und zurechtgelegte Entschuldigungen direkt in mein Herz hinein, das gerade heimlich darüber nachdachte, wie mein Leben wohl aussehen würde, wenn ich nicht mit Philip zusammengekommen wäre, der mit Pferden nichts am Hut hatte. Das allein wäre ja nicht schlimm gewesen. Dass er aber nicht einmal ein einziges Mal gefragt hatte, ob ich nicht wieder reiten möchte, war bezeichnend. Es war, als interessierte ihn meine Leidenschaft überhaupt nicht. Dabei waren das Reiten und die Pferde wie ein geliebtes Zuhause meines Herzens. Damit lebte ich bis zu Neles Unfall jahrelang gut, geborgen und fühlte mich wohl. Mit Philip war es, als wäre ich einfach ausgezogen aus diesem Lebenskonstrukt und hinein in ein neues Haus, welches wunderschön und luxuriös war, sich für mein Herz aber nie wieder so anfühlen würde wie mein Leben mit der Reiterei. Ich dachte darüber nach, ob ich mir nicht auch gewünscht hätte, dass er mir zuhört, wie es mir dabei ging, dass ich nicht mehr reiten konnte. Dass er gemeinsam mit mir überlegt hätte, wie ich auch hier wieder meinen Frieden finden würde, weil er spürte, dass es mir tief im Herzen immer fehlte. Ich dachte an den Punkt auf Neles Liste zur großen Liebe, bei der man an die Träume des anderen glaubt und gemeinsam überlegt, wie man sie erreicht.

»Der Unfall hat zumindest einiges in meinem Leben verändert. Bestimmt wäre vieles nicht so gelaufen, wenn Nele nicht gestorben wäre. Ich hätte dann auch am Reiten festgehalten- schon weil ihr ja immer da gewesen wärt.«

»Wer war denn stattdessen da? In welche Richtung ging dein Leben dann?« Ich überlegte, was es war, was ich in seinen Augen sah. Wollte er darauf hinaus, dass ich damals mit Philip zusammengekommen war? Ahnte er, dass er noch immer in meinem Leben eine Rolle spielte, auch wenn diese gerade vom Verlobten zum Ex-Verlobten gewechselt hatte? Ich schluckte.

»Verstehe«, sagte Klemens dann.

Mir war, als schnürte etwas meine Kehle zusammen, und ich brachte kein Wort mehr hervor. Alles in mir schrie danach, ihm zu sagen, dass ich zwar ursprünglich bald heiraten sollte, aber ich mich gegen diese Hochzeit entschieden hatte. Aber ich war wie gelähmt. Alles war noch so frisch und wirbelte mich emotional durcheinander wie eine innere Sturmflut, die mich haltlos überflutete, als ich jetzt hier mit Klemens lief und mit ihm reden wollte. Das Schweigen, das nun aber entstanden war, war beinahe unerträglich für mich.

Wir kamen an der Weide an, und ein dunkelbraunes Pferd stand als Erstes am Tor. Seine Nüstern bebten leicht, als es Klemens erkannte. Nele hatte es immer *blubbern* genannt, wenn ein Pferd leicht schnaubte, weil es einen Menschen oder ein anderes Pferd begrüßte. »Es freut sich offenbar über dich«, sagte ich, dankbar, dass die Anwesenheit der Tiere die Atmosphäre auflockerte.

»Die sind absolut käuflich«, stellte Klemens mit einem Schmunzeln fest und zog ein paar Leckerlis aus seiner Tasche hervor. Gleich trat auch ein weiteres Tier näher zu uns. Ein drittes Pferd blieb in ein paar Metern Abstand stehen.

Klemens pfiff leise, und das abseits stehende Pferd spitzte die Ohren und setzte sich dann ganz langsam in Bewegung. Ich erschrak, weil das Tier deutlich lahmte.

»Das ist Floriana, sie hat sich leider verletzt. Abends, als wir noch oben am Strand waren, bekam ich die Nachricht.« Klemens machte ein betroffenes Gesicht. Mir war ja schon aufgefallen, dass Klemens an dem Abend mit einem Mal so unruhig gewirkt hatte.

Die Stute war mittlerweile auch am Zaun angelangt und ließ sich von mir die Blesse streicheln. Sie war ganz flauschig weich,

hatte mitten auf der Stirn zwei gegeneinander laufende Wirbel.
»So eine Hübsche«, schwärmte ich.

»Das ist sie, das stimmt. Und ihr Bein sieht schon besser aus«, stellte Klemens fest, der unter dem Zaun durchgestiegen war und das rechte Vorderbein des Tieres inspizierte.

»Wie ist es passiert?«

»Sie muss beim Laufen hier auf der Weide irgendwie getreten worden sein. Ich denke, in ein paar Tagen ist es wieder besser.« Zufrieden klopfte er das Tier, strich ihm über den kräftigen Hals und murmelte noch irgendetwas, was ich nicht verstand. Wenn man ihn mit den Pferden beobachtete, erkannte man sofort, wie sehr er an den Tieren hing und diese das genau spürten.

Das Bild, wie dieser große, kräftige Mann neben dem anmutigen Pferd stand, faszinierte mich.

»Sie ist derzeit das Pferd, das ich am liebsten reite«, erzählte Klemens, als er wieder neben mir stand. »Ein toller Charakter! Ich lege die Hand für sie ins Feuer, dass ich mich, egal in welcher Situation, auf sie verlassen kann.«

Ich lachte. »Das klingt toll. Dazu gehören aber ja immer zwei. Schön, wenn man so ein Team ist. So ging es mir mit Bella.« Herzlich dachte ich an meine geliebte Fuchsstute. »Sie war das liebste Pferd unter der Sonne. Bis auf den Tag, an dem Neles Pferd scheute, habe ich nicht ein einziges Mal Angst auf ihrem Rücken verspürt.«

»Das stimmt. Sie war toll. Meine Mutter hat mal erzählt, dass sie noch immer auf einer Weide in Schleswig-Holstein lebt. Eine Frau hat sie damals für ihre Tochter gekauft, die zwar wenig Können aufwies, aber eine große Pferdeliebe. Seitdem steht sie auf der Wiese und genießt ihre Frührente.« Klemens lachte.

»Kaum ein Tier hat es mehr verdient als Bella«, freute ich mich. Dennoch wurde mein Herz schwer bei dieser Erinnerung.

»Du sagtest, deine Mutter ist auch hier. Bisher haben wir sie gar nicht getroffen«, stellte ich fest.

»Das stimmt. Sie war einige Tage in einer Pflege, weil es ihr gesundheitlich schlechter ging und ein Schub sie schwächte. Sie kommt aber jetzt bald wieder. Dann trefft ihr sie sicher auch einmal wieder.«

»Ich freue mich darauf«, sagte ich.

»Und das hier ist Jeltje.« Klemens zeigte auf einen Friesen mit vollem Schweif und wallender Mähne. Aufmerksam schaute das Tier gerade in die Ferne, als hätte es dort etwas bemerkt. »Wow! Ein bildhübsches Tier!« Ich war sofort verliebt in das Pferd, das eben erst hinter einem Stapel Strohballen hervorgetreten war. Majestätisch ging es Schritt für Schritt in unsere Richtung, blieb dann aber stehen und kam nicht direkt zu uns. So konnte ich die schwarze Friesenstute in ihrer ganzen Schönheit bestaunen.

»Jeltje gehört Greta«, erklärte Klemens. »Sie ist nur leider eine Diva, sodass niemand sie so recht reiten mag, wenn Greta auf dem Festland ist.«

Ich lachte. »Wie eine Diva sieht die Dame in der Tat schon auf den ersten Blick aus. Aber das weiß sie, glaube ich, auch.« Ich zwinkerte. »Meinst du, ich darf sie mal streicheln?«

Klemens hob die Schultern. »Versuch es mal. Sie ist nur absolut scheu. Könnte sein, dass sie das Weite sucht.« Er grinste und verschränkte abwartend die Arme.

Kurzerhand stieg ich durch den Zaun, streckte den anderen Tieren meine leere Hand entgegen, damit sie mich beschnuppern und sichergehen konnten, dass von mir keine Gefahr ausging. Dann ging ich weiter auf Jeltje zu.

Diese beäugte mich zunächst kritisch und machte auch einen Schritt zur Seite, als wollte sie schon einmal den Fluchtweg abchecken. Ich trat langsam weiter an sie heran und ging dann in die Hocke. Interessiert senkte sie den Kopf und hob ihn wieder, was sie noch einige Male wiederholte. Sie schien sich ein Bild davon zu machen, mit wem sie es hier zu tun hatte. Ich sprach leise mit dem anmutigen Tier, das ganz zaghaft einen Schritt nach dem nächsten auf mich zu machte. Mein Herz schlug aufgeregt, einerseits, weil ich nicht wusste, wie das Tier reagieren würde in den nächsten

Sekunden. Andererseits aber auch, weil ich Klemens' Blick in meinem Rücken wie eine wohlige Wärme spürte. Ich war nervös.

»Komm Süße, lass mich nicht wie eine Anfängerin dastehen vor Klemens, o. k.? Du wärst meine Heldin«, flüsterte ich leise, sodass Klemens es nicht hören konnte. Die Stute kam noch näher und beschnupperte mit ihren weichen, warmen Nüstern meine Handinnenfläche, die ich ihr entgegenstreckte. Dann suchte sie weiter an meinem Arm entlang, womöglich nach einem kleinen Leckerbissen. Bei meiner Schulter angekommen, stupste sie mich liebevoll an, und ich stand ganz langsam auf. Sie wich etwas zurück, blieb allerdings stehen. Ich strich ihr über die Stirn und kraulte das Pferd sanft unter der Haarpracht. Als ich unter dem dichten, schweren Schopf eine weiße Stelle hervorblitzen sah, erschrak ich. Es war ungewöhnlich, dass ein Friese einen solchen weißen Fleck aufwies. Auf der Liste von Nele stand etwas von einem Friesen mit weißer Blesse. Augenblicklich sah ich Änne vor mir, wie sie sich, weise lächelnd, zurücklehnte, den Blick in Richtung Universum, welches wieder einmal alles gelenkt hatte. Wenn sie es nicht doch war, die irgendwas damit zu tun hatte, dass auf der Liste ausgerechnet von einem Friesen mit einem solch besonderen Merkmal die Rede war.

Hier stand das Pferd, welches das erste Pferd sein sollte, in dessen Sattel ich nach Jahren zum ersten Mal wieder steigen sollte. Mein Herz schlug aufgeregt.

Dieser Moment zwischen der scheuen Stute und mir war magisch. Um uns herum stand die Zeit still, und es gab nur noch das Pferd und mich. Sogar ein vorbeirauschender Traktor, dessen Fahrer Klemens auch noch wild hupend grüßte, brachte die Ruhe zwischen dem Tier und mir nicht durcheinander. Ich hatte noch nicht einmal Angst bekommen, dass das Tier sich erschrecken und losrennen könnte.

»Hübsche, wir sehen uns hoffentlich wieder«, raunte ich Jeltje zu, welche neben mir ein paar Grashalme zu zupfen begann.

Ich klopfte der Stute den kräftigen Hals, drehte mich langsam um und ging zurück zu Klemens, der lächelnd am Zaun wartete. »Respekt! Das musst du gleich mal Mila erzählen – die wird dir kein Wort glauben!«

Ich wurde rot. »Danke, Jeltje ist ein tolles Tier!« Ich drehte mich noch einmal nach der Stute um. Ich spürte, wie Klemens nun nah hinter mir stand. »Ich bin ganz verliebt«, stellte ich fest und schaute dem Pferd, welches nun wieder raus auf die Weide schritt, hinterher.

»Ist das so?« Ich traute mich kaum, mich umzudrehen. Hatte Klemens das wirklich gerade gefragt? Meine Knie begannen zu zittern, und mein Körper fühlte sich an wie elektrisiert. Für wenige Sekunden nutzte ich es aus, dass ich Klemens mit dem Rücken zugewandt stand, um ruhig durchzuatmen und ein Stück weit Souveränität zurückzuerlangen, was meine wackeligen Beine und mein flatternder Herzschlag mir nicht unbedingt leicht machten.

Dann drehte ich mich um, sah ihm tief in die wunderschönen Augen, deren Blau vor dem strahlenden Himmel besonders leuchtete. Seine Miene war unbewegt, beinahe ernst. »Ich bin mir sehr sicher, dass es so ist. Ich versuche grad, das zu begreifen«, sagte ich leise, wartete noch einen Moment ab, ob ich irgendetwas in seinen Augen lesen konnte, und ging dann an ihm vorbei in Richtung seines Hofes. Noch immer taumelte ich innerlich, und das sichere Laufen fiel mir so schwer, als schlitterte ich über Eis. Ich wollte all meinen Mut zusammennehmen, ihm endlich sagen, dass er es war, in den ich verliebt war. Ich drehte mich um und sah den traurigen Ausdruck auf seinem Gesicht.

»Klemens, ich …«, stammelte ich unbeholfen, und meine Hände waren eiskalt vor Aufregung. Es war, als schösse all mein Blut in meinen Kopf, um dort für einen gewaltigen Schwindel zu sorgen, der mir die Sinne vernebelte. Dabei wollte ich ihm so viel sagen.

»Sophie, warte, es gibt etwas …«, setzte Klemens mit einem Mal an, brach dann aber ab. Erwartungsvoll, fast flehend, schaute ich ihn an, irritiert, dass er nicht weitersprach. Aber er sagte nichts mehr, sondern senkte schweigend den Blick. Er hob ihn wieder, und seine Augen sahen direkt in meine. Unsicher, warum er mich unterbrochen hatte, traute ich mich nicht, weiterzusprechen.

»Lass uns gehen«, kam dann leise von Klemens, und ich drehte mich wieder um, damit er nicht sah, dass ich mit den Tränen kämpfte. Mit langsamen Schritten ging ich los, ich spürte das Kribbeln des salzigen Rinnsals, das sich gerade seinen Weg über meine Wange bis zu meinem Mund bahnte.

Klemens lief schweigend, halb hinter mir her, und der Weg zog sich für mich ins Unendliche. Erst als wir kurz vorm Hof ankamen, hatte er die Sprache wiedergefunden.

»Versprichst du mir, deinem alten Freund, Bescheid zu sagen, wenn du alles verstanden hast?« Irritiert sah ich ihn an, unfähig, zu begreifen, was er mir mit diesen Worten alles sagen wollte. Ich fühlte mich wie in einer Wattewolke, die mir jegliches Denken und Fühlen erschwerte und es wie im Nebel miteinander verschwimmen ließ. Dann nickte ich. »Bist du mir böse?« Meine Lippen zitterten, als ich das fragte.

Ich war erleichtert, als Klemens sanft lächelnd den Kopf schüttelte.

»Sagst du den anderen, ich muss noch mal rausfahren zur anderen Weide? Grüß Änne von mir!« Enttäuscht darüber, dass Klemens nicht wieder mitkommen wollte auf den Hof, nickte ich nur zustimmend. »Mache ich. Ich melde mich, Klemens. Versprochen.« Dann drehte er sich um, die Hände wieder tief in den Hosentaschen, die Schultern leicht gebeugt, als wäre auch er nachdenklich, vielleicht sogar enttäuscht.

Ich schaute ihm hinterher, hoffte, er würde noch einmal zurückschauen. Ich wünschte mir, ich wäre in der Lage, etwas zu sagen, was ihn aufhielt, was ich aber nicht war. Aber auch er drehte sich nicht mehr um.

14. Kapitel

Am Hof angekommen, traf ich gleich auf Mila. »Klemens muss noch mal zur anderen Weide fahren, soll ich dir ausrichten.«
Für einen Moment wirkte Mila erstaunt. »Na das ist ja sehr höflich. Er ist einfach manchmal ein Stiesel, unser Klemens. Aber komm doch wieder mit. Wir wollen zum Nachtisch grad ein Stück selbst gebackenen Apfelkuchen essen. Änne und Lina sitzen wieder auf der Terrasse.«
»Das klingt wunderbar«, sagte ich, obwohl mir gerade überhaupt nicht nach Kuchen zumute war. Mila war jedoch so freundlich, ich wollte sie nicht enttäuschen.
»Ich habe Gretas Pferd kennengelernt und durfte sie streicheln. Sie ist ein bildhübsches Tier! Ich bin vollkommen fasziniert«, erzählte ich Mila, während wir zum Tisch gingen.
»Tatsächlich? Du durftest sie streicheln? Das ist ja unfassbar! Jeltje lässt sonst niemanden an sich heran. Ist genau so ein kompliziertes Wesen wie ihre Besitzerin.« Mila lachte und zwinkerte. »Kleiner Scherz! Aber ich staune in der Tat. Jeltje ist sehr scheu. Es gibt mittlerweile kaum noch jemanden außer Greta, der es wagt, sich dem Tier zu nähern. Nicht nur einmal endete das mit Losreißen und verbrannten Handflächen. Sie prescht plötzlich einfach davon, als sähe sie rot. Sie hat wohl irgendwelche schlechten Erfahrungen gemacht. Genaueres weiß aber keiner. Männer lässt sie zum Beispiel überhaupt nicht an sich heran. Wobei sie da bei Greta und mir ja offene Türen einrennt.« Milas Tonfall war nüchtern, als sie mit dieser Bemerkung auf ihre lesbische Beziehung ansprach. Milas Humor gefiel mir, und wir lachten beide.

»Sie steht die ganze Zeit, wenn Greta nicht hier ist, nur auf der Weide. Tut mir auch oft leid für das Tier, aber jeder Versuch, dass jemand anders sie reitet, ging voll in die Hose. Klemens kann sich Knochenbrüche oder Ähnliches einfach nicht leisten, und auch ich darf nicht ausfallen, zumal Greta ja auch kaum hier ist für Lina. Außerdem muss ich die Kinder teilweise physiotherapeutisch betreuen, die bei Klemens reiten. Da greift unsere Arbeit oft ineinander. Kein Zahnrad darf da haken.« Bedauernd hob Mila die Schultern.

Mit einem Mal hörte ich meine Stimme, als stünde ich neben mir und war so überrascht von meinen Worten, dass ich unsicher lachte.

»Darf ich mal versuchen, sie zu reiten?« Ich schaute in Milas völlig perplexes Gesicht. »Wenn du dich das traust – sehr gerne! Aber bitte sprich da noch mal mit Klemens. Er muss auf jeden Fall dabei sein. Nicht, dass dir noch was passiert.«

»Das mache ich. Ich spreche mit ihm.« Dieses Pferd, der magische Moment zwischen dem unnahbaren Tier und mir, dann der Brief von Nele mit der Liste. All das konnte kein Zufall sein. In diesem Moment spürte ich seit sehr langer Zeit zum ersten Mal wieder den Wunsch, unbedingt reiten zu wollen. Ich konnte es sogar kaum erwarten und war gespannt, was Klemens dazu sagen würde. Beim Gedanken an Klemens kribbelte es sofort in meinem Bauch.

»Mila, ich wäre dir dankbar, wenn du Klemens noch nichts von meinem Plan, Jeltje zu reiten erzählst. Falls ich es mir doch noch einmal anders überlege.« Unsicher lächelte ich.

»Selbstverständlich! Ich weiß von nix – staune nur stillschweigend darüber, dass es offenbar einen weiteren Menschen außer Greta gibt, der näher an dieses Tier herankommen darf. Ich freue mich ehrlich darüber.« Sie schenkte mir ein bewunderndes Lächeln, und wir kamen am Tisch an, wo Änne und Lina gerade vertieft waren in ein Bild, das sie zusammen malten.

»Endlich gibt's Kuchen«, rief Lina, warf den Stift beiseite und sprang auf ihren Stuhl, um sich gleich ein großes Stück des köstlich duftenden Gebäcks aufzuladen.

»Lina!« Empört stemmte Mila die Hände in die Hüften. »Die Gäste bekommen eigentlich zuerst«, mahnte sie das Mädchen.

»Ach Quatsch!« Änne wuschelte dem Kind über den blonden Schopf. Lina schenkte ihr ein zuckersüßes Lächeln.

»Wie geht es dem Pferd?« Änne lud sich auch ein Stück Kuchen auf den Teller, als sie sich mit einem gewissen Unterton nach dem Befinden der erkrankten Stute erkundigte.

»Klemens sagt, es geht ihr schon besser«, erklärte ich wahrheitsgemäß.

»Und wo hast du ihn gelassen?« Ännes Blick war erstaunt.

»Er musste noch mal zu einer anderen Weide«, gab ich meiner Tante Auskunft.

»Ach so. Dann lassen wir ein Stück für ihn übrig – vielleicht!« Änne zwinkerte dem kleinen Mädchen zu, das verschwörerisch zurückblinzelte.

»Wohnen hier denn derzeit noch mehr Leute, oder sind sie verreist? Es wirkt so still«, fragte ich. Mir brannte schon die ganze Zeit die Frage auf der Seele, was es mit diesem Rufus auf sich hatte. Wenn wir Alke Glauben schenken sollten, lebte er ja auch hier.

»In diesem Teil wohnt noch ein älterer Herr«, bestätigte Mila meine Vermutung. »Er ist aber seit ein paar Tagen unterwegs. Keine Ahnung, wann er wiederkommt. Er verhält sich zurzeit ein wenig wunderlich, wobei er eigentlich ein netter Kerl ist.« Mila bekam einen nachdenklichen Gesichtsausdruck.

»Er lebt komplett in sich gekehrt, seit seine Frau verstorben ist. Sie haben einige Zeit zusammen hier gewohnt. Da war sie schon schwer krank. Er hat zwar seinen Sohn hier auf der Insel, ist sonst aber recht einsam, weil er sich komplett zurückzieht.«

Änne warf mir einen aufgeregten Blick zu. Nervös rührte sie in ihrem Kaffee, und ich sah es förmlich hinter ihrer Stirn arbeiten.

»Und jetzt ist er verreist?«, fragte sie Mila. Diese nickte, hob jedoch die Schultern.

»Wir vermuten es. Jedenfalls ist er seit einigen Tagen nicht hier. Normalerweise bringen wir ihm hin und wieder was von unserem Essen mit, manchmal grillen wir auch gemeinsam mit ihm und seinem Sohn Robert. Dessen Töchter reiten hier auf dem Hof, und Klemens und Robert sind befreundet.«

Klemens kannte also Rufus und Robert. Ich sah meine Chance, über ihn mehr für Änne zu erfahren.

Wir hatten noch eine schöne Zeit mit Mila und Lina. Sie zeigten uns noch die Kaninchenzucht des kleinen Mädchens und eine Stute mit Fohlen, die in einer Box direkt am Haus stand. Es war eine besondere Idylle, die diese ungewöhnliche Wohngemeinschaft umgab, und Änne und ich waren fasziniert, wie positiv die Atmosphäre auf uns gewirkt hatte. Dennoch waren wir beide nicht ganz bei der Sache.Ännes Gedanken kreisten um Rufus und meine abwechselnd um Klemens, Rufus und Philip. Klemens war nicht mehr zum Hof zurückgekommen, solange wir da waren, wofür sich Mila mehrfach entschuldigt hatte.

Als Änne es sich am Abend auf dem Sofa gemütlich machte, ging ich vor Sonnenuntergang noch ein paar Schritte raus. Ich wollte die Zeit nutzen, um endlich Philip anzurufen.

Er hatte tagsüber ein paar Nachrichten geschickt, in denen er zig Dinge abklären wollte, für die ich nicht im Geringsten den Kopf frei hatte und die für mich auch nicht mehr wichtig waren.

Weil ich auf einige nicht geantwortet hatte, hatte er schon zweimal angerufen, und es war wieder zum Streit gekommen.

Jedes böse Wort und jeder Vorwurf spülten mich wie eine tosende Welle nach der nächsten wieder ein Stück weiter weg von ihm. Als stünde jeder von uns an der Reling eines anderen in Seenot geratenen Schiffes. Jedes schaukelte für sich wie ein Spielball durch die stürmischen Fluten. Wir sahen uns, aber dennoch halfen wir uns nicht, waren unfähig, zueinanderzukommen und gemeinsam einen Weg an Land zu finden. Wir waren von nun an auf uns allein gestellt.

Ich lief in Richtung Watt, und mit jedem meiner Schritte fühlte es sich richtiger an, mich gegen eine Hochzeit entschieden zu haben.

Ich ging am Altfriesischen Haus vorbei, den kleinen Weg durch ein Tor hinunter zum Watt. Das Altfriesische Haus war ein Museum, in dem man sich detailgetreu anschauen konnte, wie ein Kapitänshaus früher ausgesehen hatte.

Das Meer glitzerte goldgelb im Schein der untergehenden Sonne, und die Bäume zeichneten sich wie ein Scherenschnitt davor ab. Am Watt angekommen, sah ich, wie einige Vögel noch über dem Ufer kreisten, bevor auch sie bald zur Ruhe kommen würden. Das Schilfgras bewegte sich in sanften, rauschenden Wellen hin und her, und der Wind fühlte sich abendlich kühl an.

Während in meiner Brust ein Wirbelsturm tobte und mein Herz beinahe die Orientierung zu verlieren schien, wirkte alles um mich herum so still und leise, als wollte dieser Ort mir den Weg frei räumen, ihn ebnen und mir dabei helfen, wichtige Schritte zu gehen.

Ich dachte an Nele und ihre Liste für unseren Urlaub, daran, dass wir schon so viele Dinge abhaken konnten. Aber auch daran, welche Punkte auf der zweiten Liste offengeblieben waren, wenn ich an meine Beziehung mit Philip dachte. Die Punkte, die mein Traummann haben sollte, fand ich viel eher bei Klemens.

Ich hatte mich, als ich Philip anrief, auf eine Bank gesetzt, die auf einem Vorsprung am grünen Kliff nahe dem Altfriesischen Haus stand. Philip hielt noch immer an einem gemeinsamen Aufenthalt auf Sylt fest und ließ sich nur schwer davon überzeugen, dass dies uns nicht helfen würde, die Beziehung zu retten. Nach ewigen Diskussionen machte er jedoch den Eindruck, als akzeptierte er widerwillig meinen Standpunkt.

Ich saß nach unserem Telefonat noch ein paar Minuten da, während die Sonne, die ich von hier aus kaum sehen konnte, immer tiefer sank und ihr Farbton von Gelb in ein dunkles Orange wechselte und die Landschaft in ein dämmeriges Licht tauchte.

Der Wind frischte noch mehr auf, und je dunkler es am Watt wurde, desto unheimlicher wirkten mit einem Mal die Silhouetten der Bäume.

Ich stand auf und ging wieder in Richtung unseres Ferienhauses.

Auch wenn es sich eben noch alles richtig und gut angefühlt hatte, fand ich mich in einer ganz neuen Situation wieder, die ich auch erst mal verdauen musste.

Als ich durch die dunklen Gassen ging, überkam mich eine diffuse Angst. Was, wenn es Änne bald deutlich schlechter gehen würde, meine Eltern sich von mir abwandten, weil sie meine Entscheidung gegen Philip nicht akzeptieren konnten, und ich am Ende ganz allein dastand? Der Gedanke machte mir Angst, war jedoch noch lange kein Grund, an meiner Beziehung festzuhalten. Das wusste ich, ganz beruhigen konnte es mich jedoch nicht.

Auf dem Weg zu unserem Ferienhaus kam ich an dem kleinen Laden vorbei, der den Namen *Zum kleinen Glück* trug. Wie passend mir dieser Name gerade erschien. Dankbar lächelte ich.

Ich kam in unser gemütliches Ferienhaus, und sofort verspürte ich diese Geborgenheit. Als umgäbe mich ein wohliger Schutz und dazu eine Wärme, die mir Kraft gab für die kommende Zeit. Meine Gedanken gingen zur Planung der Feier, und es fühlte sich so leicht an, dass Blumengestecke oder die Auswahl passender Musik, die vor allem Philip gefallen musste, nicht länger eine Rolle spielen sollten. Ich merkte auch, wie froh ich darüber war, dass ich nicht zu meiner Hochzeit nach Marienlund zurückkehren musste. Bei meinem Besuch mit Änne hatte ich gemerkt, dass ich den Ort nach wie vor liebte, dort aber nie fröhlich und ausgelassen hätte feiern können. Es war abscheulich gewesen von Philip, dort auf Teufel komm raus feiern zu wollen. Er war ein Egoist, und ich hatte es lange nicht wahrhaben wollen oder es einfach so hingenommen.

Ich ging ins Bad und kurz darauf ins Schlafzimmer, wo Änne selig schlummerte. Neben ihr lag ihr Tagebuch. Ich hoffte, dieser Urlaub würde ihr neben aufreibenden Gedanken auch ganz viele schöne Momente bringen, die sie darin notieren konnte. Ich war mir sicher, der Eintrag, dass ich mich von Philip getrennt hatte, würde eine eigene Seite bekommen.

15. Kapitel

Änne und ich brachen am nächsten Morgen bei rauer Witterung in Richtung Wenningstedt auf. Hier wollten wir einen Strandspaziergang machen. Änne fühlte sich dank der Medikamente gut, und ich freute mich ebenfalls, mir den Wind um die Nase pusten zu lassen. Er sollte die letzten Zweifel daran mit sich forttragen, ob ich den richtigen Weg ging.

Änne fiel natürlich sofort auf, dass ich nachdenklich wirkte.

»Liebes, und nun erzähl mir mal, was los ist«, forderte sie mich auf. »War der Tag gestern nicht schön?« Wir liefen nebeneinander am Wasser entlang, und Änne schaute mich fragend von der Seite an.

»Wenn du gestern die Zeit mit Klemens meinst, doch. Sie war wunderschön. Irgendwie aber auch verwirrend. Klemens wirkte, als wollte er mir irgendwas sagen. Ich hatte ein ganz merkwürdiges Gefühl. Wobei ich schon den Eindruck habe, dass ich Klemens auch nicht gleichgültig bin.«

»Sag bloß!« Änne setzte eine erstaunte Miene auf, die täuschend echt wirkte.

»Meinst du, ich irre mich?« Ich war irritiert.

Änne lachte, als sie meinen verzweifelten Blick sah. »Das sehen ja sogar meine alten, kurzsichtigen Augen auf den ersten Blick. Der Mann ist verliebt – und wie!«

»Ach, Änne!« Ich winkte ab.

Ich lächelte und schaute versonnen über das Meer, welches schwungvoll eine Welle nach der anderen an Land prallen ließ. Der Wind war heute stärker als an den Tagen zuvor, und über dem Wasser tanzten überall weiße Schaumkronen. An manchen

Stellen saßen Möwen im Meer und ließen sich über die Wellen schaukeln.

Aufgrund des Windes war der Weg am Wasser anstrengend. Wir entschieden, eine Pause zu machen, und setzten uns in einen Strandkorb.

In meiner Tasche hatte ich noch ein Cape, das ich um unsere Beine legte.

Ich lehnte meinen Kopf an Ännes Schulter und war glücklich.

»Liebes, das ist alles nicht leicht für dich. Ich bin sehr stolz auf dich«, sagte Änne und streichelte mir mit ihrer kalten, schmalen Hand über die Wange.

»Ohne dich wäre ich nur halb so stark, das glaub mal«, gab ich das Lob zurück.

»Wir sind schon ein gutes Team. Für immer, so wie du und Nele.« Ich unterdrückte ein Seufzen. Ich durfte nicht daran denken, dass Änne krank war.

»Unsere Mission ist hier lange noch nicht vorbei, meine Liebe«, sagte ich mit nachdrücklichem Unterton, und Änne hob die Hand zum Schwur.

»Ich gebe dir mein Wort, nicht schlappzumachen, bevor wir hier alles erledigt haben, was es zu erledigen gibt. Das habe ich nicht zuletzt Nele versprochen.«

Ich legte die Hand auf Ännes, die auf ihrem Bein ruhte, und wir schauten weiter aufs Meer.

Mit einem Mal schreckte ich hoch. »Da, sieh nur!« Der Wind hatte abgeflaut und wenige Meter von uns entfernt sahen wir eine schwarze Rückenflosse regelmäßig auf- und abtauchen. »Schweinswale! Wie großartig!« Aufgeregt sprang ich auf, Änne folgte mir, und gemeinsam traten wir näher ans Meer. Es tauchten an verschiedenen Stellen weitere, deutlich erkennbare Rücken von Schweinswalen auf, als würden sie sich ein Wettschwimmen liefern, bei dem sie immer wieder die Richtung wechselten.

»Ich kann es nicht glauben!« Änne staunte, genau wie ich.

Die Schweinswale spielten mit den Wellen, tauchten mit ihrer

Rückenflosse kurz auf und verschwanden für ein paar Sekunden unter Wasser, um uns ein paar Meter weiter wieder zu überraschen. Aufgrund der ungemütlichen Witterung waren wir die Einzigen am Strand, und es gab niemanden außer uns, der dieses Schauspiel bewunderte.

Ich freute mich, dass wieder ein Punkt von Neles Liste in Erfüllung gegangen war und Änne und ich den nächsten besonderen Moment erleben durften.

Als ob uns Nele ein Zeichen senden würde, geschah oft dann, wenn ich nachdenklich war und meine Gefühle mit wirren Gedanken Achterbahn fuhren, etwas, was Nele uns gewünscht hatte für diesen Urlaub. Die Übernachtung unter dem Sylter Himmel, das Gespräch mit Alke oder jetzt die Schweinswale. Es war beinahe ein wenig unheimlich.

Immer wieder überlegte ich, woher die Liste gekommen war, die mich genau zu diesem Zeitpunkt erreicht hatte. Und auch wenn ich Änne eigentlich blind vertraute, hatte ich den Eindruck, als wäre sie diesmal nicht ehrlich mit mir und hätte mir den Brief bewusst jetzt zukommen lassen. Sie hatte eine schlechte Diagnose erhalten, und die Hochzeit mit Philip stand bevor. Ich könnte schwören, sie hatte diesen Brief schon länger bei sich, woher auch immer, und sah nun den richtigen Zeitpunkt, dass ich ihn erhielt. Da sie es aber weiterhin leugnete, wenn ich sie darauf ansprach, hatte ich keine Gewissheit.

»Du hast das Richtige getan, mein Schatz. Es gab Zeiten, da hast du dein Leben ausgerichtet auf die Beziehung von Philip und dir. Er hat es auch dankbar angenommen. Aber was kam zurück? Hat er jemals gefragt, was dir wichtig ist? Ich weiß, er war da, als du um Nele getrauert hast. Aber war er das wirklich? War er nicht nur bereit, dich abzulenken und die schönen Dinge des Lebens zu genießen? Liebes, es gibt einen Menschen, der dich auf die Art liebt, auf die auch du in der Lage bist zu lieben. Nämlich von ganzem Herzen. Vertrau deiner alten Tante und lass die Dinge auf dich zukommen.«

»Ich wünsche mir nichts mehr, Änne.« Tränen stiegen mir in die Augen, und als Änne mich mütterlich in den Arm nahm, kullerten mir zwei, drei davon über die Wange. Einige Minuten lang standen wir schweigend da. Ich tupfte mir die Tränen aus dem Gesicht. Die Wale waren weitergezogen, und wir gingen wieder zurück zum Strandkorb und setzten uns hinein.

»Du sprichst so wundervoll über die Liebe. Denkst du dabei an Rufus und dich?«

Änne hob matt die Schultern.

»Das ist alles so lange her«, antwortete sie ausweichend. »Was Mila über Rufus erzählte, klingt ja eher so, als verhielte er sich derzeit tatsächlich ein wenig wunderlich, findest du nicht?« Änne schaute mich fragend an.

»Es ist immer schwer zu beurteilen, wie es wirklich ist. Ich kenne ihn ja leider nicht. Aber ich habe den Eindruck, er kämpft mit irgendwas. Das hat ja auch diese Alke erzählt«, überlegte ich.

»Mit dem Tod seiner Frau womöglich«, sagte Änne.

»Das sicher auch. Aber es klang nicht so, als ob ihn dies so sehr niedergeschmettert hätte, wenn ich mich an die Worte dieser Alke erinnere.«

Fragend schaute Änne mich an. »Na ja, wenn der geliebte Partner stirbt – ich meine, ich spreche nicht aus Erfahrung, aber ich kann mir schon vorstellen, dass es einen ganz schön aus der Bahn wirft.« Änne blickte nachdenklich weiter aufs Meer.

»Ja, auf jeden Fall. Keine Ahnung, was es ist, aber dieses Gespräch mit der alten Frau von der Töpferei geht mir nicht mehr aus dem Kopf. Ich habe das Gefühl, dass es nicht nur die Trauer um seine Frau ist, die ihn sich hat einigeln lassen. Sie sagte doch so was wie *Rufus und seine Frau waren kein Liebespaar* und dass er was bereue. Änne, diesmal bin wohl ich die, die fest davon überzeugt ist, dass das Schicksal uns nicht nur nach Sylt, sondern auch speziell zu Rufus geführt hat. Ich überlege nur, wie wir ihn treffen können.«

Änne lachte leise auf. »Ach, Fideli. Vielleicht sollten wir uns nicht zu viel den Kopf zerbrechen. Wenn ich ihn treffen soll, wird er mir schon noch mal über den Weg laufen.«

»Ich hoffe sehr, dass du auch diesmal recht behältst.« Mahnend hob ich den Zeigefinger.

Änne zuckte nachdenklich die Schultern, sagte jedoch nichts.

»Weißt du was? Diese Begegnung mit der Stute von Greta gestern, Jeltje, die hat was mit mir gemacht.« Nervös knetete ich meine Hände, als Änne mich erwartungsvoll ansah.

»Inwiefern?«, fragte sie.

»Das Pferd war außergewöhnlich. Bildhübsch und stolz, wie eine Diva. Ein pechschwarzer Friese, wie er im Buche steht. Außer dass das Tier diesen weißen Fleck auf der Stirn hatte. Wie eine kleine Blesse. Untypisch für diese Rasse.«

»Okay.« Ännes Wortkargheit sprach dafür, dass sie nicht so recht wusste, auf was ich hinauswollte.

»Jeltje war ganz scheu und skeptisch. Es war, als misstraute sie grundsätzlich erst einmal jedem. Erst als ich mir ihr Vertrauen erarbeitet hatte, entspannte sie sich und wurde zutraulich. Es war faszinierend, das Pferd zu beobachten. Und dabei haben Mila und Klemens erzählt, nur Greta reitet die Stute für gewöhnlich, und niemand anders kommt so recht an das Pferd ran. Ist doch eigenartig, dass ausgerechnet ich das Vertrauen des scheuen Tieres erhalten habe, findest du nicht?«

»Eigentlich nicht«, antwortete Änne zu meinem Erstaunen. »Wer sonst als du? Pferde waren immer deine Leidenschaft. Dein Herz schlug so sehr für sie, dass du ihnen, wenn auch vom Boden aus und nie mehr im Sattel, treu geblieben bist. Und das ganz unabhängig von der Reiterei. Ich habe oft gedacht, dass man daran gemerkt hat, dass es die Tiere sind, um die es dir geht. Auf die Reiterei kam es gar nicht so sehr an. Und wenn du ehrlich bist, haben sie dir auch manchmal gefehlt, hab ich recht?«

Ich zuckte die Schultern, nickte dann aber. »Ja, das habe ich gestern auf der Weide gespürt. Dieses zarte Band, das zwischen Jeltje und mir entstanden ist – ich bekomme noch jetzt eine Gänsehaut, wenn ich darüber nachdenke.« Verträumt lächelte ich. »Ich habe Mila sogar gefragt, ob ich Jeltje einmal reiten darf. Verrückt, oder?«

Erstaunt starrte mich Änne an. »Das würdest du tun?«

Unsicher wiegte ich den Kopf. »Ich weiß es nicht. Es war so ein Impuls. So wie ein plötzlicher Herzenswunsch. Nicht zuletzt, weil dieser Punkt auch auf der Liste steht. Es wird sicher nicht gleich der Strand im Galopp sein. Aber vielleicht finde ich tatsächlich den Mut und drehe auf dem Hof oder an der Weide eine kleine Runde.«

»Ich bin sehr stolz auf dich und mir ganz sicher, dass das eine hervorragende Idee ist.« Änne lächelte und klopfte mir aufmunternd auf die Schulter.

»Änne, aber da ist noch was. Auf Neles Liste steht der Punkt *Auf einem Friesen mit weißer Blesse reiten*. Ist das nicht unfassbar? Manchmal kommt es mir vor, als konnte sie damals in die Zukunft schauen. Das ist natürlich vollkommener Quatsch. Nur dieser Punkt ist so sonderbar.« Abwartend schaute ich sie an. »Was sagst du denn dazu?«

Ich war mir nicht sicher, ob ich mich täuschte, hatte aber den Eindruck, Änne brächte diese Information auch zum Nachdenken. Jedenfalls legte sie angestrengt die Stirn in Falten und sagte lange nichts.

»An dieser Stelle muss ich gerade tatsächlich eingestehen, dass es beinahe etwas unheimlich ist. Da ist sogar deine Tante mit ihrem Latein am Ende. Und das will schon was heißen, denn sonderbar ist ja eigentlich genau nach meinem Geschmack«, gab sie dann zu. Nachdenklich hob sie die Augenbrauen.

16. Kapitel

Wir hatten noch eine Weile am Strand gesessen, bis der anhaltende Wind und der bewölkte Himmel uns bewogen, es uns erstmal im Haus gemütlich zu machen.

Am Nachmittag war freundlicheres Wetter. Als wir mit Tee und einem Buch auf dem Sofa saßen, griff ich mehrmals nach meinem Handy, legte es aber immer wieder zur Seite. Ich haderte mit mir, ob ich Klemens eine Nachricht schreiben sollte, um mich nach Jahren zum allerersten Mal wieder auf ein Pferd zu wagen. Ich fürchtete einerseits, er würde mir davon abraten, weil Jeltje zu unberechenbar war für womöglich ungelenke erste Reitversuche meinerseits. Andererseits waren wir mit meinem Versprechen auseinandergegangen, dass ich mich bei ihm melden würde, wenn ich mir sicher war, wie es weitergehen sollte in meinem Leben. Bei dieser Vorstellung klopfte mein Herz wie verrückt, und in Gedanken spielte ich unser Gespräch durch.

Änne war nach einiger Zeit über ihr Buch hinweg eingeschlafen. Ich nahm meinen Mut zusammen und schrieb Klemens eine Nachricht.

Meinst du, Jeltje gibt mir eine Chance, endlich wieder in einen Sattel zu steigen?

Eine Antwort ließ nicht lange auf sich warten.

Ich bin der Meinung, ihre Zeichen waren eindeutig. Tiere sind beneidenswert klar in ihrem Tun. Wann möchtest du es ausprobieren?

Mein Puls schnellte in die Höhe.

Wann es dir passt.

Nervös sendete ich die Nachricht ab.

Dann komm vorbei.

Ich mache mich auf den Weg zu euch.

Ich klammerte mich mit beiden Händen an mein Handy, als ich die Antwort abgeschickt hatte, und presste es an meine Brust. Dabei stieß ich einen halb unterdrückten Juchzer aus.Ännes eben noch geschlossene Augen öffneten sich zu einem schmalen Spalt.
»Ist alles in Ordnung?«, fragte sie müde. »Du quiekst ja regelrecht.«
»Ich fahre noch mal zu Klemens. Wir wollen zu Jeltje.«
Änne schien sofort hellwach. »Darf ich mitkommen? Das kann ich mir nicht entgehen lassen! Und das in vielerlei Hinsicht.« Änne zwinkerte, und ich errötete leicht. »Ich verspreche auch, dass ich mich im Hintergrund aufhalte.« Sie lächelte verschmitzt.
»Ich würde mich sehr freuen, wenn du mitkommst. Möchtest du das denn auch auf die Gefahr hin, dass Rufus zwischenzeitlich wieder aufgekreuzt ist?« Ich sah Änne prüfend an.
»Erst recht auf diese Gefahr hin! Du kennst doch deine alte Tante. Wer weiß, wie oft ich noch Gelegenheit dazu habe.«
»Änne!« Ich setzte eine böse Miene auf.
Änne warf mir eine Kusshand zu. »Ist ja nun mal so! Aber wir wollen das Beste daraus machen. Gib mir ein paar Minuten.« Änne tänzelte ins Bad, danach ins Schlafzimmer und kam heraus mit einem für sie auffallend dezenten Outfit. Sie trug einen kleinen braunen Hut sowie einen farblich identischen Rock mit Lederstiefeln, die wie Reitstiefel aussahen.
»Schau an! Da sehe ich neben dir ja richtig unprofessionell aus

in meiner Jeans und dem Pullover. Und so dezente Farben – was ist denn mit dir los?«, scherzte ich.

»Ich will ja nicht, dass das Pferd womöglich einen Schreck bekommt, wenn es mich sieht mit einem meiner Lieblingshüte.« Änne kicherte.

»Meinst du, ich kann so bleiben?« Prüfend schaute ich an mir herunter, als Änne mich in den Arm nahm und fest drückte. Dann hielt sie mich an beiden Schultern und blitzte mir mit ihren grünen Augen direkt in meine. »Tu mir den Gefallen und bleib bitte genau so! Es sieht danach aus, als wärst du unheimlich spontan und kurzerhand in die Schuhe geschlüpft und zu Klemens gefahren, als er es dir angeboten hat. Reiten kannst du auch in dem Outfit! Was will man mehr?« Änne strahlte.

Ich band meine Haare neu zum Zopf und warf mir noch eine dünne Steppweste über. Mit wackeligen Knien ging ich zur Tür.

Ich war aufgeregt, weil ich in wenigen Minuten eventuell zum ersten Mal seit Langem wieder auf ein Pferd stieg. Und weil ich Klemens gleich wiedersehen würde. Ich wusste kaum, was mich mehr aufwühlte in diesem Moment. Was ich aber wusste war, dass die Nervosität in beiden Fällen absolut positiver Natur war. Änne war ganz still, ich vermutete, dass sie auch Herzklopfen hatte.

Ich legte die Hand auf ihre. »Wir kriegen das alles hin, Änne, versprochen, okay?«

Änne nickte und schaute mich dankbar an. »Dass ich auf meine alten Tage noch so hibbelig werde, hätte ich mir auch nie erträumen lassen.« Sie schüttelte über sich selbst den Kopf.

»Das ist etwas ganz Besonderes. Sieh es aus genau diesem Blickwinkel.« Sicher konnten nur wenige Menschen von sich behaupten, im Alter noch einmal Flugzeuge im Bauch zu haben.

»Ich versuche es«, murmelte Änne, und ich war ernsthaft erstaunt, wie unsicher meine sonst so toughe Tante wirkte, wenn es um Rufus ging. Ich wünschte mir, dass wir diesen Mann wirklich treffen würden. Vorher durften wir die Insel nicht verlassen.

Kurz bevor wir auf Klemens' Hof einbogen, erreichte mich ein Anruf von Philip. Ich ignorierte ihn, um meine positive Stimmung nicht wieder zerstören zu lassen.

Änne sah, dass er es gewesen war. Sie grinste, als ich den Klingelton auf lautlos stellte und das Handy wegsteckte. Daraufhin reckte sie stolz den Daumen in die Höhe. »Der fehlt jetzt gerade noch. Genau richtig, wie du das machst.«

Ich seufzte, fühlte mich nicht wohl dabei, Philips Anruf zu ignorieren, wusste aber selbst, dass ich mich jetzt nicht von ihm einwickeln lassen durfte, damit ich nicht wieder in alte Muster verfiel.

Wir fuhren auf Klemens' Hof vor, und diesmal parkten wir direkt auf einem der Plätze vor den Häusern. Lina kam dieses Mal nicht angelaufen, und auch Mila konnten wir nicht sehen. Ich entdeckte Klemens. Er stellte einen Besen an eine Hauswand, klopfte sich die Jeans ab und ging mit langsamen Schritten auf uns zu. Wieder einmal fiel mir auf, wie unwahrscheinlich gut er aussah. Breite Schultern, ein markantes Gesicht und das volle Haar. Ich spürte, dass dieser Mann in mir etwas berührte, was ich noch nie so erlebt hatte.

»Sophie, deine Nachricht hat mich umgehauen, wenn ich ehrlich bin«, staunte Klemens, als er vor uns stand. Er drückte zuerst Änne herzlich an sich. Ich lächelte unsicher, als er auch mich zur Begrüßung umarmte. Ich nahm seinen herben, männlichen Duft wahr und spürte seine unrasierte Haut leicht kratzig an meiner Wange. Alle Antennen in mir standen schlagartig auf Alarmbereitschaft und benötigten jegliche Energie in meinem Körper. Auch die, die normalerweise für klares und strukturiertes Denken aufgewendet wurde.

»Ich war selbst erschrocken über meine Idee. Aber ich möchte es versuchen.« Ich straffte die Schultern und rieb mir die Handflächen.

»Und ich fungiere als Schutzengel«, erklärte Änne und legte schützend den Arm um meine Schultern.

»Na, dann kann doch nichts mehr schiefgehen.« Klemens deutete an den Himmel.
»Sogar das Wetter spielt mit – heute Morgen war es ja noch Grau in Grau. Da mochte man ja keinen Hund vor die Tür jagen.«
»Sag das nicht! Wir waren am Strand, und es hat sich gelohnt!« Änne freute sich noch immer über das Erlebnis. »Wir haben Schweinswale beobachten können, die sich in aller Ruhe vor Land tummelten – es war einfach gigantisch!«
Klemens nickte anerkennend. »Stark! Das ist wirklich was Besonderes. Ein großes Glück, wenn man ihnen begegnet.«
»Und dann auch noch so nah. Es war, als ob sie direkt vor Land spielten. Eine ganze Schule. Ich bin noch immer ganz begeistert.«
»Schule? Es spricht die Kennerin«, stellte Klemens anerkennend fest.
»Dass es bei Meeressäugetieren Schule heißt, wenn es sich um mehrere Tiere handelt, hat mir mal ein lieber Mensch beigebracht.« Änne strahlte, und ich lächelte wissend.
»Respekt, und offenbar war es ein echt tolles Erlebnis, wie man dir anmerkt. Scheint so, als ob der Urlaub euch so richtig guttut«, vermutete Klemens.
»Und wie! Selten habe ich mich so gut gefühlt wie in diesen Tagen. Obwohl es mir theoretisch nie so schlecht ging wie jetzt.« Sie hob die Schultern, und ich schluckte. Die meiste Zeit verdrängte ich, dass Änne so krank war. Vor allem, weil sie selbst so stark damit umging und ich nie das Gefühl hatte, sie sei eine schwer kranke Frau. Aber das täuschte, und ich durfte nicht die Augen verschließen vor der Wahrheit. Gleichzeitig wollte ich jedoch auch meiner Tante die Zeit hier nicht vermiesen, indem ich meine Sorge immer wieder zum Thema machte. Dass sie krank war, wusste sie selbst. Meine Aufgabe war, sie davon abzulenken und ihr so viele Glücksmomente wie möglich herbeizuzaubern, damit sie daraus Kraft tanken konnte für alles, was ihr noch bevorstand.
»Änne, bis zur Weide ist es ein Stück zu gehen.« Klemens schaute

meine Tante fragend an. »Ist das okay für dich? Sonst fahren wir mit dem Auto.«

»Ach Quatsch! Auf jeden Fall komme ich zu Fuß mit! Ich habe extra mein Reiteroutfit in gedeckten Farben und bequeme Stiefel angezogen.« Schmunzelnd zwinkerte sie und schlug die Hacken gegeneinander.

»Das ist mir sofort aufgefallen.« Klemens grinste. »Dann kann's ja losgehen!« Wir liefen zu dritt den Weg zur Weide, und ich spürte mit jedem Schritt, wie ich aufgeregter wurde. Konzentriert starrte ich auf meine Fußspitzen, und mir gelang es nicht, in die lockere Unterhaltung von Änne und Klemens einzusteigen. Als ich jedoch hörte, wie das Gespräch auf Ännes Krankheit kam und in diesem Zusammenhang auf Robert Olandt, horchte ich auf.

»Roberts Töchter reiten bei mir. Über ihn ist damals der Kontakt nach Sylt und die Möglichkeit, hier auf dem Hof zu leben, entstanden«, erzählte Klemens Änne gerade. »Robert und sein Vater waren mit Roberts Mutter eine Zeit lang auf einer Art Weltreise. Sie war krank, und das war ihr letzter Wunsch. In der Zeit bin ich hier eingezogen. Rufus lebt noch heute auf dem Hof.«

Was er sagte, passte dazu, dass die Adresse des Hofes auch die Adresse von Rufus war.

Ich war mir sicher, dass nun auch Ännes Puls schneller ging. Das Thema Rufus war ein brisantes, und ich hoffte sehr, dass wir in dieser Hinsicht während unseres Aufenthalts hier noch Neues in Erfahrung bringen konnten. Was Klemens dann sagte, sprach dafür.

»Robert bringt nachher seine Töchter. Er wollte mit seinem Vater etwas besprechen. Leider ist dieser ja seit ein paar Tagen unterwegs. Aber Robert sagt, er wolle gegen Abend wieder zurück sein. Ich bin gespannt. Rufus ist derzeit unheimlich schlecht drauf. Ich hoffe immer, dass er daran festhält, hier auf Sylt zu bleiben. Er hat leider so etwas angedeutet, dass er eventuell den Hof verkaufen und die Insel verlassen will. Es scheint wohl ein recht konkretes Angebot zu geben.« Klemens machte eine Pause. Er wirkte auf einmal angespannt. »Leider wäre es uns nicht möglich, den Hof zu übernehmen, zumal Wohnungen für etliche Investoren hier auf der Insel viel lukrativer wären. Rufus würde viel mehr Geld bekommen, wenn er den Hof an diese Leute verkauft. Das kann man ihm auch kaum verübeln.« Klemens hob bedauernd die Schultern.

»Das wird er nicht tun, da bin ich mir ganz sicher«, stellte Änne in den Raum.

»Du kennst Rufus nicht«, bemerkte Klemens. »Er ist ein komischer Kauz. In einem Moment denkt man, er sei der herzlichste und fröhlichste Mensch. Im nächsten macht er wieder komplett die Schotten dicht und verschanzt sich hinter einer Fassade aus Schweigen und Griesgrämigkeit. Ein schwieriger Mensch.«

Änne schaute kurz zu mir, hob, von Klemens unbemerkt, die Augenbrauen und starrte dann wie ich auf den sandigen Boden vor unseren Füßen.

Für den Rest des Weges sprachen wir nicht. Klemens trug die ganze Zeit einen Sattel auf dem Arm, ich hatte die Trense und ein wenig Putzzeug übernommen.

Wir kamen an der Weide an, und wieder wurden wir vom freundlichen Schnauben der Tiere in Empfang genommen. Klemens legte den Sattel über den Zaun und trat erst zu der braunen Stute, um deren Verletzung anzuschauen.

Zufrieden klopfte er den Hals des Pferdes. »Sieht schon super aus! Es scheint, als wäre es glimpflich ausgegangen.«

Mein Blick hing an Jeltje, die auch heute weitab von den anderen Pferden stehen geblieben war.

Klemens schaute erst zu der bildhübschen Friesenstute, dann zu mir.

»Willst du zu ihr gehen? Ich bleibe hier stehen, was meinst du?«

Ich nickte. »Alles klar.« Die Trense fest umklammernd, ging ich langsam auf das Pferd zu. Diesmal hatte mir Klemens auch eine Möhre in die Hand gedrückt, die ich mit der anderen Hand umfasste und dem Tier als kleines Gastgeschenk überreichen wollte.

Jeltjes Nüstern bebten, und das Spiel ihrer Ohren, die abwechselnd nach vorne und hinten lauschten, zeigte, dass auch sie nervös war.

Einen Moment lang sah es aus, als wollte sie zurückweichen. Ich sprach leise mit ihr. Damit hatte ich ihre Aufmerksamkeit, und beide Ohren blieben bei mir. Sie senkte zutraulich den Kopf und schnupperte an meinem Arm. Ich spürte ihre weichen Tasthaare an meiner Haut, bis sie auch schon die Möhre entdeckte und mit ihrer Oberlippe sanft versuchte, sie zu bekommen. Ich öffnete die Hand, und die Möhre verschwand in ihrem Maul. Zufrieden kaute sie, und ich trat an ihren Hals, um unter der langen, dichten Mähne den samtweichen, warmen Pferdehals zu streicheln.

Ihr Fell glänzte seidig im Licht der Sonne, und der Wind wehte einen Teil der Mähne auf die andere Halsseite. Das Bild, wie das hübsche, anmutige Tier mit dem kraftvollen Hals und dem pechschwarzen Fell vor dem blauen Himmel stand, wirkte wie gemalt.

»Du Hübsche«, raunte ich dem Tier zu. »Du hast mich ganz schön verzaubert, weißt du das?« Zärtlich strich ich über ihre Stirn und den weißen Fleck.

Ich hörte, wie Klemens Änne erklärte, dass Jeltje als Fohlen verletzt wurde beim Verladen und eine starke Wunde auf der Stirn davontrug. Davon übrig geblieben war an dieser Stelle das helle Fell, welches nicht schwarz, sondern weiß nachgewachsen war. Es war also keine echte Blesse, sondern die Folge eines Unfalls.

»Eine Verletzung, die bestimmt schlimm war für dich, dich aber einmalig macht«, flüsterte ich, und das Tier schmiegte seinen Kopf leicht an meine Schulter, als ich ihn streichelte.

Ich hörte, wie Änne sagte, dass sie Tränen in den Augen habe, wenn sie mich mit dem Pferd sehen würde. Und dass ich zu den Tieren gehörte.

Vorsichtig wagte ich über meine Schulter einen Blick zu den beiden. Ännes Worte rührten mich. Klemens schaute zufrieden in meine Richtung, die Hände tief in den Taschen vergraben, und sagte nichts.

Ich wartete, bis Jeltje die Möhre ganz verputzt hatte, um ihr dann die Trense anzulegen. Dies ließ sie bereitwillig zu und folgte mir auf sanften Druck am Zügel hin, zu Änne und Klemens. An den anderen Pferden vorbei, trat ich zum Zaun, wo Klemens den Sattel hingelegt hatte.

»Wie alt ist sie eigentlich?«, erkundigte ich mich bei Klemens. Der Umgang mit ihr fühlte sich so zaghaft und vorsichtig an, als hätte ich es mit einem dreijährigen Pferd zu tun, das erst wenige Male unterm Sattel gelaufen war.

»Sie ist fünf Jahre alt«, klärte Klemens mich auf.

»Okay.« Klemens gab mir eine Bürste, mit der ich behutsam Rücken und Pferdebauch sauber machte. Jetzt konnte sie gesattelt werden. Ich ließ sogar die Zügel los, während ich ihr den Sattel auflegte, und das Pferd blieb stehen.

»Meinst du, der passt?« Klemens hielt mir einen Helm entgegen.

»Den habe ich mal im Schuppen an der Weide deponiert. Er gehört Greta, und ich meine, sie hat ungefähr deine Größe.«

Ich probierte ihn auf. Er passte perfekt. Mein Herz schlug so rasend schnell, dass ich hoffte, das Pferd würde es nicht mitbekommen. Zu meiner Verwunderung war es aber so, dass meine Beine sich diesmal sicher anfühlten und ich es trotz einer gewissen Skepsis kaum erwarten konnte, in den Sattel zu steigen.

Ich wischte mir die dennoch leicht verschwitzten Hände an der Hose ab.

Klemens öffnete das Tor und hielt die anderen Pferde davon ab, Jeltje und uns von der Weide zu folgen. Sie trotteten fügsam in Richtung der Tränke am anderen Rand der Weide und ließen uns durch das Tor auf den Weg treten. Wir entschieden, ein paar Meter weiter zu gehen, damit die anderen Pferde uns nicht hinterherlaufen und die Stute verunsichern würden.

Wir bogen um die Ecke. Ich führte die Stute und hatte den Eindruck, sie vertraute mir. Irgendwas an dem Tier ließ auch mich dem Pferd gegenüber ein Urvertrauen aufbauen. Es war, als blendete mein Gedächtnis alle schrecklichen Bilder von damals aus, was lange unmöglich schien.

Mit einem Grinsen deutete Klemens auf eine Bank. »Du bist so lange nicht geritten. Ich schlage vor, zum Aufsteigen ist die Bank gar nicht verkehrt?«

»Wenn ich ehrlich bin, bin ich wirklich ganz dankbar dafür!« Nun lachte auch ich.

Ich führte die Stute vor die Bank und ließ in einer Hand die Zügel, während ich auf die Bank stieg. Klemens hielt sich sicherheitshalber in unserer Nähe auf. Jeltje blieb stehen, auch wenn man ihr anmerkte, dass sie Klemens gegenüber deutliche Vorbehalte hatte. Sie wirkte verkrampft.

Vorsichtig legte ich das rechte Bein über den Sattel und glitt langsam auf den Rücken des kräftigen Tieres. Vor mir erhob sich ein mächtiger Pferdehals. Dieser fiel beim Friesen so ganz anders aus, als ich es von den zarten, schmalen Hannoveranern gewohnt war, die ich früher geritten hatte.

Ich streichelte den Hals und klopfte ihn leicht. Klemens trat wieder einen Schritt zurück, und ich spürte, wie das Pferd sich erneut entspannte. Jeltje stand ganz still da und schien auf mein nächstes Zeichen zu warten.

»Wollen wir den Weg hier entlang der Salzwiesen in Richtung Wasser gehen? Ich würde erst mal neben ihr herlaufen zu deiner Sicherheit. Dann kann ich im Zweifelsfall schnell in die Zügel greifen«, bot Klemens an. Ich nickte.

»Habt ihr was dagegen, wenn ich mir das alles von der Bank aus anschaue? Ich merke, dass ich ganz schön aus der Puste bin und wollte ungern den Rest des Urlaubs wieder in Herrn Dr. Olandts Obhut verbringen, so nett der junge Mann auch ist.« Änne zwinkerte.

»Aber klar! Wir sind ja auch bald wieder hier. Wir bleiben in Sichtweite«, sagte ich. Ich kramte mein Handy aus meiner Tasche und reichte es Klemens. »Wenn was ist, klingel kurz durch«, sagte ich Änne.

»Alles klar!« Änne setzte sich auf die Bank, überschlug die Beine und wendete ihr Gesicht in Richtung der Sonne, die weiter entfernt das Wasser zum Glitzern brachte. Vor lauter Nervosität fand die herrliche Umgebung von mir aber grad weniger Beachtung.

Langsam setzte sich Jeltje auf sanften Druck meiner Waden hin in Bewegung. Ich sah, wie der Kopf des Pferdes auf und ab wippte, und das Schaukeln des Sattels war so vertraut und dennoch so neu. Es fühlte sich an, als hätte ich in der ganzen Zeit nichts anderes gemacht, und gleichzeitig war es, als beträte ich absolutes Neuland. Doch bei allen Ängsten und der ganzen Aufregung durchfuhren meinen Körper unzählige Glückshormone, und der Sonnenschein um mich herum, ging auf mich über und schien mich von innen heraus zu wärmen. Ich war unendlich glücklich.

»Nele wäre sehr stolz auf dich«, sagte Klemens.

»Ein schöner Gedanke«, erwiderte ich.

»Und ich bin es auch.« Ein bewundernder Blick von Klemens traf mich, und für ein paar Sekunden versank ich in dem strahlenden Blau seiner Augen, hatte dann aber Angst, das Gleichgewicht zu verlieren und vom Pferderücken zu purzeln und schaute lieber wieder nach vorne.

»Es fühlt sich großartig an. Wie konnte ich all die Jahre darauf verzichten«, sprach ich laut aus, was mir durch den Kopf ging.

»Ich bin ja wie deine Tante der Meinung, dass alles aus einem Grund zu einem ganz bestimmten Zeitpunkt geschieht. Es hat vielleicht vorher nie gepasst.«

Fragend schaute er mich an. »Du machst sowieso einen glücklicheren Eindruck heute. Ich hoffe, es liegt nicht nur am Reiten?«

Erst sagte ich nichts, suchte nach Worten. Klemens' Blick brachte mich aus der Bahn, und ich wich ihm aus und schaute in die Ferne.

»Ich habe in den letzten Tagen einige Dinge in meinem Leben in die Hand genommen, die längst überfällig waren. Und es fühlt sich verdammt richtig an.« Nun sah ich ihn wieder an und erkannte ein erleichtertes Strahlen in seinem Lächeln.

»Dann hoffe ich sehr, dass unser kleiner Reitausflug dein Glück für heute abrundet.« Plötzlich legte er die Hand auf mein linkes

Bein. Ein wohliger Schauer durchzog mich. Klemens hatte ganz schön Mühe damit, mit der Stute Schritt zu halten, hielt sich aber wacker und blieb auf Schulterhöhe des Tieres. Die Hand zog er jedoch bald wieder weg. Ich lächelte und war der Meinung, er bemerkte spätestens an meinen roten Wangen, was seine Berührung mit mir machte.

Jeltje trottete gleichmäßig und ruhig.

»Erstaunlich, wie entspannt die Stute ist«, stellte Klemens fest. »Ich muss gestehen, ich habe sie außer bei Greta nie so gelassen unter dem Sattel erlebt.«

»Das freut mich sehr. Irgendwie stimmt wohl die Chemie zwischen uns. Ein tolles Gefühl.« Meine Gedanken wanderten zu Nele und der unglaublichen Tatsache, dass auf ihrer Liste genau das gestanden hatte. Ich solle bei unserem Strandausritt einen Friesen mit weißer Blesse reiten. Ob ich Klemens davon erzählen sollte? Ich war mir nicht sicher, ob er damals etwas mitbekommen hatte von unserer Liste. Definitiv nicht von dem Punkt zur großen Liebe. Das ging nur Nele und mich etwas an. Über einen Sylt-Urlaub hatten wir jedoch oft geredet. Auch über die Dinge, die wir uns dafür vorgenommen hatten. Wenn auch nicht über jeden einzelnen Punkt der Liste. Etwas anderes kam mir aber vorher noch in den Sinn.

»Klemens, weil ich will, dass du das weißt, muss ich dir was erzählen.« Ich wollte Klemens darauf vorbereiten, dass Änne und Rufus sich kannten.

Erwartungsvoll sah er mich an. Es wirkte lustig, wie er so nach oben schauen musste, obwohl er mich normalerweise locker um zwei Köpfe überragte.

»Änne und Rufus, sie kennen sich«, sagte ich dann.

Perplex schaute er mich an. »Ist das dein Ernst?« Er schien sichtlich überrascht.

»Sie haben wohl mal einen Urlaub hier verbracht. Dann ist Rufus aber zu seiner Frau zurückgekehrt und verschwand aus ihrem Leben. Änne blieb seitdem allein. Ich habe den Eindruck, dieser Mann hat ihr einmal viel bedeutet und tut es noch heute.«

»Unfassbar, dass sie jetzt hier auf seinen Sohn trifft«, staunte Klemens.

»Absolut. Ich kann es auch kaum glauben. Es ist sowieso vieles vollkommen unvorstellbar, was hier gerade so passiert. Aber das ist eine lange Geschichte.«

»Das kann man wohl sagen«, stellte Klemens leise fest.

»Ich hoffe sehr, dass sie auch Rufus wiedersieht. Darum erzähle ich dir auch davon. Vielleicht hast du eine Idee, wie man ein wenig Schicksal spielen könnte? Vorhin klang es ja schon einmal so, dass er wieder am Hof sein wird.«

Täuschte ich mich, oder wirkte Klemens für einen Moment abwesend. Hatte ich etwas Falsches gesagt?

»Ist alles in Ordnung?«, erkundigte ich mich.

Verstört schaute er mich an, wirkte dabei aber gedanklich weit weg. »Doch, doch, alles in Ordnung. Ob ich Schicksal spielen kann?« Er hob nachdenklich die Augenbrauen. Dann lächelte er. »Ich überlege gerade schon, wie es sich deichseln lässt, dass sich die beiden über den Weg laufen. Wenn er nachher wirklich wieder da sein sollte zum Treffen mit Robert, könnte man es ja wie zufällig arrangieren, dass sie sich begegnen. Dass Änne sich mit ihrem Arzt unterhält, liegt ja auf der Hand. Und genau dann muss auch Rufus hereinschneien. Das sollte sich doch einrichten lassen.« Er legte nachdenklich die Stirn in Falten.

Es war rührend, wie Klemens sich Gedanken machte um das Wohl meiner Tante.

»Änne hat immer gesagt, dass alles im Leben vom Schicksal gelenkt wird. Langsam glaube ich daran, dass sie recht hat.« Ich lächelte. »Auch das hier, dass ich wieder auf einem Pferd sitze, noch dazu auf einem Friesen mit weißem Fleck – das ist alles unglaublich.«

Irritiert sah Klemens mich an. »Ein weißer Fleck?«

Ich winkte ab. »Ach, das ist auch eine lange Geschichte«, antwortete ich ausweichend.

»Verstehe«, sagte er und schaute auf den Weg vor uns. Plötzlich war Klemens wieder ganz still. Mir schien, als bedrückte ihn etwas.

Jeltje schritt weiterhin entspannt neben Klemens her, und ich war überglücklich, dass der Ausritt so gut verlief. Ich hoffte, dass dies nicht der letzte Ausflug gewesen war, wollte ihn aber für heute beenden.

»Lass uns umkehren«, schlug ich vor. »Änne soll nicht allzu lange warten, und es war so toll – das soll fürs Erste reichen.«

Klemens nickte. Wir machten kehrt, und die Stute lief mit Blick auf ihre Herde gleich noch einen Schritt schneller.

Entweder war es das eilige Tempo, das es Klemens erschwerte, neben dem Laufen zu sprechen, oder es war irgendetwas anderes. Auffallend war, dass er ganz schweigsam blieb. Auch als ich versuchte, mit lockerem Geplauder das Gespräch wieder aufzunehmen, stieg er kaum darauf ein. Es vergingen einige Hundert Meter, auf denen wir nicht redeten. Unser Schweigen trübte meine gerade noch so euphorische Stimmung.

»Sophie, wirst du Philip heiraten?« Die Frage von Klemens kam so plötzlich, dass sie mich vollkommen überrumpelte und ich mich fühlte, als fiele ich gerade vom Pferd.

Ich schaute ihn vom Pferderücken aus an und bedeutete Jeltje mit sanftem Zug am Zügel, dass sie anhalten sollte. Die sensible Stute reagierte sofort und blieb stehen.

»Du weißt von der Hochzeit?«

Aus traurigen Augen sah er mich an, senkte dann den Blick und nickte.

»Schon damals, bei Neles Beerdigung, warst du mit ihm da. Ich habe nie verstanden, was du an ihm findest. Auch auf die Gefahr hin, dass ich hier gerade deinen zukünftigen Ehemann schlechtrede. Ich war immer ehrlich zu dir, und du wusstest, was Nele und ich von Philip hielten. Niemals hätte ich kommentiert, dass ihr ein Paar wart. Auch wenn ich es ganz, ganz furchtbar fand. Das stand mir nicht zu.« Er sprach die Worte mit solcher Ernsthaftigkeit aus, dass ich ihm am liebsten um den Hals gefallen wäre, ihn zur Beruhigung geküsst und ihm danach gestanden hätte, dass ich mich in ihn verliebt hatte. Da saß ich nun aber handlungsunfähig auf dem Pferd, und alles fühlte sich an wie gelähmt.

»Aber Sophie, es gibt da etwas, was ich dir sagen muss«, fuhr Klemens dann fort.

»Ich muss dir auch etwas sagen«, erwiderte ich und suchte nach den richtigen Worten, wie schon in hundert Momenten zuvor, als ich diese Szene im Kopf durchgespielt hatte.

Wir lachten beide unsicher, als wir gleichzeitig wie aus einem Mund sagten: »Ich wollte es dir längst erzählen.« Perplex schauten wir uns an.

Von Weitem sah ich, dass Änne noch immer auf der Bank saß mit übergeschlagenen Beinen, die Arme verschränkt. Ich befürchtete, Klemens würde mir irgendetwas Schlimmes sagen. Warum war er mit einem Mal so schweigsam?

Auch das Pferd schien meine Anspannung zu bemerken, denn es wollte nicht länger stillstehen, sondern fiel in einen unruhigen Schritt, und hob den Kopf so hoch, dass es mir schwerfiel, mit dem Zügel die Verbindung zu halten. Klemens ging eilig neben uns her, die Hand in Höhe des Zügels, sodass er jederzeit eingreifen konnte.

In diesem Moment sah ich, wie ein Auto in der Höhe des Weges, an dem die Bank stand, auftauchte. Es hielt einen Moment, bevor es mit deutlich überhöhtem Tempo weiterfuhr, direkt auf uns zu. Klemens griff noch beherzt in den Zügel, um Jeltje festzuhalten, doch das Tier machte einen erschrockenen Satz. Ich klammerte mich mit den Beinen am Pferdebauch fest und schickte ein Stoßgebet gen Himmel, dass das gut ausgehen würde. Da sah ich, wie der kräftige Pferdehals vor mir meinem Gesicht immer näher kam, und spürte, wie die Vorderbeine die Verbindung zum Boden verloren. Ich lehnte mich geistesgegenwärtig nach vorne, ließ dem Tier lange Zügel und behielt das Gleichgewicht. Unsanft landete Jeltje wieder auf dem Boden, um in einen hastigen Galopp zu verfallen, der direkt auf die Weide zuführte. Ich sah die Wiesen an mir vorbeirauschen und Pferde, die am Zaun der Weide auf und ab rannten.

Erst kurz vor dem Tor gelang es mir, wieder fest im Sattel zu sitzen und den Druck auf den Zügel so zu erhöhen, dass das Tier zum Stehen kam. Ich war schon froh, dass ich überhaupt oben geblieben war trotz des rasanten Tempos. Mit einem beherzten Sprung schoss ich zu Boden und landete auf den Füßen. Den Zügel weiter fest umklammernd, stand ich mit zittrigen Beinen neben dem bebenden und schweißnassen Pferd, das aus weit aufgerissenen Augen in Richtung der Gefahr starrte, zurückstob und flüchten wollte. Das Leder der Zügel schnitt schmerzhaft in meine Hand. Weißer Schaum hatte sich an Hals und Flanke gebildet, so aufgeregt und verschwitzt war die Stute. Beruhigend klopfte ich ihren Hals und redete auf Jeltje ein.

Klemens kam im Laufschritt angerannt.

»Sophie, ist alles in Ordnung? Bist du verletzt?« Geschockt starrte er mich an. Dabei hielt er mich an beiden Schultern.

Matt schüttelte ich den Kopf. »Ich habe nur einen Riesenschreck bekommen.« Erschöpft lehnte ich mich an seine Brust.

»Du hast dich tapfer gehalten. Respekt«, sagte Klemens noch, bevor er mich sanft wegschob und sich dem Verursacher dieser Hektik zuwandte. »Entschuldige mich bitte, Sophie.«

Rasend vor Wut stob er auf das Auto zu, welches nun in einigen Metern Entfernung stehen geblieben war. Offenbar handelte es sich um einen Mietwagen, was der Werbeschriftzug verriet.

Klemens riss die Tür auf, und ich hatte Sorge, sein ganzer Zorn würde sich dem gedankenlosen Autofahrer gegenüber gleich mit aller Wucht entladen. Ich konnte wohl von Glück reden, wenn es jetzt gleich keine Verletzten gab.

In dem Moment erstarrte Klemens und wich von der geöffneten Autotür zurück.

Was ich sah, fühlte sich nicht an, als ginge das Pferd unter mir durch, sondern als täte sich ein Abgrund unter mir auf. Ich umklammerte den Zügel, als könnte ich mich daran festhalten und verhindern, in das große schwarze Loch zu stürzen.

»Sophie, Liebes!« Es war Philip, der aus dem Auto stieg und direkt auf mich zustürzte.

Jeltje wich erschrocken einen Satz zurück, und auch mir war danach zumute. Philip umarmte mich fest und drückte mir einen Kuss auf die Lippen, den ich nicht im Ansatz erwiderte. Vielmehr drehte ich mich weg, wand mich aus seinem Arm und stieß ihn zur Seite.

»Ich konnte ja nicht ahnen, dass du hier entlangreitest. Aber hast du nicht immer gesagt, das ist viel zu gefährlich?«

Aus dem Augenwinkel sah ich Klemens, wie er dastand, ermattet von all dem, was gerade geschehen war. Die Arme hingen schlaff an seinem Körper. Sein Shirt klebte an ihm, so sehr war er ins Schwitzen gekommen, um mich zu retten und ein weiteres Unglück zu verhindern.

»Philip«, setzte ich an, wurde aber gleich unterbrochen.

»Und dabei habe ich mich so auf dich gefreut. Nachdem mein Wagen eine Panne hatte, musste ich mir erst mal dieses Auto besorgen.« Philip deutete auf das Fahrzeug, bedachte Klemens mit einem abschätzenden Blick und legte erneut besitzergreifend den Arm um mich.

»Ich hatte schon befürchtet, dass dieser Typ dich in Gefahr bringt«, zischte Philip, und ich sah, wie Klemens die Hände zu Fäusten ballte. In diesem Moment war auch Änne an uns herangetreten. Sie hatte offenbar von dem durchgehenden Pferd nichts mitbekommen, und es hatte den Anschein, als traute sie ihren Augen nicht, als sie Philip sah.

»Philip? Was um aller Welt machst du denn hier?« Der Tonfall in ihrer Stimme war vernichtend.

»Änne, ich freue mich auch, dich zu sehen«, schoss Philip ihr mit bösem Blick entgegen. »Und wenn du nichts dagegen hast – ich besuche meine Verlobte, mit der ich bis zu unserer Hochzeit noch ein paar wunderschöne Tage hier in unserem Lieblingshotel verbringen werde. Wenn ich mir das so anschaue, komme ich ja gerade richtig. Nicht auszudenken, was alles hätte passieren können.« Ein verächtlicher Blick wanderte von Änne weiter zu Klemens und dann zu Jeltje. »Ich schlage vor, du drückst das Vieh dem Stallburschen da wieder in die Hand, und wir sehen zu, dass wir das Weite suchen.« Ungläubig, dass das, was ich hier gerade erlebte, wahr sein konnte, stand ich da. Stumm wie ein Fisch, geschockt von der Situation. Ich wollte schreien, dass es anders war und ich in genau diesem Moment glücklicher gewesen war, als ich es in seiner Gegenwart je gewesen war. Ihn zur Rede zu stellen, was ihm einfiel, dass er hier aufkreuzte, mein Pferd und uns zu Tode erschreckte, um dann den Retter zu mimen, der seine geliebte Verlobte aufliest. Aber mein Hals war wie zugeschnürt.

Ich stob zur Seite, drehte Philip meinen Rücken zu und ging mit festem Schritt und Jeltje in der Hand auf Klemens zu.

Bei Klemens angekommen, drehte ich mich wieder zu Philip um. Hier fand ich meine Sprache wieder. »Vergiss es, Philip! Was unsere Hochzeit angeht, habe ich dir schon am Telefon alles dazu gesagt. Ich meine es ernst. Du kannst sie absagen. Ich werde dich nicht heiraten. Niemals. Ein paar Tage mit dir in deinem Lieblingshotel sind das Allerletzte, was ich will. Und dass du nicht erkennst, was es mir bedeutet hat, glücklich zu sein, ist damit bewiesen, dass du es noch nicht einmal jetzt bemerkst, wenn ich hier mit einem Pferd an der Hand stehe. Es interessiert dich nicht, wie meine Träume aussehen. Immer geht es nur um dich, darum, wie du am besten dastehst und was du dir von deinem Leben wünschst. Aber jetzt und ab sofort geht es um mich, Philip. Akzeptier das einfach!«

»Sophie, ich weiß nicht, was in dich gefahren ist. Mir scheint, als wäre dir die Zeit mit deiner Tante zu Kopf gestiegen.« Philip war mir gefolgt, stand vor mir, und ich sah ihm an, wie wütend er war.

»Und was soll das hier bedeuten?« Abfällig zeigte er auf Klemens, dann auf das Pferd, das sich mittlerweile beruhigt hatte und an meiner Hand ein paar Grashalme zupfte.

»Was meinst du?« Ich blitzte ihn wütend an.

Änne stellte sich, als wollte sie mir den Rücken stärken, ganz dicht neben mich.

»Dass du hier mit demjenigen, der deine beste Freundin auf dem Gewissen hat, einen auf verliebt machst. Das ist doch lächerlich. Will er seine Schuldgefühle bereinigen, oder hat er es vielleicht auf dein Geld abgesehen?«

»Philip, halt sofort den Mund!«, schalt ihn Änne. »Das sagt der Richtige. Wenn es hier jemand aufs Geld abgesehen hat, dann bist das wohl du.« Sie schaute ihn an, als wäre er Ungeziefer, vor dem sie sich ekelte.

»Der Heiratsantrag – ist es Zufall, dass er, genau einen Tag nachdem meine Schwester Linda mitbekommen hat, dass ich zum Arzt ging, und sicher geahnt hat, dass ich mein Erbe auf Sophie umschreiben würde, erfolgt ist? Ich glaube kaum! Diese plötzliche Fürsorge, als es mir schlecht ging. Pah, dass ich nicht lache! Linda und du, ihr habt es nur darauf abgesehen, etwas von meinem Erbe abzukriegen. Ihr solltet euch schämen! Und es so darzustellen, als wäre Klemens an Neles Tod schuld, war von Anfang an das Widerwärtigste, was du je hättest tun können, Philip. Ich habe dich spätestens seitdem verabscheut.«

17. Kapitel

Wie in einem Film, dessen Ausgang dem Zuschauer bis zuletzt ein Rätsel bleibt, stand ich zwischen allen Akteuren, hilflos und unfähig, einen klaren Gedanken zu fassen.

Mit einem Mal ergriff Klemens das Wort, der bis hierhin fassungslos geschwiegen hatte.

»Philip, ist dir eigentlich bewusst, was eben alles hätte passieren können? Sophie wäre um ein Haar ebenso verunglückt wie Nele.« Klemens trat näher, die Hände zu Fäusten geballt. Angriffslustig stand er direkt vor Philip, der einen Kopf kleiner als er war und in seinem feinen Zwirn hilflos und schmächtig wirkte gegenüber Klemens.

»Und dann erdreistest du dich auch noch, wieder mit der Lüge aufzuwarten, ich sei schuld an Neles Tod.« Klemens machte eine Pause. Ich sah, wie sein Kinn bebte und die Wut in seinen Augen wie Feuer brannte. »Es reicht, Philip! Ob Sophie dich heiraten wird, ist allein ihre Entscheidung. Ich kann es aber keinen Tag länger mit meinem Gewissen vereinbaren, dass Sophie nicht die Wahrheit kennt.«

Ich zitterte aus Angst, jeden Moment ohnmächtig umzufallen. Ohne zu wissen, worauf Klemens hinauswollte, überkam mich eine Befürchtung, dass das, was er gleich sagen würde, alles in mir erschüttern würde.

Philip straffte die Schultern und baute sich vor Klemens auf, was jedoch lächerlich wirkte. Er war aber offenbar noch immer der Ansicht, sein Auftreten schüchtere Klemens ein. Änne hatte meine Hand ergriffen und drückte sie fest. Klemens trat zurück, und für einen Moment dachte ich, Philip gewänne tatsächlich wieder die Oberhand. Klemens nahm mir seelenruhig das Pferd ab, hob den Sattel runter und legte ihn auf den Zaun. Die Sekunden fühlten sich wie eine Ewigkeit an, und die Anspannung, die in der Luft lag, war kaum auszuhalten. Klemens trat durch das Tor, entfernte die Trense, und Jeltje trabte weit hinaus auf die Weide, wo sie sich in einiger Entfernung auf den Boden legte und ausgiebig wälzte.

Dann ging Klemens wieder einige Schritte auf Philip zu, der noch immer selbstgefällig grinste.»Du denkst schon daran, dass es deiner Mutter nicht gut geht und jegliche Aufregung, was Marienlund angeht, ihr deutlich schaden könnte?« Philip klang noch immer halbwegs sicher.

»Kümmere dich nicht darum, das geht dich nichts mehr an. *Meine* Mutter hat das Thema Marienlund zu den Akten gelegt. Endlich.« Die Worte von Klemens schossen in Richtung meines sichtlich angespannten Ex-Verlobten.

»Gerade vorhin hat sie mir zumindest noch sehr freundlich weitergeholfen, damit ich euch finde«, bellte Philip selbstgefällig.

»Noch weiß sie ja auch nicht, dass du es nicht einen Tag länger verdient hättest, Freundlichkeit von uns zu erfahren. Aber nun soll sie es auch wissen.« Offenbar hatte Philip Klemens' Mutter getroffen. Sie war wohl am Hof angekommen, während wir unterwegs waren.

Jetzt sah ich, wie die Sicherheit und Überlegenheit in Philips Blick deutlich ins Wanken gerieten. Um seine Mundwinkel zuckte es hektisch, nervös trat er von einem Fuß auf den anderen. Änne knabberte ebenso aufgeregt an ihrer Unterlippe, und ich stand da, als wäre ich zu Eis erstarrt.

»Ich denke, es ist an der Zeit, dass Sophie erfährt, was damals wirklich auf Marienlund geschehen ist, bevor du als ach so hilfsbereiter Retter beweisen wolltest, was für ein fürsorglicher und guter Mensch du bist.« Verächtlich stieß Klemens Luft durch die Lippen aus. Die Augenbrauen zusammengezogen, presste er die Kiefer aufeinander. Er wirkte, als brennte ihm das, was er nun sagen würde, schon lange auf der Seele, und als hätte er nur auf diesen Tag gewartet.

Ich fühlte mich, wie als Beobachter eines Dramas auf einer Bühne, als Klemens zu sprechen begann. Ich ließ jedes der Worte wirken, bevor ich annähernd verstehen konnte, was wirklich damals geschehen war.

»Du hattest mitbekommen, wie Nele und ich im Stall gesprochen haben.« Klemens bedachte mich mit einem kurzen Blick, bevor seine Augen wieder zu Philip wanderten.

»Nele hatte sich in mich verliebt. Sie sagte mir an dem Tag, dass sie sich nichts mehr wünschte, als dass sie und ich ein Paar werden würden.«

Mein Herz schlug so stark, als wollte es aus meiner Brust ausbrechen. Ohne es wirklich steuern zu können, nickte ich.

»Aber ich musste ihr die Wahrheit sagen, dass ich leider nur die beste Freundin in ihr sah. Die beste der Welt zwar, aber nicht die Frau an meiner Seite.« Traurig senkte er den Blick, und ich versuchte, mir auszumalen, worauf er hinauswollte.

Was er dann sagte, wäre mir aber niemals im Leben in den Sinn gekommen.

Klemens schaute mich wieder an, diesmal mit einem Blick, der tiefer ging und mich an einem Punkt traf, wo bis vor Kurzem noch nie ein Mensch gewesen war.

»Ich war schon damals verliebt in Sophie«, sagte Klemens mit einem Mal, und Änne und ich hielten uns zeitgleich vor Schreck die Hand vor den Mund.

»Nein«, flüsterte ich, und meine Augen füllten sich mit Tränen.

»Nele war unfassbar stark. Sie weinte und zitterte, als ich sie in den Arm nahm und mich nur entschuldigen konnte, was ihr ja auch nicht wirklich half. Ich gestand ihr, dass es eine andere Frau in meinem Herzen gab. Eine Frau, die uns beiden so viel bedeutete.« Klemens sah mich an, und meine Knie wurden noch ein wenig weicher.

»Ich sprach deinen Namen noch nicht einmal aus, sie verstand sofort, von wem ich sprach. Trotz aller Enttäuschung sagte sie, sie sei dankbar, dass ich so ehrlich sei mit ihr. Bei diesem Gespräch bat sie mich erst um Zeit, darüber nachzudenken, wie es weitergehen würde. Wenig später stand sie aber schon wieder vor mir, erklärte, dass es keinen Menschen der Welt geben würde, dem sie mich als Mann an ihrer Seite mehr wünschen würde als Sophie. Ich war überwältigt, wie liebevoll sie von dir sprach und welche Stärke sie bewies.« Klemens senkte den Blick, und ich hatte den Eindruck, jetzt fiel es ihm schwer, mich anzuschauen. »Und dieses Gespräch hast du, Philip, belauscht.«

Er blickte kurz zu ihm, dann fuhr er fort: »Nele wollte mit Sophie reden. Wollte ihr erzählen, was ihre Liebesbeichte für Folgen hatte. Sie erzählte mir auch von eurer Liste. Davon, dass ihr einmal, halb ernsthaft, halb im Scherz, eine Liste erstellt hattet, woran ihr die große Liebe erkennt. Sie hat sie mir selbstverständlich aber nicht gezeigt. Das war so ein Mädchending.«

Ich klammerte mich an meine Tante.

Ich zitterte, wagte es kaum, zu atmen, denn mit einem Mal fügte sich einiges in meinem Kopf. Wie ein Puzzle, zu dem ich gerade entscheidende Teile gefunden hatte. Ungläubig schüttelte ich den Kopf. Klemens trat noch einen Schritt auf Philip zu.

»Als wir diesen Ausritt besprachen, warst du im Stall. Eine unserer Pflegerinnen sprach dich an, als du dich hinter einer Tür versteckt hattest, um uns zu belauschen. Ich war mir sicher, du hattest unser Gespräch mitbekommen, und ahnte noch, dass du verhindern würdest, dass Nele mit Sophie sprechen würde. Ich wusste, dass du schon damals mit Sophie zusammen sein wolltest. Aber ich dachte, wenn die Frauen ausreiten, sind sie ungestört. Sie ritten wie immer ihre gewohnte Strecke.« Klemens schaute mich an. »Ich war mit den Jungs gerade draußen und sah noch, wie ihr gestartet seid. Man konnte euer Kichern ja immer weit hören, da habe ich mich nach euch umgedreht.« Klemens lächelte, halb herzlich, halb bitter.

Ich befand mich noch immer in einem inneren Würgegriff,

unfähig, auch nur einen Laut von mir zu geben oder mich zu bewegen.

»Dann seid ihr um die Ecke gebogen, an der der Weg einmündete auf die Strecke neben den Weiden, wo wir waren.« Er drehte sich wieder Philip zu. »Philip, du wusstest, dass sie diesen Weg reiten. Weil sie ihn am liebsten geritten sind und man da die längsten Schrittphasen hatte zum Quatschen.« Klemens machte eine Pause, und Philip wirkte wie in die Enge gedrängt. Davon, dass er Oberwasser zu haben glaubte, war nicht mehr viel zu spüren. Noch nicht einmal eine giftige Rechtfertigung war zu hören.

»Als ich das nächste Mal in Richtung des Weges schaute, den wir von der Weide aus gut einsehen konnten, kamst du um die Kurve gerast. Es war nicht dein Auto, sondern eins, welches die Mitarbeiter von Marienlund oft nutzten, meistens ich, weshalb der Verdacht nach dem Unfall dann schnell auf mich fiel.«

»Deine Fantastereien will hier doch niemand hören«, fauchte Philip Klemens an, was jedoch mehr wie ein hilfloser Versuch rüberkam, denn alle Anwesenden bis auf Philip wollten sehr wohl erfahren, was Klemens zu erzählen hatte. Klemens sprach ruhig weiter, während Philip im Begriff war, wieder ins Auto zu steigen, um dieser Situation feige zu entkommen.

Klemens hob seine Stimme, um ihn weiter zu erreichen und tatsächlich stieg Philip nicht sofort ins Auto. »Neles Pferd scheute, und dann ging alles ganz schnell. Du bist es gewesen, der sofort das Weite gesucht hat. Ich bin zu Nele und Sophie gerannt, ohne Auto, weil ich in der Nähe war. Meine Jungs haben den Krankenwagen gerufen. Es war nicht dieser ominöse Ersthelfer, der später genannt wurde. Ich war es, der als Erster da war. Da war Sophie aber bereits ohnmächtig geworden. Sie war nicht mehr ansprechbar. Und noch im Krankenhaus, als ich zu Sophie wollte, hast du angefangen, mir die Hölle heißzumachen. Hast zig Leuten erzählt, dass ich es war, der Neles Pferd erschreckt hatte und aus schlechtem Gewissen im Krankenhaus aufkreuzte. Ich bin dann direkt zur Polizei gegangen, weil ich wollte, dass Neles Eltern,

Sophie und alle, die damit zu tun hatten, Bescheid wüssten. Aber niemand bei der Polizei glaubte mir. Nein, man glaube eher dem feinen Herrn von Hohentau, der mir die Schuld zuschob.

Dabei bekam niemand mit, wie du mich abgefangen hast, als ich wieder nach Hause kam, und mir gedroht hast. Du hast ganz genau gewusst, dass Marienlund meinen Eltern alles bedeutete. Trotzdem habe ich versucht, mit der Polizei zu reden, aber weder mir noch meinen Kollegen glaubte man. Ich verlor irgendwann den Mut. Erst recht, als du mich damit erpresst hast, dass du die Verträge kündigen würdest, wenn ich dich verraten sollte und weiterhin bei meiner Aussage bliebe, die mir sowieso niemand abnahm. Damit hast du dich mit deinen widerwärtigen Lügen und Erpressungen zwischen Sophie und mich gedrängt. Und, ja, ich muss zugeben, dass mich der Mut verließ. Denn das Gut zu verlieren, hätte meinen Eltern das Herz gebrochen. Dennoch habe ich lange überlegt, wie ich mit Sophie sprechen könnte. Dann warst du auf der Beerdigung von Nele. Sophie war an deiner Seite und weinte in deinem Arm, und ich sah keinen anderen Ausweg, als das Feld zu räumen, zumal deine Drohungen gleichzeitig immer widerwärtiger wurden.«

Dann schaute Klemens mich an. »Ich habe einen großen Fehler gemacht, irgendwann hilflos zu schweigen. Aber sollte ich meiner am Boden zerstörten Freundin, die zumindest wieder ein bisschen lachte, wenn sie mit einem anderen Mann und seinen Freunden unterwegs war, sagen, dass sie neben dem Verlust ihrer allerbesten Freundin auch noch einen elendigen Lügner und Feigling an ihrer Seite hatte? Wo mir doch niemand mehr geglaubt hatte, noch nicht einmal die Polizei? Immer im Hinterkopf, dass meine Eltern daran zerbrechen würden, dass nach diesem tragischen Unglück auch ihr Traum vom Gestüt platzte, wenn Philip es darauf ankommen ließ?« Seine Blicke trafen wieder Philip. »Du wusstest genau, in was für einer beschissenen Lage ich mich befand.« Klemens bebte vor Wut, so sehr regte er sich auf. »Meine Eltern wussten, dass ich nichts damit zu tun hatte. Nie wäre ich so unbedacht durch diese Kurve gerast. Ich kannte eure Strecken ja, genau wie Philip, wenn nicht sogar besser. Aber ich habe ihnen nie gesagt, wie es wirklich war, nur, dass ich unschuldig war. Vielleicht hatten auch sie all die Jahre Angst davor, die Wahrheit zu erfahren, denn sie haben eine gute Menschenkenntnis.« Bitter lachte er auf. »Aber jetzt ist Marienlund Geschichte.«

»Ihr seid doch alle übergeschnappt«, kam es noch immer überheblich von Philip zurück.

»Philip, ist das wahr, was Klemens sagt?« Meine Stimme klang kräftiger, als ich es mir in diesem Moment zugetraut hätte. Aber die Wut, Enttäuschung und das Gefühl, so lange eine Lüge gelebt zu haben, hätten mich diese Worte auch schreien lassen können. Änne strich mir sanft über den Rücken. Ich war mir sicher, neben all der Genugtuung, dass Philip endlich enttarnt wurde, fehlten auch ihr die Worte dafür, wie abartig diese Geschichte war.

Doch mit einem Mal war da noch etwas anderes, was ich nach und nach realisierte. Klemens hatte Philip soeben nicht nur eine abscheuliche und unverzeihliche Tat nachgewiesen, er hatte auch etwas preisgegeben, was ich niemals für möglich gehalten hätte. Das ließ mein Herz aussetzen.

Philip versuchte nicht mehr, mir irgendwas zu erklären, sondern stieg energisch in sein Auto, wendete und fuhr mit quietschenden Reifen von dannen.

Nach einem kurzen Moment, in dem wir uns alle sammelten, war es Klemens, der als Erster die Sprache wiederfand.

»Nun ist es raus«, stellte er fest.

»Und ich bin nie auf die Idee gekommen, dass Philip was mit dem Unfall zu tun haben könnte. Keine einzige Sekunde habe ich diese Möglichkeit in Betracht gezogen. Wie blind war ich eigentlich?«, faselte ich vor mich hin.

»Das meine ich nicht«, sagte Klemens und schaute mich mit ernstem Blick an. Ich spürte, wie mir abwechselnd heiß und kalt wurde, gefolgt von einem wohligen Schauer, der wie Heerscharen von Schmetterlingen durch meinen Bauch zog.

»Hätte ich doch bloß nie aufgegeben und darum gekämpft, dass du erfährst, was ich für dich fühle.« Klemens' Blick war tieftraurig und dennoch hoffnungsvoll. »Sophie, weißt du was? Ich wünsche mir nichts mehr, als dass es noch nicht zu spät ist. Vielleicht sollten wir dem Credo der lieben Änne folgen und darauf vertrauen, dass das Schicksal genau diese Reihenfolge für uns vorgesehen hat?« Er bedachte meine Tante mit einem warmherzigen Blick, und Änne, die sonst immer einen kessen Spruch auf den Lippen hatte, errötete leicht und wirkte rührend sprachlos.

Dann trat Klemens dichter an mich, strich mir weich und sanft eine Strähne aus dem Gesicht und umarmte mich. Ich nahm seinen Duft wahr, wärmte mich an seiner Nähe und fand Halt an seinem starken Oberkörper, in diesem Moment, in dem mir einfach nur die Tränen kamen und ungehemmt über meine Wangen liefen. Mein Weinen ließ mich zittern, wirkte befreiend und erschütternd zugleich. Aber ich vertraute Klemens' Worten und Ännes Lebensmotto, dass es so sein sollte, dass wir uns hier auf Sylt unter diesen Umständen wiedersahen. Ich spürte Klemens' Gesicht an meinen Haaren, merkte, wie er sanft meine Stirn küsste. »Manchmal liegen Schmerz und Glück verdammt nah beieinander.« Dieser Satz passte so gut. Ich sah Nele und spürte den Verlust, dann Philip, und bittere Enttäuschung überkam mich, schließlich Klemens, der Ruhe ausstrahlte, und nicht zuletzt daneben Änne, die mich mit dieser Reise zur Wahrheit und zu meiner großen Liebe geführt hatte.

Als Klemens die Umarmung löste, trat ich zu Änne, hielt ihre Hände und drückte sie fest. Auch sie kämpfte mit den Tränen, deutete mit einem schiefen Lächeln darauf und flüsterte: »Freudentränen, Fideli, reine Freudentränen! Meine Mission hier ist jedenfalls erfüllt.«

Ich biss mir auf die Unterlippe und drückte meine Tante fest an mich, bemüht, nicht sofort wieder zu weinen.

»Nein, Änne. Ganz und gar nicht«, sagte Klemens mit einem Mal. »Wir gehen jetzt zum Hof zurück.« In der Hand hielt er sein Handy. »Robert hat geschrieben. Er ist gerade angekommen. Meine Mutter hat ihn wohl schon auf unsere Terrasse gebeten. Wie wir gehört haben, ist sie ja auch bereits da.« Er machte eine einladende Geste, die uns andeuten sollte, ihm zu folgen. Mir zwinkerte er zu, und ich ahnte, dass auch Rufus da sein würde.

Änne schaute unsicher von einem zu anderen, fand aber langsam zu ihrer gewohnten Souveränität zurück. »Na los, worauf wartet ihr? Ich habe nichts zu verlieren – außer Zeit!«

Dann lief sie mit schnellen Schritten voran, und Klemens legte schmunzelnd den Arm um mich. Amüsiert schüttelte ich den Kopf, und wir gingen glücklich hinter Änne her.

18. Kapitel

Änne lief ein paar Meter voraus. Ich hatte den Eindruck, sie wollte einige Momente für sich sein, bevor sie womöglich ihrer alten Liebe nach Jahren gegenüberstehen würde.
»Wie geht es Änne gesundheitlich?«, fragte Klemens.
»Leider nicht gut. Sie überspielt es, aber ich sehe, wie viele Tabletten sie schluckt und wie schnell sie abbaut, wenn sie sie einmal zu spät nimmt oder der Tag zu anstrengend war. Es bricht mir das Herz, das mit anzusehen. Aber Änne möchte kein Mitleid. Momente wie diese eben, die sind es, die ihr Kraft geben. Und man darf nicht unterschätzen, wie sehr sie daran glaubt, dass das Schicksal für jeden Menschen eine ganz bestimmte Laufbahn bereithält. Und sie scheint so recht zu haben. Ohne Änne wäre ich nicht hier.« Ich schaute Klemens an und sah, dass er nachdenklich war. Dennoch wirkte er glücklich. »Ich bin mir sicher, auch für sie wird sich ein Kreis schließen, wenn sie Rufus wiedersieht. Diese Insel hat schon Wunder bewirkt. Und da spreche ich aus Erfahrung. Lass uns darauf vertrauen. Vielleicht wird Änne doch dafür belohnt, dass sie dem Leben trotz aller Widrigkeiten so viel Offenheit und Zuversicht entgegengesetzt hat. Es ist tatsächlich so, dass mich meine eigene Geschichte gelehrt hat, dass sich manchmal Auswege auftun, wenn man sie am wenigsten für möglich gehalten hat.«

Wir kamen am Hof an, und Klemens' Mutter, die ich seit meinem letzten Urlaub auf Marienlund nicht mehr gesehen hatte, empfing uns. Klemens drückte sie an sich, und ich sah beiden die Erleichterung darüber an, dass sie auch wieder hier am Hof angekommen war.

»Sophie!« Ehrliche Freude strahlte aus ihren Augen, die deutlich gekennzeichnet waren von vielen Tränen in den vergangenen Monaten. Die Wangen waren eingefallen und ihr Körper ganz schmal. Sie war eine Frau, die mit ganzem Herzen Mutter gewesen war. Nebenbei hatte sie ihren Mann bei der Arbeit auf dem Gut unterstützt. Für uns verkörperten die Brinkmeyers damals das Bild der perfekten kleinen Familie. Während meine Eltern viel arbeiteten und so was wie gemeinsame Mahlzeiten allenfalls am Sonntag auf dem Programm standen, gehörte das gemeinsame Abendbrot bei Familie Brinkmeyer zum täglichen Ritual und wurde zelebriert. Mir war schon damals aufgefallen, wie liebevoll Frau Brinkmeyer und ihr Mann miteinander umgingen. Sie stand immer hinter ihm und er hinter ihr. Sie ergänzten sich. Wenn ihr Mann Haus und Hof in Schuss hielt, war sie da für Klemens. Sobald Klemens ihre Unterstützung aber nicht brauchte, steckte sie all ihre Energie in den Gutshof und packte an der Seite ihres Mannes fleißig mit an. Ihre Liebe war sichtbar und geprägt von einer großen Wertschätzung. Ich war mir sicher, sie vermisste ihren Mann unendlich. Die Trauer über diesen Verlust stand ihr auch ins Gesicht geschrieben. Sie tat mir leid.

»Ich freue mich so sehr, Sie wiederzusehen, Frau Brinkmeyer!« Kurzerhand ging ich auf die zierliche, zerbrechlich wirkende Frau zu und umarmte sie.

»Bitte sag endlich Du, liebe Sophie«, bat sie mich. »Ich bin Sylvie. Wie schön, dass ich heute wieder nach Hause durfte. Da geht es mir gleich noch mal viel besser, wenn ich dich sehe.«

»Danke, Sylvie!«

»Es ging doch schneller als erwartet. Klemens hatte angeboten, mich abzuholen, aber nun konnte ich ihn überraschen und war schon ein paar Stunden eher fertig. Der Pflegedienst hat angeboten, mich kurz hier vorbeizufahren. Als ich hörte, dass Klemens mit dir unterwegs war, konnte ich es kaum glauben.« Sylvia Brinkmeyer strahlte glücklich. »Geht doch auf die Terrasse. Roberts Töchter sind mit Lina schon am Stall. Mila kommt jeden Moment und hat versprochen, die Reitstunde heute zu übernehmen. Dann habt ihr ein wenig Zeit zum Quatschen mit Robert«, informierte sie Klemens.

»Darf ich vorstellen, das ist Änne, Sophies Tante«, machte Klemens Änne mit seiner Mutter bekannt. »Änne, das ist meine Mutter Sylvia. Ab heute wohnt sie auch erst mal hier auf dem Hof.«
»Wir haben uns damals auf Marienlund nie getroffen, glaube ich. Ich habe Nele und Sophie manchmal dorthin gefahren. Schön, Sie kennenzulernen«, begrüßte Änne die Frau freundlich.
»Die Freude ist ganz meinerseits«, entgegnete Sylvia Brinkmeyer.

Wir gingen um das Haus herum in Richtung Terrasse, und ich war mir sicher, dass mein Herz und Ännes sich ein aufgeregtes Wettrennen lieferten.

Robert Olandt stand auf und trat auf uns zu. »Frau Mommsen, ich hoffe, es geht Ihnen gut? So sieht man sich wieder. Und diese Umgebung ist doch so viel angenehmer, finden Sie nicht?« Ein charmantes Lächeln ging vom Arzt aus zu Änne und weiter zu mir.

»Um Längen schöner als in der Klinik ist es hier. Hallo, Dr. Olandt!«, begrüßte Änne den Arzt. Dieser lächelte, trat einen Schritt zurück, und zum Vorschein kam ein ebenso gut aussehender Mann, der soeben auch aufstand. Er war ein Abbild des jungen Herrn Olandt, nur rund dreißig Jahre älter.

Die vollen grauen Haare, braun gebrannte Haut und ein edler Kleidungsstil ließen den älteren Herrn wie einen Gutsherrn wirken. Auch wenn meine Tante heute eher einen gedeckten Kleidungsstil gewählt hatte, passten sie äußerlich sonst überhaupt nicht zusammen. Dennoch spürte ich sofort, dass es ganz besondere Blicke waren, die die beiden nun austauschten. Ein Lächeln, wie ich es noch nie auf Ännes Gesicht gesehen hatte, umspielte ihre Lippen. Unsicher wischte sie sich die Handflächen an ihrer Bluse ab und stand da wie angewurzelt.

»Rufus, Änne und du, ihr kennt euch wohl?«, fragte Klemens

und deutete den beiden an, aufeinander zuzugehen. Sie nickten jedoch nur, abwartend, wie der andere reagieren würde. Rufus' Blick war ernst, weil tiefe Sorgenfalten sich fest in seiner Mimik eingegraben hatten. Da beide sich unbeholfen gegenüberstanden, übernahm ich die Rolle des Vermittlers.

Auch Robert Olandt wirkte mit einem Mal fassungslos. Er stammelte nur: »Moment, Papa, soll das heißen, Änne ist *die* Frau?« Als Rufus nickte, ließ Robert Olandt sich ermattet auf einen Stuhl fallen, schüttelte den Kopf und vergrub dann sein Gesicht in den Händen, um sich kurz darauf mit beiden Händen durch die Haare zu fahren. »Ich fass es nicht!« Robert war sichtlich erstaunt.

Ich trat auf Rufus zu.

»Guten Tag, ich freue mich, Sie kennenzulernen. Ich bin Sophie Mohn. Die Nichte von Änne. Wir sind hier gemeinsam im Urlaub. Und ich kenne Klemens von früher. Wir haben uns aber einige Jahre nicht gesehen. Was für ein Zufall, dass Sie und Änne sich hier heute treffen. Wie ich gehört habe, kennen Sie meine Tante auch schon ein wenig länger.« Rufus nickte, und ich meinte, ein zaghaftes Lächeln auf seinen Lippen zu erkennen.

»Ihren Sohn haben wir ja bereits kennenlernen dürfen – zu unserem großen Glück. Ich bin überzeugt, kein anderer Arzt hätte uns so viel Verständnis entgegengebracht. Meine Tante hat nämlich einen eisernen Willen und den dazugehörigen Sturkopf.« Ich zwinkerte, und mit einem Mal durchbrach ein zustimmendes Lächeln die ernsthafte Miene des älteren Herrn.

»Das ist mir wohlbekannt«, sagte er mit einer tiefen, sonoren Stimme, und ich sah Änne an, dass dieser Mann sie noch immer faszinierte. »Rufus Olandt. Ich freue mich, Sie kennenzulernen«, stellte er sich vor und reichte mir die Hand. Dann trat er auf Änne zu. Auch ihr streckte er die Hand entgegen, die sie zögerlich ergriff.

»Hallo, Rufus!« Der Tonfall in Ännes Stimme war umwerfend, so rau und tief klang er bei seinem Namen.

Rufus machte eine einladende Handbewegung und deutete auf den freien Platz neben seinem. Schüchtern trat Änne zu dem Stuhl, den er ihr, ganz Gentleman, zurechtrückte.

»Danke, Rufus«, sagte sie, und ich meinte, trotz der Jahre, in denen sie sich nicht gesehen hatten, herrschte sofort wieder eine Verbindung zwischen den beiden, die nicht von Groll und Vorwürfen, sondern von Wertschätzung bestimmt wurde.

Wir setzten uns alle. Während Robert und Klemens sich locker plaudernd unterhielten, merkte ich, wie die Situation an der Weide noch einmal in mir hochkam. Wie ein beklemmendes Drücken legte sich die Angst um meine Brust. Ich sah Philip, und Bilder aus den Jahren mit ihm liefen wie ein Film vor meinem inneren Auge ab. Ich hatte ja zum Glück bereits vorher die Reißleine gezogen, was unsere Hochzeit anging. Diese Lüge, mit der er jahrelang an mir vorbeigelebt hatte, wirkte nun wie ein Siegel unter das Ende unserer Beziehung. Es war befreiend, aber gleichzeitig auch ernüchternd, zumal die Menschen, denen ich vertraute, um mich herum immer rarer wurden. Mein Blick wanderte um den Tisch, an dem Klemens und Änne saßen. Sie waren die Menschen, die mir in diesen Stunden am nächsten standen und denen ich zutraute, dass sie mich auffingen. Dankbar sah ich, dass Rufus und Änne aufstanden und sich einen Moment entschuldigten. Bevor sie in Richtung der Hofeinfahrt gingen, warf mir Änne einen Blick zu, der sagen wollte, ich solle mir keine Sorgen machen. Ich nickte ihr zu und wünschte ihr alles Glück der Welt für das Gespräch mit dem Mann, der tiefe Spuren in ihrem Herzen hinterlassen hatte.

Ich sah, wie Klemens aufstand und zu Sylvia ging. Sie sprachen kurz und dann folgte sie ihm ins Haus. Ich war mir sicher, er würde ihr die wahre Geschichte von Neles Unfall erzählen und ihr endlich erklären, warum er Marienlund damals wirklich verlassen hatte. In diesem Moment sprach mich Robert Olandt an.

»Ich kann das alles kaum glauben«, staunte er. »Es scheint Ihrer

Tante gut zu gehen«, stellte er fest und schaute ihr mit einem zufriedenen Lächeln hinterher. »Das freut mich zu sehen.«

»Es geht ihr verhältnismäßig gut, ja. Ich habe mir erst Vorwürfe gemacht, dass ich nicht mit ihr zurückgefahren bin nach Hamburg. Ich würde es mir nicht verzeihen, wenn sich ihr Zustand aufgrund dieser Entscheidung verschlechtert hätte. Aber dann habe ich an Ihre Worte gedacht.« Ich lächelte, und Robert Olandt erwiderte mein Lächeln.

»Das Gegenteil ist der Fall. Ich bin überzeugt, dass der Urlaub ihr neue Kraft geschenkt hat und sie noch mal ausreichend Energie getankt hat, um sich den Strapazen der Krankheit entgegenzustellen. Unfassbar, dass es sich bei Ihrer Tante um die Frau handelt, die mir aus Erzählungen meines Vaters ja lange schon ein Begriff ist.« Ungläubig schüttelte der junge Arzt erneut den Kopf. »Und ob Sie es glauben oder nicht, Ihre Tante hat mich an jemanden erinnert.« Robert Olandt sah kopfschüttelnd in die Richtung, in die Änne und Rufus gingen.

»Lassen Sie mich raten? An Ihre Großmutter?«

Perplex starrte Robert Olandt mich an, als ich meine Vermutung aussprach.

»Jetzt sind Sie mir unheimlich«, stellte er fest.

Ich schmunzelte.

»Mein Vater hat oft gesagt, dass die Frau, die er liebte, ihn an seine Mutter erinnert hatte. So absurd das klingt.«

Wir lachten beide.

»Wenn es stimmt, was mein Vater über sie erzählt, hat Änne auch ihre ganz eigenen Theorien, was Begegnungen im Leben angeht und welche Rolle das Schicksal spielt.« Robert Olandt hob fragend die Augenbrauen.

»Das stimmt allerdings. Und unser Aufenthalt hier auf Sylt unterstreicht ihre Meinung noch einmal ganz deutlich. Zu Recht, wie ich finde.« Ich schaute Änne und Rufus hinterher, die gerade um einen Friesenwall herum abbogen, der das Nachbargrundstück umgab.

»Mein Vater wird ihr sicher einiges erklären können. Seit dem Tod meiner Mutter ist er verschlossen. Igelt sich komplett ein. Einige Jahre bevor sie starb, es muss ungefähr in der Zeit gewesen sein, als sie die Diagnose erhielt, dass sie unter Multipler Sklerose leidet, da wollte er sich von meiner Mutter trennen.« Robert Olandt senkte den Blick. Es fiel ihm sichtlich schwer weiterzusprechen. »Sie lebten schon lange nebeneinanderher. Es wäre okay gewesen. Auch für meine Mutter, die sich damit abgefunden hatte, dass sie und Rufus unterschiedliche Vorstellungen davon hatten, wie sie im Alter leben wollten.«

»Aber sie haben doch dann hier gemeinsam auf Sylt gelebt, oder?«, fragte ich.

»Ja. Aber meine Mutter war nie glücklich darüber. Sie träumte immer von einem Leben in Hannover und wollte im Alter in die Villa ihrer Familie ziehen. Sie schätzte das Stadtleben. Eine Galerie war ihr Traum. Das ganze Drumherum war ihr Ding. Außerdem wollte sie die Welt erkunden und ferne Länder bereisen. Mein Vater war oft genervt davon und machte keinen Hehl daraus.« Robert Olandt lächelte. »Er ist wie meine Oma. Die scherte sich nie um irgendwelchen luxuriösen Firlefanz. Sie liebte Sylt, ihren Heimatort, aber nicht wegen der High-Society, die sich hier in den feinen Lokalen traf, sondern aufgrund der Natur und der Ruhe dieser Insel. Sie war ein Unikat. Speziell, aber liebenswert, beschreibt es wohl ganz gut. Manchmal hat mein Vater von Änne erzählt. Er hat dabei aber nie ihren Namen verwendet. Als Sohn fand ich es natürlich schade, dass es nie meine Mutter war, von der er sprach, wenn er von der Liebe schwärmte. Aber als es darum ging, für sie da zu sein, hat mein Vater sein Wort gehalten und war da. Er hat sein eigenes Glück hintenangestellt. Ich rechne es ihm hoch an. Ob es aber der richtige Weg war, bezweifle ich, wenn ich ihn heute sehe.«

Langsam fiel der Groschen. Ich ließ Robert jedoch weitererzählen, und auch Klemens, der wieder an den Tisch gekommen war, nach meiner Hand griff und diese zärtlich drückte, hörte schweigend zu.

»Mein Vater war seit dem Tag, an dem er von Sylt zurückkam, um das Erbe seiner Mutter anzutreten, nachdenklich geworden. Bevor er von der Diagnose meiner Mutter erfuhr, bat er mich zu sich und erklärte mir, er habe die Frau getroffen, mit der er sein Leben verbringen wolle.«

Ganz langsam realisierte ich, was er mir da erzählte.

»Mein Vater hatte hier auf Sylt die große Liebe getroffen. Er war Änne begegnet.« Roberts Blick war herzlich, aber traurig. Er senkte den Kopf und knetete die Hände.

»Ich wusste von den vielen Problemen in der Ehe meiner Eltern, daher stand ich den Dingen gegenüber abgeklärt da. So gerne ich es gesehen hätte, dass meine Eltern gemeinsam alt werden, sosehr dachte ich an die Worte meiner Großmutter, die immer sagte, dass man einen Menschen, wenn man ihn wirklich liebt, auch gehen lassen muss.«

Bewundernd lauschte ich Robert Olandt und überlegte mir, dass er eine unglaubliche Kraft besaß. Das war mir schon im Krankenhaus aufgefallen. Genau das war es, worauf er dann zu sprechen kam.

»Manch einer hätte sich wohl gewundert, wie sachlich ich die Dinge betrachtete. Aber ich glaube, einen Großteil meiner Stärke hatte ich von meiner Mutter geerbt. Man könnte auch sagen, wir seien halt eher rational veranlagt.« Er machte eine Pause. Wahrscheinlich war das, was er uns anvertraute, auch das, was Rufus gerade Änne erklärte, dachte ich mir.

»Als mein Vater meiner Mutter von Änne erzählte, reagierte sie unheimlich gefasst. Sie sagte ihm, dass sie ihm nichts mehr wünsche, als dass er sein Glück finde. Die Krankheit erlaubte es ihr aber nicht länger, allein zu leben. Sie bat ihn, sie in ein Heim zu geben und sein Leben zu leben. Es ging ihr körperlich leider sehr schnell extrem schlecht.«

Man sah Robert Olandt deutlich an, dass das, was er erzählte, ihn heute noch aufwühlte.

»Mein Vater lehnte das ab. Er berief sich auf das Versprechen, in guten wie in schlechten Tagen an ihrer Seite zu sein, und blieb bei ihr. Zwar verließen sie Hannover, weil meine Mutter schon bald die Treppen in unserem Haus nicht mehr bewältigen konnte, und zogen nach Sylt. Aber das war in Ordnung. Meine Mutter war nicht begeistert, aber eben auch nicht allein. Rufus blieb an ihrer Seite.«

»Manchmal habe ich ihn gefragt, woher er die Kraft nahm, sein eigenes Glück so sehr in den Hintergrund zu stellen. Aber dann sagte er, dass auch das zur Liebe dazugehöre und er fest daran glaube, dass das Leben es ihm einmal danken würde. Seine Mutter habe ihm beigebracht, darauf zu vertrauen.«

Robert sah uns an, bevor er weitersprach. »Wir haben als Familie sogar noch eine Weltreise mit meiner Mutter gemacht. Das war ihr letzter Wunsch. Uns war es wichtig, dass wir für meine Mutter da waren. Das hilft mir heute auch sehr. Das war es, was ich Ihnen geraten hatte im Krankenhaus, als ich sagte, dass Sie Ihrer Tante den größten Gefallen tun, wenn Sie für sie da sind, Momente sammeln und das Beste aus der Zeit machen, die Ihnen bleibt.« Robert Olandt lächelte traurig und machte eine Pause. »Nachdem meine Mutter gestorben war, saß mein Vater dann tagelang im Haus. Manchmal geht er heute wieder raus. Aber er igelt sich seitdem ein. Vielleicht, weil er trauert. Meistens aber meiner Meinung nach, weil er mit dem Leben hadert. Er sagt, er stehe nach wie vor hinter der Entscheidung, bei meiner Mutter zu bleiben. Dennoch sei er enttäuscht vom Leben, dass es ihm bewiesen habe, dass seine Mutter unrecht damit hatte, wenn sie sagte, dass alles im Leben so kommt, wie es kommen soll. Jetzt sei er allein und habe nichts mehr zu erwarten vom Leben.«

Ich schluckte, doch der Kloß in meinem Hals ließ sich nicht bewegen. Dennoch war da auch Freude, denn wie es schien, war endlich der Tag gekommen, an dem Rufus seine Änne wiedersah und das Leben sich mit ihm versöhnen wollte.

»Und jetzt hat er Änne wiedergetroffen«, sagte Robert Olandt und ich wie aus einem Mund. Wir mussten lachen, und danach ließen wir diesen Gedanken einen Moment lang sacken.

»Ich bin sehr gespannt, was die beiden nachher zu erzählen haben«, überlegte Robert und nickte.

»Robert, ist es okay, wenn wir dich auch noch kurz allein lassen mit meiner Ma?«, fragte Klemens mit einem Mal.

»Klar, ich wollte mal schauen, wie die Mädels sich in Milas Unterricht so machen. Vielleicht hat deine Mutter auch Lust, mit rüberzukommen?« Diese nickte, und sie standen auf, um zum Reitplatz unweit des Hofes rüberzugehen. Robert hakte Sylvia unter.

Klemens schaute seiner Mutter und seinem Freund hinterher. »Ich bin so froh, dass sie derzeit nicht auf den Rollstuhl angewiesen ist. Gerade geht es ihr wirklich gut. Und endlich konnte ich ihr die ganze Geschichte zu Neles Unfall erzählen.« Er strahlte erleichtert, und ich griff nach seiner Hand. »Lass uns, diesmal ohne Pferd, doch ein paar Schritte gehen, okay?«, bat er mich. Klemens wirkte nervös. »Gerne«, erwiderte ich.

Wir standen auf, und ich ging hinter ihm her, verwundert, dass er das Auto ansteuerte.

»Ich würde gern ein wenig außerhalb mit dir reden«, sagte Klemens. »Wollen wir nach Morsum ans Kliff fahren?«

Ich nickte und hatte dabei das gute Gefühl, dass Änne bei Rufus bestens aufgehoben war und mich sicher ein paar Minuten entbehren konnte.

Wir gingen quer über den Hof zu Klemens' Auto. Klemens legte den Arm um mich. Ich schmiegte den Kopf an seine Schulter, und es fühlte sich so selbstverständlich an, dass ich augenblicklich grinsen musste, was ich die ganze Fahrt über nicht mehr ablegte. Es war ein befremdliches Gefühl, zu wissen, dass Philip irgendwo, nicht weit entfernt, auf der Insel war. Aber dennoch gelang es mir, die Nähe zu Klemens zu genießen.

Klemens schaute mich immer wieder von der Seite an und sagte wenig. Sein Lächeln sprach jedoch für sich, und als ich nach seiner Hand griff, die auf dem Schaltknüppel ruhte, hob er diese und legte sie, wie schon, als ich noch auf dem Pferderücken saß, auf mein Bein. »Ich bin sehr glücklich gerade, danke, Sophie«, sagte Klemens.

»Ich auch. Unfassbar glücklich«, erwiderte ich und drückte sanft seine große, kräftige Hand.

Beim Parkplatz in der Nähe des Kliffs stellten wir das Auto ab und liefen Hand in Hand über den langen Holzsteg in Richtung Wasser. Dieser Ort war wunderschön. Die Landschaft empfing uns mit allen Farben der Natur. Die Wiesen in kräftigem Grün erstreckten sich weit unter dem strahlend blauen Himmel bis hin zum rot schimmernden Sand am Kliff.

Wir kamen an einer Bank an, die, durch ein Geländer geschützt, direkt an der Abbruchkante zum Kliff stand, und setzten uns. Klemens legte den Arm um mich, und ich fühlte mich so wohl wie selten zuvor. Das wäre der perfekte Zeitpunkt, um die Zeit anzuhalten, dachte ich mir. Dann wanderten meine Gedanken zu Nele. Was Klemens erzählt hatte, hatte mein Herz befreit von dem schlechten Gewissen, dass Nele von mir enttäuscht gewesen wäre, weil ich hier mit Klemens saß, in den sie so verliebt war. Unfassbar war die Geschichte, dass sie damals mit mir darüber hatte reden wollen, dass Klemens nicht für sie, sondern für mich Gefühle hatte.

Ich überlegte, wie anders mein Leben verlaufen wäre, wenn mich diese Nachricht damals erreicht hätte. Doch mit dem Gedanken an Änne schob ich diese Grübelei schnell beiseite. Denn dieser Urlaub gab Ännes Theorie, dass alles zu einem bestimmten Zeitpunkt geschah, mal wieder recht.

Einige Minuten saßen wir da und schauten schweigend aufs Meer. Einige Spaziergänger umrundeten das Kliff gerade von unten am Meer aus. Wieder andere standen an einer der Aussichtsflächen, umarmten sich oder zeigten sich gegenseitig, was sie in dieser einzigartigen Umgebung entdeckt hatten. Es war ein beruhigendes Bild voller Harmonie und friedlicher Stimmung.

Das tat meinem Kopf und meinem Herzen gut, wo es in den letzten Tagen und vor allem Stunden so unsagbar laut gewesen war, dass ich es kaum ausgehalten hatte.

»Dieser Ort stand auch auf der Liste von Nele. Bald sind alle Punkte abgearbeitet«, sagte ich zufrieden und zuckte sofort zusammen. Klemens wusste ja gar nichts von der Liste.

Ich sprach weiter. »Nele sagte immer, dies sei der perfekte Ort, um Träume in den Himmel zu schicken. Wenn man nämlich den langen Holzsteg hierher geht, wirkt es aus der richtigen Perspektive, als mündete der Weg direkt in den blauen Himmel.« Ich lächelte beim Gedanken an diese Vorstellung und schickte den geheimen Wunsch Richtung Himmel, dass Klemens und ich uns bald küssen würden.

Ertappt zuckte ich zusammen, als Klemens nach meiner Hand griff und mich sanft in seine Richtung zog. Nun saß ich ihm zugewandt auf der Bank und schaute in seine tiefblauen Augen, die an diesem Ort jeden Sonnenstrahl auf einzigartige Weise reflektierten.

»Sophie, ich muss dir etwas gestehen«, sagte Klemens mit einem Mal, und sein Blick war ernst. In mir tobte augenblicklich ein Sturm vor Aufregung, bis Klemens meine Hand nahm, sie liebevoll drückte und wieder lächelte. Die Orkanböen in meiner Brust flauten ab, und meine Atmung wurde ruhiger.

»Dass ihr hier nach Sylt gekommen seid, war nicht ganz so vom Schicksal gelenkt, wie es scheint.« Verwirrt suchte ich in Klemens' Augen nach einer Erklärung, warum wir dann hier waren.

Fragend schaute ich in sein Gesicht. Klemens suchte nach Worten, hatte die Schultern angespannt hochgezogen und strich immer wieder sanft, beinahe mechanisch, über meinen Handrücken.

»Neles Brief war in der Satteltasche, als sie verunglückt ist. Als meine Mutter und ich das Wohnhaus meiner Eltern ausräumten und Dinge sortierten, fiel die Tasche uns in die Hände. Sie lag im Schuppen. Ich hatte es damals nicht übers Herz gebracht, sie wegzuwerfen, hatte aber auch nie hineingeschaut. Als ich sie jetzt wieder in den Händen hielt, habe ich die Tasche geöffnet und da diesen Brief gefunden. Es war die Liste mit den Dingen, die ihr euch vorgenommen hattet für eine Zeit auf Sylt.«

Klemens machte eine Pause, und ich versuchte meine Gedanken zu sortieren und zu verstehen, was passiert war. Klemens sprach weiter.

»Ich habe die Liste angeschaut und kam mir unheimlich falsch dabei vor. Außerdem war da noch ein anderer Brief. Er war verschlossen. Ich habe nicht hineingeschaut, ihn aber dennoch mit in den Umschlag gesteckt. Ich wusste ja, dass sie an dem Tag mit dir reden wollte über das, was ich ihr anvertraut hatte. Nele hatte mir ja davon erzählt, dass es diese Liste zur großen Liebe gab, bevor sie mit dir sprechen wollte. Ich hatte gehofft, dass diese in dem Umschlag ist. Lange habe ich überlegt, was damit geschehen soll. Ich hab daran gedacht, dass du damals mit Philip auf der Beerdigung warst. Das hat mir das Herz gebrochen. Ich war mir ziemlich sicher, dass du nie von dem erfahren hattest, was Nele dir sagen wollte, denn du hättest bestimmt irgendwie darauf reagiert und es nicht komplett ignoriert.« Angestrengt starrte Klemens auf den Boden und knetete dabei seine Hände.

Ich schüttelte Hilfe suchend den Kopf. »Ich habe nichts davon geahnt«, versicherte ich ihm leise.

»Ich habe vermutet, dass der zweite Brief auch mit dem zu tun gehabt hatte, was Nele dir von mir erzählen wollte. Aber ich brachte es nicht übers Herz, ihn zu lesen. Das gehört sich einfach nicht.« Er lächelte schief.

»Kurz bevor ich meine Mutter nach Sylt holte, erzählte uns die neue Pächterin ganz euphorisch davon, dass bald der Eigentümer des Hofes, der jahrzehntelangen Tradition folgend auf Marienlund seine Freundin heiraten wollte. Mir war sofort klar, dass das eure Hochzeit sein musste.«

Ungläubig schüttelte ich den Kopf, als Klemens weitersprach.

»Frau von Pagenau bat mich dann irgendwann, für die Unterlagen noch einige Dinge zusammenzustellen. Ich gab vor, dafür an gewisse Ordner zu müssen. In dem Zuge schaute ich in den Veranstaltungskalender und sah deinen Namen, dazu eine Adresse. Ich dachte mir, wenn ich jetzt nicht alle Register ziehe, werde ich nie wieder im Leben die Chance bekommen, mit dir zu reden. Bald wärst du Sophie von Hohentau, und ich hätte mich damit abfinden müssen, dich endgültig verloren zu haben. Glaub mir, ich habe oft überlegt, ob ich deine Tante Änne ins Boot hole, aber ich hatte keine Ahnung, wo sie lebt und wie ich an sie herankomme.« Er lächelte schief.

»Dann habe ich die Briefe in den Umschlag gesteckt und an dich gesendet. Du glaubst nicht, wie sehr ich gehofft habe, dass du den Brief öffnest und nicht etwa Philip.«

»Und dann hast du darauf vertraut, dass ich mich auf die Reise nach Sylt mache?« Langsam fügten sich die Puzzleteile in meinem Kopf zusammen, und ich war vollkommen überwältigt von der Geschichte, die mir Klemens gerade erzählte.

Klemens nickte. »Irgendwas hat mir gesagt, dass ich darauf vertrauen sollte, ja. Und auf deine Tante war Verlass. Ein großes Glück, dass sie dich überzeugt hat, noch vor der Hochzeit hierher zu reisen.«

»Und auch ein großes Glück, dass wir uns dann wirklich hier begegnet sind.« Ungläubig schüttelte ich den Kopf.

»Ein kleines Detail auf der Liste habe ich manipuliert«, beichtete Klemens mir dann.

Erstaunt sah ich ihn an. »Es gibt keinen zweiten Friesen auf der Insel mit einer Art Blesse. Das war sozusagen ein Notfallplan. Wenn du dich wirklich an die Worte deiner Freundin Nele hältst, war ich mir sicher, dass du wenigstens mit offenen Augen nach einem solchen Tier Ausschau hältst. Nele war ja immer fasziniert von derlei Besonderheiten bei Tieren. Vielleicht wärst du dann früher oder später bei mir gelandet. Im Rückblick vielleicht ein ziemlich hilfloser Versuch.« Er hob entschuldigend die Schultern.

Gerührt von dieser Idee, nahm ich Klemens fest in den Arm und drückte ihn.

»Im Endeffekt habe ich darauf vertraut, dass man sich hier auf Sylt früher oder später auf jeden Fall begegnen würde.«

»Ich kann das alles gar nicht glauben«, sagte ich leise.

»Mich hat das komplett aufgewühlt. Aber ich sah endlich die Chance, reinen Tisch zu machen, sowohl mit meinen Gefühlen für dich als auch mit der Geschichte mit Neles Unfall. Solange meine Mutter auf Marienlund lebte, kam das nicht infrage. Philip hatte damit gedroht, meinen Eltern alles zu nehmen, was sie liebten. Ich befand mich wie in einem Schraubstock. Das war nicht leicht für mich. Aber was sollte ich tun?«

Ich nickte zaghaft, erneut darüber bestürzt, wozu mein ehemaliger Verlobter in der Lage gewesen war.

»Aber jetzt hatte ich nichts mehr zu verlieren.« Nun war Klemens' Lachen eher verschmitzt. »Die Geschichte mit Rufus kannte ich so nicht. Auch für ihn fügt sich dann in seinem Leben wohl einiges, jetzt, wo er Änne wiedergetroffen hat, an der sein Herz bis heute hing. Und für Robert auch. Unfassbar, dass es sich bei seiner Patientin Änne um genau die Frau handelte, an der bis heute Rufus' Herz hing. Einfach unglaublich.« Er schüttelte ungläubig den Kopf. »Das war jetzt aber auch echt eine Herausforderung fürs Schicksal, dass die zwei sich auch über den Weg laufen, zumal Rufus ja ein paar Tage unauffindbar war. Aber er ist ja gerade noch mal rechtzeitig wieder aufgetaucht.«

Ich musste amüsiert schmunzeln bei dieser Vorstellung.

»Und glaub mal nicht, dass dein Göttergatte in spe sich so einfach hat abschütteln lassen.«

Jetzt war ich ernsthaft erschrocken. »Philip? Was meinst du mit abschütteln?« Ich bekam Angst, obwohl ich den Ausgang der Geschichte ja kannte und im Prinzip nichts zu befürchten hatte.

»Er hatte wohl über die Pächterin, die ja nichts Böses ahnte, herausbekommen, wo ich hier auf Sylt lebe. Unter einem Vorwand hatte er ihr erzählt, er habe wichtige Unterlagen für meine Mutter,

die er, weil er eh auf Sylt sei, gerne persönlich überreichen würde.«
Klemens lachte bitter auf.

»Er hat dann bei uns angerufen und nach mir verlangt. Auch wenn er ja nichts von dem Brief von Nele wusste, ahnte er offenbar, dass wir uns hier früher oder später über den Weg laufen könnten. Er hat mir gedroht, er würde meine Existenz zerstören, bot sich unter dem Namen seiner Firma als Käufer für den Hof an, den Rufus zwischenzeitlich ja verkaufen wollte. Es ging wohl schon so weit, dass ein Termin mit Rufus und Philip feststand. Rufus hatte sich ein paar Tage zurückgezogen, um über alles nachzudenken.«

Klemens stieß angestrengt Luft durch die Lippen aus, stützte die Ellenbogen auf die Knie und fuhr sich mit den Händen durch das Haar. »Philip drohte mir am Telefon. Ich solle die Finger von dir lassen, sonst müsste ich damit rechnen, dass er auch hier meine Existenz zerstört. Alle Weichen seien gestellt.«

»Ich fasse es nicht«, stammelte ich, ehrlich bestürzt über das, was er mir erzählte.

»Aber weißt du, wenn man einmal im Leben alles verloren hat und sich ganz andere Türen geöffnet haben, dann hat man nicht mehr so große Angst vor allem, was kommt. Und mein Leitspruch war, dass ich, wenn es um dich geht, nur gewinnen kann.« Er schaute mich an mit einem bewundernden Lächeln und legte den Arm wieder um meine Schultern. Wir kuschelten uns eng aneinander und blickten aufs Wasser.

»Dass wir hier jetzt sitzen, hätte ich aber, ehrlich gesagt, nicht einmal zu träumen gewagt. Ich kann dir nicht sagen, wie froh ich bin, wie alles gelaufen ist.«

»Und ich erst. Gerade kann ich gar nicht ausdrücken, was in mir alles für Gefühle toben. Totale Verwirrung, dass mit einem Mal alles anders sein soll und es diese Hochzeit nicht geben wird. Freude, dass wir hier gemeinsam sitzen, aber auch eine große Angst vor allem, was noch kommt.«

»Wovor hast du solche Angst?« Ernsthaft besorgt schaute Klemens mich an.

»Obwohl ich voll hinter meiner Entscheidung gegen eine Heirat mit Philip stehe, werden es keine leichten Schritte sein, die mich in Hamburg nun erwarten. Alle Sachen aus unserer Wohnung holen, das Gespräch mit meinen Eltern und mein Job in seiner Firma. Im Prinzip wird nun nichts mehr so sein, wie es war, als ich nach Sylt gefahren bin. Auf eine Art macht mir das Angst, was aber nichts damit zu tun hat, dass ich es nicht will.« Ich merkte, wie ich immer weiterredete, während ich mir selbst versuchte, alles zu erklären. »Ich denke, das gehört dazu, wenn man sein komplettes Leben umkrempelt.« Ich machte eine Pause. Betreten schluckte ich. »Und ich habe unsagbare Angst davor, dass ich Änne verliere. Sie gibt sich so stark, dabei weiß sie ganz genau, dass es nicht gut um sie steht. Klemens, ich kann mir kein Leben ohne Änne vorstellen. Da bin ich wie ein kleines Kind. Sie ist wie eine Mutter und beste Freundin zugleich. Es gibt nichts, über was ich nicht mit ihr reden kann. Sie war und ist immer da für mich, und mit ihr wirkt jedes Problem überwindbar. Sie darf noch nicht sterben.« Meine Stimme klang mittlerweile tränenerstickt, und es tat gut, dass Klemens mir weich und beruhigend über die Wange strich.

»Glaub mir, mir ging es vor ein paar Wochen ähnlich. Nur wurde ich da vor vollendete Tatsachen gestellt. Auch wenn ich Marienlund verlassen habe, meine Eltern bedeuten mir alles. Ich habe mit meinem Vater oft über meine Ängste und Sorgen vor dem Neubeginn gesprochen. Er war es auch, der mir zugehört hat, wenn mir, nachdem ich nach Sylt gegangen war, manchmal die Einsamkeit über den Kopf wuchs. Als der Anruf meiner Mutter kam, dass Papa einen Herzinfarkt hatte und man nichts mehr für ihn hatte tun können, brach meine Welt erneut zusammen.«

Ich nickte, während Klemens erzählte, denn ich konnte nachvollziehen, was es bedeutete, einen geliebten Menschen und Ratgeber zu verlieren.

»Zum zweiten Mal wurde mir die Endlichkeit des Lebens mit dem Holzhammer bewusst gemacht. Aber dann habe ich an all die wertvollen Momente gedacht, die wir erleben durften. Unser

Lachen und die Geschichten, die nur wir zwei verstanden haben. Da war ich dankbar für jeden Tag, den wir hatten.«

Er lächelte, und als er sprach, projizierten seine Worte Bilder in meinen Kopf, die ich mit Änne verband. Erinnerungen an gemeinsame Momente, die für immer tief in meinem Herzen bleiben würden. Ich seufzte.

»Dann habe ich mir Orte gesucht, an denen ich ihm noch immer besonders nah war. Er hat mich manchmal hier auf Sylt besucht. Mein Vater war erklärter Fan der Seehunde. Es war das Größte für ihn, wenn wir am Ellenbogen eine Runde spazieren gingen und dort am Wasser einem dieser Tiere begegneten. Nicht immer hatten wir das Glück, aber manchmal trafen wir tatsächlich auf einen Seehund. Am Tag, als meine Mutter mir sagte, dass mein Vater verstorben war, bin ich dann zum Ellenbogen gefahren. Ich bin unsere alte Runde gegangen, obwohl miserables Wetter war und ein Sturm um die Spitze fegte, der mir beinahe alles vermieste.

Doch mit einem Mal klarte der Himmel auf, als ich genau an der Spitze des Ellenbogens stand. Das Meer trifft dort in einem Wirbel aus zwei Richtungen aufeinander. Hier blieb ich eine Weile stehen, starrte in den Strudel und horchte auf das Rauschen der Wellen. Als ich dann, gar nicht weit entfernt, den kleinen, runden Kopf eines Seehundes entdeckte, der sich fröhlich durchs Wasser treiben ließ, war mir, als sendete mein Vater mir ein Zeichen, dass er zwar nicht mehr auf der Erde, aber immer bei mir sein würde.«

»Du erzählst wunderschön von deinem Vater. Für deine Mutter muss es ein großes Glück sein, dass sie dich hat und dass ihr so ein gutes Verhältnis habt.«

Klemens nickte. »Ja, das ist es sicher. Aber es gab auch schwierige Zeiten, als die beiden nicht verstanden, warum ich gehen und Marienlund im Stich lassen wollte. Sie haderten mit meiner Entscheidung, denn sie sagten immer, dass die Menschen irgendwann einsehen würden, dass ich keine Schuld trüge an Neles Unfall. Wenn ich aber wegliefe, würde das immer einen fahlen Beigeschmack haben.« Klemens lehnte sich zurück und verschränkte die Arme. »Meine Eltern haben sicher auch oft gedacht, dass sie schwer enttäuscht sind von mir, weil ich sie mit dieser Geschichte allein auf Marienlund habe leben lassen. Dabei traf ich meine Entscheidung nur für sie.«

»Dein Vater hat also nie erfahren, wie es wirklich war?«, fragte ich.

Klemens schüttelte den Kopf. »Nein, weil ich nichts mehr fürchtete, als dass sie ihr Zuhause verlieren würden. Und nun ist es leider zu spät, zumindest für meinen Vater.«

»Und was sagt deine Mutter?«

»Ich habe vorhin ja mit ihr gesprochen. Sie war sauer, warf mir vor, dass ich viel eher offen zu ihnen hätte sein sollen. Das machte es, wie du dir sicher denken kannst, nicht leichter.«

»Verständlich, ja«, gab ich ihm recht, und er tat mir sehr leid. Ich verabscheute Philip jede Sekunde mehr für das, was er getan hatte.

»Aber als ich ihr von den Drohungen erzählte, auch von den aktuellen, die mit dem Verkauf des Hofes durch Rufus an Philip zu tun hatten, da hat sie verstanden, warum ich so gehandelt habe. So gesehen hatte dieses letzte verzweifelte Aufbäumen von Philip dann doch noch was Gutes.« Er lächelte müde.

»Ich bin so dankbar, dass Nele, Änne und du mir gerade noch rechtzeitig die Augen geöffnet habt. Nicht auszudenken, wenn ich Philip geheiratet hätte.«

Ich lehnte meinen Kopf an Klemens' Schulter und schloss die Augen. Er hatte einen Arm um mich gelegt. Sanft strich er mir eine Haarsträhne aus dem Gesicht und gab mir einen hauchzarten Kuss auf die Stirn. Wie eine warme Welle voller Glücksgefühle wogte es in meinem Körper, und ich fühlte mich an der Seite dieses Mannes so stark, als wären alle Herausforderungen der kommenden Wochen ein Kinderspiel. Als könnte er meine Gedanken lesen, flüsterte Klemens: »Und mach dir keine Sorgen. Was auch immer noch an Steinen in deinen Weg rollt. Ich bin da, jederzeit. Wie in alten Zeiten, nur für immer, wenn du magst.« Ich hob den Kopf und sah ihm in die Augen. Er legte seine Hand sanft an meine Wange. Zärtlich drehte er mich mit der anderen Hand, die ich nun wie eine elektrisierende Wärme in meinem Rücken spürte, näher zu sich. Seine Berührung fühlte sich wundervoll an, und ich fühlte mich bei dieser Geste unsagbar geborgen. Ich schloss die Augen und genoss, wie wohlige Wärme meinen ganzen Körper durchflutete und sich mit dem Kribbeln in meinem Bauch vermischte. Als ich meine Augen wieder öffnete, sah ich Klemens' Gesicht ganz dicht vor meinem und ein Glitzern in seinen Augen. Ich konnte es kaum erwarten, ihm noch näher zu sein.

Dann versanken wir in einem Kuss, der in meinem Körper für Reaktionen sorgte, die mir bis dahin nicht bekannt waren. Mir war, als rauschten Millionen kleinster Wirbelstürme, angereichert mit Glückshormonen durch jede einzelne Zelle meines Körpers. In meinem Herzen explodierte das gigantischste Feuerwerk, das ich je erlebt hatte. Am liebsten wäre ich mit Klemens hier auf dieser Bank sitzen geblieben, um genau dieses Gefühl so lange wie möglich zu bewahren. Als unsere Lippen sich wieder voneinander lösten, sah ich, wie seine Augen strahlten.

»Für immer und ewig, wenn du magst«, bestätigte ich ihm, dass auch ich mir nichts mehr wünschte, als dass uns nichts mehr trennen würde.

»Auch wenn ich viel lieber hier mit dir sitzen bleiben würde, mache ich mir doch Gedanken um Änne«, sagte ich dann. Klemens lachte leise.

»Rufus ist zwar ein komischer Kauz, aber du musst dir keine Sorgen um deine Tante machen. Sie ist bei ihm bestens aufgehoben. Da bin ich mir ganz sicher«, beruhigte mich Klemens.

»Ja, so meine ich das auch nicht. Aber man weiß nie, wie es ihr geht. Außerdem interessiert es mich auch, wie das Gespräch mit Rufus war.« Verschmitzt grinste ich.

»Ich gehe fest davon aus, dass die zwei noch gar nicht wieder zurück sind.« Klemens zwinkerte. »Aber lass uns mal nachschauen.«

19. Kapitel

Der Weg über den Holzsteg zurück zum Auto fühlte sich an, als schwebte ich ein paar Zentimeter über dem Boden. Hätte mir jemand auf die Schulter getippt und mir gesagt, dass ich nun im Himmel angekommen sei, ich hätte es ohne Weiteres geglaubt. Mit Klemens an meiner Seite fühlte ich mich stark wie nie zuvor und meine Träume zum Greifen nah. Es war, als verbände uns diese tiefe Freundschaft von früher noch immer. Dazugekommen war das verliebte Prickeln im Bauch, als starteten Flugzeuge darin, die einem den Antrieb gaben, Berge zu versetzen und Traumschlösser zu bauen. Uns verband auf eine einmalige Weise der warmherzige Gedanke an Nele, die uns beiden viel bedeutet hatte. Klemens, dem es schon einmal gelungen war, sein Schicksal in die Hand zu nehmen, hatte damit, dass er mir den Brief schickte, auch in meinem Leben für eine Wende gesorgt, die ich ohne sein Zutun womöglich nie in Angriff genommen hätte.

Ich dachte daran, dass Klemens das beste Beispiel dafür war, dass im Leben manches auf den richtigen Zeitpunkt wartet, bis es wahr wird, man aber rechtzeitig das Steuer übernehmen muss, wenn das Glück nicht an einem vorbeiziehen soll. Und auch dafür, dass ein Rückschlag im Leben nicht unbedingt heißen muss, dass alles schlecht ist. Manchmal eröffnen sich ganz neue Pfade. Man muss dann nur den Mut haben, sie zu gehen. Klemens hatte das getan, und auch ich wünschte mir nichts mehr, als dass mir dies gelingen würde.

Wir kamen am Hof an und liefen Hand in Hand um das Haus herum auf die Terrasse. Zu unserem Erstaunen war die Terrassentür verschlossen, und niemand war zu sehen. Nicht einmal Klemens' Mutter konnten wir entdecken.

Wir gingen zum Reitplatz, weil wir vermuteten, sie schauten dort beim Reiten zu. Jedoch auch hier trafen wir keinen außer zwei Kindern. Die Mädchen saßen neben dem Platz und unterhielten sich, die Reitkappen auf dem Schoß und auch zwei Sicherheitswesten.

»Hey, habt ihr Mila gesehen?«, rief Klemens den Mädchen zu. Er schaute auf die Uhr. »Habt ihr nicht eigentlich jetzt Reitstunde?«

Die Mädchen hatten uns offenbar erst jetzt bemerkt, standen hektisch auf und kamen auf uns zu. »Hey, Klemens, Mila sagte, wir sollten hier warten und dir Bescheid sagen. Sie hat dich nicht erreicht.«

Klemens kramte nach seinem Handy und starrte darauf. »Shit, ja! Ich habe es nicht mitbekommen! Was ist los?« Mit einem Mal wirkte er aufgeregt.

»Sie ist mit Lina und deiner Mutter ins Krankenhaus gefahren. Sie sagte, einer Freundin geht es nicht gut, Anna oder so, und ein Arzt, der Papa von Lotta und Hannah, ist auch mitgefahren.«

Vor Schreck presste ich mir die Hand auf den Mund. »Danke, ihr habt uns sehr geholfen! Wir fahren auch los«, rief Klemens. Dann liefen wir zum Auto und stiegen ein.

Klemens griff zum Handy und wählte zunächst Roberts Nummer. Dieser ging nicht an sein Telefon. Mila erreichte er kurz darauf.

»Hi, Klemens, erst mal zu eurer Beruhigung: Änne ist in besten Händen. Sie ist beim Strandspaziergang mit Rufus zusammengeklappt. Rufus hat sofort Robert gerufen, und er war bei ihr, noch bevor der Krankenwagen kam. Gerade ist ihr Zustand wieder stabiler. Man schaut aber jetzt, was die Ursache sein kann und wie man einen weiteren Vorfall dieser Art abwenden kann.«

Klemens hatte auf Lautsprecher gestellt, damit ich mithören konnte. Ich zitterte, so sehr regte es mich auf, dass es Änne schlecht ging. Vor allem die Tatsache, dass ich nicht bei ihr war, ließ mich beinahe durchdrehen. Milas Worte jedoch beruhigten mich fürs Erste, und das Wissen, dass Robert bei ihr war, ließ mich ein klein wenig aufatmen.

Als Klemens aufgelegt hatte, nachdem Mila uns kurz erklärt hatte, wo wir sie finden würden, griff er nach meiner Hand und drückte sie fest.

»Alles wird gut, Sophie. Mach dir keine Sorgen, wir sind alle da, und wenn Robert bei Änne ist, ist das schon einmal Gold wert.«

Schweigend nickte ich. Statt klarer Worte würde nur dünnes Flüstern aus meinem Mund kommen, so kraftlos fühlte ich mich.

Während der Fahrt klingelte mein Handy. Ich schaute auf das Display, welches mir die Nummer meiner Mutter anzeigte. Ich stellte den Ton aus und legte es wieder in meine Tasche. »Philip?«, fragte Klemens vorsichtig. Ich schüttelte den Kopf. »Nein, meine Mutter. Von Änne kann sie eigentlich noch nichts erfahren haben. Sicher will sie mit mir über die geplatzte Hochzeit reden. Oder über unser Treffen mit Philip, aber dafür habe ich jetzt keinen Kopf.«

»Ruf sie lieber nachher an, wenn du ruhiger bist, was Änne angeht.« Wieder drückte er meine Hand, und ich dankte es ihm mit einem Kuss auf den Handrücken.

Im Krankenhaus empfing uns Mila am Eingang. »Lina habe ich mit deiner Mutter in die Stadt gebracht. Sie essen ein Eis. Sie müssen ja hier nicht sitzen und warten. Roberts Frau hat die Töchter bei uns zu Hause abgeholt. Robert war grad kurz bei mir. Er hat mir erklärt, dass Ännes Atemwege angeschwollen waren, womöglich eine Reaktion auf das Medikament. Sie wollen nun nach Alternativen suchen, die sie besser verträgt. Ihr eh schon geschwächtes Immunsystem hatte nicht ausreichend Kräfte, gegen die Nebenwirkungen und die allergische Reaktion anzukämpfen. Robert sagt, sie konnte von Glück reden, dass Rufus geistesgegenwärtig reagiert hat und sie in eine Lage gebracht hat, in der ihr das Atmen wieder leichterfiel. Dann hat er sofort Robert gerufen. Sie hat so schnell Hilfe bekommen, dass kein Verlust des Bewusstseins oder womöglich eine Unterversorgung mit Sauerstoff stattgefunden hat. Rufus war derlei Situationen, wenn auch in anderer Form, ja von seiner Frau leider gewohnt. Er war Ännes Schutzengel.« Milas Lächeln war anerkennend, und Klemens drückte mich erleichtert an sich.

»Jeder hat wohl einen Schutzengel, der genau im richtigen Moment auftaucht«, raunte er mir leise ins Ohr, und ich bekam eine Gänsehaut beim weichen Klang seiner Stimme. Dankbar nickte ich und schmiegte den Kopf an seine Brust.

»Robert wollte uns Bescheid sagen, wenn ihr zu Änne könnt. So lange sollen wir einen Kaffee trinken.« Mila deutete auf einen Automaten, der in der Nähe stand.

Klemens bat uns, uns hinzusetzen, und wollte drei Kaffee besorgen.

»Trotz all der Aufregung wollte ich dir sagen, dass ich megastolz bin, dass du auf Jeltje geritten bist und, sogar als sie durchgegangen ist, nicht runtergefallen bist. Robert hat mir nach der Reitstunde seiner Töchter davon erzählt. Er sagt, Klemens ist beinahe geplatzt vor Stolz auf dich, als er ihm davon berichtet hat.« Mila klopfte mir auf die Schulter. »Niemandem außer Greta ist es bisher überhaupt gelungen, dieses Pferd zu reiten. Respekt!«

Ich lächelte schüchtern. »Dank Klemens hatte ich gar nicht so viel Angst. Er war ja immer in meiner Nähe. Ich hab ja doch ewig nicht mehr auf einem Pferd gesessen. Aber irgendwas hat dieses Tier, was mich nicht in Ruhe gelassen hat.«

»Ausgerechnet diese Stute – ich kann das kaum glauben! Greta hat auch schon gesagt, dass sie die Frau, der das gelungen ist, unbedingt kennenlernen muss.« Mila zwinkerte mir zu. »Ich hoffe, dass es dazu bald Gelegenheit gibt.«

»Das hoffe ich auch«, erwiderte ich.

»Wie geht es denn mit dir und Klemens weiter?« Mila schaute mich fragend an.

Ich hob unsicher die Schultern.

»Heiraten wirst du diesen Philip ja wohl nicht mehr, oder?«
Ich schaute nervös in Klemens' Richtung. Dieser stand am Ende einer Schlange vor dem Automaten. Es würde noch dauern, bis er wieder bei uns war.
»Nein, das ist so ziemlich die einzige Entscheidung, die ich sicher getroffen habe.« Verlegen lächelte ich.
»Du hast sicher einen Job in Hamburg, oder?«
Ich schüttelte den Kopf. »Nein, ich fürchte, nicht mehr. Ich habe in Philips Firma mitgearbeitet. Das hat sich nun wohl erledigt. Ich rechne ansonsten mit einem eher angestrengten Arbeitsklima.«
Ein schiefes Grinsen meinerseits brachte uns beide zum Schmunzeln.
»Also, bei uns auf dem Hof ist immer was zu tun. Und wenn Greta dich offiziell als Pflegerin für Jeltje einstellt. Ich trete diesen Job dankbar ab.« Mila knuffte mich in die Seite.
»Ich bin dabei, wenn ihr mir garantiert, dass ich ein Zimmer in Klemens' Nähe bekomme. Viel mehr brauche ich gerade gar nicht.«
Mila legte freundschaftlich den Arm um mich und grinste. »Das kriegen wir schon hin.«
Ich lächelte schüchtern, während ich Klemens von Weitem beobachtete. Ich hatte mich so Hals über Kopf verliebt in diesen Mann, dass es mir jetzt vorkam, als sähe ich nur ihn inmitten all dieser Menschen. Seine lässigen Bewegungen, die große Statur und sein Lächeln, das einfach umwerfend war.
»Sophie?« Erschrocken zuckte ich zusammen, als mich jemand am Ärmel zupfte.
Ich schaute in Milas amüsiertes Gesicht.
»Robert war grad vor der Tür zu Ännes Zimmer. Er hat gesagt, dass du zu Änne darfst. Ich hab das Reagieren mal für dich übernommen und gesagt, dass du dich gleich auf den Weg machst.« Mila schmunzelte.
Ich schluckte und merkte deutlich, wie ich rot wurde.
»Sorry«, murmelte ich.

»Wofür? Ich freue mich doch, wenn mein Freund endlich mal wieder einen Grund zum Lächeln hat, der nicht vierbeinig ist.« Sie hob beiläufig die Schultern, und wir mussten beide lachen.

»Na hier geht's ja lustig zu«, stellte Klemens fest, der gerade wieder zu uns trat und uns jeweils einen Kaffee entgegenhielt.

»Lieben Dank.« Ich nahm den dampfenden Becher, und für einen Moment fühlte es sich an, als sorgten Klemens' Nähe und die Röte in meinem Gesicht für denselben wärmenden Effekt wie der Kaffee. Lächelnd umschloss ich die Tasse mit beiden Händen und schaute Klemens von der Seite an. »Sophie darf schon mal zu Änne«, erklärte Mila.

»Das freut mich. Wir warten hier auf dich. Grüß sie bitte von uns und sag ihr, wir zählen auf sie.«

Ich nickte stumm und ging, meinen Kaffee weiterhin fest umklammernd, auf das Zimmer zu. Zaghaft klopfte ich an. Als ich Ännes Stimme hörte, die so klang wie immer, fiel mir ein Stein vom Herzen. Vorsichtig lugte ich ins Zimmer und sah Änne, die mich mit einem Lächeln empfing. Sie saß in ihrem Bett, die Lehne hochgestellt, ihre Hände ruhten auf der Decke. Das Bild erinnerte mich an die Art, wie sie schlief. Es fehlte nur noch die Schlafmaske.

»Liebes, wie schön, dass du da bist«, begrüßte mich meine Tante.

Ich zog mir einen Stuhl ans Bett, setzte mich neben Änne, griff nach ihrer Hand und umschloss sie mit beiden Händen. Sie war eiskalt, und mir schauderte.

»Änne, du hast uns ganz schön erschreckt.« Von außen wirkte sie unverändert. Dankbar, sie so zu sehen, atmete ich auf.

»Ich habe mir auch selbst einen ziemlichen Schrecken eingejagt. Für einen Moment bin ich fest davon ausgegangen, das Schicksal wollte es so, dass mein Spaziergang mit Rufus mein letzter sein sollte.« Ännes Augen füllten sich mit Tränen, und zum ersten Mal, seit ich mit ihr auf Sylt war, hatte ich den Eindruck, dass sie es selbst tatsächlich mit der Angst zu tun bekommen hatte und

es der Krankheit gelungen war, meine starke, optimistische und kämpferische Tante in die Knie zu zwingen.
»Es ist ja alles noch mal gut gegangen«, sagte ich mit schwacher Stimme, denn auch ich kämpfte damit, die Fassung zu bewahren.
»Fürs Erste, ja, mein Schatz. Aber wir müssen beide der Wahrheit ins Auge sehen.« Mir gelang es nicht einmal, Änne anzuschauen, so weh tat mir das, was sie mir sagen wollte, während ich es doch längst schon wusste.
»Allzu viel Zeit werde ich wohl nicht mehr haben, Fideli. Aber glaub mir, jeden einzelnen Tag davon will und werde ich nutzen. Ich glaube daran, dass diese Einstellung mir noch die ein oder andere zusätzliche Stunde bescheren wird. Außerdem möchte ich, dass du lächelnd an unsere gemeinsame Zeit zurückdenkst.« Sie löste ihre schmale, kalte Hand aus meinen und strich mir sanft über die Wange.
»Das tue ich jetzt schon, da kannst du dir ganz sicher sein. Dieser Urlaub mit dir war mit die beste Zeit meines Lebens.« Ich legte meine Hand auf ihre, die noch immer an meiner Wange ruhte.
Vor Änne konnte ich nicht verbergen, dass Tränen sich ihren Weg bahnten. »Nicht weinen, Liebes. Ich bin überglücklich, dass der letzte Kreis meines Lebens sich tatsächlich schließt und ich Rufus wiedersehen durfte.« Ännes Hand sank wieder aufs Bett, und ihr Blick ging verträumt aus dem Fenster. »Ich habe nun einiges verstanden und ihm verziehen. Er hat nicht aus bösem Willen gehandelt, sondern wollte zu seinem Wort seiner Frau gegenüber stehen, in guten und in schlechten Zeiten für sie da zu sein. In einem Moment, in dem sie ihn am meisten brauchte. Wie sollte ich ihm das länger übel nehmen? Ich, die ich lebenslang von einer Traumhochzeit und dem damit verbundenen Eheversprechen geträumt habe.« Änne senkte den Blick. »Was muss es für ein großes Glück sein, wenn ein Mann an deiner Seite sogar zu dir steht und bei dir ist, wenn das Leben dir übel mitspielt und du dem Tod ins Auge siehst, unbeweglich und ein Pflegefall wirst.« Änne machte eine Pause. Ihr Blick wanderte aus dem Fenster in

Richtung der Dünen, hinter denen das Meer lag, das wir hoffentlich bald wieder gemeinsam besuchen konnten.

»Rufus ist ein toller Mensch mit einem bemerkenswerten Charakter. Unser Weg war ein anderer, aber jetzt, wo die Zeit dafür gekommen ist, haben wir uns noch mal gefunden. Zumindest für die letzten paar Meter unseres Lebensweges. Das Beste kommt manchmal wohl zum Schluss. Fideli, auch wenn das auf den ersten Blick traurig klingt, irgendwie passt es doch zu meinem Leben, findest du nicht auch?«

Ich stand auf, beugte mich zu Änne und umarmte sie so fest, wie es ihre zerbrechliche, zarte Statur zuließ. Ich merkte, wie auch sie sich verstohlen eine Träne aus dem Augenwinkel tupfte, und wir saßen noch einige Sekunden schweigend da.

»Änne, es tut mir leid, dass ich dir anfangs immer unterstellt habe, du hättest etwas mit dem Brief zu tun«, erklärte ich.

Irritiert sah Änne mich an. »Ach, irgendwie habe ich mir selbst manchmal gewünscht, diese glorreiche Idee käme von mir. Glaub mir, die Listen waren genau nach meinem Geschmack. Zu gerne hätte ich mich da mit fremden Federn geschmückt.« Änne grinste breit.

»Es war Klemens, der dir den Brief hat zukommen lassen, hab ich recht?« Fragend schaute Änne mich an.

Erstaunt darüber, dass sie wusste, über welchen Weg der Brief meiner verstorbenen Freundin mich erreicht hatte, nickte ich. »Ja.«

Änne lächelte wissend. »Der Hinweis mit dem Pferd und der Blesse. Als ich an der Weide stand und ihr Jeltje gesattelt habt, da kam mir der Gedanke. Ich hielt es für unwahrscheinlich, dass Nele so ein Detail mit in die Liste eingebaut hatte. Da fügten sich Teile des Puzzles in meinem Kopf zusammen.«

»Ich bin vor lauter Verliebtheit tatsächlich nicht darauf gekommen«, gestand ich kopfschüttelnd. »Die Liste zur großen Liebe, die hatte er nicht geöffnet, sondern einfach mit in den Brief gesteckt. Da gebe ich dir recht, dass das Schicksal da mächtig seine

Finger im Spiel hatte. Wobei Nele ihm schon verraten hatte, dass es eine solche Liste gibt.« Ich deutete gen Himmel zur Wolke, auf der vor meinem inneren Auge Nele triumphierend thronte und siegessicher eine Faust emporreckte.»Aber er hat mir erzählt, wie es dazu kam, dass er den Brief von Nele hatte.« Ich erzählte Änne die Geschichte, dass Klemens nach dem Unfall den Brief fand, den Nele extra für dieses Gespräch bei sich trug. Dass er ihn mir nicht gab, mit dem Bild vor Augen, dass ich mit Philip zur Beerdigung unserer besten Freundin erschienen war und er mein vermeintliches Glück nicht zerstören wollte.

Änne lauschte meiner Erzählung und war nicht weniger ergriffen als ich von dem, was ich erzählte.

Ihr war anzusehen, dass sie darauf lauerte, was zwischen Klemens und mir geschehen war, als wir zum Morsum-Kliff aufgebrochen waren.

»Wir haben uns geküsst, Änne. Und es war genauso, wie du es mir beschrieben hast, dass es sein muss, wenn man den Mann seines Lebens küsst«, schwärmte ich und sah, wieÄnnes Gesichtszüge ganz weich und zufrieden wurden.

»Fideli, ich kann dir nicht sagen, wie glücklich es mich macht, das von dir zu hören.« Von keinem anderen Menschen auf dieser Welt fühlte sich dieser Satz aufrichtiger an als von meiner Tante. Und auch wenn sie es nicht aussprach, wusste ich, dass der Gedanke, dass es mir gut ging, ihr den langsamen Abschied aus dem Leben leichter machen würde. Hätte sie mich in dem Wissen zurücklassen müssen, dass ich an meiner Zukunft mit Philip festhielt, hätte sie womöglich nur sehr schwer zur Ruhe gefunden. Aber diesen Gedanken schob ich erst einmal beiseite.

»Und ich hab's total vergeigt«, platzte es plötzlich aus ihr heraus, und sie begann albern zu kichern. Irritiert starrte ich meine Tante an und verstand nicht, was sie mir sagen wollte. »Rufus und ich hatten es uns so wunderbar gemütlich gemacht auf einer Bank mit Blick über die Salzwiesen bis hin zum Wattenmeer. Ganz ruhig und unaufgeregt lag die Natur vor uns. Wir haben viel geredet, uns Fragen beantwortet, versucht, den anderen zu verstehen, und sind dabei, nicht nur körperlich, immer näher aneinandergerückt.«Ännes Gesicht zerfiel in ein verklärtes Lächeln, ihr Blick ging in die Ferne. »Rufus hatte den Arm um mich gelegt, und als ich die Augen schloss und nur seine Wärme spürte und seinen wunderbaren Duft, der noch immer nach Zedernholz und Salz roch, kam ich mir vor wie auf einer Zeitreise. Als säße die junge Änne neben dem ebenso jungen Rufus auf dieser Bank, und wir hätten nun die Gelegenheit, die Weichen für unsere Zukunft neu auszurichten. In dieser Situation gab es keine Frau mehr an seiner Seite, sondern nur uns zwei. In der Realität halt ein wenig zerknittert und ergraut, aber wer sagt, dass das unbedingt schlechter ist.« Änne lachte. »Und stell dir vor, als Rufus seinen Kopf an meinen gelehnt hat, mit seiner Hand nach meiner gegriffen hat und ich alte Schachtel doch tatsächlich noch einmal im Leben Flugzeuge im Bauch bekommen habe, als wäre ich ein verliebter Teenager, da tut es einen Schlag, und ich kippe vor Schmerzen fast von der Bank.« Empört winkte sie ab. »Der Lack ist ab, sag ich dir«, mokierte sie sich, und auch ich musste schmunzeln.

»Ein Glück, dass Robert so schnell da war. Nicht auszudenken, dass ich Rufus am Ende diese bezaubernde Bank an diesem wunderschönen Fleckchen Erde für immer verdorben hätte, weil ich dort das Zeitliche segnete.«

»Änne, nun hör aber mal auf!« Mahnend hob ich den Zeigefinger.

»Ist ja so. Aber ich hab's ja überlebt. Und laut Robert bleiben mir dank der kleinen Zaubermittel womöglich noch ein paar Monate.«

»Rufus erzählte, dass er einige Zeit nicht auf der Insel war, weil er mit seiner schwer kranken Frau eine Weltreise gemacht hat. In dieser Zeit hat er den Großteil seines Hofes an Klemens vermietet, der sich dort seine Existenz aufbaute. Rufus hat nach seiner Rückkehr dann dort in einem kleineren Teil gelebt, bis seine Frau verstarb. Stell dir vor, er wollte tatsächlich den Hof verkaufen. Letzte

Woche ist er erst mal kurz nach Amrum getürmt und war drei Tage bei einem Freund, um darüber nachzudenken. Und weißt du, was das Schlimmste daran ist? Philip war derjenige, der ihm das Angebot für den Hof gemacht hat.« Entgeistert starrte Änne mich an und war überrascht, dass ich diese gruselige Information so gelassen aufnahm, die sie mir da gerade offerierte.

Ich nickte. »Philip wollte um jeden Preis Klemens' Existenz zerstören. Klemens hat es mir erzählt. Glaub mir, ich war auch geschockt.«

»Na ja, dass er so weit geht, wundert mich kaum bei diesem Menschen. Aber dass er um ein Haar wirklich für erneutes Unglück in Klemens' Leben gesorgt hätte, ist einfach nur schauderhaft.« Dann lächelte Änne wieder. »Deswegen haben wir Rufus auch nicht eher getroffen. Robert und Klemens erzählten doch, dass er ein paar Tage wie vom Erdboden verschluckt war. Er hatte sich Gedanken darüber gemacht, den Verkauf in die Wege zu leiten. Er ist schon ein komischer Kauz«, stellte Änne fest.

»Ein komischer Kauz passt aber irgendwie ganz gut zu einem Paradiesvogel«, fügte ich hinzu und strich meiner Tante sanft über den Arm.

»Ich werde noch eine Nacht hier verbringen dürfen«, erklärte Änne augenrollend.

»Aber Robert macht den Anschein, als wüsste er, was er tut. Auch ihm wird nicht entgangen sein, dass jeder Tag mit seinem Vater Gold wert wäre und ich kaum Zeit zu verschenken habe. Er wird mich nicht unnötig hierbehalten.«

»Ich bin froh, dass du hier in guten Händen bist, und wenn Robert keine Bedenken hat und du wieder rausdarfst, überlegen wir, wie es weitergehen wird für uns.« In meinem Kopf tauchte das Bild vom Zimmer auf Klemens' Hof auf, das mir Mila halb im Spaß angeboten hatte.

»Am liebsten würde ich für die Zeit, die mir noch bleibt, hier auf Sylt leben«, sagte Änne mit einem Mal.

»Das verstehe ich gut«, stimmte ich ihr zu. »Das wäre auch mein

Traum. Glaub mir, nach Hamburg zu meinem gekränkten Ex-Verlobten und meiner Mutter, die mir kaum etwas Nettes inmitten unzähliger Vorwürfe entgegenschmettern wird, zieht mich auch gerade überhaupt nichts.« Zerknirscht hob ich die Augenbrauen.

»Lass uns hierbleiben.« Erwartungsvoll schaute Änne mich an. Ich lachte, einerseits über ihren Blick, andererseits darüber, wie leicht und unkompliziert das aus ihrem Mund klang.

»Die Liebe ist es wert, mutig zu sein. Lass dir das von einer alten Frau sagen, die auf diesem Gebiet so manche Erfahrung gemacht hat.« Mit gewichtigem Blick nickte Änne.

»Wie ich dir ja bereits angedeutet habe, werde ich dir früher oder später ein nicht unerhebliches Erbe hinterlassen«, erklärte Änne.

Schlagartig wurde mir schwindelig.

»Es soll ja wenigstens *etwas* Gutes gehabt haben, dass deine alte Tante unverheiratet und kinderlos diese Welt verlässt.«

Müde lächelte ich, auch wenn mir bei dieser Vorstellung eher zum Weinen zumute war. Alles Geld dieser Welt würde ich hergeben, wenn ich Änne dafür noch ein paar Jahre länger an meiner Seite haben dürfte.

»Rufus hat ja in der Tat überlegt, das Haus zu verkaufen und die Insel zu verlassen. Sicher wäre das für Klemens nicht zu stemmen, ein Haus auf Sylt zu bezahlen. Vielleicht können wir ihn ja davon überzeugen, doch hierzubleiben, und wir ziehen für eine gewisse Zeit mit ein und zahlen eine Miete. Keine Ahnung, ob das nun Luftschlösser sind oder diese Pläne eine Chance haben. Aber du kennst meine Einstellung zu so etwas ja.« Änne grinste verschmitzt, und auch in meinem Kopf nahmen Bilder Gestalt an, die den Traum, hier auf der Insel zu leben, in strahlenden Farben zeichneten.

»Und noch bin ich ja da, um dir den Rücken zu stärken, wenn deine Mutter endgültig auf die Barrikaden geht, weil sie realisiert, wie ernst es dir ist.« Änne lächelte, faltete die Hände und schickte symbolisch ein Gebet zum Himmel.

In dem Moment klopfte es an der Tür, und Klemens streckte den Kopf durch den Türspalt. »Änne, ich hoffe, ich darf kurz stören?«, fragte er freundlich, und sein Blick verriet, dass es einen Grund hatte, warum er anklopfte und nicht weiter draußen auf mich wartete. »Ich wollte Sophie gerne entführen und dir im Gegenzug einen weiteren Gast schicken.« Ich zwinkerte Änne zu, weil ich ahnte, wer gleich ins Zimmer kommen würde.

Erst sah man niemanden, sondern ein großer Strauß verschiedener Rosen in allen erdenklichen Farben ragte ins Zimmer. Ich hätte mir keine treffendere Farbauswahl für meine Tante vorstellen können, und stieß ein begeistertes »Wow!« aus.

Änne hielt sich fasziniert die Hände vor den Mund und strahlte übers ganze Gesicht, als hinter dem Strauß Rufus zum Vorschein kam, das Lächeln smart, der Blick verliebt wie der eines jungen Teenagers.

»Ich sage noch Bescheid, dass sie eine Vase bringen. Änne, ich melde mich wieder«, verabschiedete ich mich und ging strahlend in Klemens' Richtung. Vor der Tür traf ich auf Mila, die schon eine Vase organisiert hatte, die Klemens noch schnell ins Zimmer stellte und die Blumen darin drapierte.

Zufrieden verließen wir die Station und gingen Arm in Arm mit Mila an unserer Seite zum Ausgang.

»Ich werde nun mal wieder zu Lina und Sylvie fahren. Soll ich euch irgendwohin mitnehmen?«, bot Mila an.

»Wenn du uns am Kampener Strand absetzen würdest? Ich glaube, ein Spaziergang dort ist grad genau das Richtige für uns. Meinst du nicht?« Klemens drückte mich an sich, und ich lehnte den Kopf an seine Schulter.

»Eine wunderbare Idee!«

Mila fuhr uns nach Kampen und setzte uns am Parkplatz oberhalb des Strandes ab.

Wir gingen den Weg bis zum Strand, am kleinen Bücherschrank vorbei, dem ich einen interessierten Besuch abstattete, und weiter auf die Holzplattform, von der aus man wunderbar den Blick über den Strand und die Wellen genießen konnte.

Mit tanzenden weißen Schaumkronen trafen die Wellen kraftvoll aufs Land. Am Horizont sahen wir einige Schiffe treiben. Am Strand standen weiß-blaue Strandkörbe, und überall wuselte es von Hunden, Kindern und Leuten, die hier Erholung suchten. Wir setzten uns auf eine der Holzbänke, und in dem Moment hatte ich den Eindruck, ich bräuchte kaum mehr als diesen Mann an meiner Seite. Dazu die Sonne auf meiner Haut und den Wind, der meinen Kopf freipustete.

»Es ist unwirklich schön hier mit dir«, raunte mir Klemens mit tiefer Stimme ins Ohr und zauberte mir damit eine besondere Art von Gänsehaut, die sich wie eine warme Welle bis zu meinem Herzen ausbreitete und meinen ganzen Körper mit Glückshormonen flutete.

»Mit dir auch, Klemens! Ich kann es noch immer gar nicht fassen, dass wir hier gemeinsam sitzen. Ich möchte, dass das weitergeht und wir hier noch ganz oft und ganz lange sitzen dürfen.« Ich hatte die Augen geschlossen, als ich spürte, wie Klemens nach meiner Hand griff.

»Ich habe jahrelang auf dich gewartet. Wenn du bleibst, Sophie, steht einer Zukunft doch nichts mehr im Wege, oder?« Ich öffnete die Augen und sah direkt in die meerblauen Augen von Klemens.

»Ich bleibe«, sagte ich leise, und Klemens küsste mich zärtlich, vergrub seine Hand in meinem offenen Haar, strich mir Strähnen, die wild umherflogen, aus dem Gesicht und zog mich sanft, aber bestimmt an sich. Der Kuss war gigantisch wie eine Explosion unzähliger Sprengsätze aus Glück und Schmetterlingen im Bauch. Als er endete, hielten wir uns fest im Arm, und ich wollte Klemens am liebsten nie wieder loslassen. Mein ganzer Körper war noch immer von einer wohlig kribbelnden Gänsehaut überzogen, die mich vor Glück schaudern ließ. Zu meinem Erstaunen sprang Klemens mit einem Mal auf und streckte mir die Hand entgegen.

»Komm mit!«, forderte er mich auf und zog mich hoch und hinter sich her, wieder in Richtung Parkplatz. Irritiert folgte ich ihm.

»Klemens, ich dachte, wir wollten spazieren gehen. Wo willst du denn auf einmal hin?«, fragte ich.

»Überraschung«, sagte er nur und lief unbeirrt weiter in Richtung Parkplatz, das Handy am Ohr. »Ein Taxi bitte zum Strandparkplatz von Kampen, danke!«

Wir kamen wieder am Parkplatz an, und schon wenige Minuten später rauschte ein Taxi um die Kurve. Klemens deutete mir an, kurz stehen zu bleiben, und sprach mit dem Fahrer.

Dieser nickte und grinste mich wissend an. Dann winkte Klemens mich zu ihm und öffnete die Tür. Ich kletterte auf den Rücksitz und war nervös, weil ich keine Ahnung hatte, was Klemens vorhaben könnte.

»Du wirst begeistert sein, lass dich überraschen«, versprach er und tippte auf seinem Handy herum. Dabei schirmte er es mit der Hand so ab, dass ich nichts sehen konnte. Ich schmunzelte und schaute demonstrativ aus dem Fenster in die andere Richtung. Wir fuhren eine Weile in Richtung Westerland, und ich hatte keine Idee, wo unsere Fahrt hinführte. Erst als wir an einer Kreuzung in Tinnum abbogen, dämmerte mir, dass es womöglich um einen weiteren Punkt unserer Liste für den Urlaub auf Sylt ging. Bei dem Ort, an den mich Klemens gerade entführte, handelte es sich um den Flugplatz.

Das Taxi hielt, Klemens stieg aus und öffnete mir die Tür. Mit wackeligen Knien stieg ich aus und hielt mir, halb vor Aufregung und halb vor Freude, die Hand vor den Mund. »Ach was«, staunte ich und griff dankbar nach Klemens' Hand, der mich in Richtung des Gebäudes führte, vor dem einige Leute sich offensichtlich startklar machten zu einem Fallschirmsprung über der Insel.

»Ich hab mir sagen lassen, dass das ein Punkt war, den Nele und du auf der Insel erleben wolltet. Ich hoffe, du nimmst auch mit mir vorlieb? Änne meinte, sie würde gerne mir den Vortritt lassen, und hatte nichts dagegen, dass ich diesen Punkt übernehme.«

Schelmisch grinste er, und da mir die Sprache wegblieb, nickte ich nur staunend. Langsam schaute ich über den Flugplatz, betrachtete die Flugzeuge am Himmel und folgte Klemens, der in diesem Moment einen Typen in Fliegermontur begrüßte.

»Herzlich willkommen zu einem der schönsten Erlebnisse im Leben, Sophie!«, begrüßte mich der Mann. »Ich bin Till und hier auf der Insel für den Cocktail aus Glückshormonen und Adrenalin zuständig«, stellte er sich vor, und ich musste lachen.

»Verstehe! Na dann kann ja nix mehr schiefgehen«, mutmaßte ich und schaute skeptisch in Klemens' Richtung. Dieser reckte den Daumen empor. »Till ist der Beste! Das garantiere ich dir!«

»Hast du das etwa schon mal gemacht?«, fragte ich Klemens.

»Ja, und ich verspreche dir, das wird auch nicht dein letztes Mal gewesen sein!« Freudestrahlend legte er den Arm um mich, und ich spürte, wie ich mich ein wenig beruhigte in seiner Nähe. Die Freude überwog und drängte die Nervosität so weit in den Hintergrund, dass ich es kaum erwarten konnte, bis es losging.

»Von nirgendwo sonst kannst du Sylt so herrlich bewundern wie von oben, glaub mir. Das Watt, das Meer und die vielen kleinen Häuser. Ich verspreche nicht zu viel, wenn ich sage, dass ein Fallschirmsprung ein absolutes Highlight ist.«

»Ich bin so gespannt! Worauf warten wir noch?«, freute ich mich und rieb mir die Hände.

Wir machten uns startklar und bekamen noch Instruktionen zum Flug. Till erklärte uns, was uns erwartete. Mein Herz schlug wieder ein wenig schneller, und hibbelig wippte ich von einem Fuß auf den anderen. Wir sprangen in einem Tandemflug, sodass ich den erfahrenen Till bei mir hatte. Obwohl ich großen Respekt vor dem Sprung hatte, freute ich mich gleichzeitig unheimlich auf die Zeit über dem Boden.

Das Funkeln in Tills Augen, als er uns mit souveräner Gelassenheit auf den Sprung vorbereitete, und Klemens' Strahlen gaben mir Sicherheit, dass es ein atemberaubendes Erlebnis werden würde.

Till wirkte lässig. »Glaub mir, es wird großartig«, sagte er, als er mir lächelnd mein Outfit für den Sprung aus rund dreitausend Metern reichte. Wir bekamen eine Brille und eine Art Haube, dazu ein Geschirr. Dann starteten wir einige Trockenübungen am Boden, die für den Absprung, den freien Fall und später die Landung wichtig waren. Ich hoffte, dass ich mir alles bis dahin merken konnte. So nervös, wie ich mittlerweile war, erschien mir dies gar nicht so einfach. Unser Pilot wurde uns vorgestellt, und auch er wirkte vertrauenserweckend entspannt.

Bevor ich doch noch zweifeln und den Rückzug antreten konnte, kletterten wir bereits in die kleine Maschine. Schon der Aufstieg in den Himmel war so schön, dass er für mich noch Stunden hätte weitergehen dürfen.

»Wow! Es ist so traumhaft, ich fasse es nicht«, kam ich aus dem Staunen nicht mehr heraus. Wir hatten einen Blick bis nach Dänemark. Während die Häuser und Felder immer kleiner wirkten, erschien mir das Meer unter uns gigantisch groß. Ich zuckte zusammen, als Till und der Pilot sich zuriefen, dass es losgehen konnte.

Als die Tür aufging, kam mir für Bruchteile von Sekunden der Gedanke, dass es absolut wahnsinnig sei, dort hinauszuspringen. Aber jetzt gab es kein Zurück mehr. Ich vertraute Till. Sein entschiedenes Auftreten aus sanftem Druck und aufmunternden Worten animierte mich, den Kopf auszuschalten und mich ganz vom Adrenalin in meinem Blut leiten zu lassen. Mit einem Mal kam es mir vor, als setzte ich alle Hinweise, die wir am Boden bekommen hatten, wie selbstverständlich um. Ich legte den Kopf nach hinten und lehnte mich vor. Till schob uns entschlossen über die Kante, und ich spürte plötzlich, wie ich in eine Schwerelosigkeit hineinglitt, die bald meinen ganzen Körper umgab. Ich war so überwältigt von der Situation, dass ich beinahe zu atmen vergaß. Das Atmen war bei dem Gegenwind auch gar nicht so einfach.

Das verrückte Kribbeln im Bauch, wie ein Gemisch aus Adrenalinausstoß vor Angst und einem Feuerwerk von Endorphinen aus purer Freude, war mit nichts zu vergleichen, was ich bisher erlebt hatte. Ich wünschte mir, dass ich dieses reine Glücksgefühl nie wieder vergessen würde. Till hatte noch untertrieben, als er davon sprach, dass es großartig werden würde.

Wie eine gigantische Extradosis an Glückshormonen fühlte es sich dann an, als jegliche Angst sich ganz gelegt hatte, weil der Fallschirm sich nach einigen Sekunden öffnete und wir sanft und in atemberaubender Leichtigkeit in Richtung Boden schwebten. Ich musste unweigerlich lachen, was wahrscheinlich auf die Unmengen an Endorphinen zurückzuführen war, die durch meinen Körper schossen. Nicht weit von uns entfernt sah ich Klemens, der ebenso in einem Tandemsprung Richtung Insel segelte.

Ich reckte lachend beide Daumen empor und warf ihm eine Kusshand zu, die er erwiderte. Er wirkte ebenso euphorisch. Dieses Erlebnis würde ich von nun an immer im Herzen tragen. Schon jetzt wusste ich, dass dies nicht das letzte Mal gewesen sein sollte, dass ich einen Fallschirmsprung wagte.

Die Landung verlief dank unserer erfahrenen Begleiter so routiniert, dass mir nichts den Spaß trübte, und im Geiste machte ich einen großen Haken hinter diesen Punkt auf Neles Liste.

20. Kapitel

Am Abend dieses aufregenden Tages kuschelte ich mich neben Klemens aufs Sofa seines gemütlichen Wohnzimmers. Seine Wohnung war klein und auf eine Person ausgerichtet. Mila und Lina wohnten in einer Wohnung nebenan, Rufus in einem weiteren Teil des Hauses. Klemens hatte erzählt, dass seine Mutter ein Gästezimmer mit Bad im Haus hatte, welches bisher noch Milas Wohnung zugeordnet war. Dies sollte sich dann ändern, wenn feststand, dass Sylvia in dem Haus wohnen konnte.

»Das Haus ist doch noch viel größer als die drei Bereiche, die ihr hier aufgeteilt habt, oder?«, fragte ich Klemens, an dessen Brust nun mein Kopf lehnte. »Ja, das stimmt.« Seine tiefe, angenehme Stimme brachte seinen Brustkorb zum Vibrieren und verursachte eine Gänsehaut bei mir. Ich fühlte mich so geborgen und wohl wie schon lange nicht mehr in meinem Leben.

»Das Haus ist riesig. Ein Teil steht leer. Dort wollte Rufus wohl damals langfristig Ferienwohnungen errichten, als sie nach Sylt zogen. Dann ging es seiner Frau gesundheitlich aber immer schlechter, und alles kam anders. Für uns ist der Bereich neben den Stallungen aber viel zu weitläufig. Wobei es natürlich eine Schande ist, dort nichts draus zu machen.«

»Ich finde es schade, dass alles, was auf Sylt leer steht zu Ferienwohnungen oder Geschäften ausgebaut wird. Ein Großteil dieser Leute lebt doch maximal ein paar Wochen auf der Insel und residiert den Rest der Zeit in noblen Villenvierteln von Hamburg, Düsseldorf oder sonst wo«, überlegte ich.

»Da hast du leider recht«, stimmte Klemens mir zu.

»Und für die echten Sylter heißt es irgendwann, dass sie pendeln müssen, um hier auf der Insel zu arbeiten, weil Wohnraum schlicht nicht mehr bezahlbar ist.«

»Das ist bedauernswerterweise auch wahr, ja«, stimmte Klemens mir zu. »Aber das ist wohl eine Entwicklung, mit der die Insel leben muss.«

»Mhm«, stimmte ich ihm zu, überlegte aber, ob das nicht nur alles eine Frage des Geldes sein würde und man womöglich etwas bewegen konnte, wenn man auch nur für ein oder zwei Leute bezahlbare Wohnungen anbieten würde. Aber das war so weit gedacht.

Vom Fenster aus Klemens' Wohnzimmer heraus sah man über die weiten sattgrünen Salzwiesen. Das idyllische Dorf lag inmitten dieser Wiesen, die den Übergang zum Wattenmeer bildeten. Wer Ruhe und Erholung suchte, war hier in diesem ländlichen Ort genau richtig. Vielleicht boten sich tatsächlich Ferienwohnungen in den leer stehenden Zimmern an.

»Wie wird es für dich weitergehen?«, fragte Klemens mit einem Mal, und mein Bauch krampfte sich zusammen.

»Ich weiß es nicht, Klemens. Aber was ich weiß, ist, dass ich nicht wieder in mein altes Leben in Hamburg zurückkehren werde.«

»Dann zieh doch erst mal hier bei uns ein. Meine Wohnung ist zwar klein, aber wie du schon richtig erkannt hast, hat sie Ausbaupotenzial. Vorausgesetzt, Rufus setzt seine Pläne nicht in die Tat um.« Klemens machte ein nachdenkliches Gesicht.

»Änne erzählte, dass er überlegte, den Hof zu verkaufen, weil er nicht länger allein hierbleiben wollte. Es klang, als fühlte er sich einsam.«

Klemens nickte betroffen. »Rufus wollte die Insel verlassen, weil er sehr unzufrieden war, das stimmt. Wenn ich ganz ehrlich bin, habe ich aber nun auch die stille Hoffnung, dass Ännes Comeback ihn vom Gegenteil überzeugen kann.« Klemens sprach aus, was auch ich insgeheim hoffte.

»Änne hat schon gesagt, dass sie für die Zeit, die ihr noch bleibt, hier auf der Insel leben will. Und bisher konnte ich mich immer darauf verlassen, dass Änne zu ihrem Wort steht und so manche Idee in die Tat umsetzt. Ich kann mir auch vorstellen, dass ihn das umstimmen könnte«, überlegte ich.

Klemens atmete erleichtert aus. »Es wäre ein Traum, wenn ich den Hof nicht verlassen muss. Aber es wird auch eine finanzielle Entscheidung sein. Ich hoffe sehr, dass Rufus eine Lösung findet, dass ein Leben auf dem Hof für ihn bezahlbar bleibt. Da sind Mila und ich auch offen für alles. Was wir können, machen wir selbst. Wir hoffen, dass irgendwann Ferienwohnungen entstanden sind, die dann den Unterhalt sichern. Abgesehen davon rechne ich erst mal mit allem. Auch wenn er verkaufen will, finde ich eine Lösung.« Er küsste mich sanft auf die Stirn. »Dass du hier bei mir liegst, ist der beste Beweis, dass es sich lohnt, an seine Träume zu glauben«, flüsterte er mir sanft ins Ohr, und ich legte meinen Arm um seinen Nacken und küsste ihn zärtlich. »Das ist das Gute an Gegenwind im Leben. Man merkt, was man in Wirklichkeit alles bewerkstelligen kann und dass einen so schnell nix umhaut.«

»Nie im Leben hätte ich vor ein paar Wochen gedacht, dass ich Philip nicht heirate. Obwohl ich so viele Zweifel hatte, fehlte mir der Mut, rechtzeitig die Notbremse zu ziehen. Verrückt, oder?«

Klemens wiegte den Kopf hin und her. »Da bin ich ganz einer Meinung mit deiner Tante. Es sollte alles genau so kommen, wie es kam. Und um wieder positiv nach vorne zu schauen, muss man manchmal einige Dinge aus der Vergangenheit so hinnehmen, wie sie sind, und aufhören, damit zu hadern.«

Wir versanken in einen innigen Kuss, der mich vor Glück schweben ließ wie vor ein paar Stunden am Himmel über Sylt.

Ich hatte noch einmal Änne im Krankenhaus angerufen. Sie machte einen guten Eindruck und klang fröhlich und zuversichtlich, dass man sie am nächsten Tag entlassen würde. Rufus war noch immer bei ihr, und es rührte mich, wie fürsorglich er sich um meine Tante kümmerte.

»Rufus ist kaum wiederzuerkennen, seit er Änne getroffen hat. Erstaunlich, was eine neu erwachte Liebe mit den Menschen macht.« Vielsagend schaute Klemens mir in die Augen. Ich strich ihm zärtlich über die Wange.

»Das kann ich nur bestätigen, auch wenn mir in der Zeit unserer Trennung nie bewusst war, was du mir bedeutest.«

Wir lagen noch lange auf dem Sofa, küssten uns, kuschelten ausgiebig und genossen die Wärme und die Geborgenheit in der Nähe des anderen.

Auf meinem Handy ging eine Nachricht von Änne ein, die mir schrieb, dass sie sich schon jetzt darauf freute, die letzten Tage in ihrem Tagebuch aufzuschreiben. Ich erzählte Klemens davon, und er deutete auf ein Regal, in dem Notizbücher standen.

»So verrückt es klingt, du kennst meinen Vater wahrscheinlich gar nicht von dieser Seite, aber er hat Tagebuch geschrieben. Kurz vor seinem Tod sagte er mir, er wünsche sich, dass ich die Bücher einmal bekäme. Er vermutete, sie wären nicht interessant für die Nachwelt. Er hoffte jedoch, dass sie nicht einfach in den Müll wanderten, sondern ich die Möglichkeit kriege, in seinen Erinnerungen zu lesen. Ich hüte sie wie einen Schatz.« Stolz lächelte er und drehte eine Haarsträhne von mir zwischen Zeigefinger und Daumen.

»Vieles, was er gedacht hat und was ihn bewegt hat, habe ich erst aus diesen Aufzeichnungen erfahren. Ich möchte keine Seite davon missen.«

»Das ist wunderschön. Eine so wertvolle Erinnerung«, stellte ich fest. In diesem Moment beschloss ich, Änne zu fragen, ob es für sie in Ordnung wäre, wenn ich nach ihrem Tod in ihren Tagebüchern lesen würde.

Der Abend, an dem wir so vertraut, als hätte es die Trennung zwischendurch gar nicht gegeben, auf dem Sofa lagen, Wein tranken und einen Film schauten, war wunderbar. Wäre ich nicht von all den Aufregungen des Tages ganz müde gewesen, hätte ich jede

Minute, jedes Gespräch und jede zärtliche Berührung noch viel mehr in die Länge gezogen und ausgekostet. So aber schlief ich immer wieder zwischendurch ein, bis ich irgendwann merkte, dass Klemens' Atmung neben mir gleichmäßig und leise geworden war, der Fernseher still und vor dem Fenster kein Licht zu sehen war. Über mir lag eine flauschige Decke, das Licht war gedimmt. Ich tastete vorsichtig neben mich und fühlte, dass Klemens nah bei mir lag, den Kopf zum Schlafen auf einen Arm gelegt, der andere Arm ruhte auf seiner Seite. Ich betrachtete sein Gesicht eine ganze Zeit lang verträumt, sah die ausdrucksstarken langen Wimpern und die markanten Augenbrauen, die seinem sonst so sanften Gesichtsausdruck eine gewisse Ernsthaftigkeit verliehen. Seine vollen Lippen waren zu einem zaghaften Lächeln geformt, und ein Mundwinkel zuckte, was aussah, als amüsierte er sich im Traum über irgendetwas.

Ich konnte nicht anders, als ihm sanft mit den Fingerspitzen über die Haut seiner Wange zu streichen, die sich ein wenig rau anfühlte. Das Zucken um seinen Mundwinkel wurde deutlicher, und ich schreckte ertappt zurück, als er plötzlich den Arm um meine Hüfte legte. Klemens gab ein murmelndes Geräusch von sich und zog mich noch ein wenig näher an sich heran. Ein wohlig prickelnder Schauer überkam mich, als ich mich an seinen warmen Körper schmiegte.

Bis vor Kurzem hätte ich mir niemals vorstellen können, dass ich neben einem anderen Mann als Philip schlafen würde. Mein Leben schien so vorgezeichnet und klar, dass sich dieses Gefühl jetzt besonders aufregend und mutig anfühlte. Ich legte meine Hand um seinen Nacken und küsste sein Gesicht. Klemens brummte genießerisch, hob meine Decke ein wenig an und zog mich mit einem gekonnten Griff über sich, um dann leidenschaftlich meine Küsse zu erwidern. Wir verbrachten eine unbeschreibliche Nacht, und von meiner Müdigkeit war auf einmal nichts mehr zu spüren. Als Klemens wieder neben mir lag, eng an meinen Rücken gekuschelt, die Atmung wieder regelmäßig und leise, kam es mir vor, als wäre ich noch nie zuvor so sicher gewesen, dass dieser Mann derjenige war, mit dem ich den Rest meines Lebens verbringen wollte. Ich konnte mir nicht vorstellen, dass das Leben jemals wieder Hürden für uns bereithalten konnte, die wir gemeinsam nicht bewältigen würden. Dieses Gefühl war einmalig schön, und mit dem Gedanken, diese Sicherheit wie einen Schatz in meinem Herzen fest verschlossen zu haben, um sie nie wieder zu verlieren, schlief ich ein.

Aufgeweckt wurde ich von einem Sonnenstrahl, der direkt auf das Sofa fiel, das wir in dieser Nacht gar nicht verlassen hatten. Durch das Fenster zur Terrasse sah ich, dass im Garten bereits ein Tisch gedeckt war. Dieser war nicht nur für Klemens und mich, sondern für noch mehr Leute eingedeckt.

Ich stand auf, legte die Decke ordentlich zusammen und ging erst einmal ins Bad, um mir ein Bild davon zu machen, wie ich aussah.

Schmunzelnd betrachtete ich mein Spiegelbild. Zerknautscht von der zu kurzen Nacht, die Haare so wild, als würden sie nie wieder in so etwas wie einer Frisur zusammenfinden, aber ein zufriedenes Lächeln um die Lippen. So sah Glück aus, dachte ich bei mir und stieg erst mal unter die Dusche, damit ich mich auch wieder etwas frischer fühlte, bevor die Gäste erschienen.

Als ich gerade wieder ins Wohnzimmer trat, kam auch Klemens in den Raum, in der Hand eine Tüte mit Brötchen unseres gemeinsamen Lieblingsbäckers. Ein Strahlen breitete sich auf seinem Gesicht aus. Er legte die Tüte aus der Hand, ging auf mich zu, nahm mich in den Arm und hob mich leicht vom Boden ab. Er drehte sich mit mir, und wir lachten.

»Guten Morgen, meine Hübsche! Ich hoffe, die paar Stunden Schlaf waren trotz der Kürze erholsam?« Ich nickte lächelnd und küsste ihn als Antwort. Unser Kuss fühlte sich an, als wollten wir beide gleich an die Nacht anknüpfen, da räusperte sich plötzlich jemand. Erschrocken fuhren wir herum, und voller Erleichterung sah ich, dass es meine Tante Änne war, die im Türrahmen zur Terrasse lehnte. Sie trug einen hellgrünen Hut, dazu ein passendes Kleid und ebenso grüne Schuhe, ein Outfit, was ich ihr gestern für ihre Entlassung mitbringen sollte, und hatte ein verschmitztes Grinsen im Gesicht.

»Ich will ja nicht stören, ich wollte nur sagen, dass ich wieder da bin.«

»Änne! Was für eine Überraschung!« Ich löste mich aus Klemens' Arm und rannte zu Änne, um sie zur Begrüßung fest an mich zu drücken. »Ich freue mich so sehr, dass du wieder hier bist!«

»Und ich erst«, gab sie zurück. »Kriege ich hier jetzt ein ordentliches Frühstück? Diese Zumutung dort im Krankenhaus soll bitte schnellstmöglich wieder aus meinem Gedächtnis verschwinden. Da bekomme ich ja Magenschmerzen, wenn ich nur daran denke!« Sie schüttelte empört den Kopf und griff nach der Tüte mit den Brötchen.

»Guten Morgen«, kam es dann aus dem Garten, und auch Rufus trat um die Ecke, Ännes Tasche in der Hand. »Ich habe was von Frühstück gehört?« Er lächelte fragend.

»War alles schon vorbereitet, als du angerufen hast. Sogar Brötchen sind schon da«, erklärte Klemens und deutete an, dass alle sich setzen sollten. »Meine Mutter ist bereits im Garten. Mila versorgt mit Lina noch kurz die Pferde und kommt dann auch«, fügte er hinzu.

»Habe ich so lange geschlafen?«, wunderte ich mich, und Klemens nickte.

»Es ist jedenfalls gleich zehn Uhr«, behauptete er, und ich staunte.

»Da seid ihr wohl ein wenig länger wach gewesen«, mutmaßte meine Tante, und unter den verzückten Blicken von Rufus und Änne stieg mir die Hitze in den Kopf. Mehr als ein verschämtes Grinsen brachte ich jedoch nicht zustande.

Wir setzten uns, und Änne erzählte von ihrem Krankenhausaufenthalt, während wir unser Frühstück genossen. Klemens berichtete davon, dass es der Stute mit der Verletzung bereits besser gehe und dass er heute einen ruhigeren Tag angesetzt habe, bevor demnächst wieder neue Kinder für Reitstunden anreisen würden.

Während des Frühstücks schaute ich immer wieder Rufus an. Ich fühlte mich mit ihm besonders verbunden, weil ich sah, wie auch er Änne heimlich ungläubig verliebte Blicke zuwarf, die zu sagen schienen, dass er nicht ganz glauben konnte, dass es wirklich seine große Liebe war, neben der er hier am Frühstückstisch saß.

Mila war zwischenzeitlich auch an den Tisch gekommen, Lina im Schlepptau. Sie schnappten sich ebenfalls zwei Brötchen und erzählten, dass Jeltje sich am Morgen wieder einmal aufgeführt hatte wie eine Diva.

»Also, ich stelle dich gerne als persönliche Pflegerin dieses Ungeheuers ein, wenn Klemens es nicht tut«, scherzte sie mit Blick auf mich, und wir mussten beide lachen. »Mich kriegt niemand mehr in die Nähe dieser Pferdedame.« Sie schüttelte theatralisch den Kopf, und Lina rollte belustigt mit den Augen.

»Dafür haben wir ja jetzt Sophie«, stellte das Mädchen dann fachmännisch fest, und Klemens lachte. »Dann wäre das ja geklärt! Sophie, du musst also bleiben. Ob es dir recht ist oder nicht.« Bedauernd hob er die Schultern und drückte mir dann einen zarten Kuss auf die Wange.

»Ich kann dieses tolle Tier unmöglich seinem Schicksal überlassen«, stellte ich fest. »Unter diesen Umständen muss ich natürlich auf Sylt bleiben.« Ich hob die Handflächen und schaute Änne an. »Aber ohne Änne bleibe ich nicht. Ihr seht, ganz so leicht, wie ihr denkt, ist das alles nicht.«

Änne nickte lächelnd, legte dann aber den Kopf schief. »Ich gelte ja ungern als Spielverderber«, setzte sie an. Änne machte sich einen Scherz daraus, möglichst lange ein Pokerface zu wahren. Mein Puls raste beim Gedanken daran, dass sie es sich über Nacht doch anders überlegt hatte und zurück nach Hamburg gehen wollte.

Erleichtert sah ich, dass ihr gerade noch so ernstes Gesicht nun in ein warmherziges zerfiel.

»Deshalb stehe ich voll hinter den Entscheidungen meiner lieben Nichte und schließe mich ihren Plänen gerne an, die Insel vorerst nicht wieder zu verlassen. Wenn ich ehrlich bin, gehe ich in meinem Fall davon aus, dass ich gar nicht mehr aufs Festland übersetzen werde, da meine Zeit an diesem bezaubernden Fleckchen Erde sowieso absehbar ist. Aber genau das ist der Grund. Ich möchte jeden Tag zum schönsten meines Lebens machen, für den Fall, dass es der letzte sein sollte. Und das geht nur, wenn ich hier bei dir bleibe, liebe Fideli, und bei dir, Rufus. Dass wir uns wiedergefunden haben, ist unglaublich und, wie ihr alle wisst, genau nach dem Geschmack eurer alten Tante Änne, die ja schon immer dem Schicksal vertraut hat. Es hat mich nicht enttäuscht.« Sie deutete auf Rufus, stand auf und stellte sich hinter seinen Stuhl. Änne legte ihren Arm auf seine Schulter, beugte sich zu ihm herunter und drückte ihre Wange an seine. »Rufus und ich haben entschieden, diese zweite Chance zu nutzen, komme, was wolle. Rufus weiß, worauf er sich einlässt, und das rechne ich diesem wundervollen Menschen hoch an.« Änne machte eine Pause. »Ich habe lange überlegt, wie ich es am besten formuliere. Es soll kein *Dankeschön* im eigentlichen Sinne sein, dafür, dass Rufus sich meiner annimmt, auch wenn ich alt, recht gebrechlich und sicher nicht ganz leicht zu ertragen bin.« Sie bedachte Rufus mit einem dankbaren Blick. Dieser winkte ab. »Aber ich weiß, dass Rufus sich damit schwergetan hat, hier auf Sylt zu bleiben, und überlegt hat, das Haus zu verkaufen. Die Umbauten und die Weltreise, die sich seine Frau gewünscht hatte und die er ihr ermöglicht hat, haben viel Geld gekostet. Es hatte auch monetäre Gründe, weshalb Rufus das Leben auf Sylt auf Dauer abgeschreckt hat.«

Klemens nickte wissend, und ich sah, wie er nervös mit den Händen rang, den Blick starr auf die Finger gerichtet.

»Wie einige ja bereits mitbekommen haben, habe ich in meiner Familie wenig Freunde.« Änne setzte ein zynisches Lächeln auf. »Ich hatte gerade einen reizenden neuen Freund gewonnen in Hamburg, in Form des Ex-Verlobten meiner lieben Nichte Sophie.« Mir rutschte das Herz in die Hose aus Angst davor, welche Rolle Philip in diesem Zusammenhang spielen sollte. »Eine reiche Erbtante, die todkrank ist – wem gefällt das nicht als gute Partie? Da überlegt man erst recht, seine Freundin, die Nichte dieser alten Schachtel, schnellstmöglich zu heiraten? Ohne dir zu nahe treten zu wollen, Sophie, dass dieser Mann erkannt hat, dass er es bei dir mit einer wundervollen Frau zu tun hat, mag ja sein, aber verdient hatte er dich jedenfalls keinen Tag. Keine Nachricht von dir hat mich in letzter Zeit mehr erfreut, als dass du ihm den Laufpass gegeben hast. Und das nicht wegen etwaiger Erbanteile, die er sich unter den Nagel reißen wollte, sondern vor allem, weil ich keinem Menschen auf der Welt die große Liebe im Leben mehr wünsche als dir, mein Schatz.«

Gerührt tupfte ich mir eine Träne aus dem Augenwinkel, die ich bei Ännes Worten nicht hatte zurückhalten können. Ich wollte es auch gar nicht, denn um mich herum saßen nur herzensgute Menschen, die sich ehrlich mit mir freuten und die ebenso in der Lage waren, Emotionen zu zeigen und einen dafür schätzten, dass man es konnte. Es war so anders als noch bis vor Kurzem im Kreise von Philips Freunden.

»Jedenfalls habe ich es in den vielen Jahren als alleinstehende Vollzeit-Unternehmerin immer ganz gut gehabt. Ich habe viel Geld verdient, viel mehr, als ich je habe ausgeben können. Und egal wie sehr ich mich noch anstrenge, es wird mir mit großer Wahrscheinlichkeit nicht mehr gelingen, dies noch unter die Leute zu bringen, sogar hier auf Sylt nicht.« Sie zwinkerte.

»Deshalb möchte ich, dass Rufus einen Teil des Geldes als eine Art Miete ansieht und dafür verwendet, hier sein Leben, womöglich mit mir an seiner Seite, weiterzuführen. Ich weiß, er gehört hierher auf die Insel. Ich bin mir sicher, dass sein Herz hier zu Hause ist, und meins nun auch.«

Ännes Rede war so bewegend, dass ich mittlerweile nicht mehr die Einzige am Tisch war, die nach einem Taschentuch nestelte.

Auch Rufus nahmen Ännes rührende Worte mit. Er trat zu Änne und umarmte seine alte Liebe, und unter dem Applaus aller, die am Tisch saßen, stand das Paar, das endlich wieder zueinandergefunden hatte, da. »Meine liebe Änne, ich kann mein Glück kaum fassen und muss dir recht geben, dass das Schicksal mich nicht im Stich gelassen hat. Auch wenn das Leben für uns eine ganz besondere Reihenfolge der Dinge vorgesehen hatte, die so nicht abzusehen war, wenn ich ehrlich bin. Ich habe mich entschieden, diese Chance anzunehmen, die mir das Leben mit einer so wundervollen Person wie dir heute noch mal gibt. Ich freue mich, dass ich Sylt doch nicht verlassen muss.« Dankbar lächelte er und umarmte Änne erneut herzlich.

Klemens griff unter dem Tisch nach meiner Hand und drückte sie fest. Ich sah ihn an, schaute ihm lange in die Augen und lehnte dann meinen Kopf an seine Schulter. Ich war dankbar für das Gefühl, in ihm den Mann gefunden zu haben, bei dem ich mir sicher war, dass er auch in fünfzig Jahren genauso stolz an meiner Seite stehen würde wie Rufus nun neben Änne.

21. Kapitel

Mein Herz schlug beinahe so heftig wie beim ersten Kuss mit Klemens, als wir Jeltje und Ole sattelten. Ole war ebenso ein Friese und das Pferd, das Klemens diesmal reiten wollte.
»Ole ist der Liebste hier, vielleicht ist er als Gegenpol zur Stute genau richtig. Aber wie gesagt, ich tausche auch, wenn du dich auf Ole sicherer fühlst?« Fragend, mit leichter Sorge im Blick, schaute Klemens mich über die Schulter an, während er den Gurt festzog an Oles Bauch.
»Ich bin mir ganz sicher, dass ich Jeltje reiten will«, sagte ich. Zwar war ich unheimlich aufgeregt, aber irgendetwas gab mir das Vertrauen, dass es gut gehen würde, meinen allerersten Ausritt am Wasser mit dieser Stute zu wagen. Ich zog ebenfalls den Gurt am Sattel meines Pferdes fest und klopfte den kräftigen Hals der Friesenstute. Dann trat ich zum Kopf des Tieres.
»Ich verlass mich auf dich, meine Schöne«, flüsterte ich ihr ins Ohr und kraulte den weißen Fleck auf ihrer Stirn. Die Stute senkte leicht den Kopf, als wollte sie zeigen, dass ihr das gefiel, und hielt ganz still. Augenblicklich verlangsamte sich mein Puls, und ich wurde ruhiger. Dies war der richtige Zeitpunkt, um aufzusteigen.
Ich stieg in den Sattel und streichelte den Pferdehals, der auf einer Seite von der dichten schwarzen Mähne verdeckt war. Unter der Mähne war es ganz warm, und dieses Gefühl bildete einen beruhigenden Gegensatz zum kühlen Wind, der über die Weide zog und sicher in Richtung Strand noch an Intensität zunehmen würde.
Ich nahm die Zügel in die Hand, schaute nach Klemens, und als auch dieser aufgestiegen war, gab ich Jeltje ein Zeichen, dass sie losgehen durfte. Sanft schaukelnd lief die Stute los und wirkte

entspannt. Ich hatte den Eindruck, dass auch die Nähe des unaufgeregten Wallachs Ole ihr half. Außerdem schien sie mir als Reiterin zu vertrauen. Solange ich Sicherheit ausstrahlte, würde das Tier ruhig bleiben.

Wir lenkten die Pferde an der Weide entlang am Rande der Salzwiesen in Richtung Watt. Klemens ritt genau neben mir, hin und wieder berührten sich unsere Fußspitzen in den Steigbügeln. Ole zupfte, wann immer Klemens für einen Moment nicht aufpasste, ein paar Grasbüschel vom Wegesrand. Ich musste lachen bei dem Anblick, wie er zufrieden kaute, sobald Klemens mal wieder viel zu spät merkte, dass er nicht aufgepasst hatte. Ich erinnerte mich daran, dass das damals auch so ein Spiel zwischen Nele und ihrem Pferd gewesen war. Nele hatte es, wie Klemens auch, mit Humor genommen und dem Pferd scherzhaft klargemacht, dass es nun umso mehr rennen müsste, wenn es sich zwischendurch immer wieder den Wanst vollschlagen wollte.

»Dann muss der liebe Ole wohl noch eine Extrarunde drehen, selbst schuld«, sagten Klemens und ich plötzlich mit einem Mal wie aus einem Munde. Lachend schauten wir uns an, und ich war mir sicher, dass wir in diesem Moment dasselbe Bild von Nele vor Augen hatten.

»Los, diese Strecke ist perfekt für einen kleinen Galopp geeignet«, schlug Klemens dann vor und deutete nach vorne, wo der sandige Weg, der entlang der Salzwiesen verlief, nun an den Rand des Wassers führte und in einen kleinen Strandabschnitt mündete.

»Alles klar!« Ich drückte Jeltje sanft die Waden an die Seite, legte ein Bein weiter nach hinten und gab die Zügel nach. Jeltje spielte mit den Ohren und fiel ohne einen einzigen Trabschritt in einen runden, kraftvollen Galopp.

Unter meinem Reithelm, den ich mir von Greta geliehen hatte, trug ich die Haare offen und genoss das Gefühl, wie sie im Wind umherflogen. Klemens und Ole waren ungefähr auf derselben Höhe.

Ich schaute nach links und bewunderte das Bild, wie Klemens auf dem großen Friesen, dessen kräftige Beine bei jedem Schritt weit nach vorne gestreckt waren, leicht nach vorne gelehnt, saß. Sein Gesichtsausdruck war zufrieden, und ich sah ihm an, dass er jetzt in seinem Element war. Souverän steuerte er den Wallach um eine Landzunge aus Sand, die wir umrundeten, um danach immer direkt am Meer entlang weiterzugaloppieren. Bei jedem Schritt hörte ich ein Plätschern, weil die Pferdehufe das Wasser berührten.

Wenn der Weg keinen Galopp zuließ oder wir den Tieren eine Verschnaufpause gönnen wollten, bauten wir eine kleine Strecke im langsamen Tempo ein und ließen die Pferde im Schritt nebeneinanderherlaufen.

Ich fühlte mich auf dem Rücken der Stute sicher. Einmal löste ich sogar die linke Hand und griff nach Klemens' Hand, die er mir entgegenstreckte, als er die Zügel eine Zeit lang nur in einer Hand hielt.

»Es ist traumhaft. Danke, Klemens! Es fühlt sich fast so an, als ob wir da weitermachen würden, wo wir vor Jahren unterbrochen worden sind – nur noch viel schöner. Und irgendwie ist Nele immer dabei.« Verliebt lächelte ich ihn an, und er nickte. »Und nun ist es am Ende tatsächlich so, dass Nele uns geholfen hat zusammenzukommen. Das, was sie sich damals vorgenommen hatte, ist endlich wahr geworden. Vielleicht wäre das ohne ihren Brief nie geschehen.« Ungläubig schüttelte Klemens den Kopf, ließ meine Hand los und deutete nach vorne. »Schau, lass uns die Strecke bis zu dieser Bank dort galoppieren.« Ich griff wieder nach den Zügeln und gab meinem Pferd das Zeichen anzugaloppieren.

Ich staunte nicht schlecht, als ich sah, wer auf der Bank saß.

»Sophie!« Änne war es, die nun von der Bank aufstand, sich vor Erstaunen die Hände auf den Mund presste und sichtlich gerührt war. Rufus saß noch auf der Bank. »Du auf einem Pferd im Galopp am Wasser entlang! Hast du jetzt alle Punkte abhaken können? Ich freue mich so sehr, ich kann es dir kaum beschreiben!«

Ich lachte. »Fast alle Punkte sind abgehakt. Und ihr ausgerechnet hier auf der Bank? Wie schön, euch zu sehen!«

Rufus stand ebenfalls auf, legte den Arm um Änne und lächelte. Auch Klemens hatte ein schelmisches Grinsen auf den Lippen. Verwirrt sah ich von einem zum anderen.

»Ist es womöglich gar kein Zufall, dass wir uns hier treffen? Warum habe ich den Eindruck, dass ich hier grad die Einzige bin, die keine Ahnung hat, warum ihr alle so ein seliges Lächeln im Gesicht habt?« Gespielt empört stemmte ich eine Hand in die Hüfte, die andere blieb am Zügel. Jeltje war so feinfühlig, sie zuckte leicht zusammen, als ich sprach. Ich musste aufpassen, dass sie meinen Tonfall nicht missdeutete. Sanft klopfte ich sie am Hals.

Änne trat auf mich zu und legte mir ihre Hand auf den Oberschenkel. Mit einem Mal sah ich ein Glitzern an ihrem Finger. »Änne! Der Ring ist wunderschön«, stieß ich begeistert hervor. »Sag bloß?«

»Und ob!« Änne schaute sich nach Rufus um, der einen Schritt zurückgetreten war, nun aber wieder neben sie kam. »Auch wenn das mehr eine symbolische Hochzeit sein wird. Die Zeit, bis wir einen Termin beim Standesamt bekommen, haben wir womöglich nicht. Aber darum geht es auch nicht. Ein echtes Brautkleid wird es wohl sein – wenn auch kunterbunt.« Änne zwinkerte und warf Rufus einen strahlenden Blick zu. »Ich wollte dich fragen, ob du meine *Trauzeugin* sein willst?« Sie setzte das Wort Trauzeugin mit den Händen in symbolische Anführungszeichen.

Nun war ich es, die sich vor Überraschung die Hand auf den Mund presste. Kurzerhand stieg ich ab, nahm die Zügel in die eine Hand und umarmte mit dem anderen Arm meine Tante.

»Änne, ich fasse es nicht! Und wie gerne ich das sein will«, sagte ich und hielt meine Tante an der Schulter. Sie nickte glücklich. Ihr größter Lebenswunsch, der längst aufgegeben schien, eine Hochzeit, sollte nun doch noch in Erfüllung gehen.

»Robert hat Rufus auch schon zugesagt, dass er diesen Job übernimmt. Und wir haben uns überlegt, wenn es tatsächlich noch geschieht und ich heiraten darf in diesem Leben, dann werden wir Neles Traum umsetzen. Unsere Hochzeit soll im Leuchtturm von Hörnum stattfinden. Rufus hat Kontakte hier auf der Insel, die uns das ermöglichen werden. Wer sagt, dass Träume nicht auch im hohen Alter noch in Erfüllung gehen können? Dies ist der letzte Kreis in meinem Leben, und ich verspreche euch, ihn so bunt und so rund zu gestalten, wie ich es immer predige.«

Epilog

Es waren turbulente Wochen, die wir verbracht hatten, seit Änne und Rufus entschieden hatten, eine Hochzeit zu feiern.
Die Hochzeit würde ein ganz besonderer Tag werden, dafür hatten Mila, Klemens, seine Mutter und ich gemeinsam mit Robert, Rufus und Änne in unseren Vorbereitungen gesorgt.
Wir hatten Änne grob nach ihren Vorstellungen gefragt und alles danach ausgerichtet.
Es gab die Kleiderordnung, dass alle sich möglichst entspannt und locker anziehen sollten. Jeder so, wie er sich am wohlsten fühlte, je bunter, desto besser.
Unsere Hamburger Verwandtschaft hatten wir lediglich darüber informiert, dass Änne heiraten würde. Viel mehr Details sollten sie gar nicht erfahren. Eingeladen hatten wir meine Eltern nicht. Änne hatte einige Freundinnen aus Hamburg, die auf die Insel reisten. Sie hatten Platz in dem großzügigen Anwesen von Rufus, in dem wir einen Teil der Wohnungen wieder so hergerichtet hatten, dass wir sie nutzen konnten. Nach und nach wollten wir hier in zwei Zimmern Wohnungen schaffen für Menschen, die auf Sylt arbeiteten, dort aber keinen bezahlbaren Wohnraum mehr fanden. Die anderen Zimmer sollten für Feriengäste hergerichtet werden, damit sich alles finanziell tragen würde. Neben der Arbeit auf dem Hof und für die Reitschule wollte ich mich um die Feriengäste kümmern.
Die Schritte bis dahin würden zwar noch jede Menge Arbeit, Zeit und Geld kosten. Wir hatten mit unseren Plänen aber ein Ziel vor Augen, auf das wir gerne hinarbeiteten.
Das Essen nach der Trauung im Hörnumer Leuchtturm würde

auf dem Hof stattfinden. Ein befreundeter Gastwirt, den uns Klemens im Bistro damals vorgestellt hatte, hatte zugesagt, ein Buffet zusammenzustellen, bei dem jeder etwas nach seinem Geschmack finden würde. Er stellte auch gleich eine seiner Mitarbeiterinnen als Hilfe für den Tag zur Verfügung, wodurch weniger Arbeit bei Mila und mir blieb, was wir sehr begrüßten. Wir konnten also ganz entspannt die Feier genießen.

Änne schien es dank Unmengen an Glückshormonen, die ganze Arbeit leisteten, gut zu gehen, und ihr Zustand war stabil. Sie musste zwar schon auf die Signale ihres Körpers achten und sich rechtzeitig schonen, aber das gelang ihr ganz gut.

Während meine Eltern, zwischen Wut und Unverständnis schwankend, eher den Kontakt zu uns mieden, ging es mir von Tag zu Tag besser in meinem neuen Leben auf Sylt.

Klemens und ich hatten auch den Alltag zwischen Stall, Papierkram und Verliebtsein als so angenehm und glücklich empfunden, dass wir es uns zufrieden zu zweit in seiner Wohnung gemütlich gemacht hatten. Über ein Umzugsunternehmen wollten wir Ännes und meine Sachen aus Hamburg auf die Insel und damit in unser neues Zuhause bringen lassen. Klemens und ich würden nach der Hochzeit in meine alte Heimat fahren und uns um alles kümmern. Wir blickten zuversichtlich in unsere gemeinsame Zukunft. Auch wenn nicht alles rosarot war. Philip zeigte ein Verhalten, das weit unter dem Niveau lag, das er bisher versucht hatte, nach außen hin zu wahren.

Wenn es auch keine Tränen der Traurigkeit über das Ende unserer Beziehung waren, so weinte ich doch viel in den Wochen nach der Trennung. Meistens vor Wut und Verzweiflung über seine abartigen Vorwürfe und die Tatsache, dass meine Eltern sich in diesen Momenten nicht deutlich an meiner Seite positionierten. All das machte mir den Abschied aber nur leichter.

Oft verbrachte ich Zeit mit Milas Tochter Lina. Wir hatten gemeinsam einen Punkt von Neles Liste genossen, der noch offen war. Nele und ich hatten uns gewünscht, wie damals, als wir noch

Kinder waren, einmal am Strand von Sylt einen Drachen steigen zu lassen. Sehr zur Freude der kleinen Lina hatten wir hierfür den ein oder anderen stürmischen Tag genutzt und beide viel Spaß gehabt. Sowohl mit Lina als auch mit Mila und Klemens verbrachte ich viele Momente, in denen ich so häufig lachte, dass ich mir den schmerzenden Bauch halten musste. Die Gemeinschaft des Hauses an der Bob Terp wirkte wie ein warmer, glücklicher Rückzugsort, an dem jeder eine bestimmte Rolle übernahm, in der er für den anderen da sein konnte. So, wie Mila mir damals die große WG vorgestellt hatte.

Klemens' Mutter Sylvia fing mich als Ersatzmutter auf. Wenn mir manchmal alles über den Kopf wuchs, waren Sylvia und Änne da. Es gab auch schon einmal den ein oder anderen ersten kleinen Streit mit Klemens, weil meine Nerven dünn waren. Aber auch dann half mir Sylvia, die mich an ein Credo erinnerte, welches auch Nele mir nahegelegt hatte. Sie erzählte, dass sie mit ihrem Mann niemals im Streit auseinandergegangen war. Es hatte während ihrer Ehe keinen einzigen Tag gegeben, an dem sie sich nach einem Streit nicht mehr vertragen hatten. Das gelang Klemens und mir zum Glück auch, worauf ich sehr stolz war und nicht selten Nele im Himmel dafür dankte, mich auch darauf hingewiesen zu haben. Sylvias Erzählungen über ihren Mann halfen mir, mit Ännes Erkrankung umzugehen. Sie hatte mich in ihr Herz geschlossen, damals schon und heute wieder. Sie sagte mir oft, wie glücklich sie darüber war, ihren Sohn nach vielen Jahren des Wartens auf die Liebe so zufrieden zu sehen.

Als ich es mir einmal mit Sylvia und Änne an einem stürmischen Abend gemütlich gemacht hatte, erzählte Sylvia von den Tagebüchern ihres Mannes und davon, wie viel sie Klemens bedeuteten. Änne versprach, dass ich einmal ihre Aufzeichnungen bekommen würde. Ich nahm mir fest vor, sie zu lesen, wenn es so weit war, dass Änne nicht mehr neben mir auf dem Sofa sitzen würde. Dann verspürte ich eine unbeschreibliche Dankbarkeit dafür, dass es so einen Menschen in meinem Leben gab, wie meine Tante Änne es für mich war.

Hätten ihr unerschütterlicher Optimismus und ihre spontan schräge Art mich nicht überzeugt, nach Neles Brief schnellstmöglich die Koffer zu packen und nach Sylt zu reisen, wäre alles ganz anders gekommen. Ich war mir sicher, dass ich dann nie so glücklich geworden wäre, wie ich es heute war.

Danksagung

Danke an alle Menschen, die daran mitgewirkt haben, dass dieses Buch entstehen durfte. Danke für all' die lieben und wertschätzenden Worte auf dieser spannenden Reise.

Danke an meine Familie. Ihr seid meine Herzensmenschen.

Danke dafür, dass Ihr immer an mich glaubt.

Danke an meinen lieben Mann für Dein unendliches Verständnis für meine Schreibleidenschaft und Deine Unterstützung in allen meinen Plänen. Deine Art, Dich mit mir zu freuen, tut so gut. Danke, dass es für mich die große Liebe gibt.

Danke an meine wundervollen Kinder. Ihr zeigt mir jeden Tag, dass ein Traum gelebt werden kann, wenn man dem Kurs seines Herzens folgt. So geht Glück. Ihr seid mein Ein und Alles und meine Welt.

Danke an meine Eltern – für das gute Gefühl, dass Ihr mein Heimathafen seid, immer an mich glaubt und für mich da seid. Ihr habt mir gezeigt, die Segel zu setzen, egal welcher Wind mir begegnet. Ihr gebt mir Wurzeln und Flügel. Ihr seid die Besten!

Danke an meine Schwester. Du steigst mit mir in jedes Boot, bist mit grenzenlosem Optimismus an meiner Seite, um zu jeder Zeit gemeinsam die Segel zu setzen und steuerst immer gen Sonnenschein. Danke für jedes Gespräch und den Spaziergang in einer Schreib – Pause, die Du immer genau im richtigen Moment vorgeschlagen hast. Danke für Deine Umarmung, unser Lachen und unsere Seelenverwandtschaft. Danke, dass Du mehr als meine beste Freundin bist.

Danke an die weltbeste Schwiegermama. Du fehlst so sehr. Ich hätte so gerne noch unendlich viele Bücher mit Dir besprochen und werde es im Herzen weiter tun. Dein Stolz und Deine Freude über meine Bücher waren mit die wertvollsten Komplimente für mich und werden mich für immer begleiten und motivieren. Ich trage sie in meinem Herzen und bin unendlich dankbar dafür, dass es Dich für mich gab.

Danke an meine liebe Omi, die die Liebe zum Schreiben fest in meinem Herzen verankert hat und die bestimmt stolz wäre, dass ich ihren Traum lebe.

Danke an meine lieben Freunde. Euer Interesse an meinen Geschichten, Eure Freude und unsere Zeit sind tägliche Inspiration für mich. Ich weiß das sehr zu schätzen.

Und dann geht mein Dank an Euch, meine lieben Leser. Danke für das Wertvollste – Eure Zeit – die Ihr Euch für meine Bücher, jedes Wort und jeden Gedanken dazu nehmt. Ihr seid Motivation, Antrieb, meine »Traumverwirklicher« und meine größten Kritiker. Dass Ihr mir schreibt, wenn Euch meine Bücher gefallen und meine Geschichten Euch berühren, ist ein großes Geschenk für mich.

Für dieses Buch geht mein ganz besonderer Dank an meine beiden Herzenspferde Ole und Grappa. Ich trage Euch für immer in meinem Herzen. Die Zeit mit Euch war unvergesslich. Ihr habt großen Anteil an dem Menschen, der ich heute bin und nicht zuletzt habt Ihr mich durch dieses Buch hindurch begleitet. Schön, dass es Euch gab für mich.